高职高专公共基础课规划教材

GAOZHIGAOZHUAN GONGGONG JICHUKE GUIHUA JIAOCAI

U0140828

计算机网络

编著 刘 前 李 博

主审 赵 伟

中国电力出版社

http://jc.cepp.com.cn

内 容 提 要

本书为高职高专公共基础课规划教材。本书较全面地介绍了计算机网络的基本理论，并在理论知识的基础上加强了计算机网络应用方面的技能培养，注重实用性，将基础理论知识与应用操作相结合，使读者更容易掌握所学知识。全书共分 8 章，主要内容包括计算机网络概论，数据通信基础，计算机网络的体系结构与协议，局域网，Internet 基础与应用，计算机网络安全与管理，网络操作系统，构建 Windows Server 2003 服务器等。

本书主要作为高职高专计算机及相关专业的教材，也可作为培训用书，还可作为网络工程技术人员的参考用书。

图书在版编目（CIP）数据

计算机网络 / 刘前，李博编著. —北京：中国电力出版社，2009

高职高专公共基础课规划教材

ISBN 978-7-5083-8686-7

Ⅰ. 计… Ⅱ. ①刘… ②李… Ⅲ. 计算机网络－高等学校：技术学校－教材 Ⅳ. TP393

中国版本图书馆 CIP 数据核字（2009）第 051504 号

中国电力出版社出版、发行

（北京三里河路 6 号　100044　http://jc.cepp.com.cn）

北京市同江印刷厂印刷

各地新华书店经售

*

2009 年 6 月第一版　2009 年 6 月北京第一次印刷

787 毫米×1092 毫米　16 开本　16 印张　390 千字

定价 25.60 元

敬 告 读 者

本书封面贴有防伪标签，加热后中心图案消失

本书如有印装质量问题，我社发行部负责退换

版 权 专 有　翻 印 必 究

前 言

进入 21 世纪，计算机网络进入了飞速发展的阶段，据 2008 年 7 月 24 日，中国互联网络信息中心（CNNIC）发布的《第 22 次中国互联网络发展状况统计报告》显示，截至 2008 年 6 月底，我国网民数量达到了 2.53 亿，首次大幅度超过美国，跃居世界第一位。CNNIC 公布的这一数字说明，我国作为互联网大国的规模已经初现，中国互联网伴随着网络技术的改进和普及，正在走向成熟。计算机网络已经不是计算机专业人士的专用产品，它已经走入了普通的千万百姓家。

本书系统的讲解了计算机网络的基本概念和工作原理，并讲解了 Internet 的应用等相关知识，适用于计算机及相关专业的专科的网络技术教学。全书共分 8 章：第 1 章主要介绍计算机网络一些相关的概念及基础知识，第 2 章主要介绍数据通信方面的一些基础知识，第 3 章讲解计算机网络的体系结构与协议，第 4 章介绍网络的主要组成部分，对局域网进行深入的分析与讲解，第 5 章主要讲解 Internet 的基础与应用，第 6 章讲解关于计算机网络安全与管理的相关知识，第 7 章简单的介绍了常用的网络操作系统，第 8 章为实践部分，主要讲解如何构建 Windows Server 2003 服务器。本书主要注重理论讲解，并配有大量的实验实训内容，能够帮助读者全面的了解和掌握计算机网络的基本知识及实践技能。

本书由刘前、李博编写，沈阳职业技术学院赵伟副教授审阅了书稿，并提出了许多宝贵的意见和建议，在此表示衷心的感谢。

由于编者能力有限，错漏之处在所难免，欢迎广大读者批评指正。

编 者

2009 年 1 月

目 录

第 1 章

计 算 机 网 络 概 论

随着计算机技术的迅速发展，计算机的应用逐渐渗透社会生产生活的各个方面，而社会对计算机技术的越来越多的应用要求，则促使计算机技术与通信技术的结合。计算机网络是计算机技术与通信技术紧密结合的产物，它代表着计算机系统结构发展的一个重要方向。计算机网络技术的产生，使人类社会的生产、生活方式发生了翻天覆地的变化。

1.1　计算机网络的定义

计算机网络是一个发展中的事物，因此到目前为止对计算机网络并没有一个严格统一的定义。对计算机网络的定义，不同教材的说法也会略有不同，而随着网络技术的发展以及网络应用范围的扩展，计算机网络的概念也在不断的发展之中。

1.1.1　计算机网络的定义

所谓计算机网络，就是利用通信设备与通信线路将分散在不同地理位置、具有独立功能的多台计算机系统互相连接，按照网络协议进行数据通信，实现资源共享的系统。简言之，就是独立计算机互联的资源共享系统。

计算机网络的定义存在以下几个要点：

（1）组成网络的计算机要求是具有独立功能的计算机。功能独立的计算机必须由软、硬件两部分构成，能够独立地实现计算机的各种功能。采用一台服务器带多台查询终端的图书查询系统、银行交易系统等，均不属于计算机网络。

（2）计算机网络不是计算机之间的简单连接，只有两台计算机能够交换信息，才可称为互联（Interconnected）。互联首先要通过双绞线、光纤等介质实现计算机间的物理连接，然后按照约定的规则发送和接收信息，网络协议就是约束计算机之间相互通信的规则。

（3）计算机网络通信的目的是实现资源共享。不是为这个目的而组成的计算机系统，则不是计算机网络。例如分布式计算机系统、多处理机系统中的多台独立的计算机虽然可以进行通信，但这两个系统并非计算机网络。

1.1.2　计算机网络的组成

计算机网络由计算机系统、通信设备和通信线路等组成，如图 1-1 所示。计算机网络从功能上可以分为两大部分：

1. 通信子网

通信子网提供网络中的信息传递功能，完成主机之间的数据传输、交换、控制和变换等通信任务。通信子网由传输部分和交换部分组成。

传输部分即传输信息的信道，负责信息的传输，如电话线、双绞线或同轴电缆等；交换部分也称为网络节点，实现数据的发送、接收与转发等功能，可以是节点处理机或分组交换机等，也可以是专用于通信的计算机等。

2. 资源子网

资源子网负责处理终端主机上的信息资源。资源子网包括拥有资源的主机和请求资源的终端、通信子网接口设备和软件等。PC 机、服务器、共享的打印机及相关软件等均属于资源子网。

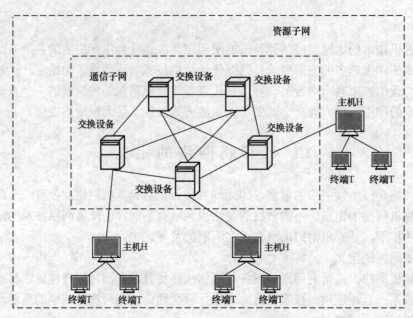

图 1-1　计算机网络组成

1.1.3　计算机网络的功能与应用

计算机网络主要目的用于实现资源共享，因此它的功能表现在硬件资源共享、软件资源共享和用户间信息交换三个方面。

1. 硬件资源共享

通过硬件资源的共享可以实现计算机处理设备、存储设备、输入/输出设备等资源的共享，如具有特殊功能的 CPU、高分辨率打印机、大型绘图仪、大容量存储器等，从而可以实现节约资源、集中管理和均衡负载等功能。

2. 软件资源共享

在互联网上，允许用户远程访问各类的大型数据库。通过软件的资源共享，用户可以得到网络文件传送服务、远程进程管理服务、远程文件访问服务、在线查毒杀毒等，从而避免软件研制上的重复劳动以及数据资源的重复存储，也便于集中管理。

3. 用户间信息交换

计算机网络的产生，使用户间的通信方式发生了巨大变化，用户可以通过计算机网络传送电子邮件、利用即时聊天工具视频聊天、发布新闻消息、在论坛里讨论热点话题、召开网络会议、书写博客日记等。

计算机网络是目前计算机应用中的热点，如今计算机网络几乎深入到社会生活的各个领域。Internet 已成为家喻户晓的计算机网络，它也是世界上最大的计算机网络，是一条贯穿全球的"信息高速公路主干道"。计算机网络的作用突出表现在如下几个方面：

1. 网络在教育科研中的应用

通过计算机网络，人们可以在线查询文件、资料，可以进行学术交流、交换实验数据，甚至可以进行国际项目合作。通过计算机网络，开设网上学校实现远程授课已经成为现实，学生可以在家里随时听课，及时提问或参与讨论，并通过网络交付作业和参加考试。

2. 网络在企事业单位中的应用

通过计算机网络，办公自动化已不仅仅是简单的文字处理及文档管理，在部门间还可以做到各种软硬件资源共享，并在线实现信息录入、处理及进行存档，实现信息的综合处理与统计，实现报表的生成与传递，简化人员间的通信联络，做出决策与判断。

若建立单位内联网（Intranet）还可以通过 Internet 实现异地办公。

3. 网络在商业范围内的应用

随着计算机网络的广泛应用，电子数据交换（EDI）成为国际贸易往来的一个重要手段，它以一种共同认可的资料格式，使分布在全球各地的贸易伙伴可以通过计算机传输各种贸易单据；电子商务的迅猛发展帮助人们轻松实现网上购物、电子付款等新的消费方式；POS 柜台销售信息网络系统，是超级市场现代化的标志；而 ATM（自动取款机）是信用卡业务的扩展，是向电子货币过渡的重要手段。

随着计算机技术和通信技术的迅速发展以及它们的紧密结合，其应用范围越来越广泛。如证券交易系统、期货交易系统等，离开了计算机网络将一事无成。

4. 提供现代化的通信方式

通过计算机网络收发电子邮件、拨打网络电话、通过即时通信工具进行语音或是视频聊天，已是大家普遍使用的通信方式。除文字信息外，声音、图像、视频等信息也能在网上轻松传递，用计算机网络来召开国际会议如同亲临现场。计算机网络技术对现代通信技术和通信方式也是一种促进，程控交换、公共信道信号与集中监控系统构成了智能化网络。

随着网络技术的发展和各种网络应用的需求，计算机网络应用的范围在不断扩大，应用领域也越来越宽，越来越深入，许多新的计算机网络应用系统不断地被开发出来，可以预言，计算机网络具有广阔的发展前景。

1.1.4　计算机网络的分类

计算机网络可以通过不同的角度进行分类。

1. 按网络的分布范围分类

按网络的地理分布范围来看，计算机网络可以分为局域网、城域网和广域网三种。

局域网 LAN（Local Area Network，LAN），是分布在小范围内的计算机网络，一般范围局限在十几公里之内，属于某个单位或个人所独有，传输速率可达 1～100Mbps 甚至更快，结构简单，布线容易。例如，将一个实验室、一栋大楼、一个校园、一个单位内的有限的计算机、终端等各种设备互联成网，就成为局域网。

城域网 MAN（Metropolitan Area Network，MAN），分布介于局域网和广域网之间，是在一个城市内部建立的计算机网络，提供全市的信息服务。城域网基本上是局域网的延伸，通常使用局域网的技术，但在传输介质和布线结构方面牵涉范围更广。现在局域网和城域网的界线越来越模糊。

广域网 WAN（Wide Area Network，WAN），分布范围很广，可以分布在一个国家、几个国家，甚至是全球范围内。广域网传输速率较低，结构复杂。它采用的技术、应用范围和协议标准多种多样。广域网的典型代表是因特网。

2. 按网络的交换方式分类

按网络的交换方式来看，计算机网络可以分为电路交换网、报文交换网和分组交换网三种。

电路交换方式最早出现在电话系统中，早期的计算机网络就是采用这种方式来传输数据。用户在开始传输数据前，申请一条从发送端到接收端的物理信道，并且在双方通信期间始终独占该信道。进行电路交换要将数字信号转换成模拟信号才能在信道上传输。

报文交换方式是一种数字传输方式，类似于邮政通信。当通信开始时，源主机发出一个完整的报文（其长度没有限制），存储在交换设备中，交换设备根据报文的目的地址为其选择合适的路径转发。每个报文中都含有目的地址，每个中间节点都要为途经的报文选择适当的路径，直至使其达到最终目的地，这种方式叫做存储—转发方式。

分组交换方式是目前计算机网络中最常采用的交换方式之一，分组交换也采用报文传输，它将一个长的报文分割为许多定长的分组，以分组作为传输的基本单位，这些分组逐个由中间节点采用存储—转发的方式进行传输。由于分组的长度有限，因此大大简化了存储管理，加速了信息在网络中的传播速度。由于分组交换方式优于电路交换和报文交换，并具有很多优点，因此，分组交换已经成为计算机网络的主流。

3. 按网络的拓扑结构分类

按网络的拓扑结构来看，计算机网络可以分为星型网络、树型网络、总线型网络、环型网络、混合型网络和网型网络。

（1）星型网络是由中央节点和通过点到点通信链路接到中央节点的各个站点组成，如图1-2（a）所示。星型网络采用集中方式进行通信，因此中央节点相当复杂，而各个站点通信负担较小。

星型拓扑结构控制比较简单，出现故障诊断和隔离比较容易，中央节点可以方便地对各个站点提供服务和对网络重新配置，但是星型结构电缆长度太长而且安装量比较大，中央节点负担较重，易形成瓶颈，各站点的分布处理能力较低。

（2）总线型网络是将所有站点连接一条总线上，任何一个站点发送信息就沿着总线传输，如图1-2（b）所示。由于所有站点共享一条公共信道，因此一次只能有一个设备传输信号。发送时，发送站将报文分成分组，逐个发送这些分组，当分组经过各站时，其中目的站识别分组所携带的目的地址，并复制下分组的内容。

总线拓扑结构所需电缆数量少，结构简单，有较高可靠性，易于扩充，增加减少用户比较简单，但是对故障的检测和隔离比较困难，不能保证信息的及时传送，不具有实时功能。

（3）环型网络由站点和连接站点的链路组成一个闭合环，如图1-2（c）所示。每个站点能够接收从链路上传输过来的数据，并以同样速率将数据发送出去。数据以分组的形式发送，每个分组除了数据，还包括一些控制信息。

环型拓扑结构具有电缆长度短的优点，易于增加或减少工作站，但是一个节点的故障可能会引起全网的故障，对故障的检测和隔离困难。

（4）树型网络是从总线网络演变而来的，最顶端是树根，根以下为分支，分支以下还可以有分支，如图1-2（d）所示。根节点接收各站点发送的信息，然后再广播发送到全网。

树型拓扑易于扩展，故障诊断和隔离容易，但是各站点对根节点的依赖性太大，如果根节点发生故障，则全网不能正常工作。

（5）网型网络中节点间全连接，如图 1-2（e）所示。网型拓扑在广域网中广泛应用，优点是不受瓶颈问题和失效问题的影响。由于节点间有多条路径相连，可以为数据流选择适当的路由，从而绕过失效的或过忙的节点。但是网型拓扑结构复杂，成本较高。

（6）将以上两种或两种以上拓扑结构混合起来就构成混合型网络，如图 1-2（f）、（g）所示。最常见的混合型网络为星—环混合和星—总混合。

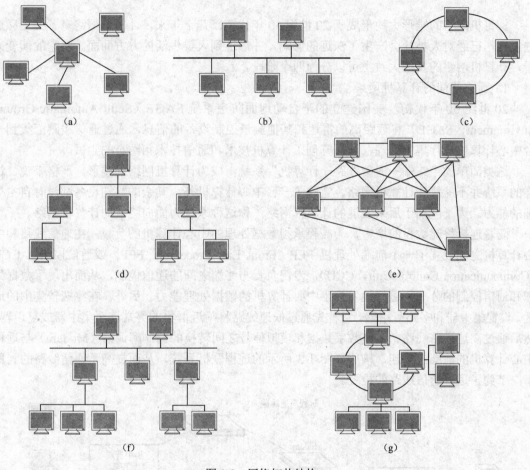

图 1-2 网络拓扑结构

（a）星型网络；（b）总线型网络；（c）环型网络；（d）树型网络；（e）网型网络；（f）、（g）混合型网络

混合型拓扑可以综合两种拓扑结构的特点，扬长避短，应用范围较广。

4. 按网络的传输系统与交换系统的所有权分类

按网络的传输系统与交换系统的所有权来看，计算机网络可以分为公用网和专用网。

公用网（Public Network）一般是国家邮电部门建造的网络，它并不单独属于哪个单位所有，主要目的是为公众提供商业和公益性的通信和信息服务，比如 Internet。专用网（Private Network）是为政府、企业、行业和社会发展等部门提供具有部门特点的、具有特定应用服务功能的计算机网络。它只属于某一单位所有，而且只有本单位内部的人才可以使用网络资源，比如 Intranet。

5. 按其他方式分类

网络的分类多种多样，还有一些其他的分类方式，比如：按提供的服务类型可以分为客户机/服务器模式网、浏览器/服务器模式网、对等网；按传输技术可以分为广播通信网、点对点通信网；按传输介质可以分为有线网、无线网。

1.2 计算机网络的形成、现状与发展趋势

计算机网络的雏形大约形成于 20 世纪 50 年代初，几十年来，计算机网络有了突飞猛进的发展，已经对人类社会产生了深远的影响，并渗透到人类生活的方方面面。从它的演变来看，计算机网络的发展大致上可以分为四个阶段。

1. 面向终端的计算机网络

20 世纪 50 年代初，美国建立的半自动地面防空系统 SAGE（Semi-Automatic Ground Environment，SAGE）将远距离的雷达和其他测量控制设备的信息，通过通信线路汇集到一台中心计算机进行集中处理，从而开创了计算机技术和通信技术相结合的尝试。

这类简单的"终端—通信线路—计算机"系统，成为计算机网络的雏形。严格来说，这样的系统并不能算作计算机网络，它除了一台中心计算机外，其余的终端设备都没有自主处理的能力。为了区别于后来发展的计算机网络，称这种系统为面向终端的计算机网络。

随着连接终端数目的增多，为减轻承担数据处理的中心计算机的负载，在通信线路和中心计算机之间设置了一个前端处理机 FEP（Front End Processor，FEP）或通信控制器 CCU（Communication Control Unit，CCU），专门负责与终端之间的通信控制，从而出现了数据处理和通信控制的分工，更好地发挥了中心计算机的数据处理能力。另外，在终端较集中的地区，设置集中器和多路复用器，它首先通过低速线路将附近群集的终端连至集中器或复用器，然后通过高速通信线路、实施数字数据和模拟信号之间转换的调制解调器（Modem）与远程中心计算机的前端机相连，构成如图 1-3 所示的远程联机系统，从而提高了通信线路的利用率，节约了远程通信线路的投资。

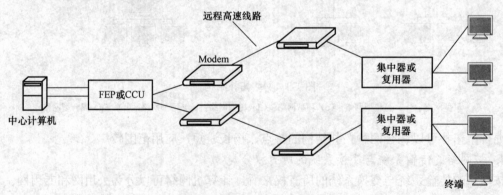

图 1-3 面向终端的计算机网络

2. 计算机—计算机网络

20 世纪 60 年代中期，出现了由若干个计算机互联的系统，开创了"计算机—计算机"通信的时代，并出现多处理中心的特点。1969 年，由美国国防部高级研究计划局 ARPA

（Advanced Research Projects Agency，ARPA）联合计算机公司和各大学共同研制发展起来的 ARPANET，标志着计算机网络的兴起。

ARPANET 通过有线、无线与卫星通信，使网内各计算机系统间能够共享资源，整个网络覆盖了美国本土（包括夏威夷）和欧洲的广大地区。ARPANET 是计算机网络技术发展中的一个里程碑，它在概念、结构和网络设计方面都为后继的计算机网络打下了基础，目前在国际上广泛应用的 Internet 就是在 ARPANET 的基础上发展起来的。此后，计算机网络得到了迅猛的发展，很多大的计算机公司都相继推出了自己的网络体系结构和相应的软、硬件产品，如 IBM 公司的 SNA（System Network Architecture，SNA）、DEC 公司的 DNA（Digital Network Architecture，DNA）、UNIVAC 的 DCA（Distributed Computer Architecture，DCA）。同时还出现了一些研究性和试验性的网络，公共服务网与校园网也得到较大发展。

3. 开放式标准化网络

大量各自研制的计算机网络开始运行和提供服务，使计算机网络的发展出现了极大的危机，主要原因是这些各自研制的网络没有统一的网络体系结构，难以实现互联。为此，人们迫切希望建立一系列国际标准，国际标准化组织 ISO（International Standards Organization，ISO）开始了对"开放"系统互联的研究，于 1984 年正式颁布了称为"开放系统互联基本参考模型"（OpenSystemInterconnectionBasicReferenceModel，OSI/RM）的国际标准 ISO 7498。

OSI/RM 由七层组成，也称 OSI 七层模型。20 世纪 80 年代，ISO 与国际电话与电报咨询委员会 CCITT（现更名 ITU-T，International Telecommunication Union-Telecommunications Standardization Sector）等组织为 OSI/RM 的各个层次制定了一系列的协议标准。OSI/RM 的提出，开创了一个具有统一的网络体系结构、遵循国际标准化协议的计算机网络新时代。OSI 标准不仅确保了各厂商生产的计算机间的互联，同时也促进了企业的竞争。厂商只有执行这些标准才能有利于产品的销路，用户也可以从不同制造厂商获得兼容的开放的产品，从而大大加速了计算机网络的发展。

4. 高速、智能的网络

从 20 世纪 90 年代至今，计算机网络向全面互联、高速和智能的方面发展。最具有代表性的网络 Internet 作为国际性的大型信息网络，实现了全球范围的电子邮件、文件传输、信息查询等服务，在人类社会生活中发挥着越来越重要的作用，更高性能的 Internet2 正在发展与研究之中。

高速与智能的网络伴随着 Internet 的发展也在快速的发展之中，宽带综合业务数据网、帧中继技术、异步传输模式、高速局域网、交换局域网、虚拟网、基于光纤的接入技术、智能网络的研究已经成为网络应用与研究的热点问题。

可以预见，计算机网络技术的快速发展与广泛应用必将对人类社会产生更加深远的影响。

小　　结

本章是计算机网络的一个概述。通过本章的学习，可以了解计算机网络的定义，计算机网络的组成，计算机网络功能与应用，计算机网络的分类，以及计算机网络的发展。

读者应重点理解计算机网络的定义、分类及资源子网与通信子网的划分。

习 题

一、填空题

1. 计算机网络是_____技术与_____技术相结合的产物。

2. 计算机网络按覆盖的地理范围分，可以分为_____、_____和_____三种。

3. 计算机网络中混合型的拓扑结构最常用到_____混合与_____混合。

二、简答题

1. 简述计算机网络的定义。

2. 简述计算机的功能与应用。

3. 计算机网络的拓扑结构有哪几种？各有什么优缺点？适用于什么样的网络中？

4. 计算机的发展分为哪几个阶段？各阶段都有什么特点？

第 2 章

数 据 通 信 基 础

数据通信技术是计算机网络的基础。早期的通信技术主要是处理模拟系统之间的模拟信号传输，无线电广播、电话、电视等。现代的通信技术通常模拟通信和数字通信同时存在于一个通信系统中，但数字通信占据越来越重要的地位。

2.1 数 据 通 信 技 术

计算机产生和处理的都是数字信号，我们所研究的数据通信专指计算机与计算机之间的通信。

2.1.1 数据通信的基本概念

在介绍数据通信之前，要明确几个概念。

（1）信息。信息是人脑对客观世界中事物的反映，是对事物特性的描述，以及事物与外界的联系。信息可以用文字、声音、图像等多种方式来描述。

（2）数据。在这里，我们定义信息的计算机表示为数据，或称数字化的信息称为数据。因此数据是装载信息的实体，信息是数据的内在含义或解释。

数据分为模拟数据和数字数据两种，模拟数据是在某个区间内连续变化的值，比如温度、声音等；数字数据是离散的值，比如文字、数值等。

（3）信号。信号是数据的电磁编码或光编码。相对于模拟数据和数字数据，信号也分为模拟信号和数字信号两种。

模拟信号是随时间连续变化的电磁波，可以用某个参量来表示要传输的数据；数字信号则是一系列离散的电压脉冲，可以用某个瞬间的状态来表示要传输的数据。这两种信号在一定技术下可以相互转换，如图 2-1 所示。

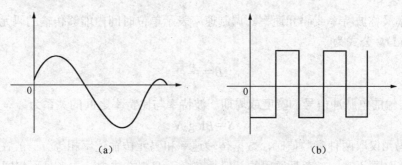

（a）   （b）

图 2-1　模拟信号与数字信号

（a）模拟信号；（b）数字信号

（4）信源。信源是指在通信过程中产生和发送的信号的设备或计算机。

（5）信宿。信宿是指在通信过程中接收和处理的信号的设备或计算机。

（6）信道。信道是信源和信宿之间的通信线路，是传送信号的一条通路。在一条传输介质上可以同时存在多条信道，但是一条信道上同时只能有一路信号通过。信道可以分为传输模拟信号的模拟信道和传输数字信号的数字信道。

（7）模拟传输与数字传输。以模拟信号的形式在信道上传输数据称作模拟传输；以数字信号的形式在信道上传输数据称作数字传输。

（8）噪声。信号在传输过程中受到的干扰称为噪声，噪声可分为随机噪声和热噪声等。

无论是模拟传输还是数字传输，在传输一定距离之后，信号都将衰减，为了实现长距离的传输，模拟传输系统要用放大器来增强信号的能量，但是在增加信号能量的同时，也会将噪声放大，引起信号畸变，但是对于模拟数据来说，只要将畸变控制在一定的范围内，内容仍然可以听懂。对于数字数据，畸变会使传输的信号产生错误，为了获得更大的传输距离，用中继器将衰减的信号恢复为"1"、"0"的标准电平，然后重新进行传输。

2.1.2　数据通信的主要技术指标

在数据传输中，希望尽量做到传输速度快、出错率低、可靠性高等，因此用以下几个指标来表示。

1. 数据传输速率

数据传输速率又称比特率，指发送端和接收端之间单位时间内能够传输的二进制位数，单位是位每秒 bps（或 b/s），或千位每秒 kbps，或兆位每秒 Mbps，公式为

$$S = \frac{1}{T} \log_2 N$$

式中，T 为传输的电脉冲信号的宽度或周期，N 为一个码元所取的有效的离散值的个数，也称调制电平数。若一个码元可以取 1、0 两个离散值，则一个码元只能携带一位二进制信息。若一个码元可以取 00、10、01、11 四个离散值，则一个码元可以携带两位二进制信息。若一个码元可以取 N 个离散值，则一个码元可以携带 $\log_2 N$ 位二进制信息。

数据传输速率反映终端设备之间的信息处理能力。它与数据传输过程中的同步方式、差错控制方式、冗余的填充、通信控制规程等多种因素有关，通常用它来描述数据通信系统的性能。

2. 调制速率

调制速率又称波特率或码元速率。调制速率表示单位时间内能够传输的码元个数。单位是波特（Baud），公式为

$$B = \frac{1}{T}$$

式中，T 为传输的电脉冲信号的宽度或周期。波特率与比特率之间的关系为

$$S = B \log_2 N$$

当一个码元仅取两种离散值时，数据传输速率和码元传输速率相等。一般在二元调制方式中，S 和 B 取同一值，二者是通用的，但是在多元调制方式中，二者是不相同的。

3. 信号带宽、信道带宽、信道容量

信号带宽，信号通常是以电磁波的形式传送的，电磁波都有一定的频谱范围，该频谱范围称作该信号的带宽。

信道带宽，是指信道上能够传送的信号的最大频率范围。当信号带宽大于信道带宽时，

信号就不能在该信道上传送，或者传送的信号将失真。

信道容量，是信道允许的最大数据传输速率，是信道传输能力的一个极限参数。

在无噪声的下，1924 年，奈奎斯特推导出奈奎斯特（Nyquist）定律，说明了码元速率的极限值与信道带宽的关系，即

$$B = 2H（\text{Baud}）$$

数据传输速率与信道带宽的关系为

$$C = 2H\log_2 N（\text{bps}）$$

式中，H 是信道的理想带宽。

对于带宽有限且有噪声干扰的信道，它的极限数率的计算可以根据 1948 年香农（Shannon）研究的香农公式，即

$$C = H\log_2\left(1 + \frac{S}{N}\right)$$

式中，S 为信道上所传信号的平均功率，N 为信道内部的噪声功率，S/N 为信噪比。从香农公式可以看出，信道的带宽越大，或信道的信噪比越高，则信道的极限数据传输速率就越高。

4. 误码率

误码率是衡量数据通信系统在正常工作情况下传输可靠性的指标，其公式为

$$P = \frac{N_e}{N}$$

式中，N 为传输的总位数，N_e 为传输中出错的位数。

误码率是一个统计平均值，在统计和测试时应采用统计学的方法，在足够时间和足够统计的数量后方可正确得出。计算机网络通信系统中，要求误码率低于 10^{-6}。如果实际传输的不是二进制码元，需折合成二进制码元计算。

5. 传输效率、吞吐量

传输效率，指原始数据量占整个传送的数据的比率，数值上等于数据包中数据的长度与整个包长度的比值。显然数据传输效率越高越好。

吞吐量，是单位时间内整个网络能够处理的信息总量。在单信道总线网络中，吞吐量＝信道容量×传输效率，单位为 bps。

2.1.3 数据通信的方式

在计算机内部各部件之间，计算机与各种外部设备之间及计算机与计算机之间都是以通信的方式传递交换数据信息的。通信有两种基本方式，即串行方式和并行方式。通常情况下，并行方式用于近距离通信，串行方式用于距离较远的通信。在计算机网络中，串行通信方式更具有普遍意义。

1. 并行通信

一个数据代码由若干位组成，在数据设备内进行近距离传输时，为了获得高的数据传输速率，使每个代码的传输延迟尽量小，可以采用并行传输方式，即数据的每一位各占一条信号线，并行传输。比如发送设备将 8 个数据位通过 8 条数据线同时在两个设备之间传输。根据实际需要，通常可附加一位数据校验位。接收设备可同时接收到这些数据，不需做任何变换就可直接使用，如图 2-2 所示。

在计算机内部的数据通信通常以并行方式进行。并行的数据传送线也叫总线，如并行传

输 8 位数据就叫 8 位总线，并行传输 16 位数据就叫 16 位总线。

并行传输时，需要一根至少有 8 条数据线（一个字节是 8 位）的电缆将两个通信设备连接起来。当进行近距离传输时，这种方法的优点是传输速度快，处理简单，但进行远距离数据传输时，这种方法的线路费用就难以容忍了。这种情况下，使用串行方式来进行数据传输就经济得多。

2. 串行通信

串行传输指的是代码的若干位顺序按位串行排列成数据流，在一条信道上传输，串行数据传输时，数据是一位一位地在通信线上传输的，与同时可传输好几位数据的并行传输相比，串行数据传输的速度要比并行传输慢得多。但是在硬件信号的连接上节省了信道，利于远程传输，所以广泛用于远程数据传输中，通信网和计算机网络中的数据传输都是以串行传输方式进行的。

串行数据传输时，先由具有 8 位总线的计算机内的发送设备，将 8 位并行数据经并—串转换硬件转换成串行方式，再逐位经传输线到达接收站的设备中，并在接收端将数据从串行方式重新转换成并行方式，以供接收方使用，如图 2-3 所示。

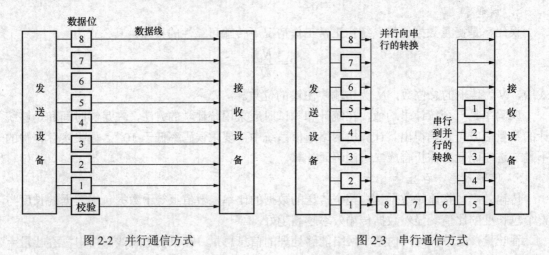

图 2-2　并行通信方式　　　　　　　图 2-3　串行通信方式

3. 串行通信的方式

串行通信的方式有三种，即单工、半双工、全双工，如图 2-4 所示。

（1）单工通信（Simplex）。单工通信只支持数据在一个方向上传输。像无线电广播、计算机与打印机、键盘之间的数据传输均属单工通信。单工通信只需要一条信道。

（2）半双工通信（Half—duplex）。半双工通信允许数据在两个方向上传输，但在某一时刻只允许数据在一个方向上传输，因而半双工通信实际上是一种可切换方向的单工通信，这种方式具有控制简单，通信成本低等优点。半双工通信的双方要求都具备发送装置和接收装置，但是要按信息流的流向轮流使用这两个装置。

（3）全双工通信（Full—duplex）。全双工数据通信允许数据同时在两个方向上传输，因此全双工通信是两个单工通信方式的结合，它要求发送方和接收方都有独立的发送和接收能力，通信双方可以同时发送和接收信息。这要求通信双方具有两条性能对称的传输信道。全双工通信的效率最高，但控制相对复杂，系统造价比较高。随着通信技术及大规模集成电路的发展，这种方式正越来越广泛地应用于计算机通信之中。全双工通信一般采用多条线路或频分法来实现。

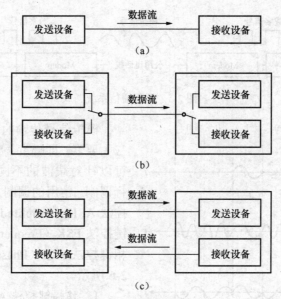

图 2-4 串行通信方式

（a）单工；（b）半双工；（c）全双工

2.2 数 据 编 码 技 术

所谓的数据编码技术，就是将数据转换成信号，使之可以在信道上传输的过程。所谓数据解码技术，就是将信号还原成数据，使其可以被计算机识别的过程。

模拟数据和数字数据都可以用模拟信号或数字信号来表示和传播，通常，在传输过程中使用模拟信号的传输方式称为模拟数据传输，使用数字信号的传输方式称为数字数据传输。

除了模拟数据的模拟信号传输外，数字数据的模拟信号传输、数字数据的数字信号传输和模拟数据的数字信号传输，都需要某种形式的数据编码。

2.2.1 数字数据的模拟信号传输

为了实现计算机之间的远程通信，计算机网络的初期多是利用廉价的公共电话交换网来实现。电话公共交换网是一种频带模拟信道，它的频带范围为 300～3400Hz，而计算机所使用的数字信号由于所含的极其丰富的高次谐波成分使得频宽范围可从 0Hz 一直延伸达几 kMHz，因此，直接用这种模拟信道来传输数字信号，是不可能实现的，所以，要在公共电话网上传输数据，必须将数字信号变换成能够在公共电话网上传输的音频信号，经传输后，在接收端将音频信号逆变换成对应的数字信号。

数字信号变换成音频信号的过程称调制（Modulate）。音频信号逆变换成对应数字信号的过程称解调（Demodulate）。通常每个工作站既要发送数据又要接收数据，所以把调制和解调功能合做成一个设备，称作调制解调器（Modulater Demodulater，简称 Modem）。与调制解调器相连的工作站可以是计算机、终端、外部设备或是局域网，以及使用调制解调器进行远程通信的系统，如图 2-5 所示。

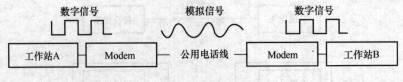

图 2-5　远程通信系统

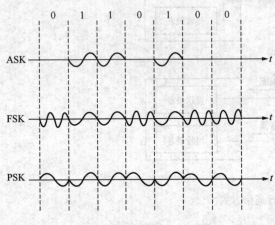

图 2-6　数字调制的三种方法

模拟信号传输的基础是载波，载波具有三大要素，即幅度、频率和相位，数字数据可以针对载波的不同要素或它们的组合进行调制。常用的调制方法有三种，即移幅键控法 ASK（Amplitude-Shift Keying）、移频键控法 FSK（Frequency-Shift Keying）和移相键控法 PSK（Phase-Shift Keying），如图2-6 所示。

1. 移幅键控法 ASK

在这种方式下，用载波的两种不同幅度来表示二进制的"0"和"1"。例如，用幅度恒定的载波的存在表示"1"，而用载波不存在来表示"0"。ASK 方式技术实现简单，但抗干扰性差，是一种效率相当低的调制技术，在电话线路上，通常只能达到 1200bps 的速率。

2. 移频键控法 FSK

在这种方式下，用载波的不同频率表示二进制的"0"和"1"。比如将电话频带分为 300～1700Hz 和 1700～3000Hz 两个子频带，其中一个用于发送，另一个用于接收。在一个方向上，调制解调器可以用 1070Hz 和 1270Hz 两种频率表示"0"和"1"；在另一个方向，则可以用 2025Hz 和 2225Hz 两种频率表示"0"和"1"。由于两套频率相互之间不存在重叠，因此几乎没有什么干扰，因此在电话线路上使用 FSK 可以实现全双工通信。FSK 方式技术实现也比较简单，抗干扰能力强，但频带利用率低，在电话线路上，FSK 通常也可达 1200bps速率。

3. 移相键控法 PSK

在这种方式下，利用载波信号相位的移动来表示二进制的"0"和"1"。比如用相移为 0°来表示"0"，用相移为 180°（即反相）来表示"1"。在图 2-6 中，表示的是二相的相移，但是在实际应用中，也可以使用多于二相的相移，例如四相、八相，甚至更多相。这样，便可使一个码元取 4 种、8 种或更多种离散状态，由此使数据传输速率增加到原来的 2 倍、3 倍或更多。将信号频率分别移相四种不同角度的移相键控法称为 2DPSK，利用这种技术，可以对传输速率起到加倍的作用，例如信号速率为 600 波特的调制解调器，则 2DPSK 的有效数据传输速率可为 1200bps；将一个信号分别移相 8 种不同角度的移相键控法称为 3DPSK，这种技术若使用在 1600Baud 的调制解调器上，便可以获得 4800bps 的数据传输速率。

采用多相 PSK 可以有效地提高数据传输速率，但受实际电话传输网的限制，相移数已达到上限，再要提高数据传输速率，只能另寻他法。PSK 和 ASK 技术的结合可以解决这个问题，这种方式称相位幅度调制 PAM（Pulse Amplitude Modulation）。例如采用 12 种相位，其中的 4 种相位每个信号取 2 种幅度，这样就得到 16 种不同的相位幅度离散状态，可使一个码元表示 4 位二进制数据，从而大大提高了数据传输速率。这种类型的调制解调器有效数据传输速率可达 9600bps。

另外还有一种正交幅度调制 QAM（Quadrature Amplitude Modulation），它是一种改进了的 PAM 技术。

2.2.2　数字数据的数字信号传输

数字信号可以直接采用基带传输，所谓基带就是指基本频带。基带传输就是在线路中直接传送数字信号的电脉冲，这是一种最简单的传输方式，近距离通信的局域网都采用基带传输。基带传输时，需要解决数字数据的数字信号表示以及收发两端之间的信号同步问题。对于传输数字信号来说，最简单最常用的方法是用不同的电压电平来表示两个二进制数字，也即数字信号由矩形脉冲组成。下面介绍几种基本的数字信号脉冲编码方案。

1．单极性不归零码和双极性不归零码

单极性不归零码，用无电流来表示"0"，用恒定的正电压来表示"1"，每一个码元时间的中间点是采样时间，判决门限为半幅度电平，即 0.5。若接收信号的值在 0.5 与 1.0 之间，就判为"1"；若在 0.5 与 0 之间，就判为"0"，每秒钟发送的二进制码元数称为码速，其单位为波特（Baud）。在二进制情况下，1Band 相当于数据传输速率为 1bps，此时码元速率等于数据传输速率，如图 2-7 所示。

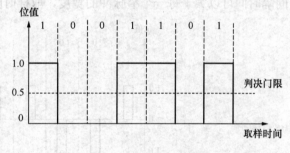

图 2-7　单极性不归零码

双极性不归零码，"1"和"0"都有电流，比如用恒定的正电流来表示"1"，用恒定的负电流来表示"0"。正的幅值和负的幅值相等，所以称为双极性码。判决门限定为零电平。若接收信号的值如在零电平以上为正，就判为"1"；如在零电平以下为负，则判为"0"，如图 2-8 所示。

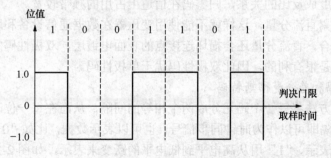

图 2-8　双极性不归零码

以上两种编码，都是在一个码元的全部时间内发出或不发出电流，或在全部码元时间发出正电流或负电流。每一位编码占用了全部码元的宽度，故这两种编码属于全宽码，也称作

不归零码 NRZ（Non Return to Zero）。如果发送连续的"1"码，就要连续发送正电流；如果发送连续的"0"码，就要连续不发送电流或连续发送负电流，这样上一位码元与其下一位码元之间没有间隙，不易识别，可能会出现错误。

2. 单极性归零码和双极性归零码

单极性归零码，可以用恒定的正电流来表示"1"，但持续时间短于一个码元的时间宽度，即发出一个窄脉冲；用无电流来表示"0"，如图 2-9 所示。

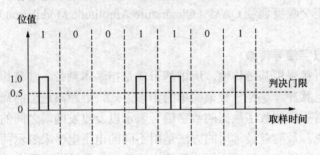

图 2-9　单极性归零码

双极性归零码，可以用正的窄脉冲来表示"1"，用负的窄脉冲来表示"0"，两个码元的间隔时间可以大于每一个窄脉冲的宽度，取样时间是脉冲的中心，如图 2-10 所示。

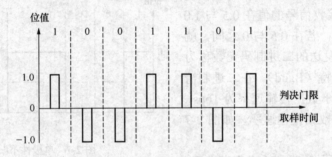

图 2-10　双极性归零码

不归零码在传输中难以确定一位的结束和另一位的开始，需要采用某种方法使发送器和接收器之间进行时钟同步，因此归零码优于不归零码。但是归零码的脉冲较窄，而根据脉冲宽度与传输频带宽度成反比的关系，归零码在信道上占用的频带较宽。

单极性码会积累直流分量，这样就不能使用变压器在数据通信设备和所处环境之间提供良好绝缘的交流耦合，直流分量还会损坏连接点的表面电镀层，双极性码的直流分量大大减少，这对数据传输是很有利的，因此双极性码优于单极性码。

3. 曼彻斯特码和差分曼彻斯特码

曼彻斯特编码方法将每一个码元分成两个相等的间隔，从而在每一位时间的中间产生一变换，位中间的间隔即可以作为时钟同步信号，也可以表示数据，比如"0"可以用从低电平到高电平的跃变来表示，"1"用从高电平到低电平的跃变来表示，如图 2-11 所示。

差分曼彻斯特码方法也是将每一个码元分成两个相等的间隔，从而在每一位时间的中间产生一次变换，但位中间的变换仅做时钟用。比如，用间隔开始时刻无跃变来表示"1"，用间隔开始时刻有跃变来表示"0"，如图 2-12 所示。

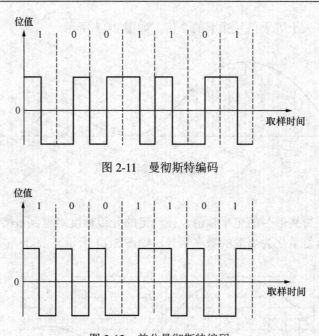

图 2-11　曼彻斯特编码

图 2-12　差分曼彻斯特编码

以上的各种编码各有优缺点。对于不归零码来说，脉冲宽度较大，因此发送信号的能量较大，这对于提高接收端的信噪比很有利；归零码与不归零码相比，归零码的脉冲比不归零码的窄，因此它们在信道上占用的频带就较宽；归零码在频谱中包含了码元的速率，也就是在发送数据的同时也带有同步信息。双极性码与单极性码相比，直流分量和低频成分减少了，如果数据序列中"1"的位数和"0"的位数相等，那么双极性码就根本没有直流输出，交替双极性码也没有直流输出，这一点对于在实践上的传输是有利的。曼彻斯特码和差分曼彻斯特码在每个码元中间均有跃变，没有直流分量，利用这些跃变可以自动计时，因而便于同步，称为自同步。在这些编码中曼彻斯特码和差分曼彻斯特码的应用很普遍，已成为局域网的标准编码。

2.2.3　模拟数据的数字信号传输

对模拟数据进行数字信号编码的最常用方法是脉码调制 PCM（Pulse Modulation），它常用于对声音信号进行编码。脉码调制是以采样定理为基础的，该定理从数学上证明：若对连续变化的模拟信号进行周期性采样，只要采样频率大于等于有效信号最高频率或其带宽的两倍，则采样值便可包含原始信号的全部信息。利用低通滤波器可以从这些采样中重新构造出原始信号。设原始信号的最高频率为 $F_{\max}$，采样频率为 F_s，则采样定理可以下式表示：

$$F_s \geqslant 2F_{\max} \quad 或 \quad F_s \geqslant 2B_s$$

$$F_s = 1/T_s$$

$$B_s = F_{\max} - F_{\min}$$

式中，T_s 为采样周期；B_s 为原始信号的带宽。

对模拟数据进行数字信号编码的过程可包括采样、量化和编码三个步骤。

1. 采样

采样是指按固定的间隔时间，读取模拟信号的电平幅值，以采样频率 F_s 把模拟信号的值采出，要求采样频率大于等于信号频率的 2 倍，如图 2-13 所示。

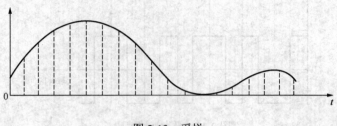

图 2-13　采样

2. 量化

量化是指将采样得到信号的电平幅值，按一定的分级标度定位到最接近的量化值上，这样就把连续的模拟信号量化为离散的数字信号，如图 2-14 所示。

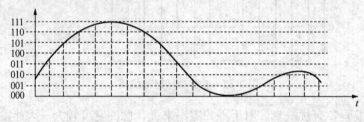

图 2-14　量化

3. 编码

编码是指将离散值编成一定位数的二进制数码。图中是 8 个量化级，故取 3 位二进制编码就可以了。如果有 N 个量化级，那么每次采样将需要 $\log_2 N$ 位二进制数码，目前在语音数字化脉码调制系统中，通常分为 128 或 256 个量化级，即用 7 位或 8 位二进制数码来表示，这样的二进制码组称为一个码字，其位数称为字长，如图 2-15 所示。

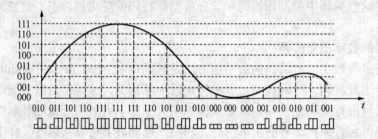

图 2-15　编码

在发送端经过这样的变换过程，就可把模拟信号转换成二进制数码脉冲序列，然后经过信道进行传输。在接收端，先进行译码，将二进制数码转换成代表原来模拟信号的幅度不等的量化脉冲，然后再经过滤波（如低通滤波器），就可使幅度不同的量化脉冲还原成原来的模拟信号。

模拟数据经过 PCM 编码转换成数字信号后，就可以和计算机中的数字数据统一采用数字传输方式进行传输了。

数字传输相比于模拟传输有两个显著的优点，一个是抗干扰性好，另一个是保密性好。

在模拟通信中，当外部干扰和机内噪声叠加在有用的信号上时，就很难完全将干扰和噪声去掉，因而使输出信号的信噪比降低。而当数字信号在传输过程中出现上述情况时，通过数字信号再生的方法，可以容易地将干扰和噪声消除。当发送数字信号"1"时，干扰噪声与有用信号叠加，只要这结果值不小于某一门限电平，即仍可再生为"1"；同样，当发送"0"信号时，干扰和噪声电平只要小于这一门限电平，就仍能再生为"0"。信息被数字化后，产生一个二进制数字编码序列 $I(t)$，可以将 $I(t)$ 与数字密码机产生的二进制密码序列 $C(t)$ 进行"模 2 加"运算，得到传送序列 $B(t)$。这样送到信道上传送的信号为：$B(t) = I(t) + C(t)$（此处的"＋"为模 2 加）。由于他人无法知道密码序列 $C(t)$，所以就无法破译原始信息 $I(t)$。密码序列 $C(t)$ 可以任意变换，这样就使通信系统的保密性大大提高。

当然，数字通信也有它的一些问题，例如模拟信号变成数字信号后占有较宽的频带、数字设备和联网技术较复杂、与现有的模拟通信设备之间也不免存在一些矛盾等。

2.2.4 同步技术

数字传输的另一个主要问题就是同步的问题。接收端和发送端发来的数据序列在时间上必须取得同步，以便能准确地区分和接收发来的每位数据。这就要求接收端要按照发送端所发送的每个码元的重复频率及起止时间来接收数据，在接收过程中还要不断校准时间和频率，这一过程称为同步过程。在计算机通信与网络中，广泛采用的同步方法有位同步法和群同步法两种。

1. 位同步

位同步使接收端对每一位数据都要和发送端保持同步。在数据通信中，习惯于把位同步称为"同步传输"。实现位同步的方法可分为外同步法和自同步法两种。在外同步法中，接收端的同步信号事先由发送端送来，而不是自己产生也不是从信号中提取出来。即在发送数据之前，发送端先向接收端发出一串同步时钟脉冲，接收端按照这一时钟脉冲频率和时序锁定接收端的接收频率，以便在接收数据的过程中始终与发送端保持同步。

自同步法是指能从数据信号波形中提取同步信号的方法。典型例子就是著名的曼彻斯特编码，这种编码通常用于局域网传输。曼彻斯特编码中，每一位的中间有一个跃变，位中间的跃变既作为时钟信号，又作为数据信号。而差分曼彻斯特编码，编码每位中间的跃变仅提供时钟定时。由此可见，两种曼彻斯特编码方法都是将时钟和数据包含在信号流中，在传输代码信息的同时，也将时钟同步信号一起传输到对方，所以这种编码也称为自同步编码。

从曼彻斯特编码和差分曼彻斯特编码的脉冲波形中可以看出，这两种双极型编码的每一个码元都被调制成两个电平，所以数据传输速率只有调制速率的 1/9，也即对信道的带宽有更高的要求。但它们具有自同步能力和良好的抗干扰性能，在局域网中仍被广泛使用。

2. 群同步

在群同步的通信系统中，传输的信息被分成若干"群"。所谓的"群"，一般是以字符为单位，在每个字符的前面冠以起始位、结束处加上终止位，从而组成一个字符序列，数据传输过程中，字符顺序出现在比特流中，字符与字符间的间隔时间是任意的，即字符间采用异步定时，但字符中的各个比特用固定的时钟频率传输。在数据通信中，习惯于把群同步称为"异步传输"。字符间的异步定时和字符中比特之间的同步定时，是群同步即异步传输的特征。这种传输方式中，每个字符以起始位和停止位加以分隔，故也称"起—止"式传输。

群同步传输规程中的每个字符可由下列四部分组成：

（1）1 位起始位，以逻辑"0"表示；

（2）5～8 位数据位，即要传输的字符内容；

（3）1 位奇/偶检验位，用于检错，该部分可以不选；

（4）1～2 位停止位，以逻辑"1"表示，用以作字符间的间隔。

由以上可以看出，群同步是靠起始位逻辑"0"和停止位逻辑"1"来实现字符的定界及字符内比特的同步的。接收端靠检测链路上由空闲位或前一字符停止位（均为逻辑"1"）到该字符起始位的下降沿来获知一个字符的开始，然后按收发双方约定的时钟频率对约定的字符比特数（5～8 位）进行逐位接收，最后以约定算法（奇/偶校验法）进行差错检测，完成一个字符的传输。发送器和接收器中近似于同一频率的两个约定时钟，在一段较短的时间内能够保持同步。在群同步传输中，起始位和停止位的作用是十分重要的。起始位指示字符的开始，并启动接收端开始对字符中比特的同步；而停止位则是作为字符之间的间隔位而设置的，没有停止位，紧跟其后的下一字符的起始位下降，边沿便可能丢失。

群同步法只需保持每个字符的起始点同步，在群内则按约定的频率进位的接收就可以了。这种方法实现简单，但需要添加诸如起始位、校验位和停止位等附加位，相对于同步传输来说，编码效率和信道利用率较低，一般用于低速数据传输的场合。

2.3 信道复用技术

在实际的计算机网络中，传输介质的传输能力往往超过传输单一信号的要求，为了提高通信线路的利用率，试图在同一条线路上同时传输多路信号，使得一条线路可以由多个数据终端设备同时使用而互不影响，这就是信道复用技术。采用信道复用技术把多个信号组合在一条物理线路上传输，可以提高线路的利用率，并且在远距离传输时可以节省线缆的安装和维护费用。

信道复用技术有频分多路复用（FDM）、时分多路复用（TDM）、波分多路复用（WDM）、码分多路复用（CDM）、空分多路复用（SDM）等几种方法。

2.3.1 频分多路复用技术

频分多路复用技术（Frequency Division Multiplexing，FDM）是按照频率不同来分割信号的一种方法。在物理信道能提供比原始信号宽得多的带宽的情况下，可以将该物理信道的总带宽分割成若干个比传输的单路信号带宽略宽的子信道，每个子信道可以供一对终端通信，如图 2-16 所示。

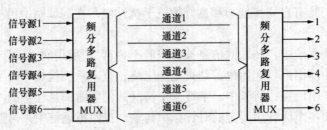

图 2-16　频分多路复用技术

比如电话线的带宽为 250kHz，而音频信号的有效范围为 300～3400Hz，每路信号只需要 4kHz 的带宽，因此在 60～108kHz 的频率范围内可以将电话线划分为 12 条载波电话的信道（CCITT 标准），为 12 对用户同时使用。

频分多路复用技术必须妥善处理两个问题：串话和互调噪声。为了避免两个相邻频段的互相干扰，频段之间必须保留一定的间隙，称为保护带。

2.3.2 时分多路复用技术

如果传输介质能达到的传输速率超过单一信源要求的数据传输速率，可以采用时分多路复用技术（Time Division Multiplexing，TDM）。时分多路复用技术就是将一条物理信道按时间分成若干个时间片，轮流的分给多个信号源使用，每一时间片由复用的一对终端占用，如图 2-17 所示。

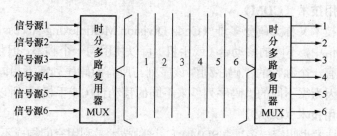

图 2-17　时分多路复用技术

如果一对终端需要交换数据，它们只能在一个周期内固定的时间片内使用信道，如果需要交换的信息很多，一个时间片内不能完成，则必须将信息分割成一个个小信息段，在每次占用线路的时间片里交换一段信息，而在其他的时间片内这一用户不能进行通信。

Bell 系统的 T1 载波利用脉码调制 PCM 和时分多路复用 TDM 技术，使 24 路采样声音信号复用一个通道，24 路信道各自轮流将编码后的 8 位数字信号组成帧，其中 7 位是编码的数据，第 8 位是控制信号。每帧除了 24×8＝192 位之外，另加一位帧同步位。这样，一帧中就包含有 193 位，每一帧用 125μs 时间传送，因此 T1 系统的数据传输速率为 1.544Mbps。

时分多路复用又分为同步时分多路复用和异步时分多路复用。

1. 同步时分多路复用

同步时分多路复用是指分配给每个终端数据源的时间片是固定的，不管该终端是否有数据发送，属于该终端的时间片都不能被其他终端占用。

2. 异步时分多路复用

异步时分多路复用允许动态地分配时间片，如果某个终端不发送信息，则其他的终端，可以占用该时间片。

在宽带局域网中，可以把 TDM 和 FDM 结合起来，将整个信道频分成几条子信道每条子信道再使用时分多路复用技术。

2.3.3 波分多路复用技术（WDM）

在光纤的信道上使不同波长的光波在同一根光纤上传输，就是波分多路复用技术（Wavelength Division Multiplexing，WDM）。波分复用技术与频分复用技术十分相似。将多路光信号（波长不同）通过棱柱或光栅合成到一要共享的光纤上，传送到远方的目的地，在接收端再借助棱柱或光栅将它们分解开来，如图 2-18 所示。

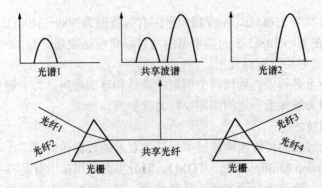

图 2-18 波分多路复用技术

2.3.4 码分多路复用技术（CDM）

码分多路复用技术又称为码分多址（Code Division Multiplexing Access，CDMA），这种技术多用于移动通信中，不同的移动台（或手机）可以使用同一个频率，但是每个移动台（或手机）都被分配带有一个独特的"码序列"该序列与所有的码序列都不相同，所以各个用户之间也没有干扰。因为靠不同的"码序列"来不同的移动台（或手机），所以叫"码分多址"。

2.3.5 空分多路复用技术（SDM）

空分多路复用技术也叫空分多址（SDMA）。这种技术是利用空间构成不同的信道。比如，在一颗卫星上使用多个天线，各个天线的波束射向地球的不同区域。地面上不同地区的地球站，它们在同一时间即使用相同的频率进行工作，它们之间也不会形成干扰。

空分多址是一种增容的方式，可以实现频率的重复使用，充分复用频率资源，空分多址还可以和其他多址方式相互兼容，从而实现组合的多址技术，例如空分—码分多址（SD—CDMA）。

2.4 数 据 交 换 技 术

最简单的数据通信形式是两个站点直接使用物理线路进行通信，但如果两个站点相距遥远或者要进行多站点之间的通信，采用直接连接显然是不可能的。如果任意两个站点直接专线连接，例如 n 个站点全连通，即其中任一站点同其他所有站点 $n-1$ 个都有专线相连，则总共需要 $n（n-1）/2$ 条专线，这样昂贵的费用显然无法承受。因而通常要经过中间节点将数据从信源逐点传送到住宿，从而实现两个互联设备之间的通信。

常用的数据交换方式有电路交换、报文交换和分组交换三大类。

2.4.1 电路交换技术

采用电路交换（Circuit Switching）技术进行数据传输时，需要网络节点在两个工作站之间建立一条专用的通信电路。两个工作站之间使用实际的物理或逻辑连接，这种连接由节点的各段电路组成，每一段电路都为该连接提供一条通道。最典型的电路交换例子是公用电话交换网（PSTN）。电路交换方式的通信过程包括电路建立、数据传输、电路拆除三个阶段。

1. 电路建立

如同打电话先要通过拨号在通话双方间建立起一条通路一样，在传输数据之前，也要先经过呼叫过程建立一条端到端的电路。比如，要在 HA 站和 HB 站之间建立一个连接。

首先，HA 站先向与之连接的 A 节点提出请求，然后 A 节点在通向 D 节点的路径中找到下一个支路。比如，根据路径信息，A 节点选择经 B 节点的电路，在此电路上分配一个未用的通道，并告诉 B 它还要连接 D 节点，建立电路 AB，B 节点选择在通向 D 节点的路径中找到下一个支路。比如，根据路径信息，B 节点选择经 C 节点的电路，在此电路上分配一个未用的通道，并告诉 C 它还要连接 D 节点，建立电路 BC，C 节点再呼叫 D，建立电路 CD，最终形成电路 ABCD。这样在 A 与 D 之间就有了一条专用的电路 ABCD，用于 HA 站与 HB 站之间的数据传输。

其间，会有一些特殊情况发生，比如 AB 电路的通信容量已经饱和或 B 出故障，则 A 呼叫 B 失败，此时 A 就要另辟途径呼叫 F，最后可能建立电路 AFCD；若 B 呼叫 C 失败，则 B 可以去呼叫 E，再由 E 呼叫 D，建立 ABED 电路；若由于暂时的阻塞或永久性的故障，所有途径都试过后仍不能建立连接，那么 A 到 D 就不能传送数据，如图 2-19 所示。

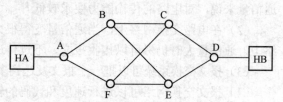

图 2-19　电路交换

2. 数据传输

电路 ABCD 建立了以后，数据就可以从 A 发送到 B，再由 B 交换到 C；再由 C 交换到 D；D 也可以经 C、B 向 A 发送数据。这种数据传输有最短的传播延迟，并且没有阻塞的问题，除非有意外的线路或节点故障而使电路中断，在整个数据传输过程中，所建立的电路必须始终保持连接状态。

3. 电路拆除

数据传输结束后，主机 HA 向目的主机 HB 发出拆除请求，该请求信号经已经建立的连接向主机 HB 传递，沿途通知各交换节点做好释放电路连接的准备，主机 HB 发出同意释放连接的应答信号后，该信号经由已建立的连接返回，在此过程中，各交换节点拆除节点内部的连接，释放应答信号反馈至 HA 后，释放电路阶段完成。被拆除的信道空闲后，就可被其他通信使用了。

电路交换方式的优点是数据传输可靠、迅速，数据不会丢失且保持原来的序列。缺点是在某些情况下，电路空闲时的信道容量被浪费；另外，如数据传输阶段的持续时间不长的话，电路建立和拆除所用的时间就得不偿失。因此，它适用于系统间要求高质量的大量数据传输的情况。这种通信方式的计费方法一般按照预订的带宽、距离和时间来计算。

2.4.2　报文交换技术

报文交换（Message Switching）方式传输的数据单位是报文，报文就是站点一次性要发送的数据块，其长度不限且可变。报文交换不需要在两个站之间建立专用通路，传送方式采用"存储—转发"方式。当一个站要发送一个报文时，首先将目的地址附加到报文上，网络节点根据报文上的目的地址信息，把报文发送到下一个节点，一直逐个节点地转送到目的节点。每个节点在收下整个报文并检查无错误后，就暂存这个报文，然后利用路由信息找出下一个节点的地址，再把整个报文传送给下一个节点。因此，端与端之间无需先通过呼叫建立连接。

如图 2-19 所示，HA 站和 HB 站之间进行数据传输。首先 HA 站把 HB 站的地址附加在报文上，然后把它发送到 A 节点；A 节点存储该报文并且决定下一个路径的支路，比如选择经由节点 B，A 节点为了在 AB 线路上传送这个报文，要进行报文排队；当链路可用时，就把报文发送到 B 节点，B 节点存储该报文并且决定下一个路径的支路，比如选择经由节点 C，B 节点为了在 BC 线路上传送这个报文，再次进行报文排队；当链路可用时，就把报文发送到 C 节点，C 节点再继续将报文转送到 D 节点，并且最后到达 HB 站。

在电路交换的网络中，每个节点是一个交换设备，这种设备发送二进制位与接收二进制位一样快。而报文交换节点通常是一台小型计算机，它具有足够的存储容量来缓存进入的报文。一个报文在每个节点的延迟时间，等于接收报文所需的时间加上向下一个节点转发所需的排队延迟时间之和。

与电路交换比较，报文交换有如下优点：

（1）电路利用效率高。由于许多报文可以分时共享两节点之间的通道，所以对于同样的通信量来说，对电路的传输能力要求较低。

（2）在电路交换网络上，当通信量变得很大时，就不能接受新的呼叫。而在报文交换网络上，通信量大时仍然可以接收报文，不过传送延迟会增加。

（3）报文交换系统可以把一个报文发送到多个目的地，而电路交换网络很难做到这一点。

（4）报文交换网络可以进行速度和代码的转换，因为每个站可以用它特有的数据传输速率连接到其他节点，所以两个不同传输速率的站也可以相互连接；报文交换网络还能转换数据的格式（例如从 ASCII 码转换成 EBCDIC 码），这些特点在电路交换系统中往往很难做到。

报文交换的主要缺点是，它不能满足实时或交互式的通信要求，报文经过网络的延迟时间长且不定。因此，这种方式不能用于语音连接，也不适合于交互式终端到计算机的连接。有时节点收到过多的数据而无空间存储或不能及时转发时，就不得不丢弃报文，而且发出的报文不按顺序到达目的地。其计费一般是根据通信的流量和时间来计算。

2.4.3 分组交换技术

为了更好地利用信道容量，并降低节点中数据量的突发性，可以将报文交换改进为分组交换（Packet Switching），即将一个报文分成若干个分组，每个分组的长度有一个上限，典型的最大长度是数千位。

从表面上看，分组交换与报文交换相比没有什么特殊的优点。但是有限长度的分组使每个节点所需要的存储能力降低了，分组可以存储在内存中，提高了交换速度。分组交换适用于交互式通信，如终端与主机通信。分组交换的具体过程又可分为虚电路分组交换和数据报分组交换两种。

1. 虚电路方式

在虚电路（Virtual Circuit）方式中，为进行数据传输，网络的源节点和目的节点之间先要建立一条逻辑通路。在图 2-19 中，假设 HA 站有一个或多个报文要发送到 HB 站去。那么它首先要发送一个呼叫请求分组到 A 节点，请求建立一条到 HB 站的连接：A 节点决定到 B 节点的路径，B 节点再决定到 C 节点的路径，C 节点再决定到 D 节点的路径，D 节点最终把呼叫请求分组传送到 HB 站；如果 HB 站允许接受这个连接，就发送一个呼叫接受分组到 D 节点，这个分组通过 C、B 和 A 返回到 HA 站。至此，HA 站和 HB 站就可以在已建立的逻辑连接上或者说在虚电路上交换数据了。每个分组除了包含数据之外还得包含一个虚电路号，在预先建立好的路径上的每个节点根据虚电路号，把这些分组转发到它们的目标节点去，不再需要路由选择判定。于是来自 HA 站的每一个数据分组都通过节点 A、B、C 和 D；来自 HB 站的每个数据分组都经过节点 D、C、B 和 A。最后，由某一个站用清除请求分组来结束这次连接。

无论何时，一个站都能和任何站建立多个虚电路，也能与多个站建立虚电路：这种传输数据的逻辑通路就是虚电路，它之所以是"虚"的，是因为这条电路不是专用的。每条虚电路支持特定的两个端点之间的数据传输，两个端点之间也可以有多条虚电路为不同的进程服务，这些虚电路的实际路由可能相同，也可能不同。

虚电路技术的主要特点是：在数据传送之前先建立站与站之间的一条路径。但是，这样做并不是说它像电路交换那样有一条专用通路，分组在每个节点上仍然需要缓冲，并在线路上进行排队等待输出。

2. 数据报方式

在数据报方式中，每个分组的传送是被单独处理的，就像报文交换中的报文一样。每个分组被称为一个数据报，每个数据报携带目的地址信息。一个节点接收到一个数据报后，根据数据报中的地址信息和节点所储存的路由信息，找出一个合适的出路，把数据报原样地发送到下一节点。因此，当某一站点要发送一个报文时，先把报文拆成若干个带有序号和地址信息的数据报，依次发送到网络节点上。此后，各数据报所走的路径就可能不再相同，因为各个节点随时根据网络流量、故障等情况选择路由，因此不能保证各个数据报按顺序到达目的地，有的数据报甚至会在途中丢失。整个过程中，没有虚电路建立，要为每个数据报做路由选择。具有相同目的地址的数据报就不一定遵循相同的路径，数据报 3 可能在数据报 2 之前到达目的节点，全部数据报到达目的节点后，要对数据报重新按原来顺序进行排序。

可以对虚电路和数据报这两种操作方式做一比较。虚电路分组交换适用于两端之间的长时间数据交换，尤其是在交互式会话中每次传送的数据很短的情况下，可免去每个分组要有地址信息的额外开销。它提供了更可靠的通信功能，保证每个分组正确到达，且保持原来顺序。还可对两个数据端点的流量进行控制，接收方在来不及接收数据时，可以通知发送方暂缓发送分组。但虚电路有一个缺点，当某个节点或某条链路出现故障而彻底失效时，则所有经过故障点的虚电路将立即被破坏。数据报分组交换省去了呼叫建立阶段，它传输少量分组时比虚电路方式简便灵活。在数据报方式中，分组可以绕开故障区而到达目的地，因此故障的影响面要比虚电路方式小得多。但数据报不保证分组的按序到达，数据的丢失也不会立即知晓。

2.4.4 几种交换方式的比较

不同的交换技术适用于不同的场合：对于交互式通信来说，报文交换肯定是不适合的；对于较轻和间歇式负载来说，电路交换是最合适的，可以通过电话拨号线路来实行通信；对于较重和持续的负载来说，使用租用的线路以电路交换方式实行通信是合适的；对于必须交换中等到大量数据的情况，可用分组交换方法。

下面再简单小结一下三种交换技术的主要特点：

（1）电路交换。在数据传送开始之前必须先设置一条专用的通路。在线路释放之前，该通路由一对用户完全占用，对于猝发式的通信，电路交换效率不高。

（2）报文交换。报文从源点传送到目的地采用"存储-转发"的方式，在传送报文时，一个时刻仅占用一段通道。在交换节点中需要缓冲存储，报文需要排队，故报文交换不能满足实时通信的要求。

（3）分组交换。交换方式和报文交换方式类似，但报文被分成分组传送，并规定了最大的分组长度。在数据报分组交换中，目的地需要重新组装报文；在虚电路分组交换中，数据传送之前必须通过虚呼叫设置一条虚电路。分组交换技术是计算机网络中使用最广泛的一种交换技术。

现有的公用数据网都采用分组交换技术，例如我国的 CNPAC，美国的 TELENET，以及很多国家建立的公用数据网都属于这一类型。目前广泛采用的 X.25 协议就是由 CCITT 制定的分组交换协议。

局域网（LAN）也都采用分组交换技术。由于在局域网中，从源节点到目的节点之间只有一条单一的通路，因此不需要像公用数据网中那样的路由选择和交换功能。局域网中也广泛采用电路交换技术，计算机交换机 CBX 就是用电路交换技术的局域网。由于报文交换技术不能满足实时通信要求，因此在局域网中不采用报文交换技术。

2.5　差 错 控 制 技 术

在数据通信中，由于干扰、设备故障等影响，经常存在着使被传送的符号发生失真的可能性。在接收端错误地确定所接收的信号叫做差错。一般来说，传输中的差错都是由噪声引起的。噪声有两大类，一类是信道固有的、持续存在的随机热噪声；一种是由外界短暂原因造成的冲击噪声。冲击噪声是传输中产生差错的主要原因。

在传输状态信号时，可能发生两种错误：1 变成 0 或 0 变成 1。为了提高传输的准确性，采用了专门的校验错误方法。这些方法的任务在于发现所产生的错误，并给出出现错误的信号或者校正错误。差错控制是采用可靠、有效的编码以减少或消除计算机通信系统中传输差错的方法，其目的在于提高传输质量。

为了有效地提高传输质量，一种方法是改善通信系统的物理性能，使误码的概率降低到满足要求的程度，但这种方法受经济上和技术上的限制，难以得到理想的结果。另一种方法是差错控制，是利用编码的手段将传输中产生的错码检测出来，并加以纠正。差错控制是数据通信中常用的方法。

要纠正计算机通信系统中传输差错，首先要检测出错误。检测错误的常规方法是：在数据传输中将发送端要传送的 k 位码元信息序列，以一定的规则产生 r 个冗余码元，使原来信息序列中不相关的码元，通过这些加入的冗余码元变为相关，然后把由冗余码元和信息码组成的 $k+r$ 个码元的序列，送往信道，接收端收到的信息元与冗余码元之间也应符合上述规则，并根据这一规则进行校验，从而发现错误。其中，r 个冗余码元称为校验码、纠错码或监督码。利用这种加入 r 个冗余码元的方法还可以自动纠正错误，这便是差错控制的基本思想。

校验码一般可分为两种：一种是仅能发现编码错误，而不能纠正错误，如纠正错误必须采取其他手段；另一种则是既可发现错误也可纠正错误。常用的校验方法有奇偶校验码、循环冗余码和海明码等几种。

2.5.1　奇偶校验码

奇偶校验码是一种最简单的无纠错能力的检错码，其编码规则是先将数据代码分组，在各组数据后面附加一位校验位，使该数据连同校验位在内的码元中"1"的个数恒为偶数或是奇数，若恒为偶数则为偶校验，若恒为奇数则为奇校验。

奇偶校验只能检测出码元中错误，不能纠错，而且检错能力不强，只能检测出奇数个错误，而不能检测出偶数个错误，差错的漏检率大约为 50%。由于奇偶校验码容易实现，所以当信道干扰不太严重以及码长 n 较短时效率很高，因此在计算机通信网的数据传输中经常用到这种检错码。

根据数据代码的分组方法，奇偶校验码可分为水平奇偶校验、垂直奇偶校验和垂直水平奇偶校验等几种。

1. 垂直奇偶校验

垂直奇偶校验又称为纵向奇偶校验。在垂直奇偶校验中，首先将数据以定长 P 划分成若干小组，每小组后，按 "1" 的个数为奇数或是偶数的规律加上一位奇偶位。若是偶校验，如果数据中 "1" 的个数为偶数个，则加上冗余位 "0"，若 "1" 的个数为奇数个，则加上冗余位 "1"，以保证数据位加上冗余位之后，"1" 的个数恒为偶数个；若是奇校验，如果数据中 "1" 的个数为偶数个，则加上冗余位 "1"，若 "1" 的个数为奇数个，则加上冗余位 "0"，以保证数据位加上冗余位之后，"1" 的个数恒为奇数个。

例如对数据 1010110010010101010010101010100101010100 进行垂直奇校验。首先对其分组，设 P 为 8，可将数据分为 5 组，如图 2-20 所示。

在每一组后加上冗余位，如图 2-21 所示。

```
1 0 1 0 1 1 0 0
1 0 0 1 0 1 0 1
0 1 0 0 1 0 1 0
1 0 1 0 1 0 0 1
0 1 0 1 0 1 0 0
```

图 2-20　数据分组

	数据位		冗余位
1 0 1 0 1 1 0 0			1
1 0 0 1 0 1 0 1			1
0 1 0 0 1 0 1 0			0
1 0 1 0 1 0 0 1			1
0 1 0 1 0 1 0 0			0

图 2-21　添加冗余位

得到最终的数据为 101011001100101011010010100101010011010101000。

在接收端仍将数据分为 5 组，分别查看每组的 "1" 的个数是否为奇数个，如果没有检出差错，可以边接收，边将冗余位去掉，将接收的数据恢复为原始数据。

垂直奇偶校验能查出每列中的所有奇数个错误，但检测不出偶数个错误，因此漏检率为 50%，无纠错能力，但产生校验码和校验逻辑相对简单。编码效率为 $R=P/(P+1)$，上例中的编码效率为 $R=8/(8+1)=8/9$。

2. 水平奇偶校验

水平奇偶校验又称横向奇偶校验。在水平奇偶校验中，首先将数据以定长 P 划分成若干小组，然后把这些小组一列一列地排列起来，然后对各个小组相应位进行水平方向的码元进行奇偶校验。若是偶校验，如果数据中 "1" 的个数为偶数个，则加上冗余位 "0"，若 "1" 的个数为奇数个，则加上冗余位 "1"，以保证数据位加上冗余位之后，"1" 的个数恒为偶数个；若是奇校验，如果数据中 "1" 的个数为偶数个，则加上冗余位 "1"，若 "1" 的个数为奇数个，则加上冗余位 "0"，以保证数据位加上冗余位之后，"1" 的个数恒为奇数个。

例如对数据 1010110010010101010010101010100101010100 进行水平偶校验。首先对其分组，设 P 为 8，可将数据分为 5 组，一列一列排列起来，如图 2-22 所示。

在横向每行后加上冗余位，如图 2-23 所示。

得到最终的数据为 1010110010010101010010101010010101010010001110。

在实现水平奇偶校验时，在发送端，不能一边插入冗余位，一边进行发送；在接收端，要必须等到全部要发送的信息到齐后，才能计算冗余位，也就是一定要使用数据缓冲器，因此它的编码和检测实现起来都要复杂一些。

水平奇偶校验能查出每行中的所有奇数个错误，还能检测出突发长度≤P 的所有突发错误，但检测不出偶数个错误，因此漏检率比垂直奇偶校验方法低。编码效率为 $R=q/(q+1)$，q 为发送的信息所分的小组数，上例中的编码效率为 $R=5/(5+1)=5/6$。

3. 垂直水平奇偶校验

同时进行垂直奇偶校验和水平奇偶校验就构成垂直水平奇偶校验，也称为纵横奇偶校验。

例如对数据 101011001001010101001010101010100101010100 进行垂直水平偶校验。首先对其分组，设 P 为 8，可将数据分为 5 组，一列一列排列起来，如图 2-22 所示。

然后再对其进行垂直奇校验，水平偶检验，如图 2-24 所示。

```
1 1 0 1 0
0 0 1 0 1
1 0 0 1 0
0 1 0 0 1
1 0 1 1 0
1 1 0 0 1
0 0 1 0 1
0 1 0 1 0
```

图 2-22　数据分组

```
            数据位        冗余位
1 1 0 1 0       1
0 0 1 0 1       0
1 0 0 1 0       0
0 1 0 0 1       0
1 0 1 1 0       1
1 1 0 0 1       1
0 0 1 0 1       0
0 1 0 1 0       0
```

图 2-23　添加冗余位

```
              数据位        冗余位
          1 1 0 1 0       1
          0 0 1 0 1       0
          1 0 0 1 0       0
数据位     0 1 0 0 1       0
          1 0 1 1 0       1
          1 1 0 0 1       1
          0 0 1 0 1       0
          0 1 0 1 0       0
冗余位    1 1 0 1 0       1
```

图 2-24　添加冗余位

得到最终的数据为 101011001100101011010010100101010011010101000100011101。

垂直水平奇偶校验可以检测出所有 3 位或是 3 位以下的错误，奇数位错，突发长度≤$P+1$ 的突发错误以及很大一部分偶数位错，这种方法可以使误码率降至原误码率的百分之一到万分之一。

垂直水平奇偶校验不仅可以检错，还可以用来纠正部分差错，例如数据中仅有一位差错，就可以确定错码在某行和某列的交叉处，就可以纠正它。

垂直水平奇偶校验的编码效率为 $R=Pq/[(P+1)(q+1)]$。

2.5.2　循环冗余校验码

奇偶校验码作为一种检错码虽然实现简单，但是漏检率太高，在计算机网络和数据通信中广泛使用的是循环冗余校验码 CRC（Cyclic Redundancy Code，CRC），又称多项式码。

由二进制组成的代码都可以用一个多项式的形式来表示，例如二进制 10101101，共有 8 位，表示为 $a_7a_6a_5a_4a_3a_2a_1a_0$，其中 a_7、a_5、a_3、a_2、a_0 位上为 "1"，其中 a_6、a_4、a_1 位上为 "0"。

因此用一个多项式

$$X^7+X^6+X^5+X^4+X^3+X^2+X^1+X^0$$

来表示这段代码为

$$X^7+X^5+X^3+X^2+X^0$$

同样，任一个类似的多项式也可以用一段二进制代码来表示。

利用 CRC 来进行检错时，首先用一个给定的多项式，称为生成多项式，来和要传输的二进制代码进行计算，得到要添加的冗余码，进行传输。要接收端，将接收到的二进制代码与生成多项式进行计算，判断传输有无差错。若传输无差错，可以将其去掉，若有差错，则通知发送端重传输。

例如，将码字 1001010100101 进行 CRC 校验后传输，给定的生成多项式为 $X^4 + X^2 + 1$。根据生成多项式的最高项的幂，确定 $r = 4$，生成多项式代码为 10101，在给定码字后填上 r 的位数（即 4）个 0 后，用码字除以生成多项式，这里的除法用的是模 2 除法。如下式所示。

```
                1011001010101
    10101  )100101010001010000
            10101
             11110
             10101
              10111
              10101
               10001
               10101
                10001
                10101
                 10000
                 10101
                  10100
                  10101
                   0001
```

所得的 4 位余数即为冗余位，得到最终码字为 10010101001010001。

在接收端，将接收到的码字，除以生成多项式，如果余数为 0，说明传输无错，将 4 位冗余码去掉，就是原始数据，或余数不为 0，说明传输中有错误，将通知接收端重传。

借助于循环冗余码来实现校验有两个显著特点：一是循环码适合于用代数方法来分析码的结构，并可以用代数方法设计各种实用的、有较强纠错能力的码，并且无需很长的码长；二是由于码的循环特性，所需的编、译码设备比较简单，易于实现。因此循环码在实际中得到广泛应用。循环冗余码可以检测出全部奇数个错误；全部双字位错误；全部小于、等于冗余位数 $n-k$ 的突发性错误；$n-k-1$ 位的突发性错误，查出概率为 $1 - 2^{-(r-1)}$，多于 $n-k-1$ 位的突发性错误，查出概率为 $1 - 2^{-r}$。

可以看出，只要选择足够冗余位，使得漏检率可以减小到任意小的程度。

目前广泛使用的生成多项式有：

$$CRC_{12} = X^{12} + X^{11} + X^3 + X^2 + 1$$
$$CRC_{16} = X^{16} + X^{15} + X^2 + 1$$
$$CRC_{16} = X^{16} + X^{12} + X^5 + 1$$
$$CRC_{32} = X^{32} + X^{26} + X^{23} + X^{22} + X^{16} + X^{11} + X^{10} + X^8 + X^7 + X^5 + X^4 + X^2 + X + 1$$

2.5.3 海明码

1950 年，海明（Hamming）提出了用冗余数据位来检测和纠正代码差错的理论和方法。海明码是一种可以纠正一位错的编码。

在奇偶校验码中，若 k 位信息位 $a_{n-1}a_{n-2}\cdots a_1$ 加上一位偶校验位 a_0，构成一个 n 位的码字 $a_{n-1}a_{n-2}\cdots a_1a_0$，则在接收端校验时，可按关系式

$$S = a_{n-1} + a_{n-2} + \cdots + a_1 + a_0$$

来计算。若求得 $S=0$，则表示无错，若 $S=1$，则有错。上式或称为监督关系式，S 称为校正因子。

在奇偶校验情况下，只有一个监督关系式和一个校正因子，只能说明无错和有错两种情况，并不能指出差错所在的位置。如果增加冗余位，也即相应增加了监督关系式和校正因子，就能区分更多的情况。如果有两个校正因子 S_1 和 S_0，则 S_1 和 S_0 取值就有 00，01，10，11 四种可能，也即能区分四种不同的情况。若其中一种取值用于表示无错（如 00），则另外三种（01、10、11）便可以用来指出不同情况的差错，从而可以进一步区分出是哪一位错。

设信息位为 k 位，增加 r 位冗余位，构成一个 $n=k+r$ 位的码字。若希望用 r 个监督关系式产生的 r 个校正因子来区分无错码字中的 n 个不同位置的一位错，则要求满足以下关系式：

$$2^r \geqslant n+1 \quad \text{或} \quad 2^r \geqslant k+r+1$$

例如 $k=4$，则 $r \geqslant 3$。假设取 $r=3$，则 $n=k+r=7$，即在 4 位信息位 $a_6a_5a_4a_3$ 后面加上 3 位冗余位 $a_2a_1a_0$，构成 7 位码字 $a_6a_5a_4a_3a_2a_1a_0$，其中 a_2、a_1、a_0 分别由 4 位信息位中某几位半加得到，在校验时，a_2、a_1、a_0 就分别和这些半加构成三个不同的监督关系式。在无错时，这三个关系式的值 S_2、S_1 和 S_0 全为 0。若 a_2 错，则 $S_2=1$，而 $S_1=S_0=0$；若 a_1 错，则 $S_1=1$，而 $S_2=S_0=0$；若 a_0 错，则 $S_0=1$，而 $S_2=S_1=0$。S_2、S_1 和 S_0 这三个校正因子的其他 4 种编码值可用来区分 a_6、a_5、a_4、a_3 中的一位错，其对应关系可以规定如表 2-1 所示。

表 2-1　　　　　　　　　　$S_2S_1S_0$ 值与错码位置的对应关系

$S_2S_1S_0$	000	001	010	100	011	101	110	111
错码位置	无错	a_0	a_1	a_2	a_3	a_4	a_5	a_6

由表可见，a_2、a_4、a_5、a_6 的一位错都应使 $S_2=1$，由此可以得到监督关系式，即

$$S_2 = a_2 + a_4 + a_5 + a_6$$

同理可得

$$S_1 = a_1 + a_3 + a_5 + a_6$$

$$S_0 = a_0 + a_3 + a_4 + a_6$$

在发送端编码时，信息位 a_6、a_5、a_4、a_3 的值取决于输入信号，它们在具体的应用中有确定的值。冗余位 a_2、a_1、a_0 的值应根据信息位的取值按监督关系式来确定，使上述三式中的 S_2、S_1、S_0 取值为 0，即

$$a_2 + a_4 + a_5 + a_6 = 0$$

$$a_1 + a_3 + a_5 + a_6 = 0$$

$$a_0 + a_3 + a_4 + a_6 = 0$$

由此可求得

$$a_2=a_4+a_5+a_6$$
$$a_1=a_3+a_5+a_6$$
$$a_0=a_3+a_4+a_6$$

已知信息位后，按上述三式即可算出各冗余位，对于本例来说，各种信息位算出的冗余位如表 2-2 所示。

表 2-2 由信息位算得的海明码冗余位

信息位 $a_6a_5a_4a_3$	冗余位 $a_2a_1a_0$	信息位 $a_6a_5a_4a_3$	冗余位 $a_2a_1a_0$
0000	000	1000	111
0001	011	1001	100
0010	101	1010	010
0011	110	1011	001
0100	110	1100	001
0101	101	1101	010
0110	011	1110	100
0111	000	1111	111

在接收端，收到每个码字后，按监督关系式算出，S_2、S_1 和 S_0，若它们全为 0，则认为无错，若不全为 0，在一位错的情况下，可查表 2-1 来判定是哪一位错，从而纠正。例如码字 0010101 传输中发生一位错，在接收端接到的为 0011101，代入监督关系式，可算得 $S_2=0$，$S_1=1$，$S_0=1$，由表 2-1 可查得 $S_2S_1S_0=011$，对应于 a_3 错，因而可将 0011101 纠正为 0010101。

上述海明码的编码效率为 4/7，或 $k=7$，按 $2^r \geq k+r+1$，可算得 r 至少为 4，此时编码效率为 7/11，可见，信息位位数越多时，编码效率就越高。

小　　结

本章主要讲述了数据通信方面的一些基本的知识，包括数据通信的一些基本概念、数据编码技术、信道复用技术、数据交换技术和差错控制技术等。数据通信技术是计算机网络的基础，因此在学习计算机网络技术之前，要学好数据通信知识，尤其要掌握数据通信速率的计算，模拟数据与数字数据在信道中的编码与传输，频分多路复用技术与时分多路复用技术，几种数据交换方式的异同，循环冗余码的计算等基本的知识。

习　　题

一、填空题

1. 数字化的信息称为_____。

2. _____指的是代码的若干位顺序按位串行排列成数据流，在一条信道上传输。

3. _____数据通信允许数据同时在两个方向上传输，因此_____通信是两个单工通信方式的结合，它要求发送方和接收方都有独立的发送和接收能力，通信双方可以同时发送和接收信息。

4．所谓的数据编码技术，就是将_____转换成_____，使之可以在信道上传输的过程，所谓数据解码技术，就是将信号还原成数据，使之可以被计算机识别的过程。

5．除了_____外，数字数据的模拟信号传输、数字数据的数字信号传输和模拟数据的数字信号传输，都需要某种形式的数据编码。

6．采样定理规定：若对连续变化的模拟信号进行周期性采样，只要采样频率大于等于有效信号最高频率或其带宽的_____，则采样值便可包含原始信号的全部信息。

7．电路交换方式的通信过程包括_____、_____、_____三个阶段。

8．报文交换不需要在两个站之间建立专用通路，传送方式采用_____方式。

9．分组交换与报文交换相比最大的特点是_____，因此每个节点所需要的存储能力降低了，分组可以存储在内存中，提高了交换速度。

10．_____是传输中产生差错的主要原因。

二、简答题

1．数据传输速率与信号调制速率的单位各是什么，它们之间有什么关系？

2．对于带宽为 6kHz 的信道，若用 8 种不同的状态来表示数据，在不考虑噪声的情况下，该信道的最大数据传输速率是多少？

3．分别用单极性不归零码、双极性归零码、曼彻斯特编码、差分曼彻斯特编码来画出波形 110101001。

4．简述同步传输与异步传输方式的异同。

5．简述频分多路复用技术的实现原理。

6．简述时分多路复用技术的实现原理。

7．已经生成多项式为 $X^4+X^3+X^2+1$，求信息位 10100010101 的冗余位。

8．若海明码的监督关系式为

$$S_2 = a_2 + a_3 + a_5 + a_6$$
$$S_1 = a_1 + a_4 + a_5 + a_6$$
$$S_0 = a_0 + a_3 + a_4 + a_6$$

在接收端收到的码字为 1010100，若只有一位错，那么发送端发送的码字是什么？

第 3 章

计算机网络的体系结构与协议

计算机网络系统是由各类计算机和终端通过传输介质连接起来的复杂系统。为实现不同计算机和各类终端之间的数据交换和资源共享，就要求使它们都遵守相同的规范，因此就必然涉及网络体系结构的设计问题。通常人们将网络的层次结构、协议簇和相邻层次间的接口以及服务统称为网络体系结构。为此OSI参考模型应运而生，进入20世纪90年代，使用TCP/IP模型的网络得到了飞速发展。

可以说计算机网络体系结构是现代计算机网络的核心。

3.1 层 次 化 的 体 系 结 构

在计算机网络中，为使各计算机之间与终端之间能正确地传输信息，必须在信息内容、信息格式和信息传输顺序等方面有一组事先约定好的规则，这组约定或规则就是所谓的网络协议。对于复杂的计算机网络协议，通常采用高度结构化的方法设计。结构化设计便于将一个复杂的系统分割成若干容易处理的子问题，各子问题相对独立，但又相互联系，用分层或协议分层来组织。

3.1.1 分层结构的基本概念

对于计算机网络采用的结构化设计方法，是将整个网络系统进行分层。采用分层结构后，每一层完成自己的工作，每一层的工作与其他各层不重复，层次分明，既易于理解分析，又易于生产商提供相应的设备，这样每一层各司其职，经过逐层工作后，数据就可以在网络上传输了。图3-1所示即为网络的层次结构。

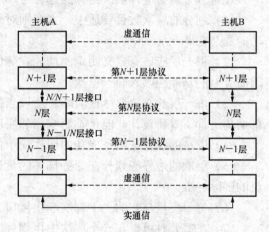

图 3-1　网络的层次结构

3.1.2 协议分层思想

1. 协议分层的相关概念

（1）实体与对等实体。每一层中的活动元素称为实体。实体可以是软件，也可以是硬件。位于不同系统中的同一层中的实体称为对等实体，不同系统间的通信实际上是对等实体间的通信。

（2）服务。第 N 层实体向第 $N+1$ 层实体提供的在第 N 层上的通信能力称为第 N 层的服务。因此第 N 层向第 $N+1$ 层提供服务，接受第 $N-1$ 层为它提供的服务。最底层上的对等实体使用物理媒体为它提供的服务。

（3）服务接入点（Service Access Point，SAP）：是第 $N+1$ 层可以访问第 N 层服务的地方，每个 SAP 都有一个惟一标识它的地址。

（4）协议与协议数据单元（Protocol Data Unit，PDU）。对等实体间进行通信时必须遵守的规则称为协议；对等实体间遵守协议而传输的信息称作协议数据单元。

（5）接口与服务原语。相邻实体间的通信是通过它们的边界进行的，该边界称为相邻层之间的接口。在接口处规定了下层向上层提供的服务，以及上下层实体请示与提供服务所使用的规范的语句，这些规范的语句称为服务原语。

下层向上层提供的服务分为两大类：面向连接的服务和面向无连接的服务。在面向连接的服务中，每一次完成的数据传输都必须经过建立连接、数据传输和终止连接三个过程，在数据传输过程中，各数据分组不携带目标地址而使用连接号。其特点是收发数据不但程序一致而且内容相同，电话系统服务是典型的面向连接的服务。在面向无连接服务中，每个数据分组都携带完整的目标地址，各数据分组在系统中独立传送，因此，面向无连接服务不能保证数据数据分组的前后顺序，而且由于先后发送的数据分组可以有经不同路由去往目标主机，所以先发的未必先到。邮政系统服务是典型的面向无连接的服务。

（6）实通信与虚通信。除了在最底层的物理媒体上进行的实通信之外，其余各对等实体间进行的都是虚通信，即并没有数据流从一个系统的第 N 层直接流到另一个系统的第 N 层。每个实体只能与同一系统中上下相邻的实体进行直接的通信。不同系统中的对等实体没有直接通信能力，它们间的通信必须通过与下层相邻实体通信及两个系统物理层间的通信来完成。

2. 协议分层的原则

在对一个网络进行层次结构的划分时，应符合如下原则：

（1）划分的层次数目要适中。太多则对系统的描述和集成都有困难，太少则会把不同的功能混杂在同一层次中。

（2）每一层应该有定义明确的功能。确保层间相互独立，与其他功能层次有明显不同，因而类似的功能应归入同一层次。

（3）每一层的接口要尽量清晰。所以当技术有所发展时，层次的协议改变了，层次的内部结构进行了重新设计，但是不影响相邻层次的接口和服务关系。

（4）以往的经验证明是成功的层次应予保留，这是通信设备制造商们最为关心的。

（5）层次的边界应划分在服务描述的量最小、交互作用最少的地方，以利于制定网络协议的国际标准。

（6）每一层只与它的上下邻层产生接口。

（7）在需要时可以在一个层次中再划分出一些子层。子层的划分可以满足特殊的通信要求，但并不改变原来的上下邻层之间的接口关系。

3. 协议分层的优缺点

采用层次结构使得网络的设计具有很大的灵活性，它便于抽象，使内部结构变成不可见，就可以集中考虑总体结构和层次间关系，有利于有条理、更深入地考虑问题；它易于交流理解，有助于标准化；便于模块化，分工并行协作开发；把与具体实现分离开来，以等效模块替代某层模块而不影响其他层，同时每一层的功能简单，易于实现和维护，给新技术的推广带来极大的方便。

但是若是层次划分得过于严密，会在描述和综合各层功能的系统工程任务时遇到较多困难；而且在采用层次结构的网络中，上层不能直接调用下层所提供的服务，也会降低协议的效率。

3.2　开放系统互联参考模型（OSI/RM）

早期的计算机网络是使用不同的技术规范和实现方法而组成的独立的系统，不同系统之间一般是不能兼容的。为解决网络之间不兼容和彼此无法进行通信的问题，国际标准化组织（International Organization for Standardization，ISO）于 1974 年发布了开放系统互联参考模型（Open System Interconnection Reference MOdel，OSI/RM），该参考模型为厂商提供了系列标准，确保由世界上多家公司所生产的不同类型的网络产品之间能够具有更好的兼容性和互操作性。

3.2.1　OSI/RM 的基本概念

OSI 参考模型是一种概念模型，它只是规定了网络的层次划分，以及每一层上所实现的功能，但没有规定每一层上所实现的服务协议。

OSI 使用分层的目的是简化网络功能。OSI 参考模型不是一个产品，它只是一个帮助理解网络中各种设备之间通信的框架。在通信过程中，OSI 参考模型不起任何作用，真正的通信是通过适当的软件和硬件来实现的。OSI 只是定义要做哪些工作，这些工作由七层模型中的哪一层来具体控制和完成。

计算机通信涉及多种设备，通信语言和通信介质。OSI 参考模型定义了网络的一些普遍的物理规则，其中包括：

- 网络设备之间如何交互，如果使用不同的通信协议，双方如何进行通信；
- 网络设备感知何时发送或不发送数据的具体方法；
- 保证网络传输被正确的接收者正确接收的方法；
- 如何设计网络的拓扑结构；
- 如何确保网络设备保持在一定的速率下通信；
- 在网络介质上数据位流的表示。

OSI 参考模型常被用来描述网络环境，各设备生产商根据这个模型的标准来设计制造自己的产品。OSI 参考模型规定了网络上的各种硬件设备和软件如何以分层的方式来协同工作，完成网络通信；此外，OSI 参考模型还提供了一系列参考指标来说明网络设备的工作原理，这有利于排除网络上出现的故障。

3.2.2　OSI/RM 的结构

OSI 参考模型将整个网络通信的功能划分为 7 个层次，它们由低到高分别是：物理层（Physical Layer）、数据链路层（Data link Layer）、网络层（Network Layer）、传输层（Transport Layer）、会话层（Session Layer）、表示层（Presentation Layer）和应用层（Application Layer），如图 3-2 所示。

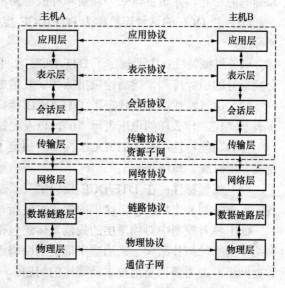

图 3-2　OSI 参考模型

OSI 参考模型的分层结构对不同的层次定义了不同的功能和所提供的不同的服务，每个层次均为网上的两台终端或是计算机进行通信做数据准备，其中每一层都与相邻的上下层之间交换接口数据单元，进行协调工作，并为上层提供的服务，将上层传来的数据和控制信息经过再处理后传递到下层，一直到最底层（物理层）然后通过传输介质传到网络上。分层结构的优点就是每一层次有各自的功能，相互之间有明确的分工，这种结构便于理解和接受；而且当网络出现传输故障时，可以通过分析判断问题出在哪一层，然后在与该层相关的硬件或软件中确定故障点，可以方便迅速地解决问题。

3.2.3 OSI/RM 的分层介绍

虽然 OSI 将一个通信过程按相关功能的实现划分为 7 层，但从整体又可以将 OSI 分为上下两层，上层其中包括 OSI 的 4～7 层（传输层、会话层、表示层和应用层），称为高层，主要定义互联计算机的应用程序之间的通信问题；下层包括 OSI 的 1～3 层（物理层、数据链路层和网络层），称为低层，主要定义互联计算机之间的连接建立和数据交换方式。

1. 物理层

物理层是 OSI 参考模型的最底层，也是 OSI 体系结构中最重要、最基础的一层，它是建立在传输介质基础上的，是由纯硬件组成的一层，通过传输介质，实现实体之间链路的建立、维护和拆除，形成物理连接，负责将数据以比特流的方式发送和接收。物理层只负责将二进制位流（bit）从一台计算机发送给另一台计算机，并不关心位流的具体含义。

CCITT 对物理层所作的定义为利用物理的、电气的、机械的、规程的特性在 DTE/DCE 之间实现对物理信道的建立、保持和拆除功能。

数据终端设备（Data Terminal Equipment，DTE）是指计算机网络中用户处理用户数据的设备，是计算机网络中的信源和信宿。虽然 DTE 具有的较强的通信处理能力，但它所发出的信号通常不能直接送到网络的传输介质上，必须借助于 DCE 才能实现。数据电路端接设备（Data Circuit-terminating Equipment，DCE）的作用就是在 DTE 和传输网络之间提供信号变换和编码的功能，并负责建立、保质和释放链路的连接。

DTE 和 DCE 的这种连接称为 DTE/DCE 接口，物理层包含了定义 DTE/DCE 接口的一系列标准：

（1）机械特性：主要规定了 DTE/DCE 之间的接口器连接器形式，包括连接器规格指标、交换信号的插针排列、接插栓锁措施和安装措施等。

（2）电气特性：主要规定了 DTE/DCE 接口电缆上传送信号的电压大小，即什么样的电压表示 "1"，什么样的电压表示 "0"，以及允许的数据传输速率和最大的传输距离。

（3）功能特性：在 DTE/DCE 接口，规定了接口电路的功能分配和确切定义，如数据控制线、定时线、地线等。

（4）规程特性：在 DTE/DCE 接口定义了二进制比特传输前的一组操作过程，即各信号线的工作规则和先后顺序，这里的规程主要指与静止状态相关的规程。

OSI 参考模型中对物理层的规范具体还包括：网络连接类型是点点连接还是多点连接，网络使用哪种拓扑结构，采用数字形式的编码还是模拟形式的编码，如何保持端和接收端的数据同步，采用哪种复用技术及端接的问题。

2. 数据链路层

数据链路层是 OSI 参考模型中的第二层，位于物理层的上方和网络层的下方。它负责在不可靠的物理连接上实现实体间可靠的数据传输。发送端的数据链路层将从网络层传来的数据分组按照协议约定的格式，附上目的地址等控制信息，封装成可被物理层所传输的帧（Frame），而接收端的数据链路层将由物理层传输过来的数据帧检查、剥去帧的数据链路信息后，转换成纯数据，上传给网络层。

典型的数据帧的结构如图 3-3 所示。

起始标志	地址字段	控制字段	有效数据字段	校验字段	结束标示

图 3-3　典型的数据帧结构

帧是数据链路层传输数据基本单位，在帧结构中，除了包含需要传输的有效数据以外，还包括发送端和接收端的地址字段及控制字段和校验字段等。地址字段确定了数据帧的源地址和目的地址；控制字段和校验字段是用来保证数据帧中的有效数据能准确无误地传输，接收端计算机的数据链路层可以利用 CRC（循环冗余校验码）信息检查出所接收的帧是否错误，如果有某帧有错误，则要求发送端重新发送该帧。

发送端的数据链路层发送了一个数据帧后，将会等待接收端的确认应答，如果得到数据帧被破坏的信息或得不到确认应答，则发送端就会重新发送一遍。此外数据链路层还会对网络流量进行控制。

一个网络属于多点连接还是点对点连接取决于数据帧的类型（其实是帧的"目的地址"的类型）。一个设备上的数据链路层负责识别帧的地址（目的地址），接收属于自己的信息，放弃不属于自己的数据帧，数据链路层还负责建立、维持和释放网络实体之间的数据链路，在链路上进行无差错地传送帧，负责准备物理传输、CRC、错误通知、网络拓扑、流量控制等。

OSI 参考模型中对数据链路层的规范具体包括：数据帧的结构、流量控制、介质访问控制、差错识别与处理。

IEEE（电气与电子工程师协会）开发了 802 系列规范，在该系列规范中将数据链路层分成了两个子层：逻辑链路控制子层（LLC）和介质访问控制子层（MAC），其中：

（1）LLC 层集中了与介质无关的部分，负责建立和维护两台通信设备之间的逻辑通信链路。提供服务访问节点（SAP）。其他计算机可以据此通过 LLC 层给 OSI 上层传输信息。其功能为：建立和释放数据链路层的逻辑连接；向高层提供一个或多个服务访问点；发送和接收 LLC 帧；为 LLC 帧加上帧序号。

（2）MAC 层集中了与接入各种传输介质有关的部分，负责在物理层的基础上进行无差错通信，管理多个源链路和目标链路，提供通信介质的复用机制。主要功能有：控制各主机访问通信介质；提供通信介质的复用机制；发送和接收 MAC 帧及寻址。

MAC 地址是某站在网络中的物理地址，IEEE 802 为每个站都规定了一个 48 位的全局地址，其中高 24 位由 IEEE 分配，全世界生产网卡的厂商都必须向 IEEE 购买 MAC 地址，该地址被称为厂商代码。局域网的低 24 位地址由厂商为生产的每块网卡分配，因此每块网卡都有一个全球惟一的 MAC 地址。MAC 地址由 12 位十六进制数表示。

MAC 层提供对网卡的共享访问和与网卡的直接通信。MAC 地址可提供给 LLC 层来建立同一个局域网中两台设备之间的逻辑链路。

局域网中的寻址首先要用 MAC 地址找到网络中的某一个站，然后从 LLC 帧的地址信息找到该站的某个 SAP。

3. 网络层

网络层位于 OSI 参考模型的第三层，负责对数据报文的分组传送和路由选择，负责从发送端到接收端的连接多于一个链路（Link）的数据的传输，网络层把上层来的数据组织成分组，在通信子网的节点之间交换传递，管理网络地址，定位设备，决定路由。我们所熟知的 IP 地址和路由器就是工作在这一层。如果网络比较大，在发送者和接收者之间还可能存在中间连接设备（如路由器、交换机等）或子网，通过网络层可以使得传输层（网络层的上一层）可以在两个设备之间传输数据而无需关心这两个设备是否在同一网段上。上层的数据段在这一层被分割，封装后叫做包（Packet），包有两种，一种是用户数据包（Data Packet），是上层传下来的用户数据，另一种是路由更新包（route Update Packet），是直接由路由器发出来的，用来和其他路由器进行路由信息的交换。除了选择路径之外，网络层还要防止网络中出现局部的拥挤或阻塞以及具有记账功能。

网络层为了完成路由选择和包交换工作，需要完成以下三项最基本的工作：

（1）将网络逻辑地址转换成物理机器地址，即将数据链路层中的 MAC 地址转换为网络层的 IP 地址；

（2）决定服务质量，如消息的优先级，若从发送者到接收者之间存在多条路径时，还需要进行路由选择；

（3）当数据包的大小比数据链路层允许的最大数据帧还要大时，网络层还要负责将其分成多个数据段。在接收端负责将多个数据段组装成数据包。

除此之外，OSI 参考模型中对网络层的规范还包括：连接服务、网络层流量控制、网络层出错控制、数据包顺序控制、网关服务等。

4. 传输层

传输层位于 OSI 参考模型的第四层，在低层服务的基础上为高层提供一种通用的传输服务，用于计算机间的标准化通信，保证实现数据段无差错、按顺序、无丢失或无冗余的传输。会话实体利用这种透明的数据传输服务而不考虑下层通信网络的工作细节，这样数据传输能高效地进行。在传输层上，所执行的任务包括检错和纠错。根据所使用的协议，数据段的传输可以是可靠的，也可以是不可靠的。当采用可靠的数据段传输时，保证性将通过各种误差控制来实现。例如，TCP/IP 协议在传输层上有两个协议：传输控制协议（TCP）和用户数据报协议（UDP），UDP 用于不可靠的数据段传输，而 TCP 用于可靠的数据段传输。

传输层还负责将会话层来的数据报分解成小的数据段发送，并在目的地重新将其组装成数据报。传输层的典型操作是给发送端发送已接收到的确认消息。

TCP 协议通过"三次握手"的方法来实现 TCP 的连接管理。

TCP 的每条连接都有一个发送序号和一个接收序号。发送序列号由发送方产生，接收序列号由接收方产生。TCP 在创建一个连接时，首先为该连接分配一个序列号，这个序列号称为初始序列号。连接的建立过程，实际上是双方序列号同步的过程。

"三次握手"就是 TCP 在创建一个传输连接时，要求进行连接建立的 TCP 双方通过交换 3 个报文来同步顺序号的过程。建立连接的每一方都发送自己的初始序列号，并且把收到的序列号作为自己接收序列号，并向对方发送确认。这个方案解决了由于网络层可能丢失、存储重复分组带来的问题。

OSI 参考模型中传输层的规范具体包括：与网络无关的端到端传输服务、保证数据无差错地传输、传输方式的分离。

5. 会话层

会话层位于 OSI 参考模型的第五层，主要负责管理远程用户或进程间的通信及管理会话与数据传输的同步。会话层允许在不同的计算机上运行的应用程序共享一个叫会话的连接。该层提供如名字查找和安全验证等服务，允许两个程序能够相互识别并建立和维护通信连接。会话层还提供数据同步和检查点功能，这样当网络失效时会对失效后的数据进行重发。该层还控制两个进程间的会话，决定在通信过程中谁可以在哪一点发送以及谁可以在哪一点接收，并可以停止接收或发送数据。除此之外，会话层还具有内部错误校正和恢复方法以及处理两台通信设备所必须遵守的许多细节。

会话的定义是为完成一个相对独立的统一任务而进行的双方按序传送报文和有关的非传送操作的过程。会话层所完成的工作包括建立、维护、控制会话，区分不同的会话以及提供单工、半双工、全双工 3 种通信模式的服务。平时所知的 NFS、RPC、X Window 等都工作在这一层。

OSI 参考模型中会话层的规范具体包括：通信控制、检查点设置、中断传输链路的重建、名字查找和安全验证等服务。

6. 表示层

表示层位于 OSI 参考模型的第六层，由它完成计算机期望的数据格式与网络需要的数据格式之间的编码与转换。表示层完成协议转换、数据转换、压缩和加密、字符集转换、图形命令解释等工作，确保应用层的正常工作。

这一层是将看到的界面与二进制互相转化的地方，也就是人的语言与机器语言间的转化。异种机之间对数据的表示是不同的，为了异种机之间的联网和通信，需要将发送方数据形式转换为另一种形式，接收方在收到数据后再还原为原形式或是自己能理解的形式，这就是表示层的功能。例如，采用 ASCII 码的 PC 机向采用 EBCDIC 码格式的 IBM 大型机发送数据时，就必须在表示层中进行格式转换（因为 EBCDIC 码和 ASCII 码是将字符转换为十六进制码的两个标准）。同时在表示层还可以进行数据的压缩、解压、加密、解密等操作。

网络重定向器，就是在表示层上运行的。重定向器使得文件服务器上的文件对客户端的计算机都是可见的，同时安装在远端的打印机（网络打印机）使用起来就像使用本地打印机一样方便。

OSI 参考模型中表示层的规范具体包括：数据编码方式的约定（传输句法）、本地句法的转换。

7. 应用层

应用层位于 OSI 参考模型的最高层，它是计算机网络与用户的接口，它为数据库访问、电子邮件、文件传输等用户应用程序提供直接服务。应用层可实现网络中一台计算机上的应用程序与另一台计算机上的应用程序之间的通信，而且就像在同一台计算机上一样。目前，有些软件可分为单机版和网络版，网络版与单机版的最大不同就是网络版使用了应用层的功能。

这一层负责确定通信对象，并确保有足够的资源用于通信，这些当然都是想要通信的应用程序干的事情。一般一个应用是由一些合作的应用进程组成的，这些应用进程根据应用层协议互相通信。典型的应用包括：远程登录、文件传输、电子邮件等。

OSI 参考模型中应用层的规范具体包括：各类应用过程的接口、提供用户接口。

通过前面的介绍，我们已经对 OSI 参考模型有了一个总体上的认识。就其本质，OSI 参考模型只是一个概念架构，是一个所有网络软硬件生产商必须遵循的标准。

上述各层主要功能如下：①物理层，二进制传输；②数据链路层，介质访问；③网络层，路由选择；④传输层，端到端的连接；⑤会话层，互联主机通信；⑥表示层，数据表示；⑦应用层，应用程序通信。

3.3　TCP/IP 协议集

TCP/IP 是美国国防部高级计划研究局 ARPA 为互联网而开发的，也是很多大学及研究所多年的研究及商业化的结果，是目前计算机网络中广泛使用的一种基本协议集，狭义的 TCP/IP 包括 TCP（传输控制协议）和 IP（因特网协议）两个协议，而广义的 TCP/IP 则包括从物理层直至应用层的一系列协议，其中 TCP 和 IP 是其中最重要的两个协议。

3.3.1　TCP/IP 参考模型及分层介绍

TCP/IP 参考模型划分为四个层次，分别是网络接口层、IP 层、TCP 层和应用层，每一层有相应的协议，如表 3-1 所示。

表 3-1　　　　　　　　　　　　　　　　TCP/IP 参考模型

应用层	FTP、HTTP、SMTP、DNS、SNMP、Telnet、TFTP
TCP 层	TCP、UDP
IP 层	IP、ICMP、ARP、RARP
网络接口层	Ethernet、ARPAnet、PDN 及其他

TCP/IP 参考模型四层结构及功能如下：

1. 网络接口层

TCP/IP 的网络接口层位于整个参考模型的最底层，通过该层可以确定网络是局域网还是广域网。它的主要功能是把 IP 报文按照一定方式转换为比特流进行传输，或者把在物理网络中传输的比特流转换为有意义的数据帧，检查、纠正数据在传输过程中发生的差错，并负责提供数据帧的流的控制功能，以保证数据发送的速度在数据接收方的处理能力范围之内。

2. IP 层

IP 层也叫网际层或是 Internet 层，IP 层负责提供不同主机之间的通信服务，通过 IP 地址识别不同的机器，使用某种路由算法为数据包选择通往目标机器的适当的路径，并负责检查接收到的 IP 数据包的正确性，IP 层是不可靠的，它的可靠性由 TCP 来负责。

IP 层中包括四个重要的协议：因特网协议（Internet Protocol，IP）、因特网控制报文协议（Internet Control Message Protocol）、地址转换协议（Address Resolution Protocol，ARP）、反向地址转换协议（Reverse Address Resolution Protocol，RARP）。

3. TCP 层

TCP 层也叫传输层，TCP 层负责为应用层提供端到端的数据传输服务，它用端口号来识别一台主机上多个不同的应用程序，使它们可以独立地进行数据的发送和接收。TCP 层提供两个重要的协议：面向连接的传输控制协议（Transmission Control Protocol，TCP）和面向无连接的用户数据报协议（User Datagram Protocol，UDP）以满足不同的通信要求。

4. 应用层

应用层是处理用户访问网络的接口问题，即向用户提供一套常用的应用程序。TCP/IP 模型的应用层为软件开发者提供了很大的灵活性，凡是有关网络应用的软件只需要在应用层进行设计，而不需要考虑其他层。

3.3.2　TCP/IP 与 OSI/RM 的比较

TCP/IP 模型与 OSI 参考模型既有相似之处，也存在区别，两者的关系如图 3-4 所示。

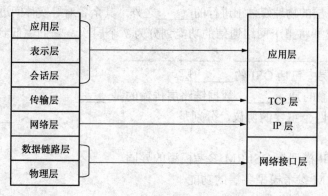

图 3-4　TCP/IP 与 OSI 参考模型之间的关系

OSI 参考模型与 TCP/IP 模型都使用分层结构，但是 TCP/IP 模型只分为四层，简单而高效，其中 OSI 参考模型中的高三层，在 TCP/IP 模型中被集成为一个应用层，数据链路层和物理层集成为网络接口层。

TCP/IP 模型是伴随着互联网的发展而得以发展和完善的，经历了十多年的实践考验，有着广泛的实践基础，已经成为事实上的工业标准，在互联网上被广泛应用，不同于 OSI 参考模型，OSI 参考模型是作为一种标准而被设计出来的，并没有可应用于实践的协议，但是 OSI 参考模型仍是目前网络设计所遵循的标准模型。

小　　　结

本章主要介绍了计算机网络的体系结构和协议，介绍了 OSI/RM 的层次结构及分层功能，并介绍了目前的互联网上广泛使用的 TCP/IP 协议集，OSI/RM 参考模型与 TCP/IP 协议集虽然各有优缺点，但是作为学习网络的基础，两者都要求读者掌握。

习　　　题

一、填空题

1. 为使各计算机之间与终端之间能正确地传输信息，必须在_____、_____和_____等方面有一组事先约定好的规则，这组约定或规则就是所谓的网络协议。

2．第 N 层实体向第＿＿＿＿层实体提供服务，接受第＿＿＿＿层为它提供的服务。

3．＿＿＿＿是第 $N+1$ 层可以访问第 N 层服务的地方。每个＿＿＿＿都有一个惟一标识它的地址。

4．对等实体间进行通信时必须遵守的规则称为＿＿＿＿；对等实体间遵守协议而传输的信息称作＿＿＿＿。

5．相邻实体间的通信是通过它们的边界进行的，该边界称为相邻层之间的＿＿＿＿。

6．下层向上层提供的服务分为两大类＿＿＿＿和＿＿＿＿。

7．在面向连接的服务中，每一次完成的数据传输都必须经过＿＿＿＿、＿＿＿＿和＿＿＿＿三个过程。

8．除了在最底层的物理媒体上进行的＿＿＿＿之外，其余各对等实体间进行的都是＿＿＿＿。

9．OSI 参考模型将整个网络通信的功能划分为 7 个层次，它们由低到高分别是＿＿＿＿、＿＿＿＿、＿＿＿＿、＿＿＿＿、＿＿＿＿、＿＿＿＿、＿＿＿＿。

10．OSI 的高层中包括 OSI 的＿＿＿＿层。

11．物理层传输的是＿＿＿＿，数据链路层传输的是＿＿＿＿。

12．IP 层包括四个重要的协议，分别是＿＿＿＿、＿＿＿＿、＿＿＿＿、＿＿＿＿。

二、简答题

1．简述 TCP/IP 模型与 OSI/RM 参考模型的异同。

2．简述 OSI/RM 参考模型各层的功能。

3．简述 TCP/IP 模型各层的功能。

4．简述面向连接的服务与面向无连接的服务各有什么特点。

5．简述数据链路层的帧结构，并说明各字段的作用。

6．为什么要对计算机网络系统进行分层处理？

第 4 章

局 域 网

计算机网络的一个重要组成部分便是局域网，与广域网相比，局域网无论在技术还是应用上的优势都是非常明显的。同时，以太网占据了整个局域网90%左右的份额，而且随着万兆以太网标准的制定和相关产品的推出，以太网在传输速度上的优势越来越明显，而且应用前景会更加广泛。目前以太网已基本成为局域网的代名词，为此本章将主要介绍以太网组建中的一些特点。

4.1 局 域 网 概 述

局域网诞生于20世纪60年代末，在70年代出现了多种类型的实验性局域网，典型代表是1975年美国Xerox公司研制成功的第一个征用型实验性以太网（Ethernet）和1974年英国剑桥大学开发的剑桥环网（Cambridge Ring），这两种网络为局域网的发展奠定了基础，并促进了局域网的进一步发展。

4.1.1 局域网的定义

局域网LAN（Local Area Network，LAN），是指在较小的地理范围内，将有限的通信设备互联起来的计算机网络。

局域网络中的数据通信设备包括计算机、各种终端以及外围设备，并且局域网是具有数据交换功能的通信网络。局域网的名字本身就隐含了这种网络地理范围的局域性。由于较小的地理范围，LAN通常要比广域网（WAN）具有高得多的传输速率。

局域网络包括硬件、控制信息传输的协议和相应的软件。硬件包括传输介质（双绞线、同轴电缆、光纤）、控制传输的机制、计算机或者设备和网络的接口。局域网可以只采用OSI参考模型的最低两层（物理层和数据链路层）。IEEE 802委员会包含12个分会，专门负责局域网标准的制定。

局域网是共享介质的广播式分组交换网。在局域网中，所有的计算机都连接到共享的传输介质上，任何计算机发出的数据包都会被其他计算机接收到。由于局域网是共享介质的通信系统，所以共享介质的信道分配技术是局域网的核心技术，而这一技术又与网络的拓扑结构和传输介质相关。拓扑结构和传输介质决定了各种局域网的数据类型、数据传输速率、通信效率等特点，也决定了局域网的应用。

4.1.2 局域网的特点

局域网相对于广域网具有如下一些特点：

（1）高速率。局域网应用的地理范围较小，比广域网（WAN）具有更高的传输速率。共享式局域网的传输速率通常为1～100Mbps，而交换式局域网最高的传输速率可达到1Gbps。

（2）覆盖有限的地域范围。局域网覆盖的地域范围是有限的，常用于公司、机关、校园、工厂等有限范围内。通常在10m～10km，一般不会超过30km。

（3）高可靠性。局域网的误码率非常低，一般在 $10^{-12} \sim 10^{-8}$ 之间，因而可靠性高。

（4）易扩展性。局域网连接能力有限，一般只能连接几百个独立的设备，因此易于安装，配置和维护简单，造价低，易于扩展。

（5）传输时延小。

（6）共享传输信道，能进行组播或广播。

（7）拓扑结构多种多样。可采用星型、总线型、环型多种拓扑结构。

（8）低层协议简单。由于局域网距离短、时延小、成本低、传输速率高，因此不需要考虑信道利用率的问题，所以低层协议简单，允许报文有较大的报头尺寸。

（9）没有单独的网络层。局域网多采用共享信道，广播的方式传输数据，一般不需要中间转接，因此局域网中不单独设立网络层。局域网的体系结构仅相当于 OSI/RM 的底二层。

（10）采用多种介质访问控制技术。由于采用共享信道，而信道又可用不同的传输介质，因此多种介质访问控制技术是局域网的主要技术。

4.1.3　局域网参考模型

1．分析局域网参考模型

由于局域网内部通信的数据表示相同，交换数据时也就不需要进行格式转换，因此，局域网可以只采用 OSI 参考模型的最低两层（物理层和数据链路层），如图 4-1 所示。而数据链路层在局域网参考模型中又可以分为逻辑链路控制 LLC（Logic Link Control，LLC）子层和介质访问控制 MAC（Media Access Control，MAC）子层。

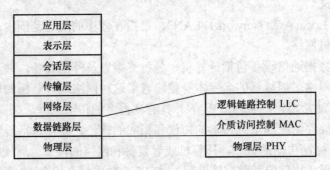

图 4-1　局域网参考模型

逻辑链路控制子层的主要功能是负责数据链路层中逻辑链路的建立和释放，并向网络层提供接口，具有差错控制、流量控制等功能。介质访问控制的任务是有效地在各个节点之间分配传输介质的带宽。MAC 的主要功能是数据帧的组装（分解）和发送（接收），实现和维护介质访问控制协议，比特差错检测和寻址。在逻辑链路控制子层上，无论各个局域网采用什么技术，网络层是不能了解的。也就是说，下层对上层是透明的。要识别某个局域网的类型，只有到 MAC 层才能看到。

2．IEEE 802 标准

根据工作方式和分组结构的不同，局域网一般分为令牌网、以太网、FDDI 和 ATM 等。自从 1980 年 2 月美国电气与电子工程师学会 IEEE 802（Institute of Electrical and Electronics Engineers，IEEE）委员会成立以来，目前已经有 12 个分委员会，它们分别负责研究和制定局域网的相关标准，主要如下：

（1）IEEE 802.1 对 IEEE 802 标准作了介绍，并对接口原语进行了规定。同时，该标准还包括局域网体系结构、网络互联、网络管理、性能测试等内容；

（2）IEEE 802.2 定义了 LLC 子层协议；

（3）IEEE 802.3 定义了总线型网络的介质访问控制协议 CSMA/CD 及物理层技术规范；

（4）IEEE 802.4 定义了令牌总线（Token Bus）网络 MAC 子层协议及物理层技术规范；

（5）IEEE 802.5 定义了令牌环（Token Ring）网络 MAC 子层协议及物理层技术规范；

（6）IEEE 802.6 定义了城域网（MAN）的 MAC 子层协议及物理层技术规范；

（7）IEEE 802.7 定义了宽带网络技术，为其他分委员会提供宽带网络技术建议；

（8）IEEE 802.8 定义了光纤网络技术，为其他分委员会提供光纤网络技术建议；

（9）IEEE 802.9 定义了语音及数据综合局域网（IVD LAN）的 MAC 子层协议及物理层技术规范；

（10）IEEE 802.10 定义了局域网安全技术规范；

（11）IEEE 802.11 定义了无线局域网技术的 MAC 子层协议及物理层技术规范；

（12）IEEE 802.12 定义了 100VG-Any LAN 局域网的 MAC 子层协议。

IEEE 802 委员会最先出台的是 802.1～802.6 标准，这 6 个标准已被 ISO 确定为国际标准，分别为 ISO 8802.1～8802.6。同时，美国国家标准委员会（ANSI）把 IEEE 802 标准作为美国国家标准。

4.1.4 局域网的拓扑结构

所谓网络拓扑（Network Topologies）是指它定义了网络中的资源（包括工作站、服务器、外部设备等）在逻辑上或者物理上的连接方式。

局域网中常用的拓扑结构有总线型、星型、环型三种。

1. 总线型拓扑

总线型拓扑结构的网络属于共享信道的广播式网络，如图 4-2（b）所示。总线型拓扑 LAN 的节点均连接到一个单一的连续的物理链路上。由于各个节点之间均通过同一电缆直接相连，所以在同一时刻只能有一个站发送信息，来使用这条传输线。

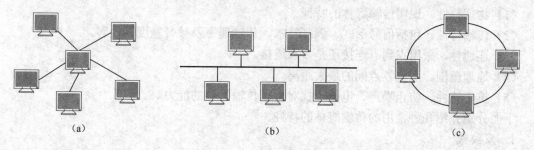

图 4-2 局域网的拓扑结构

（a）星型拓扑；（b）总线型拓扑；（c）环型拓扑

从结构上讲，总线型拓扑所需要的电缆长度是最小的。但是，由于各个节点在同一线路中通信，任何一处故障都会导致相关节点无法完成数据的发送和接收，从而引起网络故障。

总线型拓扑的一个重要特征就是可以在整个总线网络中广播信息。网络中的每个站点几乎可以同时收到每一条信息，当然距离信息发送点越远则收到信息的延迟越大，这个延迟是由于网络传输延迟所造成的。

总线型拓扑一般用于以太网以及具有 10～50 个工作站的小型网络中,可用来方便地建立和维护小型网络。它是一种针对具有网络需求的小型办公室环境的成熟的、比较经济的方案。

2. 环型拓扑

在环型拓扑中,连接网络中节点的电缆组成了一个封闭的环,如图 4-2(c)所示。由于在环中传输数据必须要经过每个节点传递,所以环中的任何一段故障也会导致各工作站之间的通信受阻。

这种拓扑结构在小型办公网络中并不常见,因为它和总线型网络相比,总线型网络所使用的网卡比较便宜而且应用广泛。

3. 星型拓扑

在星型拓扑中,网络中的工作站均连接到一个中心设备上,由该中心设备向目的节点传递数据包,如图 4-2(a)所示。

中心设备一般可以是集线器(Hub)、交换机(Switch)等。星型拓扑的优点在于方便了对大型网络地维护和调试,且网络稳定性好,不会因为一台计算机的故障而影响整个网络通信。由于所有工作站都连接到中心设备上,所以此种网络结构的可扩充性也很好,在具有星型拓扑的网络中要添加或移动某个工作站是十分简单的,对电缆的安装和检验也相对容易。

对于这种拓扑结构来说,由于中心设备如集线器的失效或损坏会导致较大一部分甚至整个网络无法工作,同时连接工作站和中心设备的电缆是必需使用的,因而星型拓扑就需要更加可靠的电缆。

4.1.5 局域网的传输媒体

传输媒体是通信网络中发送方和接收方之间的物理通路,计算机网络中采用的传输介质分为有线和无线两种。有线介质有双绞线、同轴电缆和光纤等。无线传输有微波通信、红外通信以及激光通信等。除了光纤是传输光脉冲外,无论是有线或无线传输,通信都是以电磁波的形式进行的。

传输媒体的特性对网络数据通信质量有很大影响,这些特性是:

(1)物理特性。说明传输媒体的特征。

(2)传输特性。包括信号形式、调制技术、传输速率及频带宽度等内容。

(3)连通性。采用点到点连接还是多点连接。

(4)地理范围。网上各点间的最大距离。

(5)抗干扰性。防止噪声、电磁干扰对数据传输影响的能力。

下面分别介绍几种常用的传输媒体的特性。

1. 双绞线

双绞线是最古老,最便宜,也是目前使用最广泛的传输介质。它由两根分别包有绝缘材料的铜导线螺旋形地绞在一起组成,两根导线绞在一起,一方面是为了减小一根导线中电信号在另一根导线中产生的干扰信号,另一方面是为了减小与其他线对之间的信号干扰,如减小与电缆中邻近线对之间的干扰噪声。实际使用时,双绞线是由多对双绞线一起包在一个绝缘电缆套管里的。典型的双绞线有四对的,也有更多对的双绞线是放在一个电缆套管里的。在双绞线电缆内,不同的线对按逆时针方向扭绞。相邻线对的扭线越密集抗干扰能力就越强。与其他传输介质相比,双绞线在传输距离,信道宽度和数据传输速度等方面均受到一定限制,但价格较为低廉。双绞线的外观如图 4-3 所示。

双绞线一般可以分为非屏蔽双绞线 UTP（Unshielded twisted pair，UTP）和屏蔽双绞线 STP（shielded twisted pair，STP）两大类。屏蔽双绞线在双绞线与外层绝缘封套之间有一个铝铂包裹的金属屏蔽层。屏蔽层可减少辐射，防止信息被窃听，也可阻止外部电磁干扰的进入，使屏蔽双绞线比同类的非屏蔽双绞线具有更高的传输速率。屏蔽双绞线在线面直径上明

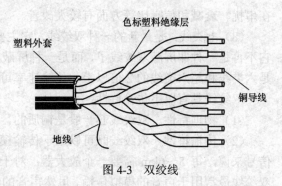

图 4-3　双绞线

显要比非屏蔽双绞线粗，具有较好的电气性能，但也并不能完全消除干扰。屏蔽双绞线价格相对较高，安装时要比非屏蔽双绞线困难。

但非屏蔽双绞线的性能对于普通的企业局域网来说影响不大，甚至说很难察觉，所以在企业局域网组建中所采用的通常是非屏蔽双绞线。

在这两大类中又分为：100Ω电缆、双体电缆、大对数电缆、150Ω屏蔽电缆。其中双体电缆和 150Ω屏蔽电缆在国内较少使用。

双绞线常见的有三类线、五类线、超五类线以及最新的六类线等，具体可以分为：

（1）一类线：是最原始的非屏蔽双绞铜线电缆，主要用于 20 世纪 80 年代初之前的电话语音通信。

（2）二类线：是第一个可用于计算机网络数据传输的非屏蔽双绞线电缆，传输频率为 1MHz，如用于语音及数据传输最高速率可达 4Mbps。常见于使用 4Mbps 规范令牌传递协议的旧的令牌网。

（3）三类线：是用于 10Base-T 以太网络及语音传输的非屏蔽双绞线电缆，传输频率为 16MHz，传输速度可达 10Mbps。

（4）四类线：该类电缆的传输频率为 20MHz，用于语音传输和最高传输速率 16Mbps 的数据传输，主要用于基于令牌的局域网和 10BASE-T/100BASE-T。

（5）五类线：该类电缆增加了绕线密度，外套一种高质量的绝缘材料，传输率为 100MHz，用于语音传输和最高传输速率为 100Mbps 的数据传输，主要用于 100BASE-T 和 10BASE-T 网络。这是最常用的以太网电缆。

（6）超五类线：是主要用于运行快速以太网（1000Mbps）的非屏蔽双绞线。超五类具有衰减小，串扰少，并且具有更高的衰减与串扰的比值和信噪比、更小的时延误差，性能得到很大提高，传输速度可达到 1000Mbps。超五类线主要用于千兆位以太网。

（7）六类线：是应用于百兆快速以太网和千兆以太网中的非屏蔽双绞线电缆。该类电缆的传输频率为 1～250MHz，是超五类线带宽的 2 倍，最大速度可达到 1000Mbps，六类布线的传输性能远远高于超五类标准，最适用于传输速率高于 1Gbps 的应用。六类与超五类的一个重要的不同点在于：改善了在串扰以及回波损耗方面的性能，对于新一代全双工的高速网络应用而言，优良的回波损耗性能是极重要的。六类标准中取消了基本链路模型，布线标准采用星形的拓扑结构，要求的布线距离为：永久链路的长度不能超过 90m，信道长度不能超过 100m。

超六类线是六类线的改进版，同样是一种非屏蔽双绞线电缆，主要应用于千兆位网络中。在传输频率方面与六类线一样，也是 1～250MHz，最大传输速度也可达到 1000Mbps，只是

在串扰、衰减和信噪比等方面有较大改善。

（8）七类线：是最新的一种双绞线，它主要为了适应万兆位以太网技术的应用和发展。但它不再是一种非屏蔽双绞线了，而是一种屏蔽双绞线，所以它的传输频率至少可达 500MHz，是六类线和超六类线的 2 倍以上，传输速率可达 10Gbps。

双绞线具有以下传输特性：

（1）物理特性。双绞线芯一般是铜质的，能提供良好的传导率。

（2）传输特性。双绞线既可以用于传输模拟信号，也可以用于传输数字信号。对于模拟信号来说，每 5～6km 需要一个放大器；对于数字信号来说，每 2～3km 使用一个中继器。双绞线最常用于声音的模拟传输。虽然声音的频谱在 20Hz～20kHz 之间，但是进行可理解的语音传输所需要的带宽却窄得多。一条全双工语音通道的标准带宽是 300Hz～4kHz，即只要约 4kHz 的带宽。双绞线带宽可达 268kHz，因而可以使用频分多路复用技术实现多条语音通道的复用。即使在通道之间留有适当的隔离，这种双绞线仍具有复用 24 路语音通道的容量。使用调制解调器后，作为模拟音频通道的双绞线也可传输数字数据。根据目前的调制解调器设计技术，若使用移相键控法 PSK，可使每路线有效传输速率达到 9600bps 以上，这样，在一条 24 通道的双绞线上，总的数据传输速率便可达 230kbps。

双绞线上也可直接传送数字信号，使用 T1 线路的总数据传输速率可达 1.544Mbps。达到更高数据传输速率也是可能的，但与距离有关。

双绞线也可用于局域网，如 10BASET 和 100BASET 总线，可分别提供 10Mbps 和 100Mbps 的数据传输速率。通常将多对双绞线封装在一个绝缘套里组成双绞线电缆，局域网中常用的 3 类双绞线和 5 类双绞线电缆均由 4 对双绞线组成，其中 3 类双绞线通常用于 10BASET 总线局域网，5 类双绞线通常用于 100BASET 总线局域网。

（3）连通性。双绞线普遍用于点到点的连接，也可以用于多点的连接。作为多点媒体使用时，双绞线比同轴电缆的价格低，但性能较差，而且只能支持很少几个站。

（4）地理范围。双绞线可以很容易地在 15 公里或更大范围内提供数据传输。局域网的双绞线主要用于一个建筑物内或几个建筑物间的通信，在 100kbps 速率下传输距离可达 1 公里。但 10Mbps 和 100Mbps 传输速率的 10BASET 和 100BASET 总线传输距离均不超过 100 米。

（5）抗干扰性。在低频传输时，双绞线的抗干扰性能相当于或高于同轴电缆，但在超过 10～100kHz 时，同轴电缆就比双绞线明显优越。

（6）价格。双绞线比同轴电缆或光导纤维都要便宜得多。

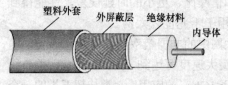

图 4-4　同轴电缆

2. 同轴电缆

同轴电缆也是局域网中最常见的传输介质之一。同轴电缆用来传递信息的一对导体按"同轴"形式构成线对，其结构如图 4-4 所示。中心的芯是一根铜线，外面有网状的金属屏蔽层导体，芯和屏蔽层之间加绝缘材料，最外面加塑料保护层。所以同轴电缆实际上和双绞线一样也是包括两根导体的通信线路。为了保持同轴电缆的正确电气特性，电缆屏蔽层必须接地。同时两头要有终端器来削弱信号反射作用。

电磁场封闭在内外导体之间，故辐射损耗小，受外界干扰影响小。同轴电缆比双绞线有较优的频率特性，可用于较高频率和较高数据速率的传输，对同轴电缆性能的主要限制是衰减和热噪声。

同轴电缆的带宽取决于电缆长度。1km 的电缆可以达到 1Gbps～2Gbps 的数据传输速率。作长距离传输时，对模拟信号传输约几公里需要使用放大器，对数字信号传输每 1km 则需要中继器。但是传输速率会有所降低。

同轴电缆可以用于传输模拟和数字信号，它的优点是可以在相对长的无中继器的线路上支持高带宽通信，缺点一是体积大，要占用电缆管道的大量空间；二是不能承受缠结、压力和严重的弯曲，这些都会损坏电缆结构，阻止信号的传输；最后就是成本高，而所有这些缺点正是双绞线能克服的，因此在现在的局域网中，基本已被双绞线所取代。

同轴电缆分为基带同轴电缆，阻抗 50Ω（如 RG-8、RG-11、RG-58 等）和宽带同轴电缆，阻抗 75Ω（如 RG-59 等）。

使用有限电视 CATV 电缆进行模拟信号传输的同轴电缆系统被称为宽带同轴电缆。宽带同轴电缆用于频分多路复用的模拟信号传输，也可用于不使用频分多路复用的高速数字信号和模拟信号传输。"宽带"这个词来源于电话业，指比 4kHz 宽的频带。在计算机网络中，"宽带电缆"指任何使用模拟信号进行传输的电缆网。

宽带网使用标准的有线电视技术，可使用的频带高达 300MHz（常常到 450MHz）。由于使用模拟信号，需要在接口处安放一个电子设备，把进入网络的比特流转换为模拟信号，并把网络输出的信号再转换成比特流。电视信号和数据可在一条电缆上混合传输。

由于宽带系统覆盖的区域广，需要使用模拟放大器周期性地加强信号。但是放大器仅能单向传输信号，因此，宽带系统中的报文分组也只能在计算机间单向传输。为了使宽带系统可以双向传输数据，人们通常采用两种方式解决这个问题：双缆系统，并排铺设两条完全相同的电缆，所有的计算机都通过电缆 1 发送，通过电缆 2 接收；单缆系统，在每根电缆上为内、外通信分配不同的频段，低频段用于计算机到顶端器的通信，顶端器将收到的信号移到高频段，再向计算机广播。

从技术上讲，宽带电缆在发送数字数据上比基带电缆差，它的优点是已被广泛安装。

基带同轴电缆又可分为粗缆和细缆两种，都用于直接传输数字信号。

细缆（RG-58）的直径为 0.26cm，阻抗 50Ω，最大传输距离 185m，使用时与 50Ω 终端电阻 T 型连接器、BNC 接头与网卡相连，如图 4-5 所示。线材价格和连接头成本都比较便宜，而且不需要购置集线器等设备，十分适合架设终端设备较为集中的小型以太网络。

图 4-5　同轴电缆的网卡、T 形头及 BNC 连接器

粗缆（RG-11）直径为 1.27cm，阻抗 75Ω，最大传输距离 500m。由于直径粗，弹性差，不适合在室内狭窄的环境内架设，而且 RG-11 连接头的制作方式复杂，它不能直接与电脑连接，需要通过一个转接器转成 AUI 接头，然后再接到电脑上。但是粗缆的强度较强，最大传输距离也比细缆长，因此粗缆主要用于制作网络主干，用来连接数个由细缆所结成的网络。

无论是粗缆还是细缆均为总线拓扑结构，即一根缆上接多部机器，这种拓扑适用于机器密集的环境，但是当一触点发生故障时，故障会串联影响到整根缆上的所有机器。故障的诊断和修复都很麻烦。

同轴电缆曾广泛用于以太网、计算机之间的专用线路以及电话系统的远距离传输线。但目前同轴电缆以太网几乎已被双绞线以太网取代。长距离电话网的同轴电缆几乎已被光纤取代。只有宽带同轴电缆还广泛地用于有线电视网。

同轴电缆具有以下传输特性：

（1）物理特性。单根同轴电缆的直径约为 1.02～2.54cm，可在较宽的频率范围内工作。

（2）传输特性。基带同轴电缆仅用于数字传输，并使用曼彻斯特编码，数据传输速率最高可达 10Mbps。宽带同轴电缆既可用于模拟信号传输又可用于数字信号传输，对于模拟信号，带宽可达 300～450MHz。一般在 CATV 电缆上，每个电视通道分配 6MHz 带宽，比每个广播通道需要的带宽要窄得多，因此在同轴电缆上使用频分多路复用技术可以支持大量的视、音频通道。

（3）连通性。同轴电缆适用于点到点和多点连接。基带 50Ω电缆每段可支持几百台设备，在大系统中还可以用转接器将各段连接起来；宽带 75Ω电缆可以支持数千台设备，但在高数据传输速率下（50Mbps）使用宽带电缆时，设备数目限制在 20～30 台。

（4）地理范围。传输距离取决于传输的信号形式和传输的速率，典型基带电缆的最大距离限制在几公里，在同样数据速率条件下，粗缆的传输距离较细缆的长。宽带电缆的传输距离可达几十公里。

（5）抗干扰性。同轴电缆的抗干扰性能比双绞线强。

（6）价格。安装同轴电缆的费用比双绞线贵，但比光导纤维便宜。

3. 光纤

光纤是光导纤维的简称，它由能传导光波的石英玻璃纤维外加保护层构成。光缆是圆柱形的，它包括三个部分：最里面是芯即光纤，光纤是极细的玻璃或塑料纤维（直径一般为 2～62.5μm）；每根光纤外面包有折射率比芯低的玻璃封套（直径一般为 125μm），最外面是由塑料和其他材料层组成的套管，如图 4-6 所示，套管防水、防磨损以及防挤压。光导纤维应用时还要做成光缆，它是由数根光导纤维合并先组成光导纤维芯线，外面被覆塑料皮，其中光导纤维的数目可以从几十到几百根，最大的达到 4000 根。

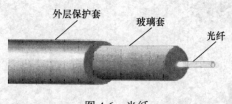

外层保护套　玻璃套　光纤

图 4-6　光纤

光导纤维中一般内芯玻璃的折射率比外层玻璃大 1%。根据光的折射和全反射原理，当光线射到内芯和外层界面的角度大于产生全反射的临界角时，光线透不过界面，全部反射。这时光线在界面经过无数次的全反射，以锯齿状路线在内芯向前传播，最后传至纤维的另一端。

光传输系统利用光脉冲传输数据。光传输系统由光源、光纤和光敏元件接收装置部分组成。用光纤传输电信号时，在发送端先要将其转换成光信号，而在接收端又要由光检测器还原成电信号。

光源可以采用发光二极管 LED（Light Emitting Diode）或注入型激光二极管 ILD（Injection Laser Diode），它们都是半导体设备，当有电流通过时会发出光脉冲。在光纤的一端安装一个发光二极管或激光二极管，另一端安装一个光电二极管，就成为一个单向数据传输系统。LED 或 ILD 接收电信号发出光脉冲，沿光纤传播，另一端的光电二极管再将光脉冲转变为电信号。由于是单向数据传输系统，所以光传输系统需要两根光纤，一根接收，一根发送。

光纤分为单模光纤和多模光纤。

多模光纤的中心玻璃芯较粗（50μm 或 62.5μm），在给定的工作波长上可传送多种模式的光。但其模间色散较大，这就限制了传输数字信号的频率，而且随距离的增加会更加严重。因此，多模光纤传输的距离较近，一般只有几公里。多模光纤采用发光二极管产生光脉冲。发光二极管 LED 是一种价格较便宜的固态器件，电流通过时就产生可见光，但定向性较差，是通过在光纤石英玻璃媒体内不断反射而向前传播的。

单模光纤的中心玻璃芯较细（8～10μm），在给定的工作波长上只能传一种模式的光。其模间色散很小，适用于远程通信。单模光纤对光源的谱宽和稳定性有较高的要求，即谱宽要窄，稳定性要好。使用注入型激光二极管。注入型激光二极管 ILD 也是一种固态器件，它根据激光器原理进行工作，即以激励量子电子效应来产生一个窄带的超辐射光束，产生的是激光。由于激光的定向性好，它可沿着光导纤维直接传播，减少了折射和损耗，效率更高，也能传播更大的距离，而且可以保持很高的数据传输速率。

单模光纤一般的光纤跳线用黄色表示，接头和保护套为蓝色；多模光纤一般的光纤跳线用橙色表示，也有的用灰色表示，接头和保护套用米色或者黑色。

光纤传输有许多突出的优点：第一，光纤传输的频带非常宽，由于光纤传输的是可见光，可见光的频率达 100 000GHz，比 VHF 频段高出一百多万倍。采用先进的相干光通信可以在 30 000GHz 范围内安排 2000 个光载波，进行波分复用，可以容纳上百万个频道。第二，光纤传输的损耗非常低。在同轴电缆组成的系统中，最好的电缆在传输 800MHz 信号时，每公里的损耗都在 40dB 以上。而光纤在传输 1.31μm 的光，每公里损耗在 0.35dB 以下，若传输 1.55μm 的光，每公里损耗在 0.2dB 以下。这才是同轴电缆的功率损耗的亿分之一，使其能传输的距离要远得多。第三，因为光纤非常细，单模光纤芯线直径一般为 4～10μm，外径也只有 125μm，加上防水层、加强筋、护套等，用 4～48 根光纤组成的光缆直径还不到 13mm，比标准同轴电缆的直径 47mm 要细得多，加上光纤是玻璃纤维，比重小，使它具有直径小、重量轻的特点，安装十分方便。第四，光纤的抗干扰能力强，因为光纤传输的是光信号，在传输过程中不受电磁场的影响，而且传输的信号不易被窃听，利于保密。第五，保真度高。因为光纤传输一般不需要中继放大，不会因为放大而引入新的非线性失真。远高于一般电缆干线系统的非线性失真指标。第六，工作性能可靠。因为光纤系统包含的设备数量少，光纤设备的寿命长，无故障工作时间达 50 万～75 万小时。故一个设计良好、正确安装调试的光纤系统的工作性能是非常可靠的。第七，光纤的成本不断下降，光通信技术的发展，为 Internet 宽带技术的发展奠定了非常好的基础。由于制作光纤的石英来源十分丰富，随着技术的进步，成本还会进一步降低，而电缆所需的铜原料有限，价格会越来越高。一对金属电话线至多只能同时传送一千多路电话，而根据理论计算，一对细如蛛丝的光导纤维可以同时通一百亿路电话，铺设 1000km 的同轴电缆大约需要 500 吨铜，而改用光纤通信只需几公斤石英就可以了。

光纤具有以下传输特性：

（1）物理特性。光纤由能传导光波的石英玻璃纤维外加保护层构成，具有重量轻、线面直径细的特点。

（2）传输特性。光纤具有极大的容量，潜在带宽无法预测；由于又细又轻，安装在室内或地下管道内部都很方便；传输距离长，衰减低。光纤能反射从光源接收的绝大多数光，所以光纤传送信号的距离比其他导线要远得多，长距离传输需要的中继器少，并且费用低，错误少。

（3）连通性。光纤适用于点到点的连接，也可以用于多点的连接。由于是单向数据传输系统，所以光传输系统需要两根光纤，一根接收，一根发送。

（4）地理范围。光纤可在较远的地理范围内进行数据传输，但是光纤难于拼接和分接，分接困难使线路窃听也困难，所以这既是缺点，也是优点。

（5）抗干扰性。电磁隔离好，不受外部电磁场影响，也不向外辐射能量。

（6）价格。价格相对于双绞线和同轴电缆偏高。

采用光纤通信是数据传输的重大突破。目前光纤已广泛用于长距离电话网和计算机网中。而且由于光纤的成本不断下降，光纤的应用必将越来越广泛。

4. 无线传输

无线电波的发送和接收是通过天线进行的，发送是天线把电磁波辐射到周围空间，接收是天线从周围空间选择电磁波。

无线传输主要有两类配置：定向和全向。在定向配置中，发送天线发出聚焦的有向电磁波束，所以发送和接收天线必须小心调整。信号频率越高越可能聚焦成有向电磁波束。在全向配置的情况下，信号在所有方向传播开来，可以被许多天线接收到。

在无线传输中，一般三种频率范围的电磁波应用最多，它们分别是广播无线电波、微波和红外线。

（1）广播无线电波。无线电的频率范围是 10kHz～1GHz，它可在电离层反射传输。

无线电通信能穿透墙壁，可也到达普通网线无法到达的地方，并且不受雪、雨天气的干扰。即可全方向广播也可以定向广播，但数据传输率低，一般在 1～10Mbps 之间，数据传输距离近，通常在 25m 之内，价格低，安装容易，抗干扰性差，易被窃听。

（2）微波。微波实际上是频率较高的无线电波，微波的频率在 2～40GHz 之间，在这种频率范围的信号是可能聚焦成定向波束的，所以微波适合于点到点传输。但微波不能穿透金属，微波天线要位于相当高度。地面微波系统主要用于长距离电话干线，另外也可作为两个大楼间短距离点到点的信道，用于闭路电视和连接局域网。微波也用于卫星通信。通信卫星实际上是微波中继站，提供长距离通信。卫星可为两个地面站提供点到点通信，或在一个地面发送站和多个地面接收站之间提供点到多点通信。

微波的传输受到限制，而且传播受气候影响，保密性比电缆差。

（3）红外线通信。红外线通信局限于很小范围，如一个房间内，不需要天线。小型便携机可以使用红外线进行数据通信，电视遥控器也是使用红外线通信。

利用红外线通信能获得高数据吞吐量，使信号在墙壁和天花板上漫射，无需得到无线电管制委员会的批准。但是信号不能穿透墙壁和其他物体，并且易受强烈光源的影响。

4.2 介质访问控制方法

由于局域网采用共享信道，广播式通信，而信道又可用不同的传输介质，所以局域网的主要问题是多源、多目链路的管理，决定广播通信中信道分配的协议称为介质访问控制方法。介质访问控制方法的选择是组建局域网要考虑的最重要的问题之一。

目前常用的介质访问控制方法有 CSMA/CD、令牌环、令牌总线等几种。

4.2.1 CSMA/CD 媒体访问控制方法

IEEE 802.3 规范基于最初的以太网技术是在 1980 年制定的，它主要是对局域网中的物理层和逻辑链路层的通道访问部分进行了规定。IEEE 802.3 标准采用的是 CSMA/CD（带冲突检测的载波侦听多路访问）技术。IEEE 802.3 局域网可以追溯到 20 世纪 70 年代中期世界上第一个局域网—以太网。严格地讲，802.3 局域网标准和以太网不完全相同，但采用的原理大致一样，因此，习惯上有人将 IEEE 802.3 定义的局域网叫做以太网。

CSMA/CD 具有方法简单、网络管理方便等优点，特别适合于中小型局域网，但该技术也有缺点，那就是网络用户比较少时性能较好，当用户较多时，冲突机会增加，网络速度变慢。但是，这个问题已经得到解决，例如，用户较多时，采用多个子网通过转发器连接的方式。

IEEE 802.3 标准从出现以来，在性能、速度上不断改善，并以其低廉的价格和优越的性能，占据了绝大部分市场，使得 CSMA/CD 协议在众多局域网协议中处于统治地位，也使得以太网成为局域网的代名词。目前，局域网速度已经从过去的 10Mbps 和 100Mbps 发展到1000Mbps，从而显示了以太网的强大生命力。

1. 物理层上的 IEEE 802.3 协议

IEEE 802.3 支持各种不同的物理层标准，因此，人们可以在由不同的物理介质和物理接口所组成的物理层上应用 IEEE 802.3。IEEE 802.3 协议一般采用 4 种物理传输电缆。

第 1 种是 10Base5 电缆，它通常被称为"粗以太网（Thick Ethernet）"电缆。电缆名称10Base5 的含义是其工作速率为 10Mbps，最大支持段长为 500m。802.3 标准建议该电缆使用黄色。在电缆上，每隔 2.5m 有一个标志，标明分接头的插入处。连接处通常采用插入式分接头（Vampire Tap），将其触针小心地插入到同轴电缆的内芯。

第 2 种电缆是 10Base2，它通常称为"细以太网（Thin Ethernet）"电缆，与"粗以太网"相对，并且很容易弯曲。其接头处采用工业标准的 BNC 连接器组成 T 型插座，它使用灵活，可靠性高。"细以太网"电缆价格低廉，安装方便，但是使用范围只有 200m，并且每个电缆段内只能使用 30 台机器。

由于寻找电缆故障的麻烦，导致一种新的接线方式的产生，即所有站点均连接到一个中心集线器（Hub）上。通常，这些连线是电话公司的双绞线。这种方式被称为 10BaseT。这种结构使增添或移去站点变得十分简单，并且很容易检测到电缆故障。10BaseT 的缺点是其电缆的最大有效长度为距离集线器 100m，即使是高质量的双绞线（5 类线），最大长度可能也只有 150m。另外，大集线器的价格也较高。尽管如此，由于其易于维护，10BaseT 还是应用得越来越广泛。802.3 中可用的第 4 种电缆连接方式是 10BaseF，它采用了光纤。这种方式其连接器和终止器的费用十分昂贵，但是它却有极好的抗干扰性，常用于办公大楼或相距较远的集线器间的连接。

IEEE 802.3 协议规定如下：

（1）采用 10Base5 电缆（粗同轴电缆）的局域网，网段最大长度不超过 500m，工作站的接入数目应小于 100 个；

（2）采用 10Base2 电缆（细同轴电缆）的局域网，网段最大长度不超过 200m，工作站的接入数目应小于 30 个；

（3）采用 10BaseT 电缆（双绞线）的局域网，网段最大长度不超过 100m，工作站的接入数目应小于 1024 个；

（4）采用 10BaseF 电缆（光纤）的局域网，网段最大长度不超过 2000m，工作站的接入数目应小于 1024 个。

当局域网的网络覆盖距离超过了 IEEE 802.3 协议中所规定的最长网段距离时，必须采用中继器来扩充。当两段电缆都接入中继器后，中继器可以接受两边电缆所传递的信号，并将信号放大，使网络的覆盖范围扩大。用中继器连接的电缆段和单一的电缆段传输数据基本上没有什么区别，但是由于通过了中继器，数据传输的时间可能会有点延迟。IEEE 802.3 协议规定一个局域网内可以有多个中继器连接的电缆段，但是一个系统中的两个收发器间距离不得超过 2.5km，并且任意两个收发器间的路径上不得有 4 个以上的中继器。

2．MAC 帧结构

IEEE 802.3 定义了以太网的物理层和 MAC 层协议规范。MAC 层的全名叫介质访问控制层（Media Access Control），它的作用是决定以太网上的哪台计算机在该时间段可以占有信道，进行数据传播。

MAC 帧格式如图 4-7 所示。它由目的地址字段、源地址字段、数据长度字段、数据字段和帧校验序列字段 5 个字段组成。

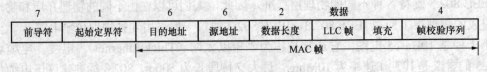

7	1	6	6	2	数据		4
前导符	起始定界符	目的地址	源地址	数据长度	LLC 帧	填充	帧校验序列

图 4-7　MAC 帧结构

（1）数据字段和数据长度字段。数据字段是 LLC 层传下来的 LLC 帧，其最大长度不能超过 1500 字节。数据长度字段占 2 字节，它给出了后面数据字段的字节长度。

IEEE 802.3 对数据字段作了最小长度为 46 字节的限制，即当 LLC 层传下来的 LLC 帧长度小于 46 字节时，要在此字段进行数据填充。

最小长度 46 字节是这样计算出来的：由于 802.3 局域网采用 CSMA/CD 协议，该协议的一个要点就是当发送站正在发送时，若检测出冲突，则立即中止发送，然后推迟一段时间再发送。如果所发送的帧太短，还没有来得及检测到冲突就已经发送完了，也就检测不到冲突了。因此，所发送的帧的最短长度应当要保证在发送完毕之前，必须能够检测到可能最晚来到的冲突信号，这段时间一般取 51.2μs，相当于发送 512 位，这样，MAC 帧的最短长度就应为 512 位，即 64 字节，减去源、目的地址字段（12 字节）、长度字段（2 字节）和帧校验字段（4 字节）共 18 字节，所以数据字段的最小长度应为 46 字节。

（2）地址字段。IEEE 为局域网制定了两种管理模式：全局管理和局部管理，相应的工作站的地址也分为全局地址和局部地址。全局地址对所有空间和时间来说都是单值的、惟一的，即当一个站从一个局域网搬到另一个局域网时，全局地址保持不变，因而又称为绝对地址。局部地址是指每个局域网按照自己的地址结构为工作站所规定的地址。这种地址仅在自身的局域网中才是单值的、惟一的，所以又称为相对地址。

IEEE 802 标准规定 MAC 地址字段可以采用 6 字节或 2 字节两种方式描述，对 6 字节的地址字段，当为全局地址时，前 3 个字节由 IEEE 分配，后 3 个字节由生产网卡的厂家自己分配；另外，IEEE 还规定地址字段的第一个字节的最低位为"单/组（I/G）地址位"，最低第二位为"全局/局部（U/L）位"。当"单/组地址位"等于 0 时，地址字段表示单个站的地址；当该位等于 1 时，为组地址。全"1"的组地址表示广播地址。对于"全局/局部位"，当值为 1 时，表明在全局管理方式下，这时的地址为全局地址，一个站的地址可用 46 位二进制数来表示，其地址空间可达 70 万亿个。全局地址的前 3 个字节称为地址块，有时又称为厂商代号，这需要生产网卡的厂家向 IEEE 购买。全局地址的后 3 个字节，测量可变的，由厂家来分配。当"全局/局部位"置为 0 时，说明是在局部管理方式下，这时的地址为局部地址，用户可以任意分配网络上的地址。两字节地址字段都是局部管理。

（3）帧校验序列。帧校验序列 FCS 采用 32 位 CRC 循环冗余校验，对地址地段、数据长度字段和数据字段（包括填充位）进行校验。

（4）前导符和起始定界符。MAC 帧传到物理层时，必须加上一个前导符，它是 7 个字节的 1、0 交替序列，即 1010…，供接收方进行比特同步之用。紧跟前同步码的是 MAC 帧的起始定界符，它占一个字节，为 10101011，接收方一旦接收到两个连续的 1 后，后面的数据即交 MAC 层。

此外，MAC 层还规定了两个帧之间的最小间隔为 9.6μs，相当于 96 位的发送时间，也就是说，一个站在检测到总线开始空闲后，还要等待 9.6μs 才能发送数据。这样做是为了使刚刚收到数据帧的站及时清空接收缓冲区，以准备接收下一帧。

3. CSMA/CD 协议

CSMA/CD（Carrier Sense Multiple Access with Collision Detection）协议全名为带冲突检测的载波监听多路访问协议。MAC 层需要对传输信道的占有进行分配，以避免冲突，CSMA/CD 协议正是起了这样的作用。CSMA/CD 协议其实由两个部分组成，即载波监听多路访问协议和冲突检测协议。

载波监听多路访问协议规定：当局域网内的某台计算机想要给网段内其他计算机发送数据时，必须首先对网段内的信道进行侦听，如果这一时刻信道是空闲的，即没有其他的计算机发送数据，那么该计算机就可以占有信道，发送数据；如果信道是非空闲的，即还有别的计算机在发送数据，那么该计算机将继续侦听信道，并等待信道变为空闲状态，再发送数据。

如果在某一个时刻，计算机 A 和计算机 B 都想占有信道并发送数据，而此时，信道是空闲的，那么 A 在侦听到信道空闲后，将立刻发送数据，B 在侦听到信道空闲后，也将立刻发送数据，两台机器在发送数据的过程中才发现信道已经被两台机器同时占有，冲突也就出现了。所以冲突检测协议规定：计算机在占有信道发送数据的过程中还要进行冲突检测，一旦发现传输信道不止被一台机器占有（即检测到冲突了），那么该机器将立刻停止传送数据，并随机等待一个时间，再来侦听信道，发送数据。因为等待的时间是一个随机的数值，重复的可能性非常小，所以两台（或多台）已经检测到冲突的计算机几乎不会在将来发送时再次冲突，也就避免了信道上数据传输的冲突。

4. 冲突检测法

出现冲突检测的方法有很多。

（1）信号电平法。这是一种基于模拟技术的检测方法，它比较接收到的信号的电压大小。在基带传输系统中，当两个帧的信号叠加在信道上时，电压的摆动值要比正常值大一倍，因此，只要接收到的信号电压摆动值超过某一阈值，就可认为是发生了冲突。

（2）过零点检测法。当采用曼彻斯特编码时，电压的过零点是在每一位比特的正中央。当发生冲突时，叠加信号的过零点将在其他位置出现。根据过零点位置的变化，就可以判断是否发生了冲突。

（3）自发自收法。这种方法是在发送帧的同时，也接收该数据帧，然后将收到的信号逐比特与发送的比特相比较。若有不符，就说明有冲突存在。

总之，实现冲突检测的方法很多，只要增加一些硬件即可实现。在实际网络中，为了使每个站点都能清楚地断定是否发生了冲突，往往采取一种叫做强化冲突的措施，即一旦发送帧的站点检测到有冲突时，除了立即停止发送数据外，还要再继续发送若干比特的人为干扰信号，以便让所有用户都知道，现在已发生了冲突。

5. 处理冲突

如果冲突检测电路检测出了冲突，就要重发原来的数据帧。冲突过的数据帧重发又可能再次引起冲突。为了避免这种情况的发生，常见办法是采用错开各站的重发时间的办法来解决，重发时间的控制问题就是冲突退避算法问题。

IEEE 802.3 计算重发时间间隔的算法称为二进制指数退避算法（Binary Exponential Back off Algorithm），它本质上是根据冲突的历史估计网上信息量而决定本次应等待的时间。按此算法，当发生冲突时，控制器延迟一个随机长度的间隔时间，是两倍于前次的等待时间。二进制指数退避算法的公式为

$$\tau = R \times A \times 2^N$$

式中，N 为冲突次数；R 为随机数；A 为周期；τ 为本次冲突后等待重发的间隔时间。

从公式中可以判断，等待时间的长短和冲突的历史有关。一个数据帧遭遇的冲突次数越多，说明网上传输的数据量越大，等待重发时间就越长。

4.2.2 令牌环媒体访问控制方法

令牌环（Token Ring）使用令牌控制与令牌环网连接的计算机发送与接收数据帧。如果和令牌环网相连接的计算机准备访问信道，发送数据帧，则该计算机必须得到该令牌控制信号。因为在整个环网上只有一个令牌在运行，所以这种方式保证在信道中每次只有一个站点在发送数据帧。

1. 令牌工作原理

令牌控制信号在环上逆时针绕行。如果一个站点已使用令牌发送了数据帧，则该站点把令牌置成"空"之后传给下一个相邻站点。相邻站点如果有数据帧需要发送，则把令牌置成"忙"之后再进行发送。如果相邻站点无数据发送，则把令牌传给下一个相邻的站点。任何一个站点要发送数据帧时，都必须等待获得令牌之后才能进行。站内的令牌保持计数可控制站点占用令牌的最长时间。如果一个站点获得了空令牌并发送了数据帧，则数据帧在经过每个

站点时该站将数据帧的目的地址与源站地址相比较，若不相等，则将数据帧转发出去；如果本站即是目的站点，则该站点复制和接收该数据帧，然后将数据帧转发出去，直到环行一周回到原发送站点之后卸去该数据帧，并发出新的令牌给下一个相邻的站点，如图 4-8 所示。

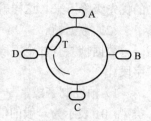

2. MAC 帧结构

由令牌环的工作过程可知，令牌环中有两种帧的结构：令牌和数据帧，如图 4-9 所示。

图 4-8　令牌网的工作方式

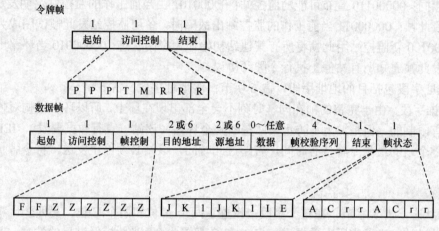

图 4-9　令牌网的 MAC 帧结构

（1）令牌。

令牌很短，只有三个字节，起始字节（标志着一帧的开始）、结束字节（标志着一帧的结束）和访问控制字节。访问控制字节的具体格式为：

1）令牌标志 T 占 1 位，T＝0 时表示该帧为空闲令牌，当有数据要发的站截获到此令牌时，将此位修改为 1 变为数据帧头，然后放弃令牌的结束字符，并把数据帧第三个字节起的各字段都加上去，成为一个要发送的数据帧。

2）监督标志 M 占 1 位，它用于对环路的维护，清除环路中的无效帧，用于令牌环的管理和维护。

优先级 PPP 和预约优先级 RRR 字段的设置可支持 802.5 标准处理多种优先级方案。在无优先级的环路中，这两个字段不起作用，都被置为 0。在有优先级的环路中，3 位的优先级 PPP 字段可构成 8 种不同的优先级。当某站要传送优先级为 n 的帧时，它必须等待，直到截获了优先级小于或等于 n 的空闲令牌，这就保证了高优先级的站有更多的机会发送数据。另外，当数据帧经过某站时，该站可通过将它想发送的数据，帧的优先级写入所经过帧的预约优先级 RRR 字段中，尝试为它的数据帧预定下一个令牌。当前帧发送结束后，就用已预定的优先级生成新的令牌。但是必须注意，如果在经过的数据帧中已预定有更高的优先级时该站不能预定。

以上处理会造成一个很大的问题，即环路中令牌的优先级逐渐提高。为了避免这种情况的发生，802.5 标准规定，将令牌的优先级提升了的站，在发送数据完毕后，还要负责将令牌的优先级降下来。这样就使优先级较低的站也有发送数据的机会。

（2）数据帧。

数据帧共有九个字段，其中起始字段和结束字段的含义与令牌完全相同，下面介绍其他字段。

1）帧控制字段，占一个字节。它将数据帧中的一般信息帧与控制帧分开，前两位为帧的类型，01 表示为一般的信息帧，即数据字段为上层交下来的 LLC 帧，而 00 则表示为控制帧。所有的控制帧均没有数据字段，且控制帧是发送给环路上所有的站，而信息帧只发给地址字段所表示的目的站。该字节的后 6 位用以表示以下几种控制帧：00000000 检测环路上的两个地址是否相同；00000110 宣布可能的监控站；00000101 由当前工作的监控站定期发送，而其他各站监督此帧；00000011 当前工作的监控站出故障时，备用监控站发此帧试图成为新的监控站；00000100 新监控站用此帧将所有其他站初始他为空闲状态；00000010 当环路出现严重故障时，发此帧通知所有站停止执行令牌环协议。

2）地址字段包括目的地址字段，占 6 字节；源地址字段，占 6 字节。

3）数据字段。由于完整的帧在同一时刻不会全部出现在环上，所以环网结构对帧的最大长度是没有限制的。但是，为了防止某站垄断整个环路（该站一直有数据要发），IEEE 802.5 还规定了一个站的最长令牌持有时间，若超过此时间，该站必须停止发送，将令牌传递给下一站。

4）帧校验序列，占 4 字节。

5）帧状态，占 1 字节。在这一字段中设置了两个 A 位和两个 C 位，另四个比特可为任意值。在发送站，当发完所有数据后，将 A 和 C 都置为 0，当此帧经过目的站时，若目的站识别了这个站（即匹配到目的地址字段），就将 A 位置为 1；若将此帧复制到站，就将 C 位置为 1（因为缺乏缓冲区或其他原因，站可能不会复制这个帧）。这样，当发送出去的帧又回到源站时，只要观察 A 位和 C 位就可以区分下列几种情况：目的站不存在或未加入到环路中（A=0，C=0）；目的站在环上但未将数据复制到站内（A=1，C=0）；目的站在环上且已将数据复制到站内（A=1，C=1）。

6）结束界符，它与令牌中的结束界符类似，但最后一位为 E 位，即差错比特。发送站在发送完一帧时，将 E 位置为 0，以后每经过一站，在转发时都通过 FCS 判断此帧是否出错，出错时将此比特置为 1。这样，发送方在收回所发送的帧后，只要分析 A、C 和 E，就能得出本次传送的有关信息。

3. 实现令牌环的管理和维护

IEEE 802.5 采取集中方式控制，每个环都有一个监控站来管理全环路的运作。如果监控站出故障了，竞争协议能够确保很快地选举另一站为监控站（每个站都有作为监控站的能力，在未被选为监控站时，称为备用监控站）。

当环开始工作或任一站发现没有监控站存在时，该站就发一控制帧 CT（申请令牌），若此帧在其他站发出 CT 帧之前绕环一周，则该站就成为监控站，它的主要任务是：

（1）确保令牌不丢失。每个监控站都设有一个计时器，它设置为最长令牌持有时间。当该站在此时间内没有收到令牌时，即可判定环路中雨令牌丢失了，这时监控站收回环路上的数据（若存在），并发出一个新令牌。

（2）清除无效帧。若某站在发出数据帧后即出故障，或是环路中出了故障，使得该数据帧找不到目的站,该帧就会在环路上不停地循环。这种情况可以通过使用帧中的"监督标志 M"来检测到在源站发出该帧时,监督标志 M=0,当一个帧第一次经过监控站时,监督标志 M 被置为 1,当 M=1 的帧再次经过监控站时,该帧即被清除出环路。

(3)保证环路的最小时延。令牌的长度为三个字节,即 24 位,这就要求环路至少应能容纳 24 位,否则令牌在环路上就无法流动。由于环路上每个站会产生 1 位的延时,当环路上的站数不够 24 时,监控站就要插入额外的延迟比特,以使令牌能够绕环流通。虽然监控站负责了环路的大部分维护与管理任务,但它不能确定环路中断点的位置,此时只能依靠环路上的各站来解决。当一个站发现其邻站近乎失效时,便发出一个控制帧 BCN(报警),该帧给出它认为失效的站的地址,并尽可能地在环路上传播,以通知各站停止执行令牌环协议,直到确定故障区并修复好。

4.2.3 令牌总线媒体访问控制方法

CSMA/CD 媒体访问控制采用总线争用方式,具有结构简单、在轻负载下延迟小等优点,但随着负载的增加,冲突概率增加,性能将明显下降。采用令牌环媒体访问控制具有重负载下利用率高、网络性能对距离不敏感以及具有公平访问等优越性能,但环形网结构复杂,存在检错和可靠性等问题。令牌总线(Token Bus)媒体访问控制是在综合了以上两种媒体访问控制优点的基础上形成的一种媒体访问控制方法,IEEE 802.4 提出的就是令牌总线媒体访问控制方法的标准。

1. 令牌总线工作原理

令牌总线媒体访问控制是将局域网物理总线上的站点构成一个逻辑环,每一个站点都在一个有序的序列中被指定一个逻辑位置,序列中最后一个站点的后面又跟着第一个站点。每个站点都知道在它之前的前趋站和在它之后的后继站的标识,如图 4-10 所示。

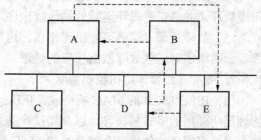

图 4-10 令牌总线网的工作方式

从图 4-10 中可以看出,在物理结构上它是一个总线结构局域网,但是在逻辑结构上,又成了一种环形结构的局域网。和令牌环一样,站点只有取得令牌,才能发送帧,而令牌在逻辑环上依次按 A—E—D—B—A 循环传递。

在正常运行时,当站点做完该的工作或者时间终了时,它将令牌传递给逻辑序列中的下一个站点。从逻辑上看,令牌是按地址的递减顺序传送至下一个站点的,但从物理上看,带有目的地址的令牌帧广播到总线上所有的站点,当目的站识别出符合它的地址,该令牌帧便接收。应该指出,总线上站点的实际顺序与逻辑顺序并无对应关系。

只有收到令牌帧的站点才能将信息帧送到总线上,这就不像 CSMA/CD 访问方式那样,令牌总线不可能产生冲突。由于不可能产生冲突,令牌总线的信息帧长度只需根据要传送的信息长度来确定,没有最短帧长度的要求。而对于 CSMA/CD 访问控制,为了使最远距离的站点能检测到冲突,需要在实际的信息长度后添加填充位以满足最短帧长度的要求。

令牌总线控制的另一个特点是站点间有公平的访问权。因为取得令牌的站点有报文要发送则可发送,随后,将令牌传递给下一个站点;如果取得令牌的站点没有报文要发送,则立刻把令牌传递到下一站点。由于站点接收到令牌的过程是顺序依次进行的,因此对所有站点都有公平的访问权。

　　令牌总线控制的优越之处，还体现在每个站点传输之前必须等待的时间总量总是"确定"的，这是因为每个站点发送帧的最大长度可以加以限制。当所有站点都有报文要发送，最坏的情况下，等待取得令牌和发送报文的时间，等于全部令牌和报文传送时间的总和；如果只有一个站点有报文要发送，则最坏情况下等待时间只是全部令牌传递时间的总和。对于应用于控制过程的局域网，这个等待访问时间是一个很关键的参数。可以根据需求，选定网中的站点数及最大的报文长度，从而保证在限定的时间内，任一站点都可以取得令牌。令牌总线访问控制还提供了不同的服务级别，即不同的优先级。

　　令牌总线的主要操作如下：

　　（1）环初始化，即生成一个顺序访问的次序。网络开始启动时，或由于某种原因，在运行中所有站点不活动的时间超过规定的时间，都需要进行逻辑环的初始化。初始化的过程是一个争用的过程，争用结果只有一个站能取得令牌，其他的站点用站插入算法插入。

　　（2）令牌传递算法。逻辑环按递减的站地址次序组成，刚发完帧的站点将令牌传递给后继站，后继站应立即发送数据或令牌帧。原先释放令牌的站监听到总线上的信号，便可确认后继站已获得令牌。

　　（3）站插入环算法。必须周期性地给未加入环的站点以机会，将它们插入到逻辑环的适当位置中。如果同时有几个站要插入时，可采用带有响应窗口的争用处理算法。

　　（4）站退出环算法。可以通过将其前趋站和后继站连接到一起的办法，使不活动的站退出逻辑环，并修正逻辑环递减的站地址次序。

　　（5）故障处理。网络可能出现错误，这包括令牌丢失引起断环、重复地址、产生多个令牌等。网络需对这些故障做出相应的处理。

　　2. 令牌总线媒体访问控制协议

　　（1）IEEE 802.4 的 MAC 帧格式。IEEE 802.4 标准规定了令牌总线媒体访问控制子层和物理层所使用的格式和协议，以及连接令牌总线物理媒体的方法，媒体访问协调所有连接的站点对共享媒体的使用。令牌总线的 MAC 帧格式如图 4-11 所示。

≥1	1	1	2或6	2或6	≥0	4	1	字节
前导码P	SD	FC	DA	SA	数据	FCS	ED	

图 4-11　IEEE 802.4MAC 帧格式

　　其中：SD 为起始定界符，FC 为帧控制，DA 为目的地址，SA 为源地址，FCS 为帧校验序列，ED 为结束定界符。

　　帧校验序列 FCS 使用 32 位 CRC 码，校验范围为 SD 与 ED 之间的帧内容。数据字段有三类，即 LLC 协议数据单元、MAC 管理数据和用于 MAC 控制帧的数据。在 SD 和 ED 之间的字节数应少于 8191。另外还有异常终止序列格式，仅由 SD 和 ED 两个字组成。

　　（2）IEEE 802.4 的媒体访问控制功能。逻辑环上的每个站点由三个地址决定它的位置，即本站地址 Ts、前趋地址 Ps 和后继地址 Ns。前趋地址 Ps 和后继地址 Ns 可以动态地设置和保持。

　　令牌传递算法。逻辑环按递减的站地址次序组成，刚发完帧的 Ts 站将令牌传递给后继 Ns 站，后继 Ns 站应立即发送数据或令牌帧，Ts 站监听到总线上的信号，便可确认后继站已获得令牌。

1）Ts 站在发送完数据帧后，发出带有地址 DA＝Ns 的令牌传递给下一个站，DA 为目的地址。Ts 站监听总线，若监测到的信息为有效帧，则传递令牌成功。

2）若 Ts 站未监测到总线上的有效帧，且已超时，则重复前一步骤。

3）此后若 Ts 站仍未监测到有效帧，即第二次令牌传递仍然失败，则原发送站判定后继站有故障，就发送"Who Follows"MAC 控制帧，并将它的后继地址 Ns 放在数据字段中。所有站与该地址相比较，若某站的前趋站是发送站的后继站，则该站发送一个"Set Successor"MAC 控制帧来响应"Who Follows"帧，在"Set Successor"帧中带有该站的地址，于是该站点取得令牌。如此，便将有故障的站点排除在逻辑环之外，建立了一个新的连接次序。然后返回第 1）步。

4）如 Ts 站未监听到响应"Who Follows"控制帧的"Set Successor"帧，则重复第 3）步，再发"Who Follows"帧。

5）如果第二次"Who Follows"帧发出后，仍得不到响应，则该站就尝试另一策略来重建逻辑环，即再发送请求后继站"Solicit Successor2"MAC 控制帧，并将本站地址作为 DA 和 SA 放入控制帧内，询问环中哪一个站要响应它。收到该询问请求后就会有站点响应；然后使用响应窗口处理算法来重新建立逻辑环。最后返回第 1）步。

6）如果发送"Solicit Successor2"控制帧后仍无响应，则断定发生了故障。此时，就需要维护逻辑环，使其重新正常工作。

插入环算法。逻辑环上的每个站点应周期性地使新的站有机会插入环中。当同时有几个站要插入时，可以采用带有响应窗口的争用处理算法。

退出环算法。①要退出环的 Ts 站接收到令牌后，发送一个设置后继"Set Successor"MAC 控制帧给 Ps 站，设置后继站为 Ns，并将令牌传递给 Ns 站。②要退出环的 Ts 站拒绝接收 Ps 站发出的"Who Follows"MAC 控制帧，而让 Ns 站去响应。

逻辑环的初始化操作。初始化操作实质上是增加新站的一个特例，其操作过程如下：每个站设置一个环不活动计时器。当某个站的环不活动计时器超时，则发一个请求令牌"Claim Token"MAC 控制帧，控制帧带有一个数据字段，其长度取决于站地址的高二位，类似于站插入环的操作，当多个站同时试图进行初始化操作时，用基于地址的争用算法，争用结果只能允许一个站获得令牌。

4.2.4 光纤分布数据接口 FDDI

光纤分布式数据接口（Fiber Distributed Data Interface，FDDI）起源于 ANSI（美国国家标准协会）X3T9.5 委员会制定的标准，该标准定义了传输速率为 100Mbps 光纤环网的 MAC 层和物理层标准，而在 MAC 层之上则借用了 IEEE 802.2 的 LLC 协议。

FDDI 以光纤作为传输介质，它的逻辑拓扑结构是一个环，更确切地说是逻辑计数循环（Logical Counter Rotating Ring），它的物理拓扑结构以环型为主，也可以是带树型或星型的环。FDDI 网标准采用双环体系结构，两环上的数据反方向流动（称为反向循环），双环中的一环称为主环，另一环称为次环。正常情况下，主环传输数据，次环处于空闲状态。一旦主环出现故障，立即启用次环，自动形成新的数据通道。双环设计的目的是提高可靠性和稳定性。

FDDI 的主要特点如下：

（1）使用基于 IEEE 802.5 标准的 MAC 协议；

（2）使用 IEEE 802.2 标准的 LLC 子层协议，保证与 IEEE 802 基本类型局域网的兼容；

（3）所使用的传输介质是多模光纤，并可使用具有容错功能的双环结构；

（4）数据传输速率为 100Mbps；

（5）如果是单环结构，可同时接入 1000 个站点；如果是双环连接，最多可接收 500 个站点；

（6）站点之间的最大距离为 2km，光纤总长度为 200km；

（7）具有动态分配带宽的能力，同时提供同步和异步数据传输服务。

FDDI 的物理层分为 PHY 子层和 PMD 子层。PHY 子层由数据编码模块、译码模块和时钟同步操作逻辑模块组成。PMD 子层由光发送器、光接收器和光旁路开关三部分组成。

FDDI 介质访问控制子层 MAC 的作用与 IEEE 802.5 的 MAC 子层相似。MAC 子层定义了介质访问控制、编址、各种帧格式、差错校验和令牌管理等规则，并对 LLC 帧进行 MAC 帧封装和解封。

在早期，FDDI 应用最为广泛的是校园网的主干，用于连接分布在不同建筑物和不同场地的多种类型的局域网。与 IEEE 802.5 令牌网类似，FDDI 也采用令牌环协议。但 IEEE 802.5 使用单帧发送形式，在一个环中只有一个帧（令牌帧或数据帧）；而在 FDDI 中采用了多帧发送形式，在同一环中同时有多个帧在运行（但令牌帧只有一个），很显然，FDDI 的传输效率要比 IEEE 802.5 高。在 FDDI 中，当一个站点发送完帧后，并不像 IEEE 802.5 那样要等到发出的帧返回后才释放令牌，而是发完一帧后立即释放。所以，当一个站点发送完数据后，下一个要发送数据的站点将会获得令牌，并开始发送数据，此过程进行下去，将会形成多帧发送。考虑到在 IEEE 802.5 中，如果环中的任何一个站点发生故障，则由于其令牌不能继续往下传送，会导致令牌环网不能继续工作。因此，FDDI 使用双环技术解决网络中站点故障后信道中断问题：一个环顺时针传输，另一个环逆时针传输。两个环中的一个作为主环，而另一个作为备用环。这两根环通常被组装在一起之后同时接入环中的每个站点。

在正常情况 FDDI 采用令牌环技术利用外环传输数据帧，而内环则处于空闲状态。当网络中某个站点发生故障时，外环的令牌将无法往下个站点传送。这时，FDDI 的外环将和内环自动连接，从而构成另一个由内环和外环的剩余部分重构成新环。重构的主要方式有以下三种：

（1）将主环和备用环连成一个单环。当主环上的某段线路发生故障时，这段线路所连接的两个站自动把主环和备用环连接成一个单环。如果某一个站发生故障或是断电。则相邻两站也进行重构，使相反方向的两个环构成一个闭合环路。

（2）利用站本身的旁路功能。当某站发生故障或掉电的，可使站上发送端和接收端通过旁路开关直接接通，使发送来的光信号直接进入下一站。

（3）利用集线器隔离故障站。通过集线器将故障站隔离出去而使其他站保持畅通。

FDDI 已经属于一种淘汰的技术，在局域网中已经很少见到。

4.3　以 太 网 技 术

以太网是在 20 世纪 70 年代中期由 Xerox 公司研究推出的。由于相关介质技术的发展，Xerox 可以将许多机器相互连接。这就是以太网的原型。后来，Xerox 公司推出了带宽为 2Mbps 的以太网，又与 Intel 和 DEC 公司合作推出了带宽为 10Mbps 的以太网，这就是通常所称的以太网 II 或以太网 DIX（Digital，Intel 和 Xerox）。

IEEE 成立后，制定了以太网介质的标准。其中，IEEE 802.3 与 Intel、Digital 和 Xerox 推出的以太网 II 非常相似。IEEE 802.3 规范主要包括：10Base5、10Base2、10BaseT 和 10BaseF。

4.3.1　以太网的发展

以太网是世界上使用最普遍和最广泛的网络。以太网从产生发展到今天，经历了 5 个阶段。

1. 以太网的产生阶段

1973～1982 年是以太网的产生阶段。

1973 年，美国 Xeror 公司提出并实现了最初的以太网模型。Robert Metcafe 博士被公认为是以太网之父，他研制的实验室原型系统运行速度是 3Mbps。这个实验性以太网用在了 Xeror 公司早期的一些产品中，包括世界上第一台配备网络功能、带有图形用户接口的个人工作站—Xeror Alto。但是，Xeror 没能成功地将 Alto 或 3Mbps 以太网商品化。

1979 年，Xeror 与当时最大的网络计算机供应商——DEC（Digital Equipment Corporation）公司联合，致力于以太网技术的标准化和商品化。后来，为了使商品化以太网集成到廉价芯片中，在 Xeror 的要求下，Intel 公司也加入了这个联盟，负责提供这方面的指导。

新组合的 DEC-Intel-Xerox（DIX）在 1980 年 9 月发布了 10Mbps 以太网标准（DIX80）。这个标准所支持的惟一一种物理介质是粗同轴电缆。1982 年，DIX 发布了该标准的第 2 版。

这一版以太网标准对信令做了略微修改，并增加了网络管理功能（DIX82）。与 DIX 工作同步的是，IEEE 802 委员会于 1981 年成立了 IEEE 802.3 分委员会，专门负责以太网标准的制定工作。

2. 10Mbps 以太网发展成熟阶段

1982～1990 年是 10Mbps 以太网发展成熟阶段。

1983 年，IEEE 802.3 委员会在以太网标准第 2 版（DIX82）的基础上，正式制定并颁布了 IEEE 802.3 以太网标准，这个标准被称为标准以太网（10Base5）。在 20 世纪 80 年后期，随着以太网市场的扩大，在这项基本标准中又增加了一系列中继器规范，并可支持多种物理介质，包括适用于廉价桌面设备的细同轴电缆（10Base2）以及用于建筑物之间连接的光纤（10BaseF）等。

随着非屏蔽双绞线结构化布线系统的广泛使用，SynOpticsCommunications 开发了在双绞线上传输 20Mbps 以太网信号的技术。IEEE 于 1990 年 9 月通过了使用双绞线介质的以太网（10BaseT）标准，该标准很快成为办公自动化应用中首选的以太网技术。

3. 局域网互联阶段

1983～1997 年是局域网互联阶段，出现了 LAN 网桥与交换机。

为了实现不同标准的以太网之间能够互相通信，许多公司致力于互联设备的研发。DEC 公司在 20 世纪 80 年代初开发了第一个透明 LAN 网桥，并于 1984 年发布了商品化产品。网桥成为多个以太网互联的主流设备。1987 年，国际上开始研究把不同供应商的 LAN 通过网桥连接在一起的工业标准，1990 年出现的 IEEE 802.1D 标准。

交换机的产生源于 Kalpana 公司开发的多端口网桥。使用交换机后，计算机可以专用 LAN 的带宽，而不再是多个设备共享一份带宽。这省去了访问控制机制，并且实现了"全双工以太网"，1995 年，IEEE 802.3 委员会开始研究全双工操作的标准，并在 1997 年通过了一项标准（IEEE 97）。

4. 快速以太网发展成熟阶段

1992~1997 年是快速以太网的发展阶段，以太网数据传输速率得到了 10 倍提升。

计算机性能和应用需求的增长，要求网络容量也同时增长。为开发快速以太网技术，IEEE 802 委员会委托 3COM 公司、Bay Networks 公司为首的集团和以 HP 公司、AT&T 公司为主的联盟负责开发。前者沿用常规以太网普遍使用的 CSMA/CD 技术，提出 100BaseT 规范；后者则抛弃传统的技术，采用被称为按需优先轮询的介质访问控制方法，名为 100BaseVG（100VG-AnyLAN）。IEEE 同时采纳了这两种技术，100BaseT 作为 IEEE 802.3 的补充条款，称为 IEEE 802.3u，而 100BaseVG 被称为 IEEE 802.12 新标准。

5. 千兆以太网产生和发展阶段

1996 年至今是千兆以太网产生和发展阶段。在快速以太网的官方标准提出后不到一年，对千兆以太网的研究工作也开始了，这种网的传输速率可达到 1000Mbps。1996 年 IEEE 802.3 成立了一个标准开发任务组，1998 年完成并通过了标准 IEEE 802.3ab。

目前，IEEE 802.3 委员会正致力于 10Gbps 和的 1Tbps 以太网技术的研究。

4.3.2 以太网的标准和分类

1. 传统以太网

IEEE 802.3—轴电缆 Ethernet，10Base5。

IEEE 802.3a—细缆 Ethernet，10Base2。

IEEE 802.3i—双绞线，10BaseT。

IEEE 802.3j—光纤，10BaseF。

2. 快速以太网 FE

IEEE 802.3u—双绞线，100BaseT 和光纤 100BaseF。

3. 千兆以太网 GE

IEEE 802.3z—屏蔽短双绞线，光纤 1000BaseX。

IEEE 802.3ab—双绞线 1000BaseT。

4.3.3 10Mbps 标准以太网

10Mbps 的以太网包括 10Base2、10Base5、10BaseT 和 10BaseF 4 种以太网。

10 代表速率为 10Mbps，Base 代表基带传输，2 代表每个网段最多支持 200m 的长度，5 代表每个网段最多支持 500m 的长度，T 代表双绞线。

1. 10Base5

10Base5 是总线结构粗同轴电缆以太网，它是基于粗同轴电缆介质的原始以太网系统，早期以太网就是由这种 50Ω粗同轴电缆组成的。在 10Base5 网络中，一个局域网网段就是一个电缆段或者是由连接器连接的两个或两个以上的电缆段。网段的两个端点都附有一个终结器（终端电阻器），每个终结器吸收信号以防止信号反射回电缆，因为反射信号会使工作站不能锁定有效信号以致无法接受数据。终结器如果发生故障（如松动、断路等）都会影响通信。

10Base5 粗缆局域网的最大网络段长度是 500m。拓扑结构为总线型。各个工作站通过 AUI（附属单元接口）连接到 10Base5 同轴电缆上。

10Base5 总线电缆每隔 2.5m 有一个标记，这个标记处是安装收发器的最佳位置。中继器可以将多个 10Base5 网段相连。

粗同轴电缆非常可靠耐用的，具有很强的抵抗信号干扰的能力，但是由于 10Base5 的同轴电缆价格昂贵、质量重、不易弯曲，因此使用很不方便，电缆出现问题、终结器损坏、连接器有问题或者收发器出现故障都会破坏整个网段上所有计算机之间的通信。而且 10Base5 也不利于网络扩展，新收发器必须安装在有标记的位置，安装收发器时，整个网络的通信都会被中断。为此，早期的 10Babe5 主要用于大型网络的主干连接，但近年来随着光纤介质在局域网中的普及，目前已经很少使用 10Base5 粗缆网络了。

10Base5 粗缆局域网硬件设备选择：

（1）粗同轴电缆：RG-8 粗同轴电缆，阻抗为 50Ω。电缆外套上每 2.5m 进行标注，指示可以在何处连接网络连接设备。如果连接的设备间的距离大大低于 2.5m，那么信号就会受损，从而产生网络错误。另外，粗同轴电缆不能弯曲或者折回，铺设时应使其保持直线状伸展。

（2）MAU（Media Access Unit，MAU）收发器用于发送/接收数据帧，冲突检测，电气隔离。

（3）AUI（Attachment Unit Interface，AUI）接口收发器由电缆中的较低的电流（0.5A）驱动，其中装有 15 针的 AUI 接口。网络节点有其自身的与网络接口连接的 AUI 连接，连接设备中的 AUI 就通过电缆与该网络节点连接。这种收发器装置需要使用特殊的工具，因此，通常不能由用户自行安装，而是由用户委托专业人员进行安装作业。

（4）带有 AUI 接口的网卡。

10Base5 中粗同轴电缆以太网规范：

- 阻抗：50Ω；
- 最大长度：500m；
- 电缆中接头的最大数目：100；
- 分接头间的最小距离：2.5m；
- AUI 电缆的最大长度：粗 AUI 电缆为 50m，办公室级的 AUI 电缆为 12.5m；
- 最高传输速率：100Mbps；
- 通信类型：基带；
- 被连接段的最大数目：5；
- 包含节点的段的最大数目：3；
- 最多可用中继器的个数：4；
- 经由中继器的总长度最大值：2500m。

2. 10Base2

10Base2 是总线型细缆以太网，使用 50Ω同轴细缆，它克服了 10Base5 的一些缺点，这类线缆较易弯曲而且重量较轻。10Base2 的带宽为 10Mbps，最大物理网段长度为 185m（接近 200m）。

在 10Base2 网络中，每个工作站通过 BNC 的 T 型连接器和 10Base2 总线相连，收发器的功能模块被集成到了网卡上。

在 10Base2 网段上加入新工作站比较容易，只要在线缆上加入 T 型连接器并与工作站网卡相连即可，但是在此过程中整个网段上的局域网通信将会中断。与 10Base5 一样，有故障的网段、被损坏的连接器或者终结器都会破坏整个网段上的通信，而且这样的网络很不利于排错。

细同轴电缆系统不需要外部收发器和收发器电缆，减少了网络开销，素有"廉价网"的美称，这也是它曾被广泛应用的原因之一。目前由于大部分新建局域网都使用 10BaseT 技术，而安装细同轴电缆的已不多见，但是在计算机比较集中的计算机网络实验室，为了便于安装和节省投资，仍可采用这种技术。

10Base2 网络硬件设备选择：

（1）细同轴电缆：RG-58 细同轴电缆，阻抗为 50Ω，可靠性比粗同轴电缆稍差。

（2）BNC 接口和 T 型连接器：细同轴电缆连在同轴电缆接插件（Bayonet Nut Connector，BNC）上，然后再由 BNC 与 T 型接头连接。

（3）带有 BNC 接口的网卡。

10Base2 中细同轴电缆以太网规范：

- 阻抗：50Ω；
- 最大长度：185m；
- 电缆中抽头的最大数目：30；
- 抽头间的最小距离：0.5m；
- 最高传输速率：100Mbps；
- 通信类型：基带；
- 被连接段的最大数目：5；
- 包含节点的段的最大数目：3；
- 转发器的数目：4；
- 通过转发器的总长度最大值：925m。

3. 10BaseT

1990 年，IEEE 802 标准化委员会公布了 10Mbps 双绞线以太网标准，即 10BaseT。该标准规定在非屏蔽双绞线（UTP）介质上提供 10Mbps 的数据传输速率，每个网络站点都需要通过非屏蔽双绞线连接到一个中心设备 HUB 上，构成星型物理拓扑结构。10BaseT 双绞线以太网系统运行在 2 对 3 类非屏蔽双绞线上，一对用于发送信号，另一对用于接收信号。

为了改善信号的传输特性和信道的抗干扰能力，每一对线相互缠绕在一起。双绞线以太网系统具有技术简单，价格低廉、可靠性高、易实现综合布线和易于管理、维护、升级等优点。正因为它比 10Base5 和 10Base2 技术具有更大的优越性，所以 10BaseT 技术一经问世，就成为连接桌面系统最流行、应用最广泛的局域网技术。

10BaseT 网络硬件系统选择。

10BaseT 网络的物理拓扑结构为星型，但逻辑上仍然是总线型。

（1）10BaseT 集线器（HUB）：即多端口转发器，是网络的中心节点。HUB 从某一端口 A 将接收到的帧发送到所有端口，若该帧为非广播帧时，地址与帧目的 MAC 地址相同的站响应用户 A；但该帧为广播帧时，所有用户都响应用户 A。

（2）双绞线（UTP）电缆：10BaseT 标准规定，双绞线以太网系统使用 100Ω 阻抗的符合 TIA/EIA 三类（CAT3）品质的非屏蔽双绞线（UTP）介质，每个缆段的最大距离为 100m。10BaseT 也可以使用质量更好的五类、六类双绞线（CAT5，CAT6）。标准双绞线电缆至少有 8 芯，也有大对数电缆。在连接网络站点和 HUB 等网络设备时，使用 8 芯电缆。

（3）8 针 RJ-45 标准连接器：RJ-45 连接器有 8 针。在 10BaseT 标准中，由于只用 2 对双绞线，所以 RJ-45 只用 4 针（1，2，3，6）。

（4）10BaseT 收发器：10BaseT 使用网卡上的内部收发器。

10BaseT 非屏蔽双绞线以太网规范：

- 一段的最大长度：100m；
- 每段中节点的最大数目：2；
- 节点间的最远距离：3m；
- 段的最大数目：1024；
- 带有节点的段的最大数目：1024；
- 集线器的最大数目：4；
- 阻抗：100Ω。

4. 10BaseF

光纤电缆比铜质电缆的性能要好，它可以携带大容量信息传输更长的距离。光纤不会受电磁干扰，而且它还提供了较高的安全性，因为光纤信号不会被电子设备捕获。

10BaseF 是 10Mbps 光纤以太网，它使用多模光纤传输介质，在介质上传输的是光信号而不是电信号。因此，10BaseF 具有传输距离长、安全可靠、可避免电击危险等优点。

由于光纤介质适宜连接相距较远的站点，所以 10BaseF 常用于建筑物间的连接。可以构建园区主干网，并能实现工作组级局域网与主干网的连接。

10BaseF 标准规定使用 62.5μm/125μm 的多模光纤介质和 ST 标准介质连接器（ISO/IBC 国际标准的正式名称为 BFOC/2.5）。通过多模光纤介质和 ST 连接器把网络站点与光纤 HUB 相连，组成光纤以太网，或者使用光收发器将 10BaseT 或 10Base5 和 10Base2 的网络站点连入 10BaseF 以太网，从而组成混合介质类型的以太网。10BaseF 使用 2 芯光纤，一芯用于发送，一芯用于接收。

10BaseF 提出了一系列光纤介质标准规范，主要有 10BaseFL 和 10BaseFB 两个标准。

（1）10BaseFL。10BaseFL 的 FL（Fiber Link）代表"光纤链路"，它取代了 FOIRL（光纤中继器间链路）标准。10BaseFL 规范是 10BaseF 光纤规范中使用最广泛的一种类型。它的最大传输距离可达 2km。在安装 10BaseFL 时，要绝对保证使用 10BaseFL 收发器，而不是老式的 FOIRL 设备。

（2）10BaseFB。10BaseFB 规范描述了一种同步信号光纤主干段，它允许使用多个光纤中继器、单个中继器的最长链路距离是 2km。但是，这个标准没有被广泛应用。

4.3.4　100Mbps 快速以太网

快速以太网（Fast Ethernet）是 IEEE 802.3u 沿用了 IEEE 802.3 中描述的 CSMA/CD 介质访问方法，并保留了以太网的帧格式，但把速度提高到了 100Mbps 的以太网技术，快速以太网能够运行在大多数网络电缆上（三类、四类、五类非屏蔽双绞线），而且它还具有技术成熟、传输速率高、价格便宜、易升级、易扩展、能与传统以太网无缝连接、很好地集成到已经安装的以太网中等优势。由于它与传统以太网完全兼容，拓扑结构和布线方法几乎完全一样。所以在以太网环境下运行的网络应用软件，照样可以在快速以太网上使用。因此，目前 100Mbps 以太网的应用越来越广泛，据统计，100BaseT 使用的端口数已超过 10BaseT。

但是，快速以太网也有它的不足之处，那就是高速带来了距离的损失：在快速以太网中两个节点之间的距离，即网络直径必须小于等于 205m。另外，快速以太网仍然是共享媒体、共享网络带宽。

就目前看来，快速以太网有以下几个发展趋势。

（1）快速以太网的传输速度将进一步提高。以太网的发展已经经历了 3 个阶段，即以太网阶段、快速以太网阶段和千兆以太网阶段。千兆以太网发展起来后，由于它具有成本低廉、互连性好、升级容易、组网简单、技术支撑厂家多、技术发展快等优势，已占据了整个局域网市场的大部分份额。最近 10G 以太网技术已日趋成熟，使得以太网的速度可以达到万兆。虽然以太网速度在不断提高，但是其基本帧格式（MAC 帧）仍保持不变。

（2）设备方面，交换机与路由器逐渐融合。交换机合并了典型路由器中相互分离的桥接（第 2 层）和路由（第 3 层）功能。这些技术的结合提供了一个能大大改进扩充能力的网络体系结构。它可以支持各种路由协议，并且拥有同路由器同样丰富的路由协议和大容量的路由表。另外路由器中所具有的 WAN 接口，在交换机上可以实现，例如 POS 接口、ATM 接口、RPR 接口等。以太网交换机（尤其是三层以太网交换机）逐渐成为一个支持多接口、多业务能力的设备。

（3）安全性得到提高。近年来，针对以太网的安全事件层出不穷，如何在提高传输速度的同时，保证网络的安全性，也成了一大热点，与之相应的包过滤技术、认证技术、加/解密技术等也相继问世。然而安全问题并没有完全解决，如何应付各种安全事件将在未来很长一段时间继续被业界所关注。

20 世纪 80 年代中后期，随着使用双绞线和光纤的结构化布线的推广，10Mbps 以太网的相关技术已经非常成熟，相关产品也比较丰富。同时，10Mbps 以太网标准也已经历了将近 10 年的时间，而且随着一种称之为自动协商协议的制定，有关 10Mbps 以太网设备与 100Mbps 以太网设备之间的兼容问题也得到了解决。所以，在 1992 年传输速度为 100Mbps 的以太网问世，称之为快速以太网，并最先推出了 100BaseT 标准，该标准在 2 对双绞线上实现了 100Mbps 数据的传输。随后，全双工和交换等技术也应用到以太网之中，使以太网的内容更加丰富，全双工以太网、交换式以太网等技术相继出现并得到应用。

IEEE 802.3u 快速以太网规范和介质标准包括 100BaseTX、100BaseT4 和 100BaseFX。100BaseTX 和 100BaseT4 被统称为 100BaseT，又把使用相同信号规范和编码方案的 100BaseTX 和 100BaseFX 统称为 100BaseX。

1. 100BaseTX

100BaseTX 是 5 类非屏蔽双绞线方案，它是真正由 10BaseT 派生出来的。100BaseTX 类似于 10BaseT，它使用的 2 对 5 类非屏蔽双绞线（UTP）或 150Ω屏蔽双绞线 STP 介质和 8 针 RJ-45 标准连接器，将终端设备（如计算机）与集线器连接起来。100BaseTX 5 类双绞线方案是目前使用最广泛的快速以太网介质类型。

100BaseTX 的 100Mbps 传输速率是通过加快发送信号（提高 10 倍）、使用高质双绞线以及缩短电缆长度实现的。100BaseTX 使用与以太网完全相同的标准协议，但物理层却采用 ANSI TP-PMD 标准，信号编码与 FDDI 标准相同，采用 4B/5B 编码方案。它的处理速率高达 125MHz 以上，每 5 个时钟周期为一组，每组发送 4bps，从而保证 100Mbps 传输速率。

100BaseTX 使用的 2 对双绞线中，一对用于发送数据，另一对用于接收数据。由于发送和接收都有独立的通道，所以 100BaseTX 支持全双工操作，是一个全双工系统。在全双工的传输方式下，站点可以在以 100Mbps 的带宽发送的同时，以 100Mbps 的速率进行接收。这时 100BaseTX 的带宽最高可以达到 200Mbps。

（1）硬件设备选择。

1）带内置式 100BaseTX 收发器的以太网接口卡。

2）5 类非屏蔽双绞线或匹配电阻为 150Ω 的屏蔽双绞线介质。

3）8 针 RJ-45 连接器，100BaseTX 使用与 10BaseT 相同的针，1 针和 2 针发送数据，3 针和 6 针接收数据。

4）100BaseTX 集线器。有两类 100BaseTX 集线器，Ⅰ类和 H 类。Ⅰ类集线器在输入和输出端口上可以对线路信号进行解码和编码，所以Ⅰ类集线器的端口可以连接使用不同编码技术的介质系统，如 100BaseTX（4B/5B）和 100BaseT4（8B/6T）。Ⅱ类集线器的端口没有这种解码/编码功能，它只是简单地将输入信号转发给其他端口，所以Ⅱ类集线器只能连接使用相同编码方案的介质系统，如 100BaseTX 和 100BaseFX。

（2）组网规则。100BaseTX 的组网规则与 10BaseT 基本相同，只是网络直径比 10BaseT 小。在 IEEE 802.3u 中规定，100BaseTX 的最大传输距离为 205m，具体内容如下：

1）各网络站点需通过 HUB（100M）连入网络中；

2）传输介质用 5 类非屏蔽双绞线（UTP）或 150Q 屏蔽双绞线（STP）；

3）双绞线与网络接口卡，或与 HUB 之间的连接，使用 8 针 RJ-45 标准连接器；

4）网络站点与 HUB 之间的最大距离为 100m；

5）在一个冲突域中只能连接一个Ⅰ类集线器，网络的最大直径（站点—HUB—站点）为 200m。

如果使用Ⅱ类集线器可以级联两个 HUB，网络的最大直径（站点—HUB—HUB—站点）为 205m。

2. 100BaseFX

100BaseFX 是以光纤为介质的快速以太网，通常使用光纤芯径为 62.5μm，外径为 125μm（62.5/125），波长为 1310nm 的多模光缆。100BaseFX 用两束光纤传输数据，一束用于发送，另一束用于接收，它也是一个全双工系统。在 100BaseFX 标准中，可以使用三种光纤介质连接器，常用的标准连接器有 SC、ST 和常在 FDDI 中使用的 MIC。

100FBaseFX 无论是数据链路层还是物理层，都采用与 100BaseTX 相同的标准协议，它的信号编码也使用 4B/5B 编码方案。由于光纤介质固有的优点，所以 100BaseFX 比铜线系统具有转输距离远、安全、可靠等优势。它的传输距离可达 2km，当站点与站点不经过 HUB 而直接连接，且工作在半双工方式时，两点之间的最大距离为 412m：当站点与 HUB 相连且工作在全双工方式时，站点与 HUB 之间的距离为 2km。因此，100BaseFX 常用于主干网连接或噪声干扰严重的场合。但在主干网应用中，由于其共享带宽所带来的问题，故很快被交换式 100BaseFX 所代替。

3. 100BaseT4

100BaseT4 是三类非屏蔽双绞线方案，该方案需使用 4 对三类（或四类、五类）非屏蔽双绞线介质。它能够在三类线上提供 100Mbps 的传输速率。双绞线段的最大长度为 100m。目前，这种技术尚未得到广泛的应用。

100BaseT4 采用的信号速度为 25MHz，只比 802.3（20MHz）高 25%。为了达到 100M 带宽，10BaseT4 使用 4 对双绞线。一对双绞线总是发送，一对总是接收，其他两对可根据当前的传输方向进行切换。100BaseT4 实现快速传输的技术方案与 100BaseTX 不同，它将

100Mbps 的数据流分为 3 个 33M 流, 分别在 3 对双绞线上传输。第 4 对双绞线作为保留信道, 可用于检测碰撞信号, 在第 4 对线上没有数据发送。为此, 100BaseT4 采用的是 8B/6T 编码方案, 即 8 位映射为 6 个三进制位, 它发送的是三元信号。100BaseT4 每秒钟有 25M 的时钟周期, 每个时钟周期可发送 4 位, 从而获得 100Mbps 的传输速率。由于 100BaseT4 在 4 对线上传输数据流, 所以它不支持全双工的传输方式。100BaseT4 的硬件系统和组网规则与 10BaseTX 相同。

4.3.5 1000Mbps 高速以太网

当快速以太网投入使用后, IEEE 就开始成立了专门的小组负责开发速度更快的以太网技术, 并将网络传输速率确定为 1000Mbps。1996 年, IEEE 组建了一个名为 802.3z 的工作小组, 负责研究千兆位以太网技术, 并制作相应的标准。很快, 当时的一些快速以太网的支持者也纷纷加入其中并成立了"千兆位以太网联盟(GEA)", 这其中有如今闻名于全球网络界的 3COM、Cisco、Compaq、Intel、HP、Sun 等。

千兆以太网 GE(Gigabit Ethernet, GE)是提供 1000Mbps 数据传输速率的以太网。GE 是对 10Mbps 和 100Mbps 以太网非常成功的扩展, 它和传统的以太网使用相同的 IEEE 802.3 CSMA/CD 协议、相同的帧格式和相同的帧大小(64~1518 字节)。千兆以太网与现有以太网完全兼容, 差别只是速度快, 它的传输速率达到 1Gbps。千兆以太网支持全双工操作, 最高传输速率可以达到 2Gbps。这对于广大的以太网用户来说, 意味着现有的以太网能够很容易地升速到 1Gbps 或 2Gbps。随着千兆以太网技术的应用和发展, 有专家预计, 千兆以太网不仅广泛应用于园区网, 而且也会在城域网甚至广域网中得到应用, 它将成为主干网和桌面系统的主流技术。

千兆以太网信号系统的基础是光纤信道, 有关光纤技术的标准是由 ANSI 制定的, 在 ANSIX3.230-1994(FC-PH)文档中描述了这些标准。光纤信道标准定义了五层操作, 千兆以太网使用 FC0 和 FC1 层。其中, FC0 层定义的是物理链路, FC1 层定义的是 8B/10B 编码方案的编码和解码操作。千兆以太网系统采用 8B/10B 编码方案, 并以 1.25GBaud 的码元速率在信道上发送信号, 以达到 1Gbps 的传输速率。

1. 了解千兆以太网的技术特点

千兆以太网具有如下一些特点:

(1)传输速率高, 是当前传输速率最高的一种局域网技术。

(2)网络带宽高, 能提供 1Gbps 的独享带宽(交换式千兆以太网)。

(3)仍是以太网, 仅仅是速度快。

(4)仍采用 CSMA/CD 介质访问控制方法, 仅在载波时间和槽时间等方面有些改进。

(5)与以太网完全兼容, 现有网络应用均能在千兆以太网上运行。

(6)技术简单, 不必专门培训技术人员就能管理好网络。

(7)依靠 RSVP、IEEE 802.1P、IEEE 802.1Q 技术标准, 提供 VLAN 服务, 提供质量保证(Quality Of Service, QOS), 支持多媒体信息的传输。

(8)有很好的网络扩充能力, 易升级, 易扩展。

2. 认识 IEEE 802.3z 千兆以太网标准

千兆以太网是 1995 年开始研发的一种高速、高带宽局域网技术, 1996 年 6 月 IEEE 802.3 工作组成立了 802.3z 千兆以太网工作组, 致力于千兆以太网标准的制定。1998 年 6 月 802.3z

工作组完成了 IEEE 802.3z 标准，定义了三种介质系统，其中两种是光纤介质标准，包括短波长激光光纤系统标准介质 1000BaseSX 和长波长激光光纤系统标准介质 1000BaseLX，另一种是铜线介质标准，称为短铜线介质系统标准 1000BaseCX。1000BaseX 是 1000BaseSX、1000BaseLX 和 1000BaseCX 的总称，它们都是基于 8B/10B 编码方案的千兆以太网。

（1）1000BaseSX。1000BaseSX 是短波长激光（SWL）多模光纤介质系统标准，它使用 770～860nm 波长的多模光纤介质，最大的链路距离为 300m。1000BaseSX 使用 SC 标准光纤连接器。

（2）1000BaseLX。1000BaseLX 是长波长激光（LWL）光纤介质系统标准，它使用 1270～1355nm 波长的单模或多模光纤介质。在使用 62.5μm/125μm 多模光纤时，最大的链路距离是 550m。当使用 10μm～125μm 单模光纤时，最大的链路距离可达 5km。1000BaseLX 与 1000BaseSX 相同，也使用 SC 标准光纤连接器。

（3）1000BaseCX。1000BaseCX 是短距离铜线千兆以太网标准，它的最大链路距离仅有 25m。1000BaseCX 使用 9 针的 D 微型连接器或 8 针屏蔽光纤信道 2 型（HSSC）连接器。

3. 认识 IEEE 802.3ab 千兆以太网标准

1997 年 3 月 IEEE 802.3 又成立了一个新的工作组 IEE 802.3ab，新的组被授权开发长铜线千兆以太网标准，即 1000BaseT 物理层标准。1999 年 6 月 IEEE 802.3 委员会正式公布了第二个铜线标准 IEEE 802.3ab。1000BaseT 标准在使用 4 对 5 类无屏蔽双绞线（UTP）时，能在最长 100m 距离的信道上支持 1Gbps 传输速率，网络直径可达 200m。至此 1000BaseT 能与 10BaseT、100BaseT 完全兼容，它们都使用 5 类 UTP 介质，从中心设备到站点的最大距离都是 100m，这使千兆以太网应用于桌面系统成为现实。

目前，随着千兆以太网产品的不断丰富和价格的不断下降，千兆以太网得到了广泛的应用，尤其是一些较大型的局域网主干连接绝大部分使用了千兆以太网解决方案。同时，随着光纤及其设备和 6 类双绞线的普遍使用，千兆到桌面也得到了应用。

4.3.6 万兆以太网

2003 年是万兆以太网在国内网络市场上崭露头角之年。伴随着思科等大型网络设备厂商有计划地推出万兆以太网产品和方案，万兆以太网设备市场开始启动。毕竟，随着越来越多的服务器采用千兆以太网作为上连技术后，数据中心或群组网络的骨干带宽相应增加，以千兆乃至千兆捆绑作为平台都已不能满足需求，万兆技术的介入成为切实需求；而且，由于近两年来国内宽带接入应用的迅速普及，导致了各大电信运营商 IP 城域网建设高潮的到来。

万兆以太网技术的研究始于 1999 年底，当时成立了 IEEE 802.3ae 工作组，并于 2002 年 6 月正式发布 802.3ae 10GE 标准。

在物理层，802.3ae 大体分为两种类型，一种为与传统以太网连接速率为 10Gbps 的"LAN PHY"，另一种为连接 SDH/SONET 速率为 9.584 64Gbps 的"WANPHY"。每种 PHY 分别可使用 10GBaseS（850nm 短波）、10GBaseL（1310nm 长波）、10GBaseE（1550nm 长波）三种规格，最大传输距离分别为 300m、10km、40km，其中 LAN PHY 还包括一种可以使用 DWDM 波分复用技术的"10GBASE-LX4"规格。WAN PHY 与 SONET OC-192 帧结构的融合，可与 OC-192 电路、SONET/SDH 设备一起运行，保护传统基础投资，使运营商能够在不同地区通过城域网提供端到端以太网。

802.3ae 目前支持 9um 单模、50um 多模和 62.5um 多模三种光纤，而对电接口的支持规范 10GBASE-CX4 目前正在讨论之中，尚未形成标准。

在数据链路层 802.3ae 继承了 802.3 以太网的帧格式和最大/最小帧长度，支持多层星型连接、点到点连接及其组合，充分兼容已有应用，且不影响上层应用，进而降低了升级风险。

与传统的以太网不同，802.3ae 仅仅支持全双工方式，不再提供对单工和半双工方式的支持，不采用 CSMA/CD 机制；802.3ae 不支持自协商，可简化故障定位，并提供广域网物理层接口。

4.4　局 域 网 的 组 建

4.4.1　常用网络设备

局域网的组建离不开各种网络设备的支持，不同的网络设备分别工作于 OSI 体系模型的各个分层之中，但是实际应用的网络设备往往是几种网络设备的综合应用。以下介绍几种常见的网络设备。

1. 网卡

网卡的种类非常多，可以按照传输速率、总线接口标准和网卡所应用的领域进行分类。下面将具体介绍网卡的类型。

（1）按总线接口类型分类。网卡的总线接口类型一般可分为 ISA 接口网卡、PCI 接口网卡以及在服务器上使用的 PCI-X 总线接口类型的网卡，笔记本电脑所使用的网卡是 PCMCIA 接口类型的。

ISA 总线的网卡多为 10Mbps，常用于早期的 486DX 或低档的 Pentium 电脑。由于 ISA 总线传输速率低，不能很好地支持即插即用的设备，需要人工设置中断和 I/O 地址，因此此类网卡很少使用。

PCI 总线的网卡多为 10～100Mbps，支持即插即用，系统能自动分配中断和 I/O 地址，从而使网卡的安装简单轻松，如图 4-12 所示。

（2）按网络接口分类。网卡按网络接口类型可分为 RJ-45 接口网卡、BNC 接口网卡、AUI 接口网卡、FDDI 接口网卡和 ATM 接口网卡。

不同的网络接口适应于不同传输介质的网络。RJ-45 接口适用于以双绞线为传输介质的网络；AUI 接口网卡适用于以粗缆为传输介质的网络；BNC 接口网卡适用于以细缆为传输介质的网络；FDDI 接口适用于以光纤为传输介质的网络。

图 4-12　网卡

（3）按传输速率分类。随着网络技术的发展，网络传输速率也在不断提高，但是不同带宽的网卡所应用的环境也有所不同，目前主流的网卡传输速率有 10Mbps 网卡、100Mbps 以太网卡、10/100Mbps 自适应网卡、1000Mbps 千兆以太网卡四种。

10Mbps 网卡已经很少使用，传输速率太慢。

100Mbps 网卡能够提供高达 100Mbps 的传输速率，可以比较完善地实现多媒体信号的传输。但目前只提供单一速率的 100Mbps 网卡很少见，常用的是 10/100Mbps 自适应网卡。

10/100Mbps 网卡是指网卡具有一定的智能，可以与远端网络设备自动协商，以确定当前可以使用的速率是 10Mbps 还是 100Mbps。自适应网卡不需要用户设定，自动以最高速率连接到远端网络设备上。10/100Mbps 自适应网卡既能满足 100M 高速网络带宽的要求，又可以兼容在 10Mbps 的网络设备。

1000Mbps 网卡的传输速率可以高达 1000Mbps，能满足高清晰视频数据传输的要求，但是，由于其本身的价格因素以及交换机和传输介质的高昂价格，使得千兆位网卡只用于服务器端。

（4）按应用领域分类。按照网卡所应用领域范围划分，可分为应用于工作站的网卡和应用于服务器的网卡。前面介绍的网卡基本是工作站网卡。但是在大型网络中，服务器通常采用专门的网卡。它相对于工作站所用的普通网卡来说在带宽（通常在 100Mbps 以上，主流的服务器网卡都为 64 位千兆网卡）、接口数量、稳定性、纠错等方面都有比较明显的提高。还有的服务器网卡支持冗余备份、热插拔等服务器特定功能。

10Mbps 网卡可以满足文件或打印共享以及小型局域网网络游戏以及宽带接入终端，适合网吧或小规模的办公、家庭网络所使用。100Mbps 网卡则更容易轻松应付网络语音视频等大数据量传输，10Mbps 网卡和 100Mbps 网卡在价格上相距很小，所以 100Mbps 网卡是更长远的打算。而 10/100Mbps 自适应网卡可以与其他网卡，集线器或交换机自动协商，确定速率是 10Mbps 还是 100Mbps。

就目前的价格来看，10Mbps 网卡趋于淘汰，应当考虑 10/100Mbps 自适应的网卡或者 100Mbps 的网卡。在条件允许的情况，10/100Mbps 自适应网卡比 100Mbps 网卡的要贵，但差距不大，是首选对象。

2. Modem

Modem 是调制解调器的英文名称，它是将电脑与电话线之间进行信号转换的一种硬件设备。调制器将电脑中的数字信号调制成在电话线上传输的声音信号的设备，到达接收端后，解调器再把声音信号转换成电脑能接收的数字信号。通过 Modem 和电话线可以实现电脑之间的数据通信。目前 Modem 主要有两种：内置式和外置式。

内置式调制解调器需要插入到电脑主机箱内的一个扩展槽即可使用，它不占用电脑的串行端口。只要将电话线接头插入卡上的"Line"插口，另一个接口"phone"与电话相连，不使用调制解调器时，将不影响电话机的正常使用。内置式调制解调器如图 4-13 所示。

图 4-13 调制解调器

外置式调制解调器是一个单独放在电脑外部的盒式设备，它需要占用电脑的一个串行端口，还需要连接单独的电源才能工作，外置式调制解调器面板上有几盏状态指示灯，用于监视 Modem 的通信状态。外置式调制解调器的连接也很方便，"phone"和"line"的接口同内置式调制解调器的接法一样，如图 4-13 所示的外置式调制解调器。

选购 Modem 之前，应对 Modem 的质量、性能、传输速度、售后服务和技术支持了解清楚，这样才能更好的使用 Modem。为了购买性能比较高的 Modem，首先需要掌握以下几点：

（1）Modem 所采用的主芯片：它如同电脑的心脏 CPU 一样，Modem 传输数据的能力、性能的稳定首先取决于所采用的主芯片。因此，选择一个配置好的主芯片的 Modem 是非常重要的。

（2）防雷设计的好坏：在国内，Modem 每年都因雷击造成大量的损坏。如果 Modem 没有正确、充分的防雷措施，很有可能会在雷击时被雷击坏，甚至会造成主板、CPU、硬盘等设备的损坏。

（3）选择 33.6k 还是 56k：现在全国大部分城市的 ISP 都已拥有 56k 数字通路，所以推荐使用 56k 的 Modem。如果本地 ISP 没有 56k 数字通路，最好选择一个 33.6k 的 Modem。如果只是传送少量的文件、收发传真或者进行数据的采集，用 33.6k Modem 就足够了。

（4）内置、外置还是 USB Modem 的选择：Modem 在外形上分有内置和外置两种，选择内、外置应根据自己的实际需要。

（5）售后服务：这一点很重要，厂家很难保证产品在用户手中永远不出现问题，如果这种情况普遍存在，用户在选择 Modem 之前，最好要问清楚它的保修政策和具体执行办法及售后技术支持情况。

3. 集线器

集线器的英文名称就是我们通常见到的"Hub"，英文"Hub"是"中心"的意思，集线器的主要功能是对接收到的信号进行再生整形放大，以扩大网络的传输距离，同时把所有节点集中在以它为中心的节点上。

（1）分类。集线器也像网卡一样是伴随着网络的产生而产生的，它的产生早于交换机，更早于路由器等网络设备，所以它属于一种传统的基础网络设备。下面将介绍目前主流的集线器产品分类方法。

1）按端口数量分类。如果按照集线器能提供的端口数来分的话，目前主流集线器主要有8 口、16 口和 24 口等几大类，但也有少数品牌提供非标准端口数，如 4 口和 12 口的，还有的有 5 口、9 口、18 口的集线器产品。端口其实就是所连节点的数量，如果连接的是工作站，那它就是能连接工作站的数量。

2）按带宽分类。带宽是指整个集线器所能提供的总带宽，而非每个端口所能提供的带宽。在集线器中所有端口都是共享集线器的背板带宽的，也就是说如果集线器带宽为 10Mbps，总共有 16 个端口，16 个端口同时使用时则每个端口的带宽只有 10/16Mbps。当然所连接的节点数越少，每个端口所分得的带宽就会越宽。这一点它与交换机是有根本区别的，也是它之所以被交换机取而代之的一个重要原因之一。集线器有带宽之分，如果按照集线器所支持的带宽不同，通常可分为 10Mbps、100Mbps、10/100Mbps 三种，基本上与网卡一样（网卡还有 1000Mbps 的，但 1000Mbps 以上带宽的一般都由交换机来提供）。

3）按照配置形式分类。集线器因为是最基础的网络设备，也是网络集中管理的最基本单元，它同时是几乎不需要什么软件来支持，配置起来非常简单、方便，一般情况下只需要把节点连接好，插上电源，开启各节点即可完成连接过程的配置。如果我们按整个集线器的配置来分，一般可分为独立型集线器、模块化集线器和堆叠式集线器三种。

4）按照管理的方式分类。如果按集线器对数据信号的管理方式来分，集线器又可分为切换式、共享式和可堆叠共享式三种。

（2）选购。目前主流的集线器带宽主要有三种，分别为 10Mbps、10Mbps/100Mbps 自适应型和 100Mbps 三种，这三种不同带宽的集线器在价格上也有较大区别，在选择上也应尽量做到物尽所用。如果对网络带宽需求比较高，而原来在网络中存在许多较低档的网络设备，这时为了充分利用、保护原来的设备投资，最好选择 10Mbps/100Mbps 带宽自适应的集线器。选购集线器应该考虑如下因素：①以带宽为选择标准；②是否满足拓展需求：堆叠、级联；③是否支持网管功能：根据对 Hub 管理方式的不同可分为 Damp Hub（哑集线器）和 Intelligent Hub（智能集线器）两种；④以外形尺寸为依据；⑤根据配置形式的不同来分：独立型 Hub、模块化 Hub 和可堆叠式 Hub；⑥注意接口类型；⑦考虑品牌和价格。

4. 交换机

交换机也称为 Switch，它是能完成封装转发数据包功能的网络设备。交换机可以"学习"MAC 地址，并把其存放在内部地址表中，通过在数据帧的始发者和目标接收者之间建立临时的交换路径，使数据帧直接由源地址到达目的地址，如图 4-14 所示的交换机。

图 4-14　交换机

（1）按交换机传输速率分类。根据交换机所支持的带宽不同，可分为 10Mbps、100Mbps、10/100Mbps 和 1000Mbps 四种。10/100Mbps 交换机能够同时支持 10Mbps 或 100Mbps 的连接，它不仅能提高整体网络速度，同时还能够与原有网络上的 10Mbps 设备兼容。

（2）按使用的网络技术分类。按照交换机使用的网络技术不同，可分为以太网交换机、令牌环交换机、FDDI 交换机、ATM 交换机、快速以太网交换机。其中 ATM 交换机是用于 ATM 网络的交换机产品。ATM 网络由于其独特的技术特性，目前广泛用于电信、邮政网的主干网段，因此其交换机产品在市场上很少看到。

（3）按应用领域不同分类。按照交换机应用领域的不同，可分为台式交换机、工作组交换机、主干交换机、企业级交换机、分段交换机、端口交换机、网络交换机。其中企业级交换机属于一类高端交换机，一般采用模块化的结构，可作为企业网络骨干构建高速局域网，所以它通常用于企业网络的最顶层。

5. 路由器

路由器是一种连接多个网络或网段的网络设备，如图 4-15 所示。它能将不同网络或网段之间的数据信息进行"翻译"，以使它们能够相互理解对方的数据，从而构成一个更大的网络。

图 4-15　路由器

　　路由器有数据通道和控制两方面功能。数据通道功能包括转发决定、背板转发以及输出链路调度等，一般由特定的硬件来完成；控制功能一般用软件实现，包括与相邻路由器之间的信息交换、系统配置和系统管理等。在选购路由器时应考虑的问题：

　　（1）使用方便。在购买路由器时一定要注意路由器相关说明或向商家询问清楚是否提供Web界面管理，否则对于家庭用户来说可能存在配置或维护方面的困难。

　　（2）LAN端口数量。LAN口即局域网端口，由于家庭电脑数量不可能有太多，所以局域网端口数量只要能够满足需求即可，过多的局域网端口对于家庭来说只是一种浪费。

　　（3）WAN端口数量。WAN端口即宽带网端口，它是用来与因特网连接的广域网接口。通常在家庭宽带网络中WAN端口都接到小区宽带LAN接口或是ADSL Modem等，现在一般家庭宽带用户对网络要求并不是很高，所以路由器的WAN端口一般只需要一个就够了，不必要为了过分追求网络带宽而采用多WAN端口路由器。

　　（4）功能适用。目前市面上很多宽带路由器都提供了防火墙、动态DNS、网站过滤、DMZ和网络打印机等功能。有的功能对于家庭宽带用户来说比较实用。比如：防火墙、网站过滤、DHCP和虚拟拨号功能等。但有些功能对于一般家庭宽带用户却是几乎用不上。如：DMZ、VPN和网络打印机功能等。

　　6. 网关

　　网关（Gateway）又称网间连接器或者协议转换器。网关在传输层上以实现网络互联的网络互联设备。仅用于两个高层协议不同的网络互联。网关的结构也和路由器类似，不同之处就是互联层。既可以用于广域网互联，也可以用于局域网互联。

4.4.2　10BaseT（100BaseTX）局域网组建实例

　　1. 软、硬件准备

　　在组建局域网之前，要准备好相应的软、硬件设备，基本的硬件条件如下：

　　（1）计算机：最好选择一台配置较好的计算机作为服务器。

　　（2）网卡：每台计算机必须配置一块网卡。在10BaseT（100BaseTX）局域网组建中，可选用10Mbps/100Mbps自适应网卡。

　　（3）双绞线。

　　（4）集线器。

　　（5）压线钳。

　　（6）RJ-45型连接器。

　　（7）网络电缆测量器：用于检查电缆是否接通。

　　基本的软件条件如下：

　　（1）服务器操作系统：可以使用Windows 2000/NT/Server等操作系统。

　　（2）客户机操作系统：使用Windows 98/2000/XP等操作系统。

　　2. 网线制作

　　组建局域网的第一步，需要把传输介质和硬件设备连接好，在10BaseT（100BaseTX）局域网组建中，使用的传输介质是双绞线。

　　双绞线的制作需要经过剥线、切线和压线三个操作过程。在制作网线的时候，需要使用到压线钳和一些其他辅助工具。

　　（1）双绞线制作工具。

　　1）制作双绞线时，需要使用双绞线压线钳。双绞线压线钳作用是剥线、切线和压线，如图 4-16 所示。

　　2）其他辅助工具。组建网络的过程中，除了需要使用必要的专业工具外，还要使用一些辅助工具，如螺丝刀、尖嘴钳子和镊子等，如图 4-17 所示。

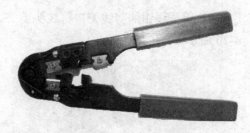

图 4-16　双绞线压线钳

图 4-17　组网辅助工具

　　3）测试仪器。完成网线的制作后，还需要使用测线器测试已经制作好的网线是否已经导通，如果导通才能应用到网络的连接中。如测线仪的指示灯显示全部为黄色时一般表示全部接通；当某个灯不亮时，说明某一根线没有接通。

　　此外，还可以使用万用表测量网线的电阻、电压、电流等相关参数，如图 4-18 所示。

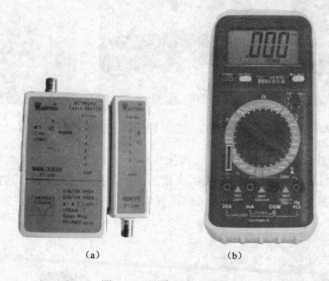

(a)　　　　　　　(b)

图 4-18　测线器和万用表

（a）测线器；（b）万用表

　　（2）双绞线制作过程。制作 RJ-45 接口双绞线，其长度至少 0.6m，最多不超过 100m，这样才能保证线路的正常使用。

　　1）利用压线钳的剪线刀口剪取适当长度的双绞线，如图 4-19 所示。

2）用压线钳的剪线刀口将线头剪齐，然后再将线头放入剥线刀口，拨去保护胶皮，如图
4-20 所示。

图 4-19   双绞线   图 4-20   剥皮后的双绞线

3）将剥下胶皮的 4 对双绞线按照网线的线序规则排好，如图 4-21 所示。

4）把排好线序的双绞抻直和压平，并朝一个方向理顺，然后用压线钳把线头剪齐，如图
4-22 所示。

5）一只手捏住水晶头，使有塑料弹片的一侧向下，针脚一方朝向远离自己的方向；另一
手按住双绞线外面的胶皮，缓缓用力将 8 条导线同时沿 RJ-45 头内的 8 个线槽插入，一直插
到线槽的顶端，如图 4-23 所示。

图 4-21   双绞线排序   图 4-22   双绞线剪齐   图 4-23   双绞线插入

6）确认所有导线都插到位后，并通过水晶头检查一下线序无误后，就可以用压线钳压制
RJ-45 水晶头。将 RJ-45 水晶头放入压线钳夹槽后，用力握紧压线钳（此时力气不能过大），
将突出在外面的针脚全部压入水晶头内，这样便将双绞线制作完成，如图 4-24 所示。

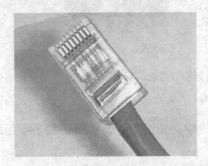

图 4-24   检查与压制双绞线

（3）双绞线制作标准。制作双绞线有两种国际标准方法，分别是 EIA/TIA568A 和 EIA/TIA568B，如表 4-1 所示。

表 4-1   **EIA/TIA568A 标准和 EIA/TIA568B 标准**

EIA/TIA568A 标准			EIA/TIA568B 标准		
引脚顺序	介质直接连接信号	双绞线绕对的排列顺序	引脚顺序	介质直接连接信号	双绞线绕对的排列顺序
1	TX+（传输）	白绿	1	TX+（传输）	白橙
2	TX−（传输）	绿	2	TX−（传输）	橙
3	RX+（接收）	白橙	3	RX+（接收）	白绿
4	没有使用	蓝	4	没有使用	蓝
5	没有使用	白蓝	5	没有使用	白蓝
6	RX−（接收）	橙	6	RX−（接收）	绿
7	没有使用	白棕	7	没有使用	白棕
8	没有使用	棕	8	没有使用	棕

通过上面的表格可以看出标准接法 EIA/TIA568A 和 EIA/TIA568B 二者并没有本质的区别，只是导线颜色上排列的区别，用户需要注意的只是在连接两个水晶头时必须保证：1 和 2 线对是一个绕对、3 和 6 线对是一个绕对、4 和 5 线对是一个绕对和 7 和 8 线对是一个绕对。其中 4 和 5 与 7 和 8 这两对绕线在百兆网线中没有定义（在 100M 网中使用）所以在制作标准 100M 网线中，只需要考虑 1、2、3、6 号线的接法。

在制作 100M 双绞线时按照 EIA/TIA568B 标准来做，它适用的范围是 PC 网卡端口到 Hub 普通端口和 Hub 普通端口到 Hub 级联端口的网线；每个水晶头的线序排列都是：1-白橙、2-橙、3-白绿、4-蓝、5-白蓝、6-绿、7-白棕、8-棕，如图 4-25 所示为标准 100M 的双绞线与水晶头连接的对应关系。

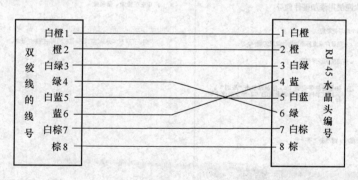

图 4-25 标准 100M 双绞线与水晶头连接的对应关系

PC 机网卡到 PC 机网卡和 Hub 普通端口到 Hub 普通端口之间的连接网线应该用交叉级联制作。在双绞线的两端，只要将双绞线一头的 4 和 6 号线交叉，而另一头的网线除了将 4 和 6 交叉对调后，还必须将 1 和 3 号线，2 和 6 号线分别对调，交叉后各号线间的对应关系，如图 4-26 所示。

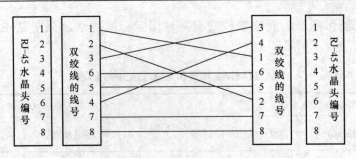

图 4-26　交叉级联双绞线两端接头线对排列顺序

3．连接网络硬件

（1）网络电缆做好以后，关闭计算机，打开机箱，找到一空闲 PCI 插槽（一般为较短的白色插槽），插入网卡，最后上好螺丝。

（2）连接网线。将网线一端插在网卡接头处，另一端接到集线器（Hub）上。可以根据微机的数量，选择利用 Hub 构成星形结构。需要说明的是在工作站较多时，由于 Hub 的处理速率远远低于通信线路的传输速度，容易造成瓶颈现象，因此 Hub 适用于小型工作组级别的应用。因此，如果有条件的话可选用交换机。

4．网络适配器的安装与配置

网卡安装好以后还需要安装网卡驱动程序，在 Windows XP、Windows 2000 及以上版本的操作系统中，会自动直接安装好网卡驱动程序，如果没有自动安装好，可按以下操作步骤进行。

（1）在控制面板中双击"添加硬件"图标，在弹出的"添加硬件向导"对话框中提示用户系统将对新添加的硬件进行搜索。单击"下一步"按钮，如图 4-27 所示。

（2）向导自动搜索新安装的硬件，发现新添加的网卡后，即出现对话框提示用户已找到新添加的网卡，如图 4-28 所示。

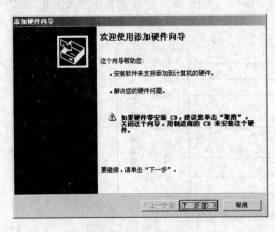

图 4-27　搜索硬件对话框

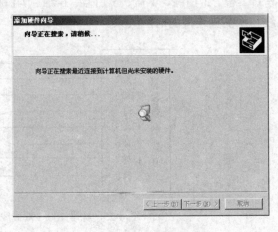

图 4-28　搜索硬件

（3）如果没有自动搜索到网卡，则提示网卡是否已经连接到计算机上，确定已经正确连接后，单击"是，我已经连接了此硬件"，单击"下一步"按钮，如图 4-29 所示。

（4）系统再次检测后，可在"已安装的硬件"列表中，看到网络知配器，如果没有，单击"添加新的硬件设备",单击"下一步"按钮,如图 4-30 所示。

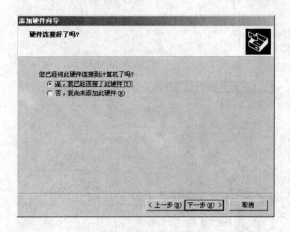

图 4-29 提示硬件连接

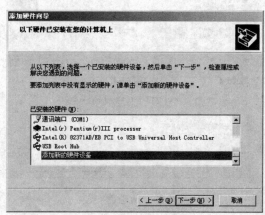

图 4-30 添加新的硬件设备

(5)在弹出的安装其他硬件对话框中,单击"安装我手动从列表中选择的硬件",单击"下一步"按钮,如图 4-31 所示。

(6)在弹出的硬件类型对话框中,单击"网络适配器",单击"下一步"按钮,如图 4-32 所示。

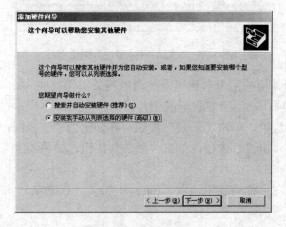

图 4-31 手动安装硬件

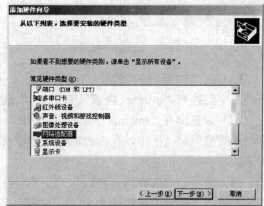

图 4-32 选择硬件类型

(7)在弹出的"选择网卡"对话框中,单击"从磁盘安装"按钮,如图 4-33 所示。

(8)在弹出的"查找文件"对话框中,找到网卡驱动程序所在的路径,单击"打开"按钮,如图 4-34 所示。

(9)网卡驱动程序安装好之后,在桌面上会出现"网上邻居"的图标。

5. 安装网络协议

安装完网卡之后,需要安装网络协议,在网络协议中最重要的是 TCP/IP 协议。

(1)在桌面的"网上邻居"图标上单击右键,在弹出的快捷菜单上单击"属性"命令,在弹出的"网络连接"对话框中,右键单击"本地连接",在弹出的快捷菜单上单击"属性"命令,弹出"本地连接 属性"对话框,如图 4-35 所示。

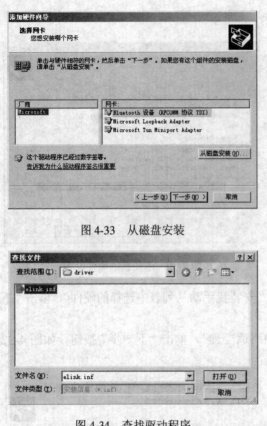

图 4-33 从磁盘安装

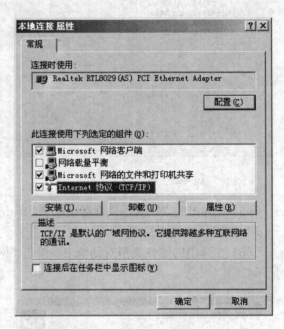

图 4-35 "本地连接 属性"对话框

图 4-34 查找驱动程序

（2）在"本地连接 属性"对话框中将显示使用的网卡名称以及使用的相关组件列表。如果列表中已经有"Internet 协议（TCP/IP）"选项，则不用安装新的组件。

（3）如果没有"Internet 协议（TCP/IP）"选项，单击"安装"按钮，在弹出的"选择网络组件类型"对话框中，在列表对话框中选择"协议"选项，单击"添加"按钮，如图 4-36 所示。

（4）弹出的"选择网络协议"对话框，在对话框列表中选取"Internet 协议（TCP/IP）"选项，单击"确定"按钮添加协议，如图 4-37 所示。

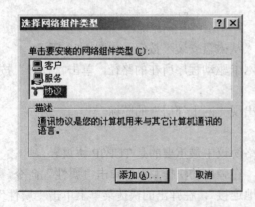

图 4-36 "选择网络组件类型"对话框

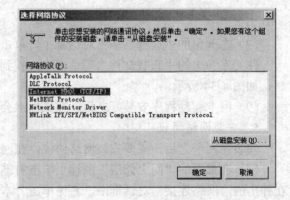

图 4-37 "选择网络协议"对话框

（5）添加完 TCP/IP 协议后，对其进行设置。在"本地连接 属性"对话框中选中"Internet 协议（TCP/IP）"选项，然后单击"属性"按钮，弹出的"Internet 协议（TCP/IP）属性"对话框，在对话框中选中"使用下面的 IP 地址"单选按钮，设定服务器的 IP 地址（如 192.168.0.1）。输入子网掩码，各用户的子网掩码必须统一，例如统一填入"255.255.255.0"，最后输入网关和 DNS 服务器地址，如图 4-38 所示。

6. 安装其他网络协议

局域网中一般还使用 NetBEUI、IPX/SPX 等 2 种协议。

（1）NetBEUI 协议。NetBEUI（NetBIOS Extended User Interface，用户扩展接口）由 IBM 于 1985 年开发完成，它是一种体积小、效率高、速率快的通信协议。NetBEUI 也是微软最钟爱的一种通信协议，所以它被称为微软所有产品中通信协议的"母语"。微软在其早期产品，如 DOS、LAN Manager、Windows3.X 和 Windows for Workgroup 中主要选择 NetBEUI 作为自己的通信协议。在微软如今的主流产品，如 Windows 95/98/Me 和 Windows NT 中，NetBEUI 已成为其固有的、缺省协议。有人将 Windows NT 定位为低端网络服务器操作系统，这与微软的产品过于依赖 NetBEUI 有直接的关系。NetBEUI 是专门为由几台到百余台计算机所组成的单网段部门级小型局域网而设计的，它不具有跨网段工作的功能，即 NetBEUI 不具备路由功能。如果在一个服务器上安装了多块网卡，或要采用路由器等设备进行两个局域网的互连时，则不能使用 NetBEUI 通信协议。否则，与不同网卡（每一块网卡连接一个网段）相联的设备之间，以及不同的局域网之间无法进行通信。

虽然 NetBEUI 存在许多不尽如人意的地方，但它也具有其他协议所不具备的优点。在 3 种通信协议中，NetBEUI 占用内存最少，在网络中基本不需要任何配置。尤其在微软产品几乎独占个人计算机操作系统的今天，它很适合于广大的网络初学者使用。

在安装 Windows 95/98/NT/2000/Me/XP/2003 等操作系统时，NetBEUI 协议会自动安装。如果系统中没有 NetBEUI 协议，可通过以下的方法来安装。

1）执行开始菜单"设置/控制面板"命令，在弹出的"控制面板"窗口中双击"网络连接"的图标。

2）在弹出的"网络"对话框中，单击"添加"按钮，如图 4-39 所示。

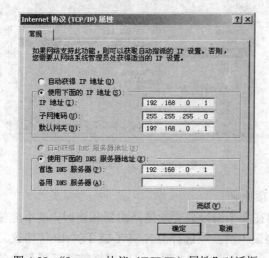

图 4-38 "Internet 协议（TCP/IP）属性"对话框

图 4-39 "网络"对话框

3）在弹出的"请选择网络组件类型"对话框中，单击"协议"选项，单击"添加"按钮，如图 4-40 所示。

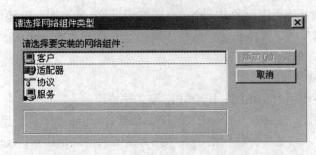

图 4-40 "请选择网络组件类型"对话框

4）在弹出的"选择网络协议"对话框中，单击"厂商"下方列表中的"Microsoft"，再单击选择"网络协议"下方的"NetBEUI"一项，单击"确定"按钮，完成安装，如图 4-41 所示。

（2）IPX/SPX 及其兼容协议。IPX/SPX（Internetwork Packet Exchange /Sequences Packet Exchange，网际包交换/顺序包交换）是 Novell 公司的通信协议集。与 NetBEUI 形成明显区别的是，IPX/SPX 比较庞大，在复杂环境下具有很强的适应性。因为，IPX/SPX 在设计一开始就考虑了多网段的问题，具有强大的路由功能，适合于大型网络使用。当用户端接入 NetWare 服务器时，IPX/SPX 及其兼容协议是最好的选择。但在非 Novell 网络环境中，IPX/SPX 一般不使用。尤其在 Windows NT 网络和由 Windows 95/98 组成的对等网中，无法直接使用 IPX/SPX 通信协议。

IPX/SPX 兼容协议的安装与 NetBEUI 协议的安装步骤完全相同，只是在"厂商"下方的列表框中选择"Microsoft"项，再在右方的"网络协议"列表框中选择"IPX/SPX 兼容协议"，如图 4-42 所示。单击"确定"按钮完成安装。

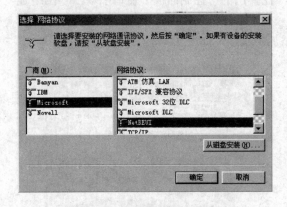
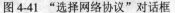

图 4-41 "选择网络协议"对话框

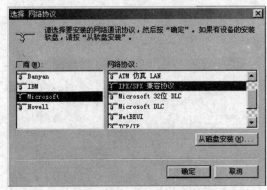

图 4-42 安装 IPX/SPX 兼容协议

（3）在选择通信协议时，还应遵循以下几项原则。

1）选择适合于网络特点的协议。如网络存在多个网段或要通过路由器相连时，就不能使用不具备路由和跨网段操作功能的 NetBEUI 协议，而必须选择 IPX/SPX 或 TCP/IP 等协议。另外，如果网络规模较小，同时只是用于简单文件和设备的共享，这时网络的速率就最为关键，所以在选择协议时应选择占用内存小、带宽利用率高的协议，如 NetBEUI。当网络规模较大且网络结构复杂时，应选择可管理性和可扩展性较好的协议，如 TCP/IP。

2）尽量少地选用网络协议。除特殊情况外，一个网络中尽量只选择一种通信协议。而现实中许多人的做法是一次选择多个协议，或选择系统所提供的所有协议，这样做是很不可取的。因为每个协议都要占用计算机的内存，选择的协议越多，占用计算机的内存资源就越多。既影响了计算机的运行速度，也不利于网络的管理。事实上一个网络中一种通信协议就可以满足需要。

3）注意协议的版本。每个协议都有其发展和完善的过程，因而出现了不同的版本，每个版本的协议都有它最为合适的网络环境。从整体来看，高版本协议的功能比低版本强，性能也比低版本好。所以在满足网络功能要求的前提下，应尽量选择高版本的通信协议。

4）协议的一致性。如果要让两台实现互联的计算机间进行对话，它们使用的通信协议必须相同。否则中间需要一个"翻译"进行不同协议的转换，这样不仅影响通信速率，同时也不利于网络的安全、稳定运行。

7. 测试网络连通性

协议安装完毕后还应该对网络配置进行检验，方法如下。

单击"开始"菜单中的"运行"，输入命令"ping192.168.1.1"。其中"192.168.1.1"为本地 IP 地址，以此检测 TCP/IP 协议是否正在工作或者 TCP/IP 协议是否安装正确。

如 ping 网卡的 IP 地址（如 192.168.0.1），检查网络配置是否正确。以上 ping 的结果都将返回数据包，其中应有：

—— Pinging 192.168.0.1 with 32 bytes of data：

—— Reply from 192.168.0.1：bytes＝32 time＜10ms TTL＝128

网关设置好以后同样需要进行检测。

小 结

本章主要对局域网相关的一些概念进行了讲解，包括局域网的发展、局域网的发拓扑结构、局域网的传输媒体、局域网的介质访问控制方法、局域网的实例——以太网、局域网的规划与组建等。

习 题

一、填空题

1．局域网参考模型分为三层，分别是_____、_____、_____。

2．局域网常用以下几种有线传输媒体_____、_____、_____。

3．目前常用的介质访问控制方法有_____、_____、_____等几种。

4．_____是世界上使用最普遍和最广泛的网络。

5．100BaseT 与 100BaseF 的最主要区别是_____。

6．网络适配器俗称_____。

7．网卡的总线接口类型一般可分为_____接口网卡、_____接口网卡。

8．在 NetBEUI、IPX/SPX 和 TCP/IP 三种通信协议中，_____在占用内存最少。

9．一般对网络进行规划与设计都要经过三个阶段：_____、_____、_____。

二、简答题

1．简述局域网的特点。

2．分析局域网的拓扑结构的优缺点。

3．比较局域网传输媒体的优缺点。

4．简述 CSMA/CD 的工作原理。

5．简述令牌环的工作原理。

6．简述令牌总线的工作原理。

7．常用的网络设备有哪些，都用于网络中的哪些地方？

8．常用的网络通信协议有哪些，适用于什么网络？

9．双绞线连接局域网有哪两种规范？

第 5 章

Internet 基 础 与 应 用

Internet 是世界上最大的国际性互联网络，目前已有 150 多个国家和地区与 Internet 互联，用户达到数亿之多。Internet 已成为继报刊、广播、电视之后的第四媒体，Internet 中包含的丰富的信息资源是全球最大的信息资源宝库，几乎包含了人类活动的方方面面。Internet 提供各种信息源的查询服务，使用户能够方便而快捷地浏览和检索所感兴趣的信息。

5.1 Internet 概 述

Internet 的前身是美国国防部高级研究计划署在 1969 年作为军事实验网络建立的 ARPANET（"阿帕网"）。1982 年 Internet 网由 ARPANET、MILNET 等几个计算机网络合并而成，作为 Internet 的早期主干网，ARPANET 奠定了 Internet 存在和发展的基础。自 20 世纪 80 年代以来，由于 Internet 在美国获得迅速发展和巨大成功，世界各工业化国家以至一些发展中国家都纷纷加入 Internet 的行列，使 Internet 成为全球性的国际网络。

5.1.1 Internet 的产生与发展

Internet 的前身是著名的 ARPANET，于 1969 年由美国国防部高级研究计划署（Defense Advanced Research Projects Agency，简称 DARPA 或 ARPA）开发成功，目的在于通过该网络将远程计算机连接起来，使科研人员能够共享网络中的硬件和软件资源。第一次实现了分组交换的网络，是 Internet 的直接先驱。

ARPANET 的意义在于它完成了对计算机网络的定义和分类，提出了两级网络结构的概念，构建了当今国际电脑网络的理论基础。它的层次结构网络体系模型与协议体系的思想一直延续到今天，并促进了网络通信协议 TCP/IP（Transmission Control Protocol/Internet Protocol）的发展，为 Internet 的最终形成奠定了基础。从 20 世纪 60 年代末直到 1988 年，ARPANET 都在 Internet 中扮演着极为重要的角色。

最初的 ARPANET 只有 4 个节点，分别安装在美国的加州大学洛杉矶分校、斯坦福研究院、加州大学圣巴巴拉分校和犹他大学内。到 1972 年 ARPANET 增长到 15 个节点，直至后来的 100 多个节点。

1983 年，原来的 ARPANET 自行分裂成两个网络，即 ARPANET 和 MILNET，但它们之间仍保持着互联状态，彼此之间仍能进行通信和资源共享。这种网际互联的网络最初被称为"DARPA Internet"，随后不久就被简称为"Internet"，它标志着 Internet 的诞生。为了规范网络环境，便于网络互联，美国国防通信局 DCA 规定 ARPANET 中所有的主机都必须使用 TCP/IP 协议，并通过修改分组交换软件来促进 TCP/IP 协议的推行。结果 ARPANET 中所有主机都开始使用 TCP/IP 协议，这导致了 Internet 网络环境的形成，也意味着无论现存的或将来的网络及主机结构差异有多大，只要使用 TCP/IP 协议都可以连入 Internet。

但是 ARPANET 毕竟是一个实验性的计算机网，其设计要求是用于支持军事活动，它与现在的国际电脑网络的民用目的有着本质的区别。今天的 Internet 能够如此普及并应用在诸多领域应该归功于 NSFNET。80 年代是网络技术取得巨大进展的年代,涌现出大量由诸如以太网电缆和工作站组成的局域网,奠定了建立大规模广域网的技术基础。但是由于 ARPANET 属于军用领域,无法轻易扩展到一般的科研应用中。因此在 1988 年年底,美国国家科学基金会(ANSF)创建了全国科学技术网 NSFNET(1986~1995),这是真正将电脑网络向民用方向普及的开始。最初的 NSFNET 利用通信干线连接了全美 5 大超级计算机中心,为 100 余所美国大学提供信息资源,并以此作为国际电脑网络的基础,最终实现了同其他网络的联结。随着时间的推移,NSFNET 最终连接了全美上百万台计算机,拥有几百万用户,成为国际电脑网络中重要的主干网。在 1988 年以前,Internet 的主干网一直由 ARPANET 担任,NSFNET 的出现逐渐取代了 ARPANET。1991 年 NSFNET 放宽了限制,允许将 NSFNET 用于商业目的。1995 年,NSFNET 完成最终使命,因特网的主干网络正式由多个商业运营的因特网服务提供商共同承担。

可以看出 Internet 最开始是作为一个为科研服务的基地,但随着时间的推移,越来越多的计算机加入到 Internet 中来,它慢慢演变为为普通用户提供信息资源的国际性网络。20 世纪 90 年代后,Internet 进入了高速发展的时期。1991 年,美国国会通过了"信息高速公路法案(The Information Superhighway Act)",提出了建设信息高速公路这一计划,使美国乃至世界各国都提高了对 Internet 的认识,各国相继开始了大规模的信息网络基础建设。

20 世纪 90 年代最引人注目的事件应该是万维网 WWW(World Wide Web)的诞生,它把 Internet 带到了千家万户。1991 年,Tim Bernas-Lee 将超文本(Super-text)信息系统应用到 Internet 中,改变了传统的 FTP 文件传输的缓慢局面。Tim Bernas-Lee 与同事共同开发了 HTML、HTTP、Web 服务器程序和浏览器程序这 4 个关键部件的最初版本。WWW 的出现满足了 Internet 用户的迅速扩增,越来越多的人得以实现了网络资源的交流,为 Internet 在全球的普及起到了重要作用。随后,又相继出现了传输文字和图像的超媒体链接(Super-media),更加丰富了网络信息。到 1995 年人们已经开始使用浏览器进行网上冲浪,越来越多的公司纷纷运行 Web 服务器,并开创了电子商务的新局面。1996 年,Microsoft 公司正式大规模进军 Web 业务。

随着世界范围的技术合作与交流日益紧密,目前连入 Internet 中的网络已有数万个,比较有名的除前面提到的 NSFNET 外,还有以下几种:

(1)CREN/CSNET(计算机科学网):是一个支持科学研究和教育的国际数据通信网,其成员主要是高等院校、研究机构、政府有关部门以及非盈利组织等。1987 年,CSNET 与 BITNET 合并形成 CREN(CorporationforResearchandEducationNetwork)。

(2)ESNET(能源科学网):是美国能源部建立的互联网络,它提供了一部分 Internet 的通信主干道。它的主干网连接有高能物理网 HEPNET、磁合能源网 MFENET 等。

(3)NSI(NASA 科学互联网):是美国宇航局(NASA)建立的遍及全世界的互联网络,它也提供一部分 Internet 的通信主干道。与 NSI 互联的网络有空间物理分析网 SPAN、NASA 科学网 NSN 以及其他的 NASA 网络。

(4)USENET:它可以提供一种类似于布告栏的新闻论坛服务系统。

其他的还有 NCSANET(超级计算网络)、USAN(美国院校卫星网)、DRI(Defense Research Internet)、SWITCH(瑞士院校网)、SUNET(瑞典院校网)、ILAN(以色列科技网)、

PSINET（商业网）、AARNET（澳大利亚科研网）、UUINET（挪威科研网）、ARNET（阿根廷科研教育网）、TANET（台湾科技网）等。

如今，作为全球性最大的互联网络，Internet 已经成为人们不可缺少的重要工具，人们以此进行日常事务的处理，获取信息和进行日常交流。Internet 给我们提供了各种各样的服务：网络教育、网络金融、网络新闻、网上视频服务、电子邮件服务、信息交流、网络资讯服务、网络游戏等。

5.1.2 Internet 在中国的发展

我国的网络发展虽然起步较晚，但发展是很迅速的。1986 年，中国科学院的一些科研单位开始通过国际长途电话拨号到欧洲的某些国家，进行国际联机数据检索，那时 Internet 对大多数人来说还是一个非常陌生的名字。1987 年 9 月 20 日，我国在北京通过 Internet 向世界发出第一封电子邮件"越过长城，通向世界"，标志着中国正式加入到 Internet 中。如今我国和世界的差距正在缩小，1969 年美国开始第一代互联网研究，而我国直到 1994 年才由中国教育和科研计算机网建设了第一个全国性实验网络；1996 年美国出台了下一代互联网计划，1998 年我国即开始研究新一代互联网。2004 年 3 月 19 日，中国第一个下一代互联网主干网CERNET2 开通并正式开始提供服务。CERNET2 连通了上海，北京，广州 3 个城市，铺设约6000km 高速光纤，是目前世界上最大规模采用纯 IPv6 技术的下一代互联网主干网。其传输速度比上一代产品提高了约 1000～10 000 倍，具有更高的安全性。全国的 100 多所高校成为第一批用户，到 2004 年底，有 20 个城市接入下一代互联网。

经过短短 20 多年的发展，我国目前已有五个拥有独立出入口信道、面向公众经营业务的计算机互联网络与 Internet 相联，它们是中国公用网（CHINANET）、中国教育科研网（CERNET）、中国科技网（SCTNET）、中国金桥网（CHINAGBN）、中国联通网（UNINET），这些互联网络构成了中国内地 Internet 服务机构，任何中国用户要连入 Internet 都必须通过上述服务机构之一才能实现。截至 2003 年 12 月底，我国国际出入口带宽已达到 20G，网站总数将突破 50 万个，CN 下的域名接近 40 万个，上网计算机达到 3000 万台，互联网用户的人数达到 7800 万，位居世界第二，Internet 的发展在中国正方兴未艾。但是我国互联网的发展，总体上还是处于初级阶段，与发达国家水平乃至世界平均水平相比，还有很大差距。中国互联网的发展关键要靠人才队伍规模和素质的建设。因此，我国正加快网络工程师和熟练的网络技术人员的培养，为我国互联网的发展和应用输送生生不息的源泉。

5.1.3 Internet 的结构与工作模式

今天的 Internet 已经成为一个覆盖全球，拥有惊人数量的主机以及上百万个子网的庞大而复杂的系统，每天有数以亿计的用户在使用这个系统进行工作、学习、娱乐和各种商务活动。

作为全球性最大的互联网络，Internet 没有集中的负责掌管整个 Internet 的机构，它是由各自独立管理的网络互联构成的，而这些网络都各自拥有自己的管理体系和政策法规。但是某些政府部门在制定 Internet 有关政策时实际上起着主导作用。例如，某些有关 Internet 的重要政策是由美国科学基金会（NFS）决定的；又如，我国国务院也出台了我国 Internet 管理的有关规定。

此外，为了确保 Internet 的正常运行并使之不断地发展，需要有一个组织机构负责协调、组织新技术标准的研究与传播，并对大众的技术服务给予支持。目前，Internet 的最高国际组织是 Internet 学会（Internet Society），该学会是一个志愿者组织，也是一个非盈利性的专业化组织，其主要目标是促进 Internet 的改革与发展。

　　Internet 学会下分 Internet 体系结构研究会（IAB）和其他几个研究会，IAB 下又有工程组（IETF）、许可证管理局（ICRS）、技术研究组（IRTF）和编号管理局（IANA）等。IAB 的主要任务是为支持 Internet 的科研与开发提供服务。

　　从网络的拓扑结构来看，Internet 的组织结构属于分层较为松散的网络。Internet 的最底层是各种接入网络，既可以是局域网接入网络，也可以是个人用户的带调制解调器的拨号电话线，或者是高速接入网络，这些接入网络都连接到本地因特网服务提供商（Internet Service Providers，ISP）的终端系统。本地的 ISP 与上一层的地区 ISP 相连接，地区 ISP 则连接到顶层的国家级 ISP，或是国际级 ISP。顶层的 ISP 互联在一起，最终构成了覆盖全球的由网络构成的网络——Internet。每天都有新的层次和分支加入到这个网络中，新的组件不断附加在已建立的架构上。

　　从网络的硬件组成来看，Internet 拥有全世界数百万台主机（Hosts）或终端设备（End Systems）。这些终端系统通过通信链路（如同轴电缆、双绞线、光纤和无线通信等）以及通信设备（如路由器、网关等）连接在一起，组成了 Internet 的硬件部分。运行在这些硬件设施上用以控制网络信息传输的是各种网络协议（Protocols）。最为著名的协议是传输控制协议（Transmission Control Protocol，TCP）和网际协议（Internet Protocol，IP）。加入到 Internet 中的所有设备必须遵循这两个协议，因此常常把 Internet 中的重要协议统称为 TCP/IP 协议。

　　这个复杂的系统在客户机/服务器（C/S）的工作模式和 TCP/IP 网络通信协议的支持下，井然有序地进行着各项工作。

5.2　域名与 IP 地址

　　为了识别网络中的主机，就必须使网络主机拥有一个独一无二的标记，Internet 提供了完整的解决方案，即 IP 地址和域名地址。Internet 采用了统一的地址分配方案，为网络中所有的主机都分配了一个 Internet 地址。IP 协议的一个重要功能就是隐藏主机原有的物理地址，代之以 Internet 中的通用地址。

5.2.1　IP 地址与 IP 地址的分配

　　在 Internet 中我们将计算机、路由器、交换机等网络设备统称为主机或节点。对于主机来说，要实现各节点之间通信的前提是拥有一个正确的 IP 地址。由于物理网络是各种类型的，所采用的物理地址的编制方法也各有不同，因此对于 Internet 这样的跨网连接就会出现通信障碍。IP 协议的出现解决了这个问题。IP 协议屏蔽了位于数据链路层的物理地址，用一种全网统一的地址格式进行地址的统一分配管理，既保证了地址与主机的惟一对应，又使得网络通信得以成功进行。因此可以说 IP 地址是网络资源的标识符。

　　在 TCP/IP 网络中，通信过程不管使用什么样的通信协议，所有的数据都必须要封装为 IP 数据包，也就是说必须要为数据指定 IP 地址，通过 IP 地址告诉计算机将数据发送给谁，同时某一台计算机在接收到一个数据包时也可以根据 IP 地址知道该数据包是由谁发送的。IP 地址的划分和管理不是无序的，而必须遵守相应的规定和规律。

1．IP 地址的格式

数据包在网络上传输时，它的目的 IP 地址是始终不变的，路由器的任务就是根据自己的路由表，选择到目标 IP 地址的最佳路径出口，然后重写数据包第二层的帧头（MAC 地址）信息，让数据包发往下一跳。不变的 IP 地址是将数据包正确发往目的地的基础。

（1）IP 地址的组成。目前广泛应用的 IP 版本为 IPv4，它使用 32 位的二进制地址，每个地址由 4 个 8 位组构成，每个 8 位组被转换成十进制并用"．"来分割，即常说的"点分十进制法"。比如 11001010　01110000　00000000　00100100 进行点分后，得到该地址的点分十进制为 202.112.0.36。

（2）网络地址与主机地址。每一台主机都需要一个惟一的 IP 地址，IP 地址分为网络地址和主机地址两部分，其中网络地址的长度决定互联网中能包含多少个网络，主机地址长度决定了每个网络能容纳多少台主机。

对于一个 IP 地址，外界只看它的网络地址，不关心其内部的网络结构。当外界要向某个主机发送数据包时，它只看主机 IP 地址中的网络地址，当数据包到达目标主机所在的网段后，再依靠主机地址把数据包发送给目标主机。

（3）IP 地址的分类。为了适应不同的网络需求，IPv4 地址被分成五类，分别是 A 类、B类、C 类、D 类和 E 类，如图 5-1 所示。

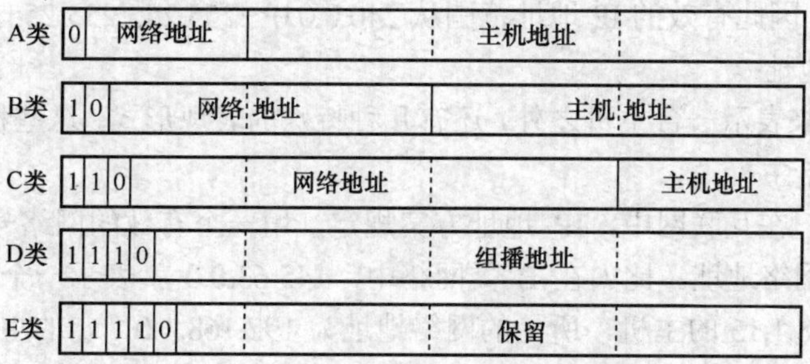

图 5-1　IP 地址分类

五类 IP 地址的前三类（A 类，B 类和 C 类）被用来作全球惟一的单播地址；D 类和 E类地址为组播和试验目的保留。

目前，全球有 3 个因特网注册机构负责为 ISP 和组织分配 IP 地址。其中美国因特网地址注册机构（ARIN）为北美洲、中美洲和南美洲提供服务；欧洲网络信息中心（PIPE NCC）为欧洲和非洲提供服务；亚太网络信息中心（APNIC）为亚洲地区提供服务。

1）A 类地址。A 类地址是网络中最大的一类地址，它使用 IP 地址中的第一个 8 位组表示网络地址，其余 3 个 8 位组表示主机地址。A 类地址的结构使每个网络拥有的主机数非常多，因此 A 类地址是为巨型网络（或超大型网络）所设计的。

A 类地址的第一个 8 位组的第一位总是被设置为 0，这就限制了 A 类地址的第一个 8 位组的值始终小于 127，实际上，A 类地址的范围是 1～126。127.x.x.x 被保留作回路测试之用，网络 0.0.0.0 保留用于广播地址，所以它们不能分配给任何网络。

因为有 3 个 8 位组用于表示主机地址，所以每个 A 类网络的主机数为 2^{24}，但是由于全 0 的主机地址表示网络、全 1 的主机地址表示到这个网络的定向广播，所以实际的主机数为 $2^{24}-2$，约 1700 万个。

2）B 类地址。B 类地址使用前两个 8 位组表示网络地址，后两个 8 位组表示主机地址。设计 B 类地址的目的是支持中到大型网络。B 类地址的第一个 8 位组的前两位总是被设置为 10，所以 B 类 IP 地址的范围是从 128.0.0.0～191.255.255.255。B 类地址可能拥有的网络数为 2^{14} 个，约 16384 个，每个网络可能拥有的主机数为 $2^{16}-2$，约 65534 个。

3）C 类地址。C 类地址使用前三个 8 位组表示网络地址，最后一个八位组表示主机地址。设计 C 类地址的目的是支持大量的小型网络，因为这类地址拥有的网络数目很多，而每个网络所拥有的主机数却很少。C 类地址的第一个 8 位组的前 3 位总是被设置为 110，所以 C 类 IP 地址的范围是从 192.0.0.0～223.255.255.255。C 类地址可能拥有的网络数为 2^{21} 个，约 2097152，每个网络可能拥有的主机数是 2^8-2，为 254 个。

4）D 类地址。D 类地址用于 IP 网络中的组播（多点广播）。它没有网络号和主机号，一个组播地址标识了一个 IP 地址组。因此可以同时把一个数据流发送到多个接收端，这比为每个接收端创建一个数据流的流量小得多，它可以有效地节省网络带宽。D 类地址的第一个 8 位组的前四位总是被设置成 1110，所以 D 类 IP 地址的范围是从 224.0.0.0～239.255.255.255，D 类地址拥有 2^{28} 个组，任何主机都可以自由的加入或离开任何组。

5）E 类地址。E 类地址虽然被定义，但却为 Internet 工程任务组 IETF（Internet Engineering Task Force）保留作研究使用，因此 Internet 上没有可用的 E 类地址。E 类地址的第一个 8 位组的前 4 位恒为 1，因此有效的 IP 地址范围从 240.0.0.0～255.255.255.255。

2. 特殊的 IP 地址

IP 地址除了用来表示一台主机之外，还有几种特殊的表现形式，这些特殊的 IP 地址作为保留地址，不分配给主机。

（1）网络地址。在互联网中，IP 地址方案规定，用一个有效的网络号和一个全"0"的主机号来表示一个网络地址。比如在 B 类网络中，145.63.0.0 就表示一个网络地址。一个具有 IP 地址为 192.168.1.15 的主机，所处的网络地址为 192.168.1.0，它的主机地址为 15。

（2）广播地址。当一台主机向网络上的所有设备发送数据时，就称为广播。广播地址有两种形式，一种为直接广播，一种有限广播。

如果广播地址中包含一个有效的主机号和一个全"1"的主机号，那么称为直接广播地址，在互联网上，任意一台主机均可以向其他网络进行直接广播，202.78.54.255 就是一个直接广播地址，任一台主机使用该 IP 地址作为数据报的目的 IP 地址，那么这个数据报将同时发送到 202.78.54.0 网络上所有主机。直接广播在进行广播之前必须知道目的网络的网络地址。

32 位全为"1"的 IP 地址为有限广播地址，用于本网内的广播。如果本机为 202.54.78.56，那么发送一个目的地址为"255.255.255.255"的数据报，则将这个数据报将同时发送到 202.54.78.0 网络上的所有主机。有限广播不需要知道网络地址就可以进行广播，但是只限于在本网内的广播，有限广播把广播限制在最小的范围内。

（3）回送地址。127.0.0.0 是一个保留地址，主要用于网络协议测试和本地机器进行间的通信，当主机向 127.0.0.1 发送信息时，数据报不进行任何传输，而是立即返回，主要用于测试网络适配器是否工作正常。

3. 掩码

对于一个给定的 IP 地址，网络设备通常需要使用掩码来确定 IP 地址中哪一部分是网络地址，哪一部是主机地址。

（1）掩码。掩码由 32 位的 0 和 1 组成，既可以用二进制表示，也可以用点分十进制表示。掩码包含了两个部分：网络域和主机域，这两个域分别代表网络地址和主机地址。

掩码用于划分 IP 地址的哪些位属于网络地址，哪些位属于主机地址。每一类 IP 地址都有缺省的掩码，A 类地址的缺省掩码为 255.0.0.0，B 类地址的缺省掩码为 255.255.0.0，C 类地址的缺省掩码为 255.255.255.0。

（2）子网掩码。子网掩码主要用于子网的划分。缺省情况下，一个 IP 地址由网络地址和主机地址组成，但通过子网掩码的划分，可以将主机地址中的部分 IP 地址作为网络地址使用，将缺省状态下属于主机地址的这部分 IP 地址称为子网地址。这样，在引入了子网掩码后，IP 地址将由网络地址、子网地址和主机地址三部分组成，如图 5-2 所示。

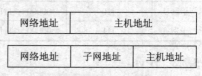

图 5-2　子网掩码的作用

子网掩码的应用打破了缺省掩码的限制，使用户可以根据实际需要自己定义和管理网络地址。因为子网掩码确定了子网域的界限，所以当给子网域分配了一些特定的位数（连续的二进制位数 1）后，剩余的位数就是新的主机域了。例如，172.16.1.1 为 B 类 IP 地址，缺省的掩码为 255.255.0.0，即该 32 位 IP 地址的前 16 位表示网络域，后 16 位表示主机域。

如果将原来属于主机域的前 8 位作为子网域，这时这个 B 类网络的掩码将变为 255.255.255.0，主机域将由原来的 16 位变成了 8 位。

（3）子网掩码的确定方法。子网掩码实际上是一个过滤码，将 IP 地址和子网掩码"按位求与"就可以过滤出 IP 地址中应该作为网络地址的那一部分。按位求与，就是将 IP 地址中的每一位和相应的子网掩码位进行与（&）运算（即进行二进制的加法运算），运算规则为

$$1 \& 1 = 1 \text{ 或 } 1 + 1 = 1$$
$$1 \& 0 = 0 \text{ 或 } 1 + 0 = 0$$
$$0 \& 0 = 0 \text{ 或 } 0 + 0 = 0$$

IP 地址 172.16.1.1 与子网掩码 255.255.0.0 进行按位求与运算为

172.16.1.1：10101100　00010000　00000001　00000001
255.255.0.0：11111111　11111111　00000000　00000000
两者求与的结果：10101100　00010000　00000000　00000000

经过与运算后被过滤出来的结果转化为二进制为 172.16.0.0 就是 172.16.1.1 的网络地址。通常情况下，在 IP 地址后面加"/n"来表示一个具体的 IP 地址（n 是子网掩码中"1"的个数，如子网掩码"255.255.255.0"，通常写成"/24"）。

（4）子网划分实例。以一个网络地址为 202.113.26.0 的 C 类 IP 地址为例，借用主机地址 3 位来划分子网，其中 202.113.26.0/27 的子网号、主机地址范围、可容纳最大主机数、子网地址、子网广播地址如表 5-1 所示。

二进制全为 0 或全为 1 的子网号一般不分配给实际的子网，所以子网 0 和子网 8 很少使用。每个子网内，主机号全为 0 或全为 1 的地址也不分配（全 0 为网络标识，全 1 为广播地址），因此，从 IP 地址的主机地址借位来创建子网，相应子网中的主机数目就会减少。

表 5-1 对一个 C 类网络进行子网划分

子网号	二进制子网地址	二进制地址范围	十进制地址范围	子 网 地 址	子网广播地址	最大主机数
子网 1	000	00000~11111	0~31	202.113.26.0	202.113.26.31	30
子网 2	001	00000~11111	32~63	202.113.26.32	202.113.26.63	30
子网 3	010	00000~11111	64~95	202.113.26.64	202.113.26.95	30
子网 4	011	00000~11111	96~127	202.113.26.96	202.113.26.127	30
子网 5	100	00000~11111	128~159	202.113.26.128	202.113.26.159	30
子网 6	101	00000~11111	160~191	202.113.26.160	202.113.26.191	30
子网 7	110	00000~11111	192~223	202.113.26.192	202.113.26.223	30
子网 8	111	00000~11111	224~255	202.113.26.224	202.113.26.255	30

5.2.2 IPv6

IPv6 是"互联网协议第六版"的缩写。IPv6 是由 IETF 设计的下一代网际协议（Next Generation IP，IPng），目的是取代现有的第四版的网际协议 IPv4。

1. IPv6 的特点

现在在互联网上广泛使用的 IP 协议是 IPv4 版本。随着 Internet 迅猛地发展，全球 IP 网络规模的不断扩大和用户数的迅速增长，现有的 IPv4 协议在地址空间、信息安全和区分服务等方面显露出明显的缺陷，已经不能适应发展的需要。为了解决 Internet 目前和将来可预测的问题，IETF 提出了下一代 IP 协议——IPng 建议方案，并将它定名为 IPv6。IPv6 在 IP 地址空间、路由协议、安全性、移动性以及 QoS 支持等方面都作了较大的改进，增强了 IP 协议的功能。

IPv6 是 1992 年提出的，主要起因是由于 Web 的出现导致了 IP 网络的爆炸性发展，IP 网络用户迅速增加，IP 地址空前紧张。由于 IPv4 只用 32 位二进制数来表示地址，地址空间很小，IP 网络将会因地址耗尽而无法继续发展，因而 IPv6 首先要解决的问题是扩大地址空间。IPv6 有许多优良的特性，尤其在 IP 地址量、安全性、服务质量、移动性等方面优势明显。采用 IPv6 的网络将比现有的网络更具扩展性、更安全、更容易为用户提供质量服务。

具体来讲，IPv6 具有以下的特点：

（1）使用 128 位地址，是 IPv4 的 4 倍；

（2）支持面向无连接的服务，IPv6 使用全新的数据报格式，但允许与 IPv4 共存；

（3）简化了协议，加快了分组的转发；

（4）允许协议继续演变，并允许新协议的加入；

（5）允许对网络资源的预分配，以支持实时视频等数据传输时对带宽和延时的要求。

2. IPv6 的数据格式

IPv6 使用 128 位的编址方案，是 IPv4 的 4 倍。理论上，IPv6 可以使用 2^{128} 个不同的地址。

IPv6 数据报的目的地址分为以下三种类型：

（1）单播（unicast），即点对点通信方式。

（2）多播（multicast），即单点对多点的通信方式，源主机会将数据报提交给一组主机中的每一个主机。在 IPv6 中没有采用广播，只将广播作为多播的一种特殊方式。

（3）任播（anycast），在这种通信方式中，目的站点是一组计算机，但数据报只提交给其中的一台计算机。

在 IPv6 中，一个节点（包括主机和路由器）的接口上可以分配多个单播地址，但接口上的任何一个单播地址可以惟一地标识该节点。

128 位的地址表示法与 32 位不同。如果使用与 32 位编址相同的点分十进制表示方式，一个 128 位的 IP 地址将表示为类似于以下的形式：

218.87.41.26.255.255.255.0.0.172.128.13.129.255.250.16

如此之长的数字，分配和管理起来非常不便。为此，在 IPv6 中使用了冒号十六进制记法，即把每个 16 位的二制数表示为一段十六进制数，但与 IPv4 不同的是，在 IPv6 中每段之间是用"："号隔开，所以上面所示的点分十进制表示方法在使用冒号十六进制记法后，可以表示为

DA57:291A:FFFF:FF00:00AC:800D:81FF:FA10

在使用冒号十六进制记法后，虽然要比点分十进制简单，但在记忆和管理起来还是比较复杂。为此，冒号十六进制记法中使用了两种方法来简化 IP 地址的使用。第一种方法是零压缩法，即一连串的连续的 0 可以通过一对冒号来替代，例如：

DA57:0000:0000:0000:0000:0000:81FF:FA10

采用零压缩法后，就可以写成

DA57::81FF:FA10

为了进一步压缩，对于 4 位十六进制中出现的高位的 0 也可以不列出，例如：

0AFF::100D:000C:000A

在进一步压缩后就可以写成

AFF::100D:C:A

需要说明的是，在任一地址中，只能使用一次 0 压缩法。

另一种优化冒号十六进制记法的方法是，将冒号十六进制记法与点分十进制法进行结合，一般使用点分十进制法作为冒号十六进制记法的后缀。下面是一个合法的 IPv4 的地址组合：

0:0:0:0:0:0:218.94.28.19

再使用 0 压缩法后，就可以写成

::218.84.28.19

在 IPv4 中，根据最高位的比特特点，可以将地址划分为 A、B、C、D 和 E 共 5 类。IPv6 也采用多级体系，目前有 22 类地址，每个地址有惟一的比特前缀，前缀的范围为 3~10 位。例如，一个以 8 个 0 为前缀的地址对应一个 IPv4 地址，一个以 8 个 1 为前缀的地址对应一个多播地址，以 0000010 为前缀的地址可以与 Novell NetWare 的 IPX 协议兼容等。目前大部分前缀还未分配，以便于将来的发展。

在 IPv6 的三类地址中，使用最为广泛的是单播地址。单播地址是类似于 IPv4 的地址，IPv6 的单播地址中，前三个比特固定为 010，各字段的作用如图 5-3 所示。

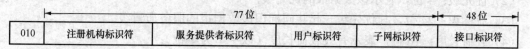

			77位			48位
010	注册机构标识符	服务提供者标识符		用户标识符	子网标识符	接口标识符

图 5-3　IPv6 单播地址的格式

IPv6 单播地址各标识符含义如下：

（1）注册机构标识符，负责分配服务提供者的地址。它位于层次结构的最高层，允许根据地址位置来进行路由选择。

（2）服务提供者标识符，负责为用户分配地址。

（3）用户标识符，用来标识不同的用户。

（4）子网标识符，用来标识地址中的子网地址。

（5）接口标识符，用来标识一个节点上的某一个接口。

3. IPv6 与 IPv4 的兼容问题

目前，互联网上的所有主机基本上都在使用 IPv4 进行通信。如果将这些主机从 IPv4 一次性地迁移到 IPv6，在实施起来是非常困难的，也是不太可能的。为此，在较长的一段时间内，使 IPv4 和 IPv6 共存才是真正可行的。

如果在互联网上让 IPv4 和 IPv6 共存，关键问题是让 IPv4 能够认识 IPv6 的分组。这是因为在 IPv4 标准中不可能涉及 IPv6，也就是说仅运行 IPv4 的路由器根本识别不出 IPv6 的分组。虽然 IPv6 可以兼容 IPv4，但这种兼容只是单向的。

IPv6 系统必须对 IPv4 兼容，也就是说运行 IPv6 的系统必须能够接收和转发 IPv4 的分组，并且能够为 IPv4 分组选择路由。解决这一问题的方法是允许 IPv6 的地址结构覆盖 IPv4 的地址类型。

由于 IPv6 地址所包含的信息无法放入 IPv4 的分组中，所以必须使用另一种解决办法，即隧道技术。

由于从 IPv4 向 IPv6 迁移是一项庞大的系统工程，涉及网络用户及运营商的每一个环节，要求互联网运营商对网络设备进行一次全面系统的升级，而且在升级过程中又不能影响网络的正常运行。为此，在真正的升级和迁移过程中还会遇到许多技术问题。另外，IPv6 的许多技术细节还在发展中，还有一些功能需要继续进行完善。

4. IPv6 报文格式

与 IPv4 相比，IPv6 的报文格式大为简化，如图 5-4 所示。

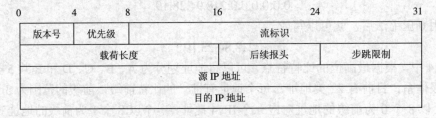

图 5-4　IPv6 报头格式

IPv6 报头各个字段含义如下：

（1）版本号：4 位，表示 IP 协议的版本号，IPv6 版本取值为 6；

（2）优先级：4 位，表示该数据报的优先级；

（3）流标识：24 位，与优先级一起共同标识该数据报的服务质量级；

（4）载荷长度：16 位，表示有效载荷长度（以字节为单位）；

（5）后续报头：8 位，标识紧接在 IPv6 后的后续扩展报头的类型；

（6）步跳限制：8 位，允许数据报跨越路由器的个数，表示该数据报在网间传输的最大存活时间；

（7）源 IP 地址：128 位，发送数据报的源主机 IP 地址；

（8）目的 IP 地址：128 位，接收数据报的目的主机 IP 地址。

IPv6 通过扩展报头来增强协议的功能，扩展报头是可选的。如果选择了扩展报头，则位于 IPv6 报头之后。IPv6 定义了多种扩展报头，如逐次步跳、路由、分段、封装、安全认证以及目的端选项等。除了逐次步跳扩展报头外，其他的扩展报头由端点解释，中间点并不检查这些内容。一个数据报中可以包含多个扩展报头，由扩展报头的后续报头字段指出下一个扩展报头的类型，如图 5-5 所示。

IPv6 报头 （后续报头＝路由）	路由报头 （后续报头＝分段）	分段报头 （后续报头＝TCP）	TCP 报头 和数据段

图 5-5　IPv6 扩展报头

5．IPv6 路由选择

路由器的基本功能是存储转发数据报。在转发数据报时，路由器将根据数据报的地址信息查找路由表，选择一条可到达目的站点的最佳路径。路由表的维护和更新由路由协议来完成。

IPv6 的路由选择是基于地址前缀概念实现的，这样可以很方便地建立层次化的路由选择策略，服务提供者可以根据网络规模汇聚 IP 地址，充分利用 IP 地址空间。IPv6 中的路由协议尽量保持了与 IPv4 相一致，当前 Internet 的路由协议稍加修改后便可用于 IPv6 路由。此外，IETF 正在研究一些新的路由协议，如策略路由协议、多点路由协议等，研究的重点集中在支持 QoS 和优化路由等方面，这些研究成果将应用于 IPv6。

6．IPv6 安全机制

IPv6 利用扩展报头提供了两种安全机制：数据报安全认证和数据加密传输，这两种安全机制是分离的，可单独使用，也可一起使用。同时，IPv6 还允许高层采用其他的安全体系，实现多层安全体系。

（1）数据报安全认证。它保证数据报的完整传输和源地址的正确性，但它不提供信息保密性。其工作机制是：发送方根据数据报的报头、有效载荷和用户信息等计算出一个值，接收方也根据接收数据报的相同字段信息计算出一个值，若二者相同，接收方认为该数据报正确；若二者不相同则丢弃该数据报。

（2）数据加密传输。它采用数据加密方式提供数据传输的保密性。其工作机制是：发送方对整个数据报进行加密，生成安全有效载荷（ESP），并在 ESP 上重新封装一个 IPv6 报头后，再进行传输。当接收方接收到该数据报后，删除封装报头，再对 ESP 解密后的数据报进行处理。封装报头支持多种加密算法，使用户有较大选择余地。

5.2.3　域名与域名的分配

1．域名

由于 IP 地址是数字地址，不便于用户记忆，因此 Internet 将 IP 地址转换为用文字表示的方式，即域名地址。Internet 使用一个专门的数据库把用户输入的域名地址转换为计算机能够直接识别的 IP 地址，这个数据库被称为域名系统 DNS（Domain Name Service）。当用户输入域名地址后，即提交了一个等待翻译的请求给 DNS，由 DNS 翻译后再将相应的 IP 地址提交给应用。域名地址也可以被看作是一个在主机和服务器之间实现域名转换通信任务的应用层协议。

实际上，Internet 中的主机地址是用 IP 地址来惟一标识的。这是因为 Internet 中所使用的网络协议是 TCP/IP 协议，故每个主机必须用 IP 地址来标识。

在 Internet 地址中，凡是能够使用域名地址的地方都可以使用 IP 地址。比如，下面两个地址是等价的：

users@sina.com
users@128.54.16.1

2．Internet 域名系统

Internet 中的域名地址与 IP 地址之间的映射变换是由域名系统 DNS 来完成的。实际上，DNS 是一种分布式地址信息数据库系统采用客户机/服务器模式，服务器中包含整个数据库的某部分信息，并供客户查询。DNS 允许对数据库的某些部分进行局部控制，但数据库的任何部分都可通过网络进行查询。

DNS 数据库采用一种树形结构来组织和管理，如图 5-6 所示，顶部是根，根名为空标记"　"，但在文本格式中写成"．"。树中的每一个节点代表整个数据库的一部分，也就是域名系统的域。域可以进一步划分成子域，每个域都有一个域名，定义它在数据库中的位置。

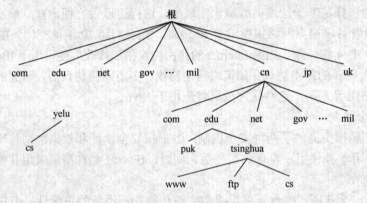

图 5-6　域名树形结构

在 DNS 中，一个完整的域名是从该域向上直到根的所有标记组成的字符串，标记之间要用"．"号隔开。

如清华大学（tsinghua）下有三台主机，对应域名分别为：

www.tsinghua.edu.com.cn
ftp.tsinghua.edu.com.cn
cs. tsinghua.edu.com.cn

在 DNS 中，每个域可以由不同的组织来管理，每个组织可以将它的域再分成一系列子域，并可将这些子域交给其他组织管理。例如，Internet 网络信息中心负责管理 edu 域，但把子域 berkeley.edu 授权给 Berkeley 大学管理。

网络上的每台主机都有域名，指向主机相关信息，如 IP 地址，Mail 路由等。主机也可以有一个或多个域名别名，它只是简单地从一个域名（别名）指向另一个域名（正式域名）。

DNS 采用层次结构的优点是，各个组织在他们的内部可以自由地选择域名。

3．域名的书写规范

域名由几个子域名组成，各个部分之间用"．"分割开。域名通常按分层结构来构造，每个子域名都有其特定的含义。从右到左，子域名分别表示不同的国家或地区的名称（只有美国可以省略表示国家的顶级域名）、组织类型、组织名称、分组织名称和计算机名称等。例如，www.tsinghua.edu.cn 域名中，从右到左分别是：顶级域名 cn 表示中国，子域 edu 表示是教育机构，tsinghua 表示一个学校的名称，www 表示是该学校中一台主机的名称。在 Internet 地址中，大小写字母可以混合使用，但作为一般原则，最好全部使用小写字母。域名中最右边的子域名一般称为顶级域名，它大致上可以分成两类：一类是组织性顶级域名；另一类是地理性顶级域名。组织性顶级域名表示 Internet 服务提供者所属的组织的类型。主要有：

com	商业组织
edu	教育机构
net	国际技术性组织
org	非盈利性组织
gov	政府机构
int	国际性组织
mil	军事性机构

除了国际性组织 int 域名外，其他类型的组织在 Internet 诞生时就已存在了，即组织性顶级域名是基于当时美国国内的互联网络而设计的，并没有考虑国际互联网络的问题。随着 Internet 的日益国际化，这种组织性顶级域名已难以满足需求了，于是便产生一种新的地理性顶级域名。地理性顶级域名用两个字母的缩写形式来表示某个国家和地区。主要有：

cn	中国
de	德国
fr	法国
it	意大利
jp	日本
sc	瑞典
sg	新加坡
th	泰国
uk	英国
us	美国

5.3　常见 Internet 接入方式

近几年，随着 Internet 在我国的迅速普及和用户数量的迅速增长，用户提出的业务要求也呈多样化。与此同时，各种新技术也不断涌现。为满足用户的需求，各运营商根据来自网络发展的历史状况，推出了各种不同的接入 Internet 的方式。

5.3.1　拨号上网方式

拨号接入方式则是目前使用得最为广泛且连接最为简单的一种 Internet 接入方式。用户只需要一台 PC 机，在安装配置了调制解调器等连接设备后，就可通过普通的电话线接入 Internet。由于电话网所能提供的传输速率是很有限的，一般线路只能达到 33.6kbps，即使是最好的线路也只能提供 56kbps 的传输速率，因此这样的 Internet 接入方式通常只适用于对网络速度要求不高的地方使用，这种方式简单易行，经济实惠，适合于业务量较小的单位或个人使用。

拨号方式主要采用两种通信协议，即仿终端协议和 SLIP/PPP。拨号终端方式也称为仿真终端方式，是利用仿真软件将用户端的计算机仿真成为主机（Host）的一个终端，访问主机上的有关资源。这种接入方式在用户端没有固定的 IP 地址，对 WWW 服务功能的支持也较差，只能使用 E-mail 和文件传输等简单的功能，现在已被拨号 SLIP/PPP 方式所取代。SLIP 和 PPP 是两个通信协议，都是用于将一台计算机通过电话线连入 Internet 的远程访问协议。SLIP 协议（Serial Line Internet Protocol，串行线路网际协议）出现的时间较早，功能比较简单。PPP 协议（Point to Point Protocol，点对点协议）出现得较晚，与 SLIP 相比，尽管传输速率低一些，但可以获得更多的 Internet 服务，功能较为强大。

通过拨号入网的用户应具备下列条件：

（1）一台计算机；

（2）一台 Modem 和一条电话线；

（3）一种基于 PPP 或仿终端的通信软件；

（4）一个在当地 Internet 服务提供者（ISP）申请到的账号。

1. Modem 的功能

调制解调器 Modem（Modulator Demodulator，Modem），俗称的"猫"，是一个数字信号与模拟信号之间的转换设备，要通过电话线进行数据传输。Modem 首先将计算机输出（一般为串行口输出）的数字信号转换成模拟信号，送到线路上传输，然后在接收端还原为发送前的数字信号，再提交给计算机进行处理。由数字信号转换成模拟信号的过程称为调制，模拟信号转换成数字信号的过程就是解调，Modem 实际上就是一个信号转换器。

由此可见，在使用 Modem 接入网络时，因为要进行两次数字信号与模拟信号之间的转换，所以网络连接速度较低，而且性能较差，目前广泛使用的 56kbps Modem 的下行传输速率可达到 56kbps，而上行传输速率只有 33.6kbps。

Modem 通常分为内置式 Modem 卡和外置式 Modem 两种。如果根据芯片的功能划分，Modem 大致可以分为软 Modem 和硬 Modem，通常把这两种 Modem 分别称为"软猫"和"硬猫"。"软猫"和"硬猫"是针对内置式 Modem 卡来说的，外置式 Modem 不存在软硬之分。

Modem 的核心部件主要由处理器和数据泵两部分组成。处理器负责控制 Modem 的相关指令，数据泵则负责对收发数据的处理（即负责底层算法），每一个功能完整的 Modem 必须同时具有处理器和数据泵。

随着计算机处理能力的加强和处理速度的加快，一些 Modem 制造商对其产品进行了简化，将部分或全部功能交给计算机的 CPU 来完成。如果 Modem 的处理器和数据泵全部位于 Modem 卡，则这种 Modem 便称为"硬猫"。如果 Modem 上没有处理器和数据泵，则这种 Modem 便称之为"软猫"。另外，还有一种半硬半软的"猫"，这种 Modem 没有处理器，但有数据泵。

"硬猫"一般不占用计算机主机（主要是 CPU）的资源，用途较为广泛，性能较好，较稳定，但价格相对较贵。而"软猫"要大量占用计算机主机的资源，安装和设置不方便，性能较差，对计算机 CPU 的要求较高，但价格低廉，是许多整机销售的预装设备。半硬半软的猫介于两者之间。

内置 Modem 是在计算机扩展槽上增加一块插卡，将卡上的 line 插孔连接电话线，phone 插孔连接电话机（若电话线是并接插孔，则将电话机与该插孔相连，而不必再接 phone 插孔），便可通过一条电话线连接到 Internet 了。

由于内置 Modem 占用了主板上的一个扩展槽，安装与设置均不太方便，因此使用较少。外置式 Modem 则是一个放在计算机外部的盒式装置，它需占用电脑的一个串行端口，还需要接单独的电源才能工作。在外置 Modem 的面板上有几盏状态指示灯，可方便监视其通信状态。目前使用较多的是外置式 Modem。

2. Modem 的安装

下面介绍一下外置 Modem 如何进行安装。

外置 Modem 是利用串行口与计算机相连接的，一般有 4 个端口，分别是：数字终端设备连接口（DTE），用来连接计算机的串行通信端口；电源线连接端口（power），用来连接电源；电话线连接端口（line），用来连接电话线；电话机连接端口（phone），用来连接电话机。

（1）将 Modem 连接好以后，打开 Modem 电源开关，重新启动计算机，一般情况下，Windows 等系列的操作系统都能自动识别到该硬件，并提示用户将相应的驱动程序盘放入驱动器中，按照操作系统给出的提示完成软件的安装。如果操作系统未能检测到该 Modem 的型号，就需要进行手动安装。

（2）执行"开始"菜单"设置"/"控制面板"命令，在打开的"控制面板"窗口中，双击"电话和调制解调器"图标。

（3）在弹出的"电话和调制解调器选项"对话框中，单击"添加"按钮，如图 5-7 所示。

（4）在弹出的"添加/删除硬件向导"对话框中，单击选中"不要检测我的调制解调器；将从列表中选择"选项，单击"下一步"按钮，如图 5-8 所示。

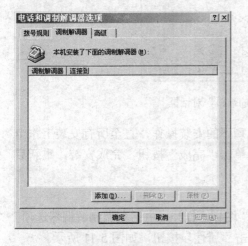

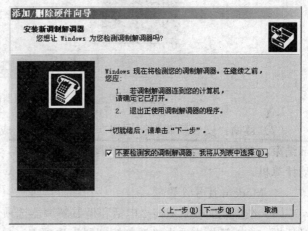

图 5-7 "电话和调制解调器选项"对话框   图 5-8 "添加/删除硬件向导"对话框

（5）在弹出的"安装新调制解调器"对话框中，如果在调制解调器列表中有匹配的厂商和型号，即选择该型号，并单击"下一步"按钮；如果列表中没有所需的型号，需要使用制造商提供的安装盘或者".inf"文件，单击"从磁盘安装"按钮，指定磁盘或".inf"文件的位置，然后单击"下一步"按钮，如图 5-9 所示。

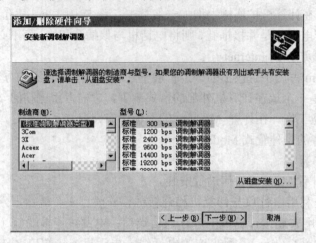

图 5-9 "安装新调制解调器"对话框

（6）在弹出的"选择安装调制解调器的端口"对话框中，单击"选定的端口"选项，并在端口列表中选择通信端口（COM1），单击"下一步"按钮，如图 5-10 所示。

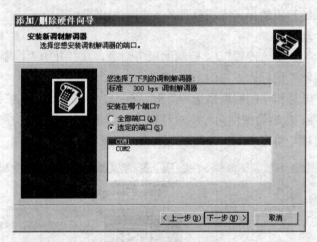

图 5-10 "选择安装调制解调器的端口"对话框

（7）遵循"安装新调制解调器向导"的提示完成剩下的安装操作，直至所有安装工作全部结束，弹出"已成功安装调制解调器"的对话框，单击"完成"按钮，完成安装，重新启动计算机。

3. Modem 拨号设置

（1）在控制面板上双击"电话和调制解调器选项"图标，打开"电话和调制解调器选项"对话框，在对话框中选中"调制解调器"选项卡，单击"属性"按钮，如图 5-11 所示。

（2）在弹出的"调制解调器属性"对话框中，在"常规"选项卡中可以对调制解调器的端口速度、扬声器音量等内容进行重新设置。在"诊断"选项卡里可以查询调制解调器的工作状态以及查看其工作日志，在"高级"选项卡中还可以进行一些高级硬件设置，如图 5-12 所示。

图 5-11　"电话和调制解调器选项"对话框　　　　图 5-12　"调制解调器属性"对话框

（3）在"控制面板"窗口中，双击"网络和拨号连接"图标，在弹出的窗口中双击"新建连接"命令，在弹出的"网络连接向导"对话框中，单击"下一步"按钮，如图 5-13 所示。

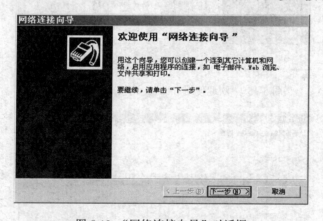

图 5-13　"网络连接向导"对话框

（4）在弹出的"网络连接类型"对话框中，单击选中"拨号到 Internet（D）"选项，单击"下一步"按钮，如图 5-14 所示。

（5）在弹出的"欢迎使用 Internet 连接向导"对话框中，单击选中"手动设置 Internet 连接或通过局域网（LAN）连接"选项，单击"下一步"按钮，如图 5-15 所示。

（6）在弹出的"设置您的 Internet 连接"对话框中。如果是使用个人帐户上网，则选中"通过电话线和调制解调器连接"选项，如果用户计算机已经连接到局域网，则选择"通过局域网连接"选项，单击"下一步"按钮，如图 5-16 所示。

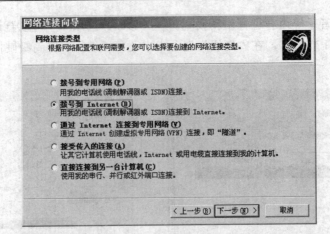

图 5-14　"网络连接类型"对话框

图 5-15　"欢迎使用 Internet 连接向导"对话框

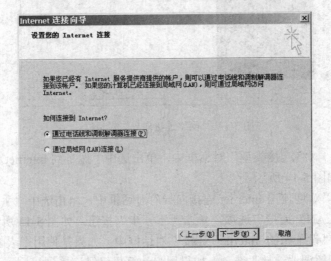

图 5-16　"设置您的 Internet 连接"对话框

（7）在弹出的"选择调制解调器"对话框中，单击"下一步"按钮，如图 5-17 所示。

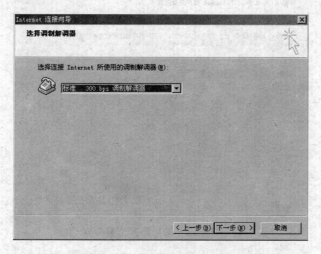

图 5-17　"选择调制解调器"对话框

（8）在弹出的"Internet 帐户连接信息"对话框中，安装向导提示输入 ISP 的名字和电话号码，这些参数是注册时由 ISP 提供的，因为一般都是本地电话，所以可以不输区号，输入入网号码，单击"下一步"按钮，如图 5-18 所示。

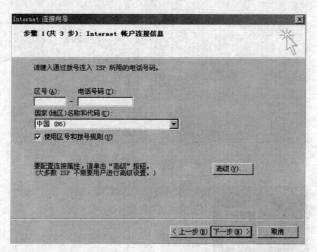

图 5-18　"Internet 帐户连接信息"对话框

（9）在弹出的"Internet 帐户登录信息"对话框中输入用户的注册名和密码，这是用户登录到 ISP 的用户标识。完成输入后单击"下一步"按钮，如图 5-19 所示。

（10）在弹出的"配置您的计算机"对话框中，要求输入拨号连接的名称，完成后单击"下一步"按钮，如图 5-20 所示。

（11）在弹出的"设置电子邮件帐户"对话框中，可以不设置自己的电子邮件帐户。单击"下一步"按钮。

（12）弹出"正在完成新建连接向导"对话框，最后完成新建连接全部过程，单击"完成"按钮，如图 5-21 所示。

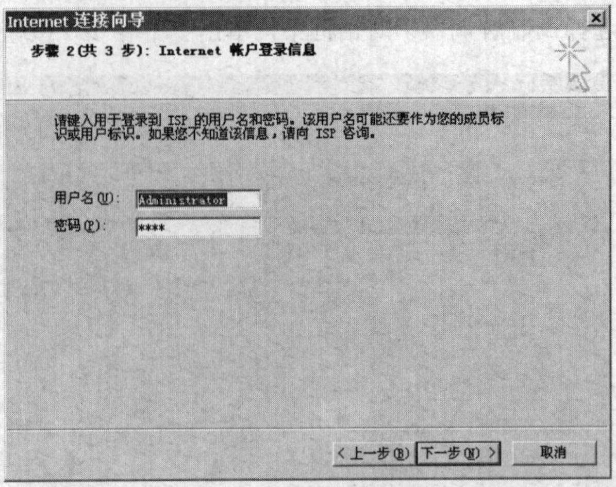

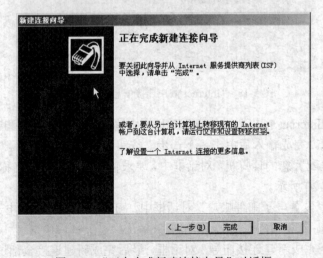

图 5-19 "Internet 帐号连接信息"对话框

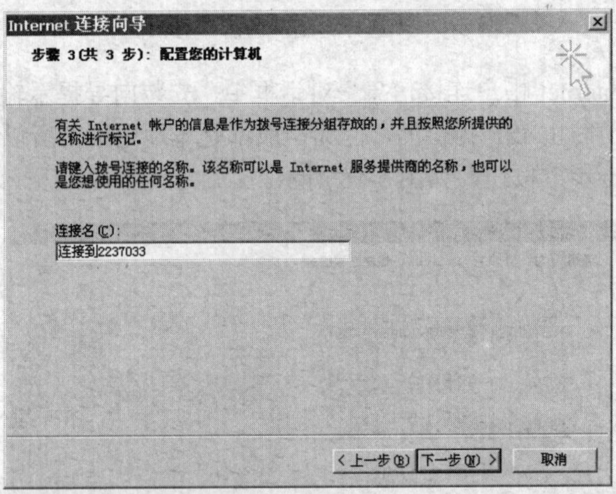

图 5-20 "配置您的计算机"对话框

图 5-21 "正在完成新建连接向导"对话框

（13）这时，当再次双击"网络和拨号连接"图标时，会看见新创建的拨号连接。在"控制面板"中打开"网络和拨号连接"对话框。在新建的拨号连接上单击鼠标右键，在弹出的快捷菜单中选择"属性"选项，弹出"拨号连接属性"对话框。在对话框的"常规"项中显示该连接的基本情况，可以根据需要设置其中的参数，如图 5-22 所示。

（14）在"选项"选项卡中，可以自行设定重拨选项，如拨号时暂时无法接通时的重拨次数，间隔时间等参数，如图 5-23 所示。

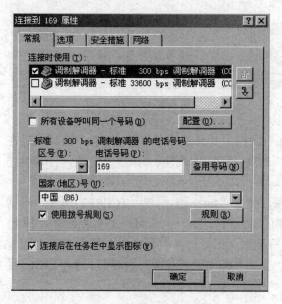

图 5-22　"常规"选项卡

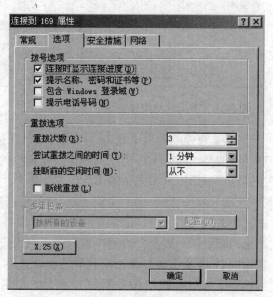

图 5-23　"选项"选项卡

（15）在"网络"选项卡中，在"我正在呼叫的拨号服务器的类型"下拉列表框中，选择"PPP"点对点通信协议，点对点协议（PPP）是一组允许来自不同供应商的远程访问软件交互操作的标准协议。启用 PPP 的连接可以通过任何工业标准 PPP 服务器拨入远程网络。这个参数是注册时由 ISP 提供的，一般 ISP 均提供 PPP 方式，如图 5-24 所示。

（16）如果在"此连接使用下列选定的组件"下没有"Internet 协议"选项，则单击"安装"按钮。

（17）在弹出的"选择网络组件类型"对话框中，单击"协议"选项，单击"添加"按钮，如图 5-25 所示。

（18）在弹出的"选择网络协议"对话框中，单击选中"Internet 协议"，单击"确定"按钮，如图 5-26 所示。

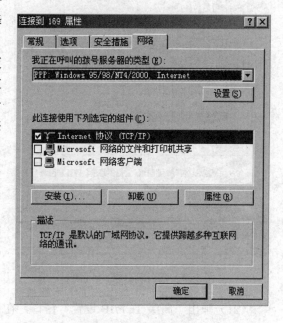

图 5-24　"网络"选项卡

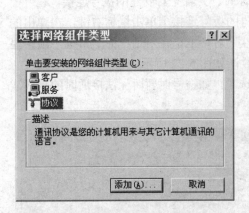

图 5-25 "选择网络组件类型"对话框

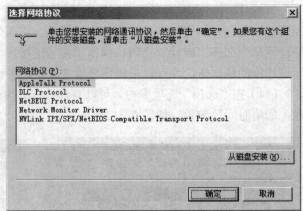

图 5-26 "选择网络协议"对话框

（19）在控制面板中双击"网络和拨号连接"图标，打开"网络和拨号连接"对话框，在对话框的某一连接上单击鼠标右键，在弹出的右键快捷菜单中选取"属性"选项，打开"连接属性"对话框，如图 5-27 所示。

（20）双击"Internet 协议（TCP/IP）"选项，弹出"Internet 协议（TCP/IP）属性"对话框。个人拨号上网时，IP 地址由 Internet 服务商自动分配。这是由于每个 ISP 所拥有的 IP 地址空间有限，一般不会给随机拨号的入网用户分配永久地址。并且每个 ISP 一般都拥有固定数量的 DNS 服务器。所以应在对话框中选中"自动获得 IP 地址"单选按钮，输入 ISP 提供的拨号服务器和 DNS 服务器的 IP 地址。单击"高级"按钮，如图 5-28 所示。

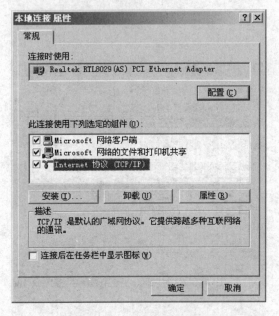

图 5-27 "连接属性"对话框

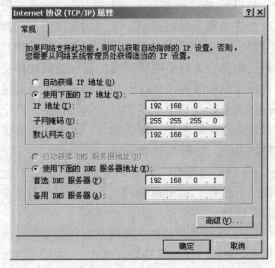

图 5-28 "Internet 协议（TCP/IP）属性"对话框

（21）弹出"高级 TCP/IP 设置"窗口，在该窗口中还可以对 IP 协议中的 DNS 服务器地址、WIN 服务器以及 IP 安全机制等参数进行设置，单击"确定"按钮，如图 5-29 所示。

（22）至此，完成了 Internet 拨号入网的设置工作。一切输入完毕后，双击相应的连接图标（当然电话线要插好），就可以开始拨号连接，如图 5-30 所示。登录网络后，只需要打开浏览器，就可以轻松上网了。

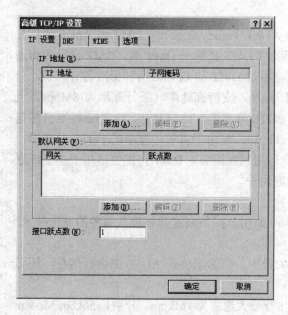

图 5-29 "高级 TCP/IP 设置"窗口   图 5-30 拨号连接窗口

5.3.2 ADSL 接入技术

1. ADSL

ADSL（Asymmetric Digital Subscriber Line，非对称数字用户线路）是 DSL（Digital Subscriber Line，数字用户线路）大家庭中的一员。DSL 包括 HDSL、SDSL、VDSL、ADSL 和 RADSL 等，一般统称为 xDSL，它们主要的区别体现在信号传输速率和距离的不同，以及上行速率和下行速率对称性不同两个方面。其中，ADSL 因其技术较为成熟，已经有了相关的标准，所以发展较快，也备受关注。

ADSL 属于非对称式传输，它以铜质电话线作为传输介质，可在一对铜线上支持上行速率 64kbps、下行速率 1～8Mbps 的非对称传输，有效传输距离在 3～5km 范围内。这种非对称的传输方式，非常符合 Internet 和视频点播（VOD）等业务的特点，成为宽带接入的一个焦点。

由于大部分的 Internet 信息，特别是富于图形和多媒体的 Web 数据需要很大的下传带宽，同时用户信息相对比较少，上传的带宽无须太大，因此采用不对称形式的 DSL 可以提供较高的数据传输能力。目前 ADSL 的下传的速率可以达到 8Mbps，而上传速率也可以达到 2Mbps。高的下传速率意味着可以传输如动画，声音和立体图形等数据量较大的信息。另外，一小部分的带宽可以用来传输语音信号，可以一边打电话，一边上网浏览，而不用再使用第 2 条电话线。

ADSL 用户只需要利用现有的电话线，无须进行线路改造。在用户端和局端均装有数据分离设备，自动完成数据的合并与分离。

RADSL（Rate—Adaptive DSL，速率自适应 DSL）与 ADSL 在技术上是一致的，但它可以根据铜质电话线质量的优劣和传输距离的远近动态地调整用户的访问速率。通常将 ADSL 和 RADSL 统称为 ADSL。

2. ADSL 的标准

ADSL 有 CAP 和 DMT 两种标准，CAP 由 AT&T Paradyne 设计，DMT 由 Amati 通信公司发明，其区别在于发送数据的方式。ANSI 标准 T1.413 是基于 DMT 的，DMT 已经成为国际标准。近来谈论很多的 G. Lite 标准很被看好，不过 DMT 和 G. Lite 两种标准各有所长，分别适用于不同的领域。DMT 是全速率的 ADSL 标准，支持高速率（下行速率为 8Mbps，上行速率为 1.5Mbps），但 DMT 要求用户端安装 POTS 分离器，比较复杂。G. Lite 标准虽然速率较低（下行速率为 1.5Mbps，上行速率为 512kbps），但由于省去了复杂的 POTS 分离器，因此用户可以像使用普通 Modem 一样使用。就适用领域而言，DMT 可能更适用于小型或家庭办公室（SOHO），G. Lite 则更适用于普通家庭用户。

3. ADSL 的特点

ADSL 利用现有的铜质电话线作为传输介质，为用户提供高速数据接入服务的宽带技术，其主要特点有：

（1）充分利用现有的电话线，保护了现有的投资。但为了保证 ADSL 的良好运行，还必须对部分线路进行必要的改造。

（2）传输速率高，下行最大速率为 8Mbps，上行最大速率为 1Mkbps，分别是 56kbps Modem 的 170 多倍和 30 多倍，并且属于非对称传输，符合 Internet 和视频点播业务的运行特点。

（3）技术成熟，标准化程度高，是目前投入商业化运行中速率较高的一种解决方案。国际电信联盟（ITU）已通过了 G. Lite 标准，该标准将下行速率调整为 64k～1.5Mbps，上行速率调整为 32～512kbps，最大传输距离为 7km。

（4）在一条线路上可同时传送语音信号和数字信号，且互不干扰。

（5）由于每根线路由每个 ADSL 用户独有，因而带宽也由每个 ADSL 用户独占，不同 ADSL 用户之间不会发生带宽的共享，可获得更佳的通信效果。

5.3.3　ISDN 接入技术

1. ISDN

ISDN（Integrated Services Digital Network）即综合业务数字网是由电话综合数字网发展起来的一个网络。它提供端到端的数字连接，以支持广泛的服务，包括声音的和非声音的。用户的访问是通过少量的多用途用户网络接口标准实现的。这是 CCITT 于 1984 年对 ISDN 所下的定义。

ISDN 可以向个人用户提供两倍于普通调制解调器的传输速率，用户可以一边上网一边使用电话或传真。ISDN 实现了用户端到终端的数字化连接。用户向电信主管部门申请后，加装上 NT1 网络终端设备、TA 适配器等接入设备，或采用电信部门提供的多种组合方案就可上网，速率可达 128kbps，并且不易受外界环境干扰。

ISDN 利用现有的模拟用户线，通过用户端加装标准的用户网络接口设备（NT），将可视电话、数据通信、数字传真和数字电话等终端，通过一对传统的电话线接入 ISDN 网络。我国在 20 世纪 90 年代初建成了第一个 ISDN 模型网，并且在 1996 年正式向用户提供 ISDN 业务，被称之为"一线通"。

2. ISDN 的特点

ISDN 是传统电话服务（POTS）的替换产品，主要应用于高速和全方位的多媒体信息数据传输。ISDN 利用目前在家庭和办公室中广泛使用的二芯铜质电话线作为数据传输载体。

ISDN 在一根电话线上可以提供两个同时进行的语音或数据通信。这两个同时进行的通信可以是数据、语音、视频或传真中的任意两种。最多可以有八个不同的设备同时接在同一根线路上，以供使用，称为"综合服务"。

与传统的模拟电话线相比，ISDN 的数据传输是纯数字化的，没有任何数字/模拟转换过程。ISDN 不是一个简单的点对点的通信解决方案，用户可以和接入 ISDN 网的任何 ISDN 设备进行通信。这些设备形成了一个大的网，它们之间可以相互进行通信而不管对方是在本地还是在异地。

尽管 ISDN 可以用来打电话或发传真，但最主要的用处是在计算机网络领域，把 ISDN 电话线插入 ISDN 适配卡（数字调制解调器），使用方式和普通的 Modem 一样。

3. ISDN 的分类

根据所提供带宽的不同，ISDN 可分为窄带（N-ISDN）和宽带（B-ISDN）两种。目前，与 N-ISDN 相关的标准已非常完善，技术已相当成熟，各类接入设备也很丰富，是 ISDN 的主要应用领域。而有关 B-ISDN 的技术相对较为复杂，与之相关的技术和标准还需进一步完善，是将来的发展方向。现在国内电信部门推出的"一线通"即为 N-ISDN 中的服务，平时我们也将其简称为 ISDN。

ISDN 用户端的网络接口有两种类型：BRI（Basic Rate Interface，基本速率接口）和 PRI（Primary Rate Internet，基群速率接口）。通常我们见到和用到的接入技术（如"一线通"）是 BRI 接口。BRI 接口又叫 2B＋D 接口，即它由两个 B 信道和一个 D 信道组成。B 信道用于传送数据和语音，速率为 64kbps，D 信道主要用于传送控制信息和信号信息，数率为 16kbps。BRI 的速率为 144kbps，PRI 的速率为 2048kbps 或 1544kbps，支持 30 或 23 条 B 道和 1 条速率为 64kbps 的 D 信道。

4. ISDN 的组件

ISDN 组件包括终端、终端适配器（TA）、网络终端设备、线路终端设备和交换终端设备。ISDN 终端分为两类，专用的 ISDN 终端称为第一类终端设备（TE1），在 ISDN 标准出现之前就存在的非 ISDN 终端称为第二类终端设备（TE2）。TE1 通过 4 芯双绞线连接到 ISDN 网络上，TE2 通过终端适配器（TA）连接到 ISDN 网络上。ISDN 的 TA 可以是一个独立的设备，也可以是 TE2 中的一块电路板。如果 TE2 是独立的设备，可以通过标准的物理层接口连接到 TA 上，如 EIA/TIA-232-C（前身为 RS-232-C）、V.24 和 V.25 等。

除了 TE1 和 TE2 设备外，ISDN 网络中还有第一类网络设备（NT1）和第二类网络终端设备（NT2），这些网络终端设备将 4 芯的用户线连接到传统的 2 芯本地环路上。在北美 NT1 是一种用户终端设备，而在其他地方，NT1 则是服务商提供的网络组成部分。NT2 是更为复杂的设备，一般存在于数字专用交换机中，执行第二层和第三层的协议功能和集中服务。NT1/2 设备也是以独立的设备出现的，它综合了 NT1 和 NT2 的功能。

5.3.4　Cable Modem 接入技术

目前在全球范围内存在两种最具影响力的宽带接入技术，它们是基于铜质电话网络的 ADSL 和基于有线电视网络的 Cable Modem。

1. Cable Modem

电缆电视（Cable television，CATV）即有线电视，是一种单向的媒体广播。20 世纪 90 年代 DSL 出现后，北美地区各主要的通信公司和电视公司联合组建了多媒体电缆网络系统伙伴有限公司（Multimedia Cable Network System Partners Ltd，MCNS）。MCNS 的目标在于创建一个标准的产品和系统，用 CATV 原有的基础设施为社会提供数据传输及其他服务。MCNS 创建了电缆数据服务接口规范 DOCSIS 1.0，后来变成北美标准。

基于有线电视网络的 Cable Modem 为用户实现了双向的数据服务。为了在电缆网络上传送数据，把一个 50～750MHz 的电视频道用作下行数据传输，把数据传给用户。另一个 5～42MHz 的频道用作上行数据传输，把用户的需求传送给电缆公司。用户用同轴电缆连在光纤节点上，在 PC 机内安装 Ethernet 网络接口卡，然后再连接电缆调制解调器。

电缆调制解调器的入口端就是同轴电缆，由电缆公司提供。在各光纤节点的头端，安装电缆调制解调器终端系统（Cable Modem Termination System）。用户需要时，和电缆调制解调器通信，在用户和服务商之间构成 LAN 连接。单个 6MHz 下行电视频道，从电缆头端可以传送 27Mbps 下行数据；上行频道可从家庭用户或商业最终用户向头端传送 500kbps～10Mbps 上行数据。上行和下行的带宽，被连接在同一电缆网分段上的数据用户共享。由于网络的结构和话务负荷的影响，每个电缆调制解调器用户得到的实际带宽是 500kbps～1.5Mbps 或更高。虽然同一网段上的数字用户人数影响电缆调制解调器速度，但电视信号对数据服务没有影响，上网的同时收看电视，并不影响上网的速度。

Cable Modem（线缆调制解调器）是通过现有的有线电视网宽带网络进行数据高速传输的通信设备。其下行通信速度在每个 8MHz 的电视频道内为 27～42Mbps，上行通信速度可达到 128kbps～10Mbps。下一代设备的下行速率可达 90Mbps，上行速率可达 30Mbps，用户端为 10MBaseT 或 100MBaseTX 以太网接口。

与 DSL 相比，电缆上网的主要缺点是电缆头端的带宽共享，最终用户和邻居们使用相同的一条电缆，上网点可能成为数据存取的拥挤点。另一个缺点是最终用户不能自由选择互联网服务供应商。

2. Cable Modem 的标准

在 Cable Modem 的发展过程中出现了两个直接影响其技术发展和设备制造的标准，分别是 DOCSIS 和 IEEE 802.14。

1997 年 3 月，有线电视工业标准组织颁布了关于通过有线电视网络高速传输数据的具体工业标准 DOCSIS（Data Over Cable System Interface Specification，DOCSIS），该标准包括 Cable Modem 到用户端设备接口技术、Cable Modem 终端系统到网络端接口技术和 Cable Modem 电话线回叫接口技术等八个技术规范。参加该标准制定的有 Cisco、Motorola 和 3COM 等世界知名的公司。

IEEE 在 DOCSIS 标准出台后，才开始制定 IEEE 802.14 标准（电缆电视媒体访问控制和物理协议）。该标准是继 DOCSIS 标准后 Cable Modem 的又一标准。不过两者在关键技术上基本是相同的，在 Cable Modem 与 PC 机接口规范上两者均选用了 10BaseTX 太网连接。近年来，随着 PC 接口技术的发展及设备的多样化，使用 USB 接口的 Cable Modem 和直接安装在 PC 机接口技术的发展及设备的多样化，使用 USB 接口的 Cable Modem 和直接安装在 PC 机扩展槽中的 Cable Modem 也大量投入了使用。

目前，虽然 Cable Modem 存在 DOCSIS 和 IEEE 802.14 两个标准，但两者一开始在技术上就保持了一致性，相信在将来也不会产生较大的分歧。

3．Cable Modem 的接入特点

Cable Modem 接入方式有两种，单用户接入方式和局域网接入方式。与其他接入方式相比，Cable Modem 具有如下特点：

（1）高速率接入。用户端的接入速率可达到 10Mbps，在目前应用的所有接入方式中，Cable Modem 是最快的一种，是其他接入方式不能比拟的。

（2）用户终端可以始终挂在网上，无需拨号 Cable Modem 实现了永远连接，只要开机就能使用网络。

（3）Cable Modem 用户在同一小区内共享带宽资源，平时不占用带宽，只有当有数据下载时才会占用。系统支持弹性扩容，最简单的方法是增加数字频道，每增加一个频道，系统增加相应的带宽资源。

（4）不占用线路。打电话、收看有线电视和上网可以同时进行。

（5）可拥有独立的 IP 地址。

（6）不受连接距离的限制。用户所在地和有线电视中心之间的同轴电缆能够按照用户的需要延伸，不受连接距离的限制。

Cable Modem 存在的一些问题如下：

（1）在 HFC 系统中 Cable Modem 用户共享单一电缆的方式与局域网中多台计算机共享信道相似，由于许多用户通过一个终点接入 Internet，如果一个区域的上网用户较多，则传输速率将明显下降。

（2）有线电视是一种广播服务，所以同一个信号将发送给所有的用户，用户端的 Cable Modem 会对信号进行识别，如果是发给自己的便将其分离出来并接收。这种工作方式会产生一些安全问题，其他用户可能会通过共享电缆访问正在传输的数据。

（3）单向电缆的改造投资较大。

5.3.5 DDN 接入技术

DDN（Digital Data Network）即数字数据网，是利用数字信道传输数据信号的数据传输网，它的传输媒介有光缆、数字微波、卫星信道及用户端可用的普通电缆和双绞线。利用数字信道传输数据信号与传统的模拟信道相比，具有传输质量高、速度快和带宽利用率高等一系列优点。DDN 向用户提供的是半永久性的数字连接，沿途不进行复杂的软件处理，因此延时较短，避免了分组网中传输延时大且不固定的缺点。DDN 采用交叉连接装置，可根据用户需要，在约定的时间内接通所需带宽的线路，信道容量的分配和接续在计算机控制下进行，具有极大的灵活性，使用户可以开通种类繁多的信息业务，传输任何合适的信息。

DDN 有四个组成部分：数字通道、DDN 结点、网管控制和用户环路。

由于 DDN 是采用数字信道传输数据信号的通信网，因此，它可提供点对点和点对多点透明传输的数据专线出租电路，为用户传输数据、图像和声音等信息。DDN 具有如下特点：

（1）DDN 是同步数据传输网，不具备交换功能。但可根据与用户所订协议，定时接通所需路由（这里是半永久性连接概念）。

（2）传输速率高，网络延时小。

（3）DDN 可支持网络层以及其上的任何协议，是不受约束的全透明网。

（4）DDN 可提供灵活的连接方式。DDN 可以支持数据、语音及图像传输等多种业务，它不仅可以和客户终端设备进行连接，而且还可以和用户网络进行连接，为用户网络互联提供灵活的组网环境。

（5）灵活的网络管理系统。DDN 采用的图形化网络管理系统可以实时地收集网络内发生的故障并进行故障分析和定位。

（6）保密性高。由于 DDN 专线提供点到点的通信，信道固定分配，不会受其他客户使用情况的影响，因此通信保密性强，特别适合金融和保险客户的需要。

总之，DDN 将数字通信技术、计算机技术、光纤通信技术及数字交叉连接技术有机地结合在一起，提供了高速度高质量的通信环境，为用户规划和建立自己安全高效的专用数据网络提供了条件，因此在多种接入方式中深受广大客户的青睐。

由以上特点也可以看出，DDN 只适合于集团用户，而并不像 ISDN 等适合家庭个人用户。对于国际性和全国性大型公司或机构，采用 DDN 专线上网是较好的选择，既可满足当前上网浏览信息的要求，又可为日后建立自己独立的 Web 站点，把自己的信息送上互联网打下基础。

5.3.6 光纤接入

这里的光纤接入是指用户端直接通过光纤接入 Internet。

在现有的有线介质中，因为光纤具有传输距离长、容量大、速度快、信号传输无误差及原材料丰富等特点，已成为传输介质中的佼佼者，并在全球得到了广泛的应用。在前面所谈到的有线接入中，不管用户端采用哪一种方式，网络骨干部分大多数使用的是光纤。而这里关注的是用户端的接入方式，现在看来，用户端直接使用光纤接入还只是一种想象和渴望，但随着光纤到路边（FITC）、光纤到大楼（FITB）及光纤到小区（FTTZ）的实现，以及光纤及其设备价格的不断下降，使光纤到用户及光纤到桌面即将成为现实，真正突破 Internet 的接入带宽瓶颈。

5.3.7 无线接入

1970 年，夏威夷一位喜欢网上冲浪的教授通过无线电信号，实现了第一例无线数据传输。现在人们真正实现了用无线电信号取代有线电缆，通过无线网络技术，用户使用便携式电脑或者个人数字助理系统实现无拘无束地无线上网冲浪。使用者可以收发电子邮件，实现文字处理以及接入企业内部网，而无需考虑他们是不是在自己办公室里，甚至是不是在自己的楼层。

无线上网具有安装容易、维护简单、成本低、上网速度快的优势。一个无线上网基站的发射器只有 32 开的书本大小，安装简便，占地很小，由于租用线路，不用建网，不用在室内铺设大量网线，成本相对比较低；特别是一个基站一般能提供 2～10MB 供几十个用户共享，网速很快。

随着笔记本电脑、个人数字助理（PDA）及手机等移动通信工具的普及，用户端的无线接入业务在不断地增长。同时，对现有的有线接入方式来说，也需要无线接入作为补充，甚至在许多环境下无线接入比有线接入更具优势。

无线接入可大致分为三大类，即低速无线本地环、宽带无线接入和卫星接入。

1. 低速无线本地环

无线本地环技术源于 20 世纪 40 年代中期出现的蜂窝电话和随后产生的无线电话等移动

通信技术，低速无线通信技术目前尚未有一个完整的、统一的和世界性的标准，所以其实现过程也多种多样，但其工作原理基本可分为模拟和数字两大类。

第一代移动通信系统采用的都是模拟蜂窝技术，如高级移动电话服务系统（AMPS）和总访问通信系统（TACS）等。在整个无线接入方式中，模拟技术只是一种过渡技术，不会有较大的发展空间，将逐渐被数字技术所取代。

最早出现的数字蜂窝技术标准便是时分多址（TDMA），随后出现了码分多址（CDMA）和移动通信全球系统（GSM，也称之为全球通）。我国广泛采用的是 GSM。目前 GSM 能够提供 13kbps 的语音服务和 9.6kbps 的数据服务，它的功能正在不断完善，以提供更高速率的数据服务。WAP 手机上网主要是基于数字蜂窝技术。

2. 宽带无线接入

随着无线接入市场的不断扩大，许多无线设备制造商开始提供基于无线电波的宽带接入系统。这些系统采用数字技术，并支持多用户和多种服务，数据通信速率一般在 128～155kbps。目前已投入使用的有多路多点分配业务（MMDS）和本地多点分配业务（LMDS）。其中，MMDS 称为"无线电缆"，覆盖半径超过 50km，而 LMDS 过去主要用来传输视频信号，采用了与蜂窝系统相类似的结构，因此称为"蜂窝电视"，覆盖半径约为 5km。

3. 卫星接入

卫星接入是利用卫星通信系统提供的接入服务，它由人造卫星和地面站组成，用卫星作为中继站转发地面站传入的无线电信号。卫星通信在 20 世纪 50 年代就已开始使用初期的主要功能是弥补有线系统的不足，提供电话、电传和电视信号的传输服务，后来开始提供数据接入服务。进入 20 世纪 90 年代，随着 Internet 和移动通信的迅速发展卫星通信进入了一个崭新时期，一些可广泛用于宽带多媒体服务台和移动用户接入服务的系统即将在大范围内投入使用。其中能够，为用户提供电话、电视和数据接入服务的甚小口径无线卫星终端站（Very Small Aperture Terminal，VSAT）业务，其下行速率为 400kbps～2Mbps，以后将达到 45～4500Mbps。该技术将成为其他 Internet 接入技术的有力补充。

5.3.8 使用电线上网

使用电线上网对我们来说还是一件比较陌生的事情。"电线上网"，它的准确叫法是电力线通信技术 PLC，是指利用电力线传输数据和话音信号的一种通信方式。应用电力线传输信号的实例最早是电力线电话。20 世纪 90 年代，美国开始用电力线作为家庭总线的产品—10X 系统。1991 年美国电子工业协会的 CEBUS 研究会确认了 3 种家庭总线，电力线是其中一种。目前高速 PLC 已可传输高达 1Mbps 以上的数据，预计不久的将来速率将达到 10Mbps 以上，能同时传输数据、语音、视频和电力。

用电力线作家庭总线有其显著的优点：成本低、施工方便、一线两用，价格低廉，延伸方便。电力线在家庭、公司及各种场所处处可达，比电缆其至是固定电话网络更为广泛。用户能自由选择在家中任何有电插座的地方上网，只需要添加一个特制的调制解调器。理论上电线作为通信线路的通信速度，根据不同的频率可达 3Mbps 或 10Mbps，比 ISDN 要快 30 多倍，与光纤大致相同。一个民用 220V 线路的变压器只覆盖一定范围内的用户，所以在同一条电力线上的资源不会因为用户太多而降低效率。在用户较少的情况下，可以把几个变压器线路区域内的用户联在一起，提高服务器的利用率；如果用户增多了，不同变压器区域内的用户又可以分开，使用本区域的主服务器，可使资源的利用率始终保持在较高的水准。

我国早在 70、80 年代通过电线来通电话的技术已经基本成熟，目前我国一项自动抄表的技术就是利用电线来传送数据的。这些技术正是通过电线连接互联网的基础设施，既然通过电线可以打电话和传数据，当然也可以通过它来上网。

5.3.9 通过局域网络连接到 Internet

局域网接入方式是指用户在已经建立起来的局域网的基础上，使用路由器，通过数据通信网与 ISP 相连接，最后由 ISP 的连接通道接入到 Internet。

采用这样的接入方式通常是较大的单位或部门，用户在租用线路上的花费一般较高。用户不仅能够实现 Internet 提供的信息服务，也可以通过 Internet 实现在局域网内部的网络互联。

如果要通过局域网络连接到 Internet 中，首先要正确安装网卡及网卡驱动，在此基础上，通过局域网接入 Internet 有两种方式，一种是拥有固定的 IP 地址，可以直接与 Internet 相连；另一种是没有直接接入 Internet 的 IP 地址，此时就要通过代理服务器去访问 Internet。

1. 拥有固定的 IP 地址，可以直接与 Internet 相连

（1）执行"开始"菜单"设置" / "控制面板"命令，在"控制面板"窗口中双击"网络"图标，在弹出"连接设备"对话框中单击"网络"选项卡，单击选中"TCP/IP 协议"后，单击"属性"按钮，如图 5-31 所示。

（2）在弹出的"Internet 协议属性"对话框中单击选中"使用下面的 IP 地址"项，配置 IP 地址、子网掩码、网关、首选 DNS 服务器、备用 DNS 服务器等几项，如图 5-32 所示。

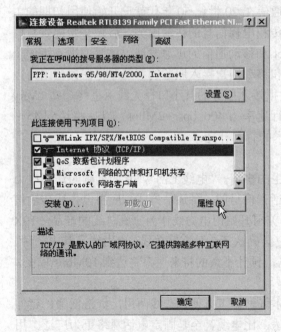

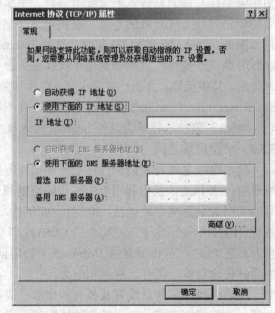

图 5-31 "连接设备"对话框 　　　　图 5-32 "Internet 协议属性"对话框

（3）单击"确定"按钮，网络属性配置完毕，重新启动计算机使配置生效后，计算机就可以通过局域网访问 Internet 了。

2. 没有直接接入 Internet 的 IP 地址

此时需要通过代理服务器去访问 Internet。

（1）在图 5-32 的对话框中单击选择"自动获取 IP 地址"，然后同前面设置好"网关"及

"DNS 配置"（简单的局域网可以不配），以获得局域网内部正常访问功能。设置好后，计算机就能在局域网内正常工作。

（2）执行"开始"菜单"设置"/"控制面板"命令，在"控制面板"窗口中双击"Internet"图标。在弹出的"Internet 属性"对话框中单击"连接"选项卡，如图 5-33 所示。

（3）单击"局域网设置"按钮。在弹出的"局域网设置"对话框内，可根据局域网代理服务器的不同设置，设置代理服务器选项，对话框中有"自动检测设置"和"使用自动配置脚本"两栏，如图 5-34 所示。

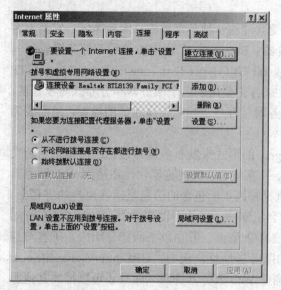

图 5-33　"Internet 属性"对话框

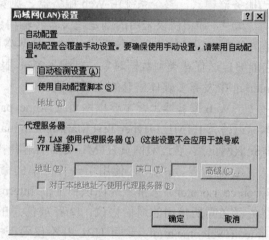

图 5-34　"局域网设置"对话框

（4）选中"自动检测设置"选项，计算机会自动检测局域网中代理服务器。

（5）选中"使用自动配置脚本"选项，需要手动输入代理服务器的 IP 地址。

（6）选中"为 LAN 使用代理服务器"选项，需要配置代理服务地址和使用的端口，代理服务器地址可由网络中心提供，所使用的端口号一般为 8080。

（7）如果所有协议都使用同一个代理服务器，则可以选中"对所有协议均使用相同的代理服务器"选项。

（8）代理服务器一般只对 HTTP 和 FTP 协议进行代理访问，如果还存在可以代理其他协议进行 Internet 访问的代理服务器，则单击"高级（C）……"按钮。

（9）在弹出的"代理服务器设置"对话框中，对"代理服务器"进行设置，如图 5-35 所示。

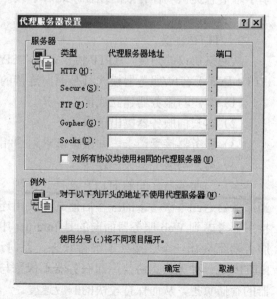

图 5-35　"代理服务器设置"对话框

（10）设置完毕，计算机就可通过代理服务器接入 Internet。

5.4 Internet 提供的服务

随着 Internet 的飞速发展，目前 Internet 可为我们提供的服务可达上万种，其中大多数是免费的，随着 Internet 商业化发展的趋势，它所能提供的服务将会进一步增多。

5.4.1 WWW 服务

1. WWW

WWW（World Wide Web）是 Internet 中最受欢迎的一种多媒体信息服务系统。它基于客户/服务器模式，整个系统由 Web 服务器、浏览器（Browser）和通信协议等三部分组成。

其中，通信协议采用的则是超文本传输协议 HTTP（Hyper Text Transfer Protocol）。HTTP 是为分布式超媒体信息系统而设计的一种网络协议，主要用于名字服务器和分布式对象管理，它能够传送任意类型数据对象，以满足 Web 服务器与客户之间多媒体通信的需要，从而成为 Internet 中发布多媒体信息的主要协议。

在 Web 服务器上，主要以网页（Home page）的形式来发布多媒体信息。网页采用超文本标记语言 HTML（Hyper Text Markup Language）来编写。当浏览器软件连接到 Web 服务器并获取网页后，通过对网页 HTML 文档的解释执行将网页所包含的信息显示在用户的屏幕上。

在 WWW 系统中，使用了一种简单的命名机制——统一资源定位器 URL（Universal Resource Locator）来惟一地标识和定位 Internet 中的资源。它由以下两部分组成：①客户与服务器之间所使用的通信协议；②存放信息的服务器地址。例如，URL:http://some.site.edu/somedir/welcome.html。这里 URL 并不仅限于描述 Web 服务器资源，而且还可以描述其他服务器资源，如 Telnet、FTP、Gopher、Wais 和 UsenetNews 等。

WWW 最初是由欧洲高能物理研究中心 CERN 的工作人员开发的，目的是为科研人员共享学术信息提供一种有效的途径。此后不久，WWW 就作为一种通用的信息检索和服务手段加入了 Internet 世界。

2. HTTP 协议

从网络协议的角度，HTTP 协议是对 TCP/IP 协议集的扩展，处于 TCP/IP 层次的应用层。HTTP 是基于客户/服务器模式且是面向连接的。典型的 HTTP 事务处理有如下的过程：

（1）客户与服务器建立连接；

（2）客户向服务器提出请求；

（3）服务器接受请求，并根据请求返回相应的文件作为应答；

（4）客户与服务器关闭连接。

客户与服务器之间的 HTTP 连接是一种一次性连接，它限制每次连接只处理一个请求，当服务器返回本次请求的应答后便立即关闭连接，下次请求再重新建立连接，这种一次性连接主要考虑到 Web 服务器面向的是 Internet 中成千上万个用户，只能提供有限个连接，所以服务器不会让一个连接处于等待状态，及时地释放连接可以大大提高服务器的执行效率，HTTP 是一种无状态协议，即服务器不保留与客户交易时的任何状态。这就大大减轻了服务器的存储负担，从而保持较快的响应速度。

HTTP 是一种面向对象的协议，允许传送任意类型的数据对象。它通过数据类型和长度来标识所传送的数据内容和大小，并允许对数据进行压缩传送。

当用户在一个 HTML 文档中定义了一个超文本链后，浏览器将通过 TCP/IP 协议与指定的服务器建立连接。在技术上讲，客户只要在一个特定的 TCP 端口（端口号为 80）上打开一个套接字即可。如果该服务器一直在这个周知的端口上侦听连接请求，则该连接便会建立起来。然后客户通过该连接发送一个包含请求方法的请求块。HTTP 规范定义了七种请求方法，每种请求方法规定了客户和服务器之间不同的信息交换方式，常用的请求方法是 GET 和 POST。服务器将根据客户请求完成相应操作，并以应答块形式返回给客户，最后关闭连接。

3．Web 客户软件

通常把 Web 客户软件称为浏览器，它主要用于连接 Web 服务器。执行由 HTML 编写的文档，并将执行结果显示在用户的屏幕上。

Web 浏览器将各种 Internet 服务的客户工具集成在一起，除了支持访问 Web 服务器的 HTTP 协议外，还提供了 E-mail、Telnet、FTP、Gopher、Wais 以及 Usenet News 等服务的访问功能。Web 浏览器检索网页十分简便和快捷，它不仅提供了向后（Back）和向前（Forward）查找和显示网页的功能，而且还提供了网页管理功能，如为经常访问的网页设置标签，以便在下次访问时能够快速地找到所感兴趣的网页等。目前，浏览器软件有很多种，但比较著名的浏览器是 NCSA（美国国家超级计算应用中心）的 Mosaic、Netscape 通信公司的 Navigator、Microsoft 公司的 IE（Internet Explorer）以及 SUN 公司的 Hot Java 等。其中，Mosaic 浏览器是最早开发的。在 CERN 开发了 WWW 基本协议不久，NCSA 就开始研究如何实现这种服务接口的工作，接口的目标是向用户提供一种图形化的、易于使用且支持 Web 服务器连接的客户软件。自 1993 年推出 NCSA Mosaic 最初版本后，大大推动了 Internet 信息技术的发展，使得 WWW 成为今日 Internet 上最为流行的信息服务目前，广为流行的 Web 浏览器是 IE 浏览器，Microsoft 公司采取 IE 浏览器与 Windows 平台捆绑一起销售的策略，使 IE 浏览器拥有众多的用户，占有很大的市场份额。

4．Web 服务器

Web 服务器是用于发布多媒体信息的，这些信息按网页来组织，而网页则采用 HTML 语言来编写。对于一个 Web 服务器来说，除了具备响应浏览器的请求发送网页的基本功能外，还应具有以下的系统性能：

（1）广泛支持 HTML 版本。能够支持 HTML 各种版本，这将意味着 Web 服务器能够广泛支持各种浏览器。

（2）用户活动的跟踪。

（3）对用户活动的跟踪有助于网络信息传输管理和解决用户计费的争议。这些跟踪信息将以报表方式管理和输出。

（4）SNMP（Simple Network Management Protocol）代理功能。它允许使用浏览器软件对网络进行本地和远程的管理，这对于企业级的 Web 服务器是很重要的。

（5）远程管理功能。对 Web 服务器的管理除了能够在本地 LAN 上进行外，还能通过串行口以远程方式来进行，以提高管理的灵活性。

（6）编辑功能。Web 服务器一般提供一个创建与编辑器程序和仿真浏览器，允许网络管理员以脱机方式浏览新创建或修改的网页。

（7）非 HTML 文件的导出和导入。这种功能主要完成非 HTML 文件与 HTML 文件之间的转换。例如，将电子表格文件、字处理格式文件等特定格式文件自动转换成 HTML 格式文件，而无需人工干预。

（8）安全性能。通常，服务器通过支持某种安全协议（SHTTP 或 SSL）和设置访问权限来提供其安全性。在大多数情况下，安全协议是一个可选项，因为服务器和浏览器必须采用相同的安全协议才能进行连接和会话，这将带来诸多的限制。不过，从 Internet 的发展情况来看，一个被广泛接受的、标准化的安全协议还是必要的。

（9）API 及界面描述工具。Web 服务器中的网页信息是静止的，缺少交互性，用户所能获取的信息完全由提供者来决定。为了提高系统的交互能力，通常在服务器侧开发一些可执行程序，以实现 HTML 本身难以完成的功能。例如，信息网关、数据库查询、信息反馈、产品定购等。这种交互功能的实现主要通过 CGI 以及其他的 API 接口来实现。Web 服务器应当支持这些标准接口。

（10）网络服务的集成性。很多 Web 服务器软件将 WWW、E-mail、FTP、DNS 等服务功能集成在一起，同时提供多种网络服务，以扩展 Web 服务器的用途。

目前，有很多厂商都提供 Web 服务器软件产品。这些 Web 服务器软件都基于某种网络操作系统平台，在性能上各具特色。例如，Microsoft 公司基于 WindowsNT 平台的 IIS（Internet Infomation Server）、Netscape 公司基于 Windows NT 和 UNIX 平台的 Enterprise Server、Novell 公司基于 Net Ware 平台的 Net Ware Web Server 以及 Silicon Ghaphics 公司基于 UNIX 平台的 Web Fore Series 等。

5.4.2　电子邮件 E-mail

1. E-mail 基本概念

电子邮件（Electronic Mail，简称 E-mail）是一种通过计算机网络与其他用户进行联系的快速、简便、高效、价廉的现代化通信手段，是 Internet 中最广泛使用的应用服务之一。很多用户都是从收发电子邮件开始熟识 Internet 的。

要使用 E-mail，首先必须拥有一个电子邮件箱，它是由 E-mail 服务提供者为其用户建立在 E-mail 服务器磁盘上专用于存放电子邮件的存储区域，并由 E-mail 服务器进行管理。用户将使用 E-mail 客户软件在自己的电子邮件箱里来收发电子邮件。通常，一个 E-mail 系统都应具备下列功能：

（1）信件的起草与编辑。除了起草和编辑待发的信件外，还可以编辑修改已收到的信件，或在收到的信件上加注释。

（2）信件发送。可将一封信发送给一个指定用户，也可以将一封信同时发送给多个指定的用户。

（3）收信通知。当系统收到新的电子邮件时，会在计算机上提示用户读取。

（4）信件读取与检索。可以对已收到的信件按一定条件进行检索和多次读取，其条件可以是发信人名字、收信时间或信件标题。

（5）信件回复与转发。用户在收到信件后可以立即按发信地址复信。这时既可以省去输入复信地址，又可以确保复信回送到发信人信箱。此外，用户收到信后也可以将信件的副本转发给指定的用户阅读。

（6）退信说明。当信件因收信地址有误而无法送达时，E-mail 系统会将原信退回，并说明无法投递的原因，以及提供一个信件传送路径供用户查找其原因。

（7）信件管理、转储和归纳。用户对收到的信件可以分门别类地存放在不同的电子文件夹中长期保存，可以删除不需要的信件，还可以将信件转成文本文件单独存放或使用。

（8）电子邮件箱的保密性。用户在使用 E-mail 系统时，首先要登录到提供该服务的计算机（即 E-mail 服务器）上，然后才能运行 E-mail 软件来收发电子邮件。在登录时，用户必须提供正确的用户名和密码；否则将被拒绝。也就是说，用户电子邮件箱的保密性是通过密码来保证的。

2. E-mail 系统的组成

E-mail 系统基于客户/服务器模式，整个系统由 E-mail 客户软件、E-mail 服务器和通信协议等三部分组成。

E-mail 客户软件也称用户代理（UserAgent），是用户用来收发和管理电子邮件的工具。这种软件根据 UNIX、DOS 和 Windows 等不同操作系统有很多种类，如微软公司的 Outlook Express 等。

E-mail 服务器主要充当"邮局"的角色，它除了为用户提供电子邮件箱外，还承担着信件的投递业务。当用户与 E-mail 服务器联机进入自己的电子邮件箱并发送一个电子邮件后，E-mail 服务器将按收信人地址选择适当的路径把用户电子邮件箱里的信件发送给网络中的下一个节点，通过网络若干中间节点的"存储—转发"式的传递，最终把信件投递到目的地。即收信人的电子邮件箱里。当收信人联机进入自己电子邮件箱时，就可以查阅到该信件了。

E-mail 服务器主要采用 SMTP 协议来传送电子邮件，SMTP 协议描述了电子邮件的信息。信息格式及其传递处理方法，应保证被传送的电子邮件能够正确地寻址和可靠地传输。

SMTP 协议是面向文本的网络协议，即它只支持文本形式的电子邮件的传输。如果通过 E-mail 系统来传输二进制数据或文件，则要使用一种叫做 MIME（Multipurpose Internet Mail Extensions）的协议。MIME 协议除了支持二进制文件传输外，也支持常规的文本文件传输，而且处理过程全部是自动完成的。

如果一个 E-mail 系统支持 MIME 协议，则一个二进制文件可以作为电子邮件的附件随它一起发送出去。接收端的 E-mail 系统（同样也必须支持 MIME 协议）将会通知收信人该电子邮件含有附件，并在阅读邮件时，会自动将附件分离出来，存入到一个文件中。在 E-mail 软件中支持 MIME 协议是很重要的，因为它大大扩展了 E-mail 系统的应用领域，所以一些新版本的 E-mail 软件都支持这个协议。

3. E-mail 的使用

电子邮件与普通信件一样要有一定的书写格式。一个电子邮件由邮件头（Mail Header）和邮件体（Mail Body）组成。邮件头相当于"信封"，由收信人电子邮件箱地址（To：）、发信人电子邮件箱地址（From：）和信件标题（Subject：）等三部分构成；邮件体相当于"信纸"，即是实际要传送的内容。

电子邮件箱地址采用标准 Internet 地址的形式，即：用户名@域名。其中域名指示用户邮件箱所在的 E-mail 服务器的地址，用户名就是用户邮件箱的名称。

当用户联机登录到自己的电子邮件箱（亦称账号）后，就可以运行 E-mail 软件来收发电子邮件了。E-mail 软件有基于字符用户界面的，如 UNIX、DOS 下的 E-mail 软件大都属于此类；也有基于图形用户界面（GUI）的，如 Windows 98 环境下的 OutlookExpress 工具等，这种 E-mail 软件形象直观，无需记忆很多繁杂的命令，操作方便，简单易学。

5.4.3　FTP 服务

1. FTP（文件传送协议）基本概念

FTP 是 TCP/IP 协议集中应用层基本协议之一，也是 Internet 中广为使用的一种服务。这种服务主要用于两个主机之间的文件传输，用户可以利用这种服务从 Internet 中遍布于世界各地的计算机上免费拷贝各种文件。FTP 也是一种基于客户机/服务器模式的服务系统，FTP客户程序必须与远程的 FTP 服务器建立连接并登录后，才能进行文件传输。通常，一个用户必须在 FTP 服务器进行注册，即建立用户帐号，拥有合法的用户名和密码后，才有可能进行有效的 FTP 连接和登录。对于 Internet 中成千上万个 FTP 服务器来说，这样做显然是不现实，也是不可能的。实际上，Internet 的 FTP 服务是一种匿名（anonymous）FTP 服务，即 FTP 服务器的提供者设置了一个特殊的用户名—anonymous 提供公众使用，任何用户都可以使用这个用户名与提供这种匿名 FTP 服务的主机建立连接，并共享这个主机对公众开放的资源。匿名 FTP 的用户名是 anonymous；而密码通常是"guest"或者是使用者的 E-mail 地址。当用户登录到匿名 FTP 服务器后，其工作方式与常规 FTP 相同。通常，出于安全的目的，大多数匿名 FTP 服务器只允许下载（Download）文件，而不允许上载（Upload）文件。

也就是说，用户只能从匿名 FTP 服务器拷贝所需的文件，而不能将文件拷贝到匿名 FTP服务器上。此外，匿名 FTP 服务器中的文件还加入一些保护性措施，确保这些文件不能被修改和删除，同时也可以防止计算机病毒的侵入。通过 FTP 传输的文件可以是文本文件（ASCII码），也可以是二进制（binary）文件。这可由用户根据文件类型用 FTP 命令（ASCL/binary）来定义。Internet 上难以计数的匿名 FTP 服务器形成一个巨大的文件库，这些文件包含了各种各样的信息、数据和软件（源程序和可执行程序）。成千上万的单位和个人将他们的智慧和计算机资源无偿地提供给广大用户，以实现资源共享，促进共同进步和发展。

匿名 FTP 还是一种分发和传播软件的好方法。人们将所开发的软件的免费版或低版本放在匿名 FTP 服务器上提供免费拷贝和使用，有利于该软件的推行和传播，提高其知名度。此外，匿名 FTP 还可用来归档、保存和传播 Internet 的学术信息。比如，有一种叫做 RFC（RequestforComments）技术刊物那样的学术信息。

2. FTP 服务系统的组成

FTP 是基于客户/服务器模式的服务系统。它由客户软件、服务器软件和 FTP 通信协议等三部分组成：

FTP 客户软件运行在用户计算机上。用户装入 FTP 客户软件后，便可以通过使用 FTP 内部命令与远程 FTP 服务器建立连接或下载文件。

FTP 服务器软件运行在远程主机上，并设置一个名叫 anonymous 的公共用户账号，FTP协议在客户与服务器之间建立两条 TCP 连接：一条是控制连接，主要用于传输命令和参数；另一条是数据连接，主要用于传送文件。

FTP 服务器不断在一个周知的 TCP 端口（端口号为 21）上侦听用户的连接请求。当用户发出连接请求后，其控制连接便会建立起来；然后，用户使用 anonymous 的用户名和 guest或者用户 E-mail 地址的密码进行登录。这时，用户名和密码将通过控制连接发送给服务器。服务器接收到这个请求后，便进行用户识别，然后向客户回送确认或拒绝的应答信息。用户看到登录成功的信息后，便可以发出文件传输的命令。服务器从控制连接上接收到文件名和传输命令（如 get）后，便发起数据连接，并在这个连接上将文件名所指明的文件传输给客户。

只要用户不使用 close 或者 bye/quit 命令关闭连接，就可以继续传输其他文件。

3．FTP 的使用

FTP 的使用操作也很简单。首先运行 FTP 客户程序，这时可以直接后缀一个域名或 IP 地址与远程 FTP 服务器建立连接。当连接建立起来后，系统会提示用户输入用户名和密码。当用户输入正确的用户名（anonymous）和密码（guest 或用户 E-mail 地址）后，系统会给出登录成功的显示信息。这时，用户就可以使用 FTP 命令进行文件传输或其他操作了。FTP 命令有很多，但常用的命令只有几种，对于匿名 FTP 更是如此。

5.4.4 Telnet 服务

1．Telnet（远程登录）基本概念

远程登录是 Internet 的基本服务之一，这种服务是在 Telnet 协议的支持下，将用户计算机与远程主机连接起来，并作为该远程主机的终端来使用。由于这种服务基于 Telnet 协议且使用 Telnet 命令进行远程登录，故称为 Telnet 远程登录。当用户使用 Telnet 登录远程主机时，该用户必须在这个远程主机上拥有合法的账号和相应的密码，否则远程主机将会拒绝登录。此外，很多 Internet 中的主机都提供了某种形式的公众 Telnet 服务，这种服务对每一个 Internet 用户都是开放的，只要知道远程主机的地址，无需密码就能登录到这个远程主机上。

Telnet 的主要用途有：

（1）在用户终端与远程主机之间建立一种有效的连接；

（2）可以共享远程主机上的软件和数据资源；

（3）可以利用远程主机上提供的信息查询服务进行信息查询。

2．Telnet 服务系统的组成

Telnet 是基于客户/服务器模式的服务系统。它由客户软件、服务器软件以及 Telnet 通信协议等三部分组成。Telnet 客户软件运行在用户的计算机上。当用户执行 Telnet 命令进行远程登录时，Telnet 客户软件运行在用户的计算机上。当用户执行 Telnet 命令进行远程登录时，客户软件将完成下列功能：

（1）建立与远程主机的 TCP 连接。从技术上讲，就是在一个特定的 TCP 端口（端口号一般为 23）上打开一个套接字。如果远程主机上的服务器软件一直在这个周知的端口上侦听连接请求，则这个连接便会建立起来。

（2）以终端方式为用户提供人机界面。

（3）将用户输入的信息通过 Telnet 协议传送给远程主机。

（4）接收远程主机发送来的信息，并经过适当的转换显示在用户计算机的屏幕上。

远程主机必须运行 Telnet 服务器软件，这样才能提供 Telnet 远程登录服务。Telnet 服务器软件将完成下列功能：

（1）通知网络系统已做好提供远程连接服务的准备。

（2）不断地在周知的 TCP 端口上侦听用户的连接请求。

（3）处理用户的请求。

（4）将处理的结果通过 Telnet 协议返回给客户程序。

（5）继续侦听用户的请求。

3．Telnet 的使用

Telnet 的使用操作比较简单。首先运行 Telnet 客户程序，在运行 Telnet 程序时，可以直接后缀一个远程主机的域名或 IP 地址来建立与该远程主机的连接。在连接建立起来后，系统会提示用户进行登录，即在"Login："后面键入用户的注册名。除非是个公共账户，否则系统提示用户输入密码（password）。当用户的注册名和密码被远程主机确认后，用户计算机就成为该远程主机的一个终端，就可以进行联机操作了。

Telnet 本身是一种应用层协议，故在使用 Telnet 时可以把它看成是一种系统命令。Telnet命令有很多，但经常使用的命令只有几种。

5.4.5　电子商务

随着网络经济的兴起，基于 Internet 的电子商务（Electronic Commerce）已成为 21 世纪,重要的经济增长点之一，它通过 Internet 进行全球性联网作业，简化贸易流程，改善物流系统，从而大幅度地降低交易成本，增加贸易机会，推动了企业的业务重组和经济结构调整,极大地提高了生产力。电子商务将给各国和世界经济带来巨大的变革并产生深远的影响，从而成为未来推动经济增长的主要力量。目前，电子商务已在我国的外经贸、海关、金融、商业等许多领域中得到部分应用。随着各种专业网和增值网的迅速发展，电子商务已成为各方关注的焦点，其发展和应用环境正在逐步形成。

1.　电子商务的定义

广义的电子商务定义，是指电子工具在商务活动中的应用。电子工具包括从初级的电报、电话到 NII（National Information Infrastructure）、GII（Global Information Infrastmcture）和 Internet 等工具。现代商务活动是从商品（包括实物与非实物、商品与商品化的生产要素等）的需求活动到商品的合理、合法的消费除去典型的生产过程后的所有活动。狭义的电子商务定义，是指在技术、经济高度发达的现代社会里，掌握信息技术和商务规则的人，系统化运用电子工具，高效率、低成本地从事以商品交换为中心的各种活动的全过程。

电子商务是在 Internet 支持下进行的无纸化贸易，它包括信息交换、电子支付、物流配送等各个系统，涉及与商务活动有关的各方，如商家、消费者、银行、运输公司等，通过 Internet把他们联系起来，及时传递商业信息，通过电子支付系统和安全机制，保证各方能够安全可靠地进行商业贸易活动。

电子商务具有广阔的发展前景，它有助于降低企业的成本，提高企业的竞争力，尤其能使中小企业以更低的成本进入。国际市场参与竞争。它能为广大消费者增加更多的消费选择，使消费者得到更多的利益。电子商务同时也是一场革命，它打破了时空的局限，改变贸易形态，对传统贸易方式和秩序带来很大的冲击。这就要求各国政府之间、政府与企业间，以及企业与企业间必须加强协商和合作，共同构架一个适应电子商务发展的新框架。电子商务起源于电子数据交换（Electronic Data Interchange，EDI）。EDI 是指两个计算机之间按照一种标准的数据格式通过计算机网络交换商务文件的方法，以实现快捷而简便的无纸化贸易，从而加快了商务文件的交换速度，大大减少了纸张票据。从技术的角度看，一个 EDI 系统应当包括计算机网络系统和按 EDI 标准开发的 EDI 应用软件系统。传统的 EDI 主要基于专用网络,如在广域网上建立的增值网（Value Added Network，VAN），而不是 Internet。这是因为早期的 Internet 的安全性和服务质量得不到有效的保证。随着 Internet 的发展和普及，人们将 EDI的网络平台由专用网络逐步迁移到 Internet，并且开发了多种基于 Internet 的网络安全协议,以保证电子数据交换的安全性。

2. 电子商务模型

在 Internet 上开展电子商务活动时，根据交易双方的关系和角色，电子商务可以分成如下几种模式：

（1）商家对消费者（Business to Consumer，B to C 或 B2C）。这种电子商务模式相当于网上零售业。商家通过 Internet 网站开办网上商店，为消费者提供各种商品的网上零售业务，消费者通过 Internet 访问这种网上商店进行网上购物和网上支付，而不受时间和空间的限制，减少了中间环节，降低了商品的流通成本，商家让利于消费者。目前，比较著名的 B2C 网站有 8848 网上超市（www.8848.net）、戴尔计算机公司（www.ap.dell.com）以及亚马逊公司（www.amazon.com）等。

（2）商家对商家（B to B 或 B2B）。这种电子商务模式是指企业或公司之间直接进行网上商品交易。销售商通过 Internet 网站发布商品信息、接受客户订货、签订商贸合同，并进行网上结算。这种模式现已成为主要的电子商务模式，它有助于降低企业成本，提高企业竞争力，促进企业参与国际市场竞争。目前，比较著名的 B2B 网站有中国商品交易中心 CCEC（www.ccec.com.cn）、阿里巴巴（www.alibaba.com）以及首都电子商城（www.bei-jing.com.cn）等。

（3）消费者对消费者（C to C 或 C2C）。这种电子商务模式相当于网上跳蚤市场，消费者在 Internet 网站上租用网上柜台发布商品信息，出售或拍卖商品。

（4）商家对政府（B to G 或 B2G）。这种电子商务模式主要用于支持网上政府采购。政府机构通过 Internet 向企业定购大宗商品，这是 B2G 的一个特例。

随着电子商务技术的发展，还会不断出现新的电子商务模式。尽管每种模式在交易方式上存在一定的差异，但都要解决信息发布、货款支付和货物配送等问题。

（1）信息发布。商家必须在 Internet 建立一个信息中心或网站发布有关商品信息客户能够使用浏览器链接到这个网站，查看和检索这些商品信息，选择所需的商品。

（2）货款支付。客户按商家提供的付款方式支付货款。付款方式可以是网上支付、银行汇款、银行转账或邮局汇款等，其中网上支付是指使用该网上商店指定的信用卡和其他电子支付卡通过网络直接划付。

（3）货物配送。商家通常采用款到发货的方式，即客户的付款被确认后，商家按货单配齐货物，并送达客户。

3. 电子商务的标准

为了促进电子商务技术的发展，美国成立了商业 Internet 联盟，并组建了 CommerceNet 组织，以规范 Internet 上的电子商务活动。1999 年 2 月，美国公布了世界上第一个 Internet 商务标准（The Standard for Internet Commerce，Versionl.0-1999）。这一标准是由 300 多位世界著名的 Internet 和 IT 业巨头、相关记者、民间团体、学者等经过半年时间，对七项 47 款标准进行了两轮投票后才最终确定下来的。该标准在很大程度上规范了利用 Internet 从事商品零售（B2C）的网上商务活动。虽然它是按照美国电子商务模式制定的标准，但对各国制定有关电子商务标准或规范都有重要的参考价值。

该标准中首先定义了电子商务和 Internet 商务概念：电子商务是指利用任何信息和通信技术进行任何形式的商务或管理运作或信息交换。Internet 商务是指利用 Internet（包括 WWW）进行的任何电子商务运作。制订这标准的目的有以下五个方面：

（1）增加消费者在 Internet 上进行交易的信心和满意程度；

（2）建立消费者和销售商之间的信赖关系；

（3）帮助销售商获得世界水准的客户服务经验，加快发展步伐并降低成本；

（4）支持和增强 Internet 商务的自我调节能力；

（5）帮助销售商和消费者理解并处理迅猛增加的各种准则和符号。

可见，销售商可以基于该标准来规范 Internet 商务活动，消费者可以用该标准检验销售商是否提供了高质量的服务。同时，该标准也可以指导如 IT 供应商、网站开发商、系统集成商等从事相关的业务。

整个标准分七项 47 款。每一条款都注明是"最低要求"，或是"最佳选择"。如果销售商宣称自己的电子商务系统（如网上商店）符合这一标准，则必须达到所有条款的最低标准。

4．电子商务的安全问题

由于 Internet 是一种开放的国际互联网络，在 Internet 上开展商务活动时，首先必须解决网络信息安全问题，为电子商务活动提供安全可靠的交易环境。电子商务安全性主要用于保证在开放的 Internet 上进行商品交易时商务文件（合同、订单等）和网上支付的安全性，使参与交易（如买方、卖方和银行）的利益不受损害。这种安全性不能用防火墙技术来解决，而是要采用网络安全协议，并且更加复杂，通常，电子商务网络安全协议应提供下列功能：

（1）身份验证（Authenticity）。在通信双方进行实质性的数据交换之前，必须相互确认彼此身份。

（2）数据源的不可否认性（Non Repudiability of Origin）。它可以强制发送信息方不可否认它所发送的信息，以防止交易上的纠纷，这也就是常说的数字签名技术。

（3）数据接收方的不可否认性（Non Repudiability of Receipt）。它可以防止接收方否认所接收到的数据。

（4）数据完整性（Integrity）。发送方必须确保数据在转发过程中不被篡改，使接收方接收的数据是完整的和一致的。

（5）数据机密性（Confidentiality）。通信双方采用约定的密码算法对数据加密后再传送，以防止第三者窃取机密数据。

（6）防重传性（Non Replay）。保证一个信息包被截取后不能再被重新传输。

网络安全协议的目的在于规范网络安全系统的设计与实现，为用户提供一种规范化和标准化的网络安全环境。网络安全协议主要有加密协议、密钥管理协议、身份验证协议、数据验证协议以及安全审计协议等，根据系统的安全策略，可以在 ISO/OSI 参考模型中的不同层次上实施相应的安全协议。目前，在 Internet 上应用的主要安全协议有：

（1）安全 HTTP（Secure HTTP，SHTTP）。它是在 HTTP 协议上扩充了安全特性而形成的一种网络安全协议，提供了身份验证、数据完整性、数据机密性和不可否认性等安全措施，主要用于保证 WWW 系统中客户和服务器之间的通信安全。SHTTP 协议是由 Terisa 公司开发的，Internet 工程任务组（IETF）正在做 SHTTP 协议的标准化工作，已经完成了相关的 RFC 文档。

（2）安全套接层（Secure Socket Layer，SSL）。它是由 Netscape 公司开发的一种网络安全协议，主要为基于 TCP/IP 协议的网络应用程序提供身份验证、数据完整性和数据机密性等安全措施。SSL 在数据交换前通过双方握手信息进行身份验证，在双方握手信息中采用 DES、MD5 等加密协议来保证数据完整性和数据机密性，并采用标准化的 X.509 数字证书进行数据验证。SSL 已得到业界的广泛认可，被广泛应用于网络安全产品中，成为事实上的工业标准。

（3）安全电子交易（Secure Electronic Transsation，SET）。它是由 Visa 和 Master 共同制定的一种在开放网络（如 Internet）上通过信用卡支付资金的安全协议和技术标准，为基于信用卡的电子交易应用提供安全保证。参与该协议研究的还有 Microsoft、IBM、Netscape 和 RSA 等公司。SET 主要由三个文件组成：SET 业务描述、SET 协议描述和 SET 程序员指南。现在已经公布了 SET1.0 版本，可用于任何银行的支付业务。

随着电子商务的发展，人们开发了很多用于电子商务的安全协议，但被人们普遍认可和广泛应用的安全协议是 SET 和 SSL。由于电子商务的核心是电子支付系统的安全性，因此很多银行开展电子支付业务时普遍使用了 SET 协议。现有的电子商务系统，不管是 B2C 还是 B2B，都要建立在安全协议之上，按照规定的流程完成交易。采用电子支付卡进行网上支付的 B2C 一般交易流程如下：

（1）消费者首先在认证机构（CA）申请电子证书，即 CA 证书。

（2）消费者进入网上商店，挑选所需商品，然后发出购物请求。

（3）销售商收到购物请求后，将销售商和银行的 CA 证书连同空白购物单提交给消费者。

（4）消费者通过认证机构验证两个 CA 证书后，填写购物单，同时发出付款指令，并连同消费者的 CA 证书一起提交给销售商。

（5）销售商通过认证机构验证消费者 CA 证书后，解开购物信息，然后将消费者的付款指令、消费者 CA 证书、消费者数字签名和销售商 CA 证书一起发给银行支付网关。

（6）银行支付网关通过认证机构验证消费者和销售商的 CA 证书后，根据不同情况进行处理：

1）如果是本行的信用卡，并且交易金额是在授权额度之内的交易，支付网关直接查询本地客户清单。

2）如果是本行的借记卡，或者是本行的信用卡但交易金额超过授权额度，支付网关将通知持卡人开户银行对借记卡进行扣款或对信用卡进行授权处理，然后将处理结果返回支付网关。

3）如果是其他银行的信用卡，支付网关将付款信息发往全国银行卡中心，由该中心传送给开户银行进行处理，然后将处理结果返回支付网关。

（7）支付网关在收到业务主机的授权答复后，将银行 CA 证书和授权结果一起发送给销售商。

（8）销售商将销售商 CA 证书、送货方式和时间等信息一起发送给消费者。

（9）消费者验证销售商 CA 证书后，存储购物信息。至此，交易完成。

在 B2B 电子商务模式中，由于每笔交易金额都很大，从几十万到上千万，并且买卖双方可能要通过中介机构的撮合来完成交易，因此，这种电子商务系统必须提供更加严格的安全验证，交易流程更加复杂。

小　　结

本章主要讲述有关 Internet 的一些知识，包括 Internet 的起源、工作方式、IP 地址、域名机制、Internet 的接入方式和 Internet 所提供的服务。

在 Internet 的接入方式中，重点讲述了拨号上网方式、ADSL 接入技术、Cable Modem 接入技术和代理共享访问技术。

习　　题

一、填空题

1. Internet 的前身是_____。

2. _____年，我国在北京通过 Internet 向世界发出第一封电子邮件"越过长城，通向世界"，标志着中国正式加入到 Internet 中。

3. 目前广泛应用的 IP 版本为_____。

4. _____类 IP 地址是网络中最大的一类地址，它使用 IP 地址中的第一个八位组表示网络地址，其余三个八位组表示主机地址。A 类地址的结构使每个网络拥有的主机数非常多，因此 A 类地址是为巨型网络（或超大型网络）所设计的。

5. C 类 IP 地址默认的子网掩码为_____。

6. IPv6 使用_____位的编址方案，是 IPv4 的_____倍。

7. Internet 中的域名地址与 IP 地址之间的映射变换是由域名系统_____来完成的。

8. ".com" 代表的组织的类型为_____。

9. WWW（World Wide Web）是 Internet 中最受欢迎的一种多媒体信息服务系统。它基于客户/服务器模式，整个系统由_____、_____和_____等三部分组成。

10. E-mail 系统基于客户/服务器模式，整个系统由_____、_____和_____等三部分组成。

二、简答题

1. 简述拨号上网方式的优缺点。

2. 简述 ADSL 的优缺点。

3. 简述 ISDN 的优缺点。

4. 简述 Cable Modem 的优缺点。

5. 简述 DDN 的优缺点。

6. 简述 WWW 的工作方式。

7. 简述 FTP 的工作方式。

8. 简述 E-mail 的工作方式。

9. 简述 Telnet 的工作方式。

10. 简述电子商务模型。

第 6 章

计算机网络安全与管理

随着计算机网络的不断发展，社会生活的各个方面都越来越依赖于计算机网络，全球信息化已经成为人类发展的趋势。而伴随着这一趋势，网络信息的可信度、病毒、网络攻击等问题层出不穷，计算机网络的安全和计算机网络的管理问题已经成为对计算机网络使用中的一个重要问题。

6.1　计算机网络安全

自从发明计算机以来，可以将信息存储于计算机中，信息安全和计算机系统的安全就变得密不可分。黑客经常攻击和闯入重要的计算机系统来窃取机密信息或破坏信息。计算机病毒就是一些人用来破坏计算机系统的工具。计算机系统的安全主要是针对本地系统和数据的安全。计算机网络的飞速的发展以后，资源和信息的共享方便了，但信息安全变得更加困难。

网络安全主要研究计算机通信的安全技术和安全机制，以确保网络免受各种威胁和攻击，做到正常地工作。在网络遍及各个角落的情况下，计算机系统的安全和网络安全是相互交织，互为补充的。

6.1.1　计算机网络安全的定义

1. 计算机网络安全的定义

计算机网络的安全可定义为保障网络信息的保密性、完整性、网络服务可用性和可审查性，即要求网络保证其信息系统资源的完整性、准确性和有限的传播范围，并要求网络能向所有的用户有选择地及时提供各自应得到的网络服务。

安全性具体包含以下内容：

（1）保密性（confidentiality）：计算机中的信息只能由授予访问权限的用户读取（包括显示、打印和存在暴露信息的事件等）。授权访问是指网络访问主体能够而且只能够访问他（它）被授权访问的网络资源，未经授权的入侵者访问了信息资源，就是窃取。

（2）数据完整性（integrity）：计算机系统中的信息资源只能被授予权限的用户修改。信息转换（加密）：通过不当手段得到的信息是不可被理解的；备份恢复：被破坏的网络资源应该能够被及时恢复。

（3）网络服务可利用性（availability）：具有访问权限的用户在需要时可以利用计算机系统中的信息资源。

（4）可审查性（accountability）：系统内所发生的与安全有关的动作均有详细记录可查。

2. 计算机网络的安全服务

安全服务（securityservices）是指开放某一层所提供的服务，用以保证系统或数据传输足够的安全性。根据 ISO7498-2 中提出的建议，一个安全的计算机网络应当能够提供以下的安全服务：

（1）实体认证（entity authentication）安全服务是防止主动攻击的重要防御措施，对于开放系统环境中的各种信息安全有重要的作用。认证就是识别和证实。识别是辨别一个实体的身份，证实是证明该实体身份的真实性。OSI 环境可提供对等实体认证的安全服务和信源认证的安全服务。

（2）访问控制（access control）安全服务是针对越权使用资源的防御措施。访问控制大体可分为自主访问控制和强制访问控制两类。其实现机制可以是基于访问控制属性的访问控制表（或访问控制矩阵），或基于"安全标签"、用户分类和资源分档的多级访问控制等。

（3）数据保密性（data confidentiality）安全服务是针对信息泄漏的防御措施，又细分为：信息保密、选择数据段保密与业务流保密等。

（4）数据完整性（data integrity）安全服务是针对非法地篡改信息、文件和业务流而设置的防范措施，以保证资源可获得性。又细分为：连接完整性、无连接完整性、选择数据段有连接完整性与选择数据段无连接完整性。

（5）防抵赖（non-repudiation）安全服务是针对对方进行抵赖的防范措施，可用来证实发生过的操作。又细分为对发送防抵赖、对递交防抵赖与公证。

3. 计算机系统的安全

计算机系统安全主要包括物理安全、系统安全和数据安全等几个方面。

（1）物理安全。物理安全这层含义主要是从外部方面考虑的，包括如何保护计算机系统，使之免遭外来者的侵入与破坏（盗窃和抢劫），避免各种灾害性事故（火灾、水灾等）。因此，物理安全主要是采取安装报警系统、设置门卫等诸多安全保卫措施。

（2）系统安全。计算机软件包括操作系统和应用软件两大部分。用户利用计算机这个工具完成的各种工作都是在诸如 Windows 98、Windows 2000 和 UNIX 等操作系统的支持下完成的。

Windows 95/98/ME 等操作系统主要是针对个人和家庭用户使用，这些操作系统在安全性的设计上考虑较少，操作系统本身的安全等级不高，如果用户对安全性要求较高，建议使用 Windows 2000 等安全等级较高的操作系统。

（3）数据安全。数据是计算机的生命与活力所在，没有数据的计算机网络就如同没有任何书籍的图书馆和没有师生的学校一样。系统是基础，数据是灵魂。在某种程度上，数据安全的重要性丝毫不亚于系统的安全性。数据是在操作系统的支持下存放在计算机内的可被用户操作的事物。数据在计算机内通常以文件的形式存在。

Internet 上的数据安全主要包括：①传输公共信息，例如，将信息传递到新闻组或 BBS 等公共场合，那么只需要保护用户不受干扰和破坏地正确传递即可；②需要保护的私人消息，如信用卡号码、家庭住址、银行账号信息、电话号码或保密文件等，则必须采取某些防范措施保证信息的安全。

目前对在 Internet 上传输私人信息的数据安全保护措施，普遍使用两种基本的方法：一种是经由网络上的安全协议发送内容；另一种方法是加密，寄件人首先对信息进行加密，发送加密后的数据，接收方再对其进行解密，然后使用相应数据。

（4）账号和密码的安全。账号和密码是目前使用的保护系统安全和数据安全的主要手段。特别是普通拨号用户的网络安全更是主要依赖于账号和密码，通过账号和密码拨号上网、收发电子邮件和在线购物等。密码的设置是十分讲求技巧和原则的，一个好的密码可以在很大程度上保护用户的数据安全。

（5）其他注意事项。在了解物理安全、系统安全、数据安全以及账号和密码保护后，用户还应该进行必要的病毒防护措施、对使用最为广泛的 Internet Explorer 浏览器进行安全设置、对用户间交流的电子邮件的安全性引起重视，用户可以通过申请和配置数字标识来发送保密邮件。

6.1.2　分析系统脆弱性

计算机系统的脆弱性主要来自于操作系统的不安全性，在网络环境下，还来源于通信协议的不安全性。系统自身的脆弱和不足，是造成计算机网络安全问题的内部根源。

1. 操作系统安全的脆弱性

操作系统的不安全，是计算机不安全的根本原因。操作系统的不安全，主要表现在：

（1）操作系统结构体制本身的缺陷。操作系统的程序是可以动态连接的。I/O 的驱动程序与系统服务都可以用打补丁的方式进行动态连接。UNIX 操作系统的版本审计都是采用打补丁的方式进行的。虽然这些操作系统需要被授予特权，但这种方法厂商可以用，黑客也可以用。一个靠打补丁改进与升级的操作系统是不可能从根本上解决安全问题的。然而，操作系统支持程序动态连接与数据动态交换是现代系统集成和系统扩展的需要，这显然与安全有矛盾。

（2）操作系统支持在网络上传输文件，在网络上加载与安装程序，包括可执行的文件。

（3）操作系统不安全的原因还在于创建进程，甚至可以在网络的节点上进行远程的创建和激活。更为重要的是被创建的进程还要继承创建进程的权利。这样可以在网络上传输可执行程序，再加上可以远程调用，就可以在远端服务器上安装"间谍"软件。另外，还可以把这种间谍软件以打补丁的方式加在一个合法用户上，尤其是一个特权用户。这样可以做到系统进程与作业监视程序都看不到它的存在。

（4）操作系统中，通常都有一些守护进程，这种软件实际上是一些系统进程，它们总是在等待一些条件的出现。一旦这些条件出现，程序便继续运行下去，这些软件常常被黑客利用。问题并不在于有没有这些守护进程，而是这些守护进程在 UNIX、Windows NT 操作系统中具有与其他操作系统核心层软件同等的权限。

（5）操作系统都提供远程过程调用（RPC）服务，而提供的安全验证功能却很有限。

（6）操作系统提供网络文件系统（NFS）服务，NFS 系统是一个基于 RPC 的网络文件系统，如果 NFS 设置存在重大问题，则几乎等于将系统管理权拱手交出。

（7）操作系统的 debug 和 wizard 功能。许多黑客精于 patch 和 debug，利用这两样工具几乎可以做成想做的所有事情。

（8）操作系统安排的无口令入口，是为系统开发人员提供的边界入口，但这些入口也可能被黑客利用。

（9）操作系统还有隐蔽的信道，存在着潜在的危险。

（10）尽管操作系统的缺陷可以通过版本的不断升级来克服，但系统的某一个安全漏洞就会使系统的所有安全控制毫无价值。

2. 网络协议安全的脆弱性

由于 Internet/Intranet 的出现，网络的安全问题更加严重，可以说，使用 TCP/IP 协议的网络所提供的 FTP、E-mail、RPC 和 NFS 都包含许多不安全的因素，存在着许多漏洞。同时，网络的普及使信息共享达到了一个新的层次，信息被暴露的机会大大增多，特别是 Internet 网络就是一个不设防的开放大系统。通过未受保护的外部环境和经理部认证都可以访问系统内部，随时可能发生搭线窃听、远程监控、攻击破坏。另外，数据处理的可访问性和资源共享的目的性之间是一对矛盾。它造成了计算机系统保密性难。拷贝数据信息可以很容易且不留任何痕迹，一台远程终端上的用户可以通过 Internet 连接其他任何一个站点，在一定条件下可在该站点内随意进行拷贝、删改乃至破坏。

6.1.3　计算机网络面临的威胁

网络安全性存在着威胁因素。"威胁"是指对安全性的潜在破坏。计算机网络所面临的攻击和威胁因素很多，主要可以分为人为的和非人为的两种：

（1）非人为的威胁因素主要是指自然灾害造成的不安全因素。例如，地震、水灾、火灾和战争等原因造成了网络的中断、系统的破坏、数据的丢失等。解决的办法是注意软硬件系统的选择、机房的选址与设计、双机热备份和数据备份等。

（2）人为的威胁因素，往往是由威胁源（入侵者或入侵程序）利用系统资源内部的脆弱环节侵入而产生的。信息流被威胁的情况具体分为 4 种类型：

1）中断（interruption），破坏系统，使通信被中断，如破坏通信设备、切断通信线和破坏文件系统等。信息变得无用或者无法利用，这是对可利用性的威胁。破坏性攻击除了物理性破坏外，还有对特定目标发送大量信息流，使该目标超载以至瘫痪等。

2）窃取（interception），未经授权的入侵者访问了信息资源，这是对保密性的威胁。

3）篡改（modification），未经授权的入侵者不仅访问了信息资源，而且篡改了信息再进行传输，这是对数据完整性的威胁。

4）假冒（fabrication），未经授权的入侵者假冒合法用户，甚至特权用户的身份进行通信，这是对身份认证和访问控制的攻击，这也是对数据完整性的威胁。它还包括截取身份认证过程中交换的信息序列，进行重点攻击等。

对网络的攻击又分为被动攻击和主动攻击。所谓被动攻击是在网上监听，截取在网上传输的重要敏感信息。在网上监听的设备只要稍作协议分析就可轻而易举地获取用户口令等敏感信息，有了口令就可以堂而皇之登录到远程主机去做任何事情了。被动攻击很难被发现，只能防止它成功。防止被动攻击的方法主要是保密，对信息加密后传输。用户口令等敏感信息被转换成密文传输，它们即使被监听，截取的也是密文。还是安全的。主动攻击包括篡改、假冒和破坏性攻击等。由于 TCP/IP 协议本身有很多安全漏洞，给攻击者造成了许多可乘之机。Internet 上一些常见的攻击有 IP 欺骗和拒绝服务等。完全杜绝主动攻击是很困难的。但是一个好的身份认证协议应能防止各种主动攻击。对付主动攻击的另一措施是发现它们，及时修复它们所造成的破坏。

6.2　计算机网络安全技术

由于网络所带来的诸多不安全因素，使得网络使用者必须采取相应的网络安全技术来堵塞安全漏洞和提供安全的通信服务。如今，高速发展的网络安全技术能从不同角度来保证网络信息不受侵犯。网络安全的基本技术主要包括：网络加密技术、身份验证技术、防火墙技术、入侵检测系统和网络防病毒技术等。

6.2.1　加密技术

数据加密是防止未经授权的用户访问敏感信息的手段,数据加密是其他安全方法的基础。加密常用的方法有链路加密、端点加密和节点加密 3 种。链路加密的目的是保护网络节点之间的链路信息安全;端点加密的目的是对源端用户到目的端用户的数据提供加密保护;节点加密的目的是对源节点到目的节点之间的传输链路提供加密保护。用户可根据网络情况选择上述 3 种加密方式。

数据加密过程是由形形色色的加密算法来具体实施的,它以很小的代价提供很牢靠的安全保护。在多数情况下,数据加密是保证信息机密性的惟一方法。据不完全统计,到目前为止,已经公开发表的各种加密算法多达数百种。

(1)密码学术语。通常一个完整的密码体制要包含 5 个要素,分别是 P,明文;C,密文;K,密钥;D,解密算法;E,加密算法。

一个密钥体制要是实际可用的,必须满足以下特性:

1)每一个加密函数 E_K 和每一个解密函数 D_K 都能有效地计算。

2)破译者得到密文后,将不能在有效的时间内破解出密钥 K 或明文 P。

(2)对称密钥体制。在常规密码算法中,收信方和发信方使用相同的密钥,即加密密钥和解密密钥是相同或等价的。最著名的对称密码算法是数据加密标准 DES(Data Encryption Standard)。它由 IBM 公司研制,1977 年 1 月由美国国家标准局公布,并被国家标准化组织认定为数据加密的国际标准,其密钥长度为 56 位,后改进为 112 位。

对称密码体制流程如下:假定 A、B 两个系统要进行秘密通信,二者首先获得一个共享的密钥,该密钥只有 A、B 知道,A 或 B 使用该密钥对信息进行加密,只有对方可以解密。密文在公共信道上进行传输,窃听者只能获取密文,而解密在有效的时间内几乎是无法完成的。

对称密码算法的优点是有很强的保密强度,且能经受住时间的检验和攻击,但其密钥必须通过安全的途径传送。因此,其密钥管理成为网络安全的重要因素。

(3)非对称密码体制。非对称密码体制也称为公开密钥密码体制,在公开密钥算法中,收信方和发信方使用的密钥互不相同,而且由解密密钥很容易算出加密密钥,但不可能从加密密钥推导出解密密钥。加密密钥公开,任何人均可以使用加密密钥来加密消息,但只有拥有解密密钥的人才能解密消息。最著名的公开密钥算是美国的 RSA 算法,它能抵抗目前为止已知的所有密码攻击。

假定 A、B 两个系统要进行秘密通信,A 或 B 通过对方公开的加密密钥对信息进行加密,该信息的解密密钥只有对方知道,密文在公共信道上进行传输,窃听者只能获取密文,而解密在有效的时间内几乎是无法完成的。由于不需要将用于解密的密钥发往任何地方,公钥在传递和发布的过程中即使被截获,由于没有与其匹配的私钥,截获的公钥对于入侵者也没有任何意义。

公钥密码的优点是可以适应网络的开放性要求,且密钥管理问题也较为简单,尤其可方便地实现数字签名和身份验证。但其算法复杂,加密数据的速率较低。尽管如此,随着现代电子技术和密码技术的发展,公钥密码算法将是一种很有前途的网络安全加密机制在实际应用中,人们通常将对称密码和非对称密码结合在一起使用。例如,利用 DES 来加密信息,而采用 RSA 来传递会话密钥。如果按照每次加密所处理的位来分类,可以将加密算法分为序列密码算法和分组密码算法，前者每次只加密一个位而后者则先将信息序列分组，每次处理一个组。

网络加密技术是网络安全最有效的技术之一。一个加密网络，不但可以防止非授权用户的搭线窃听和入网，而且也是对付恶意软件（或病毒）的有效方法之一。

6.2.2 身份验证

身份认证是网络安全的核心。所谓身份认证是指用户需要通过客户进程向远程的服务器进程证实自己的身份后，才能有权进行一些操作。很多网络服务需要用户输入口令，但口令在网络上传输是不安全的。安全的网络服务就需要首先对用户进行身份认证，证实确是某用户而不是冒名顶替者，然后才能进行访问控制。对于网上交易、电子商务和电子金融等身份认证是必不可少的。网络环境的身份认证过程实际上是通过计算机代理来完成的，客户和服务器之间进行的是进程之间的通信，它们之间的认证也就是进程间的认证，我们把它称为计算机之间的认证，以区别于人的认证。

所以计算机之间的认证的特点是双方可以使用高强度的密码算法来保护通信，实现安全认证。计算机之间的身份认证协议就是采用密码学技术验证双方身份的协议。

身份认证协议一般在两个通信方之间进行，其中一个通信方按照协议规定向另一方发出认证请求，对方按照协议的规定做出响应。当成功执行完协议后，双方应能确认对方的身份。但是身份认证也可以依靠双方都信任的第三方，如证书权威（CA）或密钥分发中心（KDC）等来执行。

身份验证是用户向系统出示自己身份证明的过程。身份认证是系统查核用户身份证明的过程。这两个过程是判明和确认通信双方真实身份的两个重要环节，人们常把这两项工作统称为身份验证（或身份鉴别）。

（1）数字签名：基于公共密钥的身份验证。公共密钥的加密机制虽提供了良好的保密性，但难以鉴别发送者，即任何得到公开密钥的人都可以生成和发送报文。数字签名机制则在此基础上提供了一种鉴别方法，以解决伪造、抵赖、冒充和篡改等问题。

数字签名一般采用不对称加密技术（例如，RSA），通过对整个明文进行某种变换，得到某个值，作为核实签名。接收者使用发送者的公开密钥对签名进行解密运算，如其结果为明文，则签名有效，证明对方的身份是真实的。当然，签名也可以采用多种方式，例如，将签名附在明文之后。数字签名普遍用于银行、电子商务等的身份验证。

（2）Kerberos 系统：基于数据通信设备（data communicatiOn equipment，DCE）/Kerberos 的身份验证。Kerberos 系统是美国麻省理工学院为 Athena 工程而设计的，为分布式计算环境提供一种对用户双方进行身份验证的方法。

它的安全机制在于首先对发出请求的用户进行身份验证，确认其是否是合法的用户，如是合法的用户，再审核该用户是否有权对他所请求的服务或主机进行访问。从加密算法上来讲，其身份验证是建立在对称加密的基础上的。

6.2.3 防火墙

随着网络应用范围的不断扩展以及人们对内部信息安全要求的日益提高，防火墙在网络中的作用显得越来越为重要。在现在的中小型网络中，防火墙已成为必备的网络设备。

1. 防火墙的定义

防火墙概念源于建筑行业，以前，人们经常在木屋和其他建筑物之间修筑一道砖墙，以便在发生火灾时阻止火势蔓延到其他的建筑物，这种砖墙被人们称为防火墙。后来，这种防火墙的保护机制被引入到计算机网络安全技术上，主要用于隔离企业内部网络与外部网络，以保护计算机网络免受外部入侵者的攻击。所谓网络防火墙（Firewall）实际上是一个单位的内部网络和 Internet 之间的一道安全屏障。内部网络被认为是安全的，可信赖的，而外部的 Internet 被认为是不太安全，不太可信的。防火墙的作用是防止未经授权的通信进出被保护的内部网络。

防火墙是一种网络安全产品，它对网络的保护主要体现在：

（1）防止非法的外部用户侵入 Intranet 访问资源和窃取数据；

（2）允许合法的外部用户以指定的权限访问规定的网络资源。

防火墙是一个矛盾统一体，它既要限制信息的流通，又要保持信息的流通。因此，根据网络安全性总体需求，防火墙可遵循两种基本原则实现：

（1）一切未被允许的都是禁止的。根据这一原则，防火墙应封锁所有信息流，然后对希望提供的服务逐项开放。这种方法很安全，因为被允许的服务都是仔细挑选的。但限制了用户使用的便利性，用户不能随心所欲地使用网络服务。

（2）一切未被禁止的都是允许的。根据这一原则，防火墙应转发所有信息流，然后逐项屏蔽可能有害的服务。这种方法很灵活，可为用户提供更多的服务，但安全性要差一些。由于这两种防火墙原则在安全性和可使用性上各有侧重，很多防火墙系统在两者之间采取一定的折中。

2. 防火墙的功能

防火墙必须具有以下功能才能保证网络安全性要求：

（1）防火墙应该执行安全策略，只有按安全策略所定义的授权，通信才允许通过；

（2）所有内部对外部的通信都必须通过防火墙，反之亦然；严格执行"未经许可，不得入内"。

（3）应容易扩充新的服务和机构，以便更改所需要的安全策略。

（4）应具有代理服务，包含先进的鉴别技术。

（5）采用先进的过滤技术，根据需求进行允许或拒绝某些服务。

（6）防火墙的编程语言应该是灵活的，编程界面对用户是友好的。并且有很多过滤属性包括源和目的 IP 地址、协议类型、源和目的 TCP/UDP 端口以及进出的接口地址。

（7）具有缓冲存储功能，以获得高效高速访问。

（8）可以接纳对本地网的公共访问，本地网的公共信息服务被防火墙所保护。本地网的公共信息服务按需要可以删减和扩充。

（9）具有对拨号访问内部网的集中处理和过滤能力。

（10）具有记录和审计的功能，包括可以登记通信的业务和记录可疑活动的方法，便于检查和审计。

（11）防火墙设备上所使用的操作系统和开发工具都应该具备相当等级的安全性。

（12）防火墙应该是可检验和可管理的。

（13）防火墙本身应具有抗入侵能力。

（14）防火墙是网络的要塞点，是达到网络安全目的的有效手段，因此尽可能将安全措施都集中于这一点上。

（15）防火墙可以强化安全策略的实施。

（16）防火墙可以记录内、外网络通信时所发生的一切。

3. 防火墙的类型

依据采用的技术，我们可以将防火墙分为软件防火墙、硬件防火墙和软硬一体化防火墙。按应用对象，我们可以将防火墙分为可分为企业级防火墙与个人防火墙。根据防御方式，我们可以将防火墙分为包过滤型防火墙、代理型防火墙、状态检测型防火墙和综合型防火墙。

按照防火墙的防御机理，主要介绍以下 4 种类型。

（1）包过滤型防火墙。包过滤型产品是防火墙的初级产品，是在网络层对数据包进行选择和过滤，其技术依据是网络层中的数据传输单位是包（分组），每一个数据包中都会包含一些特定信息，如数据的源地址、目标地址、TCP 或 UDP 源端口和目标端口等。防火墙通过读取数据包中的相关信息，可以获得其基本情况，并据此对其做出相应的处理。例如通过读取地址信息，防火墙可以判断一个"包"是否来自可信任的安全站点，一旦发现来自危险站点的数据包，防火墙便会将这些数据拒之"墙"外。网络管理人员也可以根据实际情况灵活制订判断规则。

包过滤技术的优点是简单实用，实现成本较低，同时处理效率高。在应用环境比较简单的情况下，能够以较小的代价在一定程度上保证系统的安全性，并且保证网络具有比较高的数据吞吐能力。包过滤技术的缺陷也很明显，由于包过滤技术是一种完全基于网络层的安全技术，只能根据数据包的源、目的地址和端口等基本网络信息进行判断，无法识别基于应用层的恶意侵入（如恶意的 Java 小程序以及电子邮件中附带的病毒等），所以有经验的入侵程序很容易伪造 IP 地址，骗过包过滤型防火墙。

（2）代理型防火墙。代理型防火墙也称电路级网关（Circuit level gateway）或 TCP 通道（TCP tunnels），它以代理服务器的模式工作，安全性要高于包过滤型防火墙。

代理服务器位于客户机与服务器之间，完全阻挡了二者间的数据交流。从客户机来看，代理服务器相当于一台真正的服务器；而从服务器来看，代理服务器仅是一台客户机。当客户机需要使用服务器上的数据时，首先将数据请求发给代理服务器，代理服务器再根据这一请求向服务器索取数据，然后再由代理服务器将数据传输给客户机。由于外部系统与内部服务器之间没有直接的数据通道，外部的恶意攻击也就很难触及内部网络系统。

防火墙内外计算机系统间应用层的"链接"由代理服务器实现，外部计算机的网络链路只能到达代理服务器，从而起到了隔离防火墙内外计算机系统的作用。此外，代理服务器也对过往的数据包进行分析、注册登记，形成报告。当发现被攻击迹象时，代理服务器会向网络管理员发出警报。

代理型防火墙的优点是安全性较高，可以针对应用层进行侦测和扫描，可有效地防止应用层的恶意入侵和病毒。缺点是对系统的整体性能有较大的影响，系统的处理效率会有所下降，因为代理型防火墙对数据包进行内部结构的分析和处理，这会导致数据包的吞吐能力降低（低于包过型滤防火墙）；同时，代理服务器必须针对客户机可能产生的所有应用类型逐一进行设置，大大增加了系统管理的复杂性。

（3）状态检测型防火墙。状态检测型防火墙检测每一个有效连接的状态，并根据检测结果决定数据包是否通过防火墙。由于一般不对数据包的上层协议封装内容进行处理，所以状态检测型防火墙的包处理效率要比代理型防火墙高；同时，必要时可以对数据包的应用层信息进行提取，所以状态检测型防火墙又具有了代理型防火墙的安全性特征。

因此，状态检测型防火墙提供了比代理型防火墙更强的网络吞吐能力和比包过滤型防火墙更高的安全性，在网络的安全性和数据处理效率这两个相互矛盾的因素之间进行了较好的平衡，但它并不能根据用户策略主动地控制数据包的流向，随着用户对通信速度要求的进一步提高，状态检测技术也在逐渐改善。

（4）综合型防火墙。新一代综合型防火墙在综合了上述几种防火墙技术特点的基础之上，还增加了加密技术、入侵检测技术、病毒检测技术、内容过滤等一系列信息安全技术，可全方位地解决网络传输所面临的安全威胁。

综合型防火墙应用于网络边缘安全的防范。针对影响网络边缘安全的病毒破坏、黑客入侵、黄色站点、非法邮件、数据窃听等不安全因素，提供集成的防病毒网关、入侵检测、内容过滤以及 VPN（虚拟专用网）等功能，已经远远超越了最初定义的防火墙功能范畴，形成动态立体的网络边界安全解决方案。

另外，综合型防火墙还集成了原来由路由器提供的网络地址转换（NAT）功能，所以也将具有 NAT 功能的防火墙称为网络地址转换型防火墙。网络地址转换是一种用于把 IP 地址转换成临时的、外部的、注册的 IP 地址技术。它允许具有私有 IP 地址的内部网络访问 Internet，而不需要为网络中的每一台设备取得注册的 IP 地址。NAT 将网络分为内部（inside）和外部（outside）两部分，一般情况下内部是单位的局域网，使用的是保留的私有 IP 地址；外部是 Internet，使用的是经过注册的合法 IP 地址。NAT 的功能就是实现内部 IP 地址与外部 IP 地址之间的转换，这种转换可以是一对一（1 个私有 IP 地址对应 1 个注册 IP 地址）、一对多（一般是 1 个注册 IP 地址对应多个私有 IP 地址）或多对多（一般是少量的注册 IP 地址对应大量的私有 IP 地址）的。

4．防火墙的应用

通常，防火墙服务于以下几个目的：

（1）访问控制，限制他人进入内部网络，过滤掉不安全服务和非法用户；

（2）抗攻击，限定人们访问特殊站点（堡垒机）；

（3）审计，为监视 Internet 安全提供方便，对网络访问进行记录，建立完备的日志、审计和追踪网络访问，并可以根据需要产生报表、报警和入侵检测等。

由于防火墙是一种被动技术，它假设了网络边界和服务，因此，对内部的非法访问难以有效地控制。因此，防火墙适合于相对独立的网络，例如，Intranet 等相对集中的网络。

6.2.4　入侵检测系统

入侵检测是指监视或者在可能的情况下，阻止入侵或者试图控制自己的系统或者网络资源的那种努力，是用于检测任何损害或企图损害系统的机密性、完整性或可用性等行为的一种网络安全技术。它通过监视受保护系统的状态和活动，采用异常检测或误用检测的方式，发现非授权的或恶意的系统及网络行为，为防范入侵行为提供有效的手段。

入侵检测提供了用于发现入侵攻击与合法用户滥用特权的一种方法，它所基于的重要的前提是：非法行为和合法行为是可区分的。也就是说，可以通过提取行为的模式特征来分析判断该行为的性质。一个基本的入侵检测系统需要解决两个问题：一是如何充分并可靠地提取描述行为特征的数据；二是如何根据特征数据，高效并准确地判断行为的性质。

从系统构成上来看，入侵检测系统至少包括数据源、分析引擎和响应 3 个基本模块。数据源为分析引擎提供原始数据进行入侵分析，分析引擎执行实际的入侵或异常行为检测，分析引擎的结果提交给响应模块，帮助采取必要和适应的措施，以阻止进一步的入侵行为或恢复受到损害的系统。

1. 异常入侵检测技术

异常入侵检测是通过观测到的一组测量值的偏离度来预测用户行为的变化，并做出决策判断。前提条件是入侵活动作为异常活动的子集。理想状况是异常活动集同入侵活动集相等。在这种情况下，若能检测所有的异常活动，就能检测所有的入侵性活动。可是，入侵性活动集并不总是与异常活动集相符合。活动存在 4 种可能性：入侵性而非异常，非入侵性且异常，非入侵性且非异常，入侵且异常。异常入侵要解决的问题就是构造异常活动集并从中发现入侵性活动子集。异常入侵检测方法依赖于入侵模型的建立，不同模型就构成不同的检测方法。

2. 误用入侵检测技术

误用入侵的主要假设是具有能够被准确地按某种方式编码的攻击，并可以通过捕获攻击及重新整理，确诊入侵活动是基于同一弱点进行攻击的入侵方法的变种。误用入侵检测指的是通过按预先定义好的入侵模式以及到入侵发生情况进行模式匹配来检测。入侵模式说明了那些导致安全突破或其他误用的事件中的特征、条件、排列和关系。一个不完整的模式可能表明存在入侵的企图。

6.3　计 算 机 病 毒

计算机病毒在 20 世纪 90 年代开始大规模流行，随着计算机网络技术的发展，病毒的编写更为简单，而传播速度更快，所造成的危害也越来越大。

6.3.1　计算机病毒定义

《中华人民共和国计算机信息系统安全保护条例》中对病毒的定义如下："计算机病毒，是指编制或者在计算机程序中插入的破坏计算机功能或者毁坏数据、影响计算机使用，并能自我复制的一组计算机指令或者程序代码"。

最早的病毒是一些计算机高手的恶作剧，始作俑者也未曾料到一个玩笑有那么大的破坏力。其后，一些较小的软件公司为了保护自己产品的版权，就在自己的软件产品中故意嵌入病毒程序。从正当渠道购买的软件在运行时病毒不发作，而以拷贝方式盗用的软件，在运行时病毒程序将同时运行。所以盗版软件，尤其是游戏软件常携带病毒。目前，使用潜藏病毒或"逻辑炸弹"保护自己产品版权的手段，已被法律禁止。

6.3.2　计算机病毒的特征

计算机病毒具有以下主要特点。

1. 寄生性

计算机病毒的本质是一组计算机指令或者程序代码，也可以说是一种特殊的计算机程序。但它不以程序的形式独立存在，而是寄生在其他程序之中，具有极强的隐蔽性。在病毒发作之前，用简单的方法很难发现病毒的存在。早期，文件型病毒一般还比较容易发现它的踪迹，例如改变所执行文件的大小和日期。现代的病毒编写技术，已经可以在不改变寄生体程序大小的前提下感染这个程序。早期的病毒是当寄生体程序运行的时候发作，而现代病毒一般采用逻辑锁的方式来控制病毒的发作。就是说，只有满足一定的逻辑条件，诸如系统日期、时间为某一个特定的日期或程序的执行达到一定次数等才发作,但并不改变寄生体程序的大小。

2. 传染性

计算机病毒是在运行带毒程序的时候,病毒指令或程序代码将被激活,以复制自身。随后它或者驻留在内存中,传染给其后运行的程序;或者寻找硬盘中的其他未被感染的程序并感染这些程序;宏病毒则感染公用模板,例如 OFFICE 宏病毒,当公用模板被感染后,所有其后建立的文件都将被感染。可怕的是,即使正在使用带毒的程序,也察觉不到传染过程。

3. 破坏性

不同病毒的破坏方式和破坏程序也不相同。病毒的破坏程度大致可分为良性、恶性、极恶性和毁灭性四种。良性破坏的表现为玩笑性质,如显示一条玩笑信息、奏一段音乐或发出怪声,让你哭笑不得。恶性破坏则影响计算机的正常运行,使系统运行速度变慢、死机或不能打印等。极恶性破坏则删除系统文件、破坏系统配置导致系统无法启动等等。以上三种破坏都还不至于破坏用户的数据文件,更不至于破坏系统硬件,造成不可恢复的损失。毁灭性破坏则破坏硬盘分区表、FAT 区、引导记录、甚至直接删除数据文件等。如果没有做系统备份和数据备份,将造成不可恢复性损失。随着计算机技术的发展,病毒的制造手段也不断翻新。例如 CIH 病毒发作时,将攻击主板的闪烁存储器以改写 BIOS,使整块主板不能使用,造成“烧”主板的客观效果。

6.3.3　计算机病毒的防范

1. 对病毒破坏性的认识

我们对病毒的破坏性要有充分的认识,计算机病毒既然是一种人为编制的具有破坏性的程序,人们就一定可以编制出识别它并制服它的相应程序。

早期的病毒一般是寄生在可执行的程序文件中,通过程序的载体——软盘或光盘传播,因此,病毒的传播有一定的局限性,破坏性也有限,最严重的破坏是改写硬盘的引导区信息。目前,网络已经成为病毒的最主要的传播途径,出于网络的“快”和“广”这两大特性,病毒的传播也越快越广,短短几个小时就可以传播到世界各地。病毒的制造者通常没有具体的目标和目的性。病毒对硬件的攻击通常是通过软件实现的。CIH 病毒问世,开创了病毒攻击硬件的先河,其手段是改写闪烁存储器里的 BIOS,造成主板报废。至此,病毒的破坏已不仅仅是对数据被破坏而无法恢复所造成的损失。

2. 选择杀毒软件

一个好的杀毒软件,必须具有以下功能:

(1)巨大的病毒代码库。具有数量巨大的病毒特征代码库,能够查、杀已知的所有病毒。著名的杀毒软件一般能够承诺查、杀 2 万种以上病毒。

(2)查、杀变体及未知病毒。运用虚拟机技术和启发式扫描技术,对各种变体代码机和病毒制造机自动分析和识别,查、杀它们制造的各种变体或未知病毒。

(3)版本更新方便快捷。拥有跟踪新病毒的情报网,具有对付新病毒的快速反应能力。

(4)提供快速及时的在线升级保障。好的杀毒软件一般在网上 1~2 天左右便更新自己的版本,并具有自动更新的功能。再好的杀毒软件,都要注意及时升级,以对付新产生的病毒。如果不具备上网的条件,一定要在该产品的可靠代理那里购买,以获得定期以软盘方式升级的保障。

(5)多平台支持。不仅能查、杀单机病毒,还应支持多种不同的操作系统。

（6）自身防毒。安装前能对系统查毒，自身能防病毒感染或在自身被感染时报警。在线实时监控。在线监控、实时解毒，对系统进行实时监测，把从软盘或网络上检测出的病毒当即消除，并警示光盘中的病毒以及提供实时查、杀网络病毒、邮件病毒功能和 Internet 保护功能。

（7）全方位杀毒。能够查、杀引导型病毒以及驻留在内存的病毒，能够运用压缩还原技术查、杀压缩打包软件中的寄生病毒，运用包裹还原技术查、杀隐藏在光盘或互联网上的下传文件中的病毒，能够在网上查、杀 JAVA 病毒和宏病毒。此外，能够在局域网范围内跟踪病毒源，以帮助管理员迅速找到病毒源所在的网站。

（8）抢救性恢复。提供系统文件备份和对硬盘关键数据的保护，能在病毒或事故导致文件损坏或系统无法启动时，用应急软盘实现抢救性恢复。

（9）易用性好，具有良好的易用性，操作界面友好。

目前常用的杀病毒软件有：KV3000、Kill、Norton 和瑞星等，这类软件查、杀病毒很有效。现在的网络防火墙软件比较多，大多数都同时具有病毒防火墙的功能。常见的如国外的 Lockdown，国内的天网和金山网镖等。

6.4　计 算 机 网 络 管 理

OSI 标准采用面向对象的模型定义管理。OSI 系统管理操作在对等的开放系统之间进行，一个系统为管理站，另一个系统起代理作用。网络中各节点在网络管理实体的控制下与管理站通信，交换管理信息对象的广播数据是在每一个网络中都会出现的。如果管理得不好，广播数据将严重地损害网络的性能，并可能导致整个网络的崩溃。

6.4.1　计算机网络管理定义

网络管理的主要目的是保障网络的正常运行，网络是否能正常运行发挥效益，网络管理起着十分关键的作用。管理技术包含分门别类、详细记录和调度策略等 3 方面。网络使用面广、涉及人员多，免不了有纰漏，因此，制定一系列的管理制度，能够保证网络安全、可靠地运行（如维持网络传送速率、降低错误率、确保网络安全等）。一般系统管理不涉及人员管理，而人的因素却是首位的。网络人才有 3 类：网络设计师或分析师、网络工程师和网络管理员。其中最基层的是网络管理员。网络系统管理的技术人员可借助网络管理工具或本身的技术经验实施网络管理，随时掌握网络内任何设备的增减与变动，管理所有网络设备的设置参数。当故障发生时，可以重设或改变网络设备的参数，维持网络的正常运作。

在早期的 ARPAnet 中，当网络运行不正常时，管理员通常使用工具软件 ping 对可能有问题的网络设备发 ICMP 报文，根据返回的 ICMP 报文头部的时戳，一般可以确定问题的性质和方位。由于当时的网络规模很小，网络设备不多，这种方法还是很有效的。随着 ARPAnet 规模不断扩大，并最终形成覆盖全球的 Internet，上述方法就显得力不从心了。

由于每次使用 ping 获取的信息量太小（只有往返的时延），并且由于网络设备增多，要逐个检查它们几乎是不可能的。在这种形势下，真正意义上的网络管理方案和实用系统才逐渐出现。

计算机网络是一个开放式系统。每个网络系统中的不同软硬件设备连接都遵循同一体系结构。因此，要求网络管理系统遵守被管理网络的体系结构，并能够管理不同厂商的软硬件计算机产品。对 Internet 的管理有网络信息中心（NIC）和网络运行中心（NOC）负责。管理工作的主要是详细记录被管理网络系统和被管对象的工作状态。

Internet 协会（Internet Society）成立于 1992 年 1 月，是一个民间组织，是对 Internet 的技术、应用、发展方向、标准制定、资源分配等进行协调和管理的组织。成员由个人会员与法人会员构成。法人会员又分为协会成立时提供了资金的原始会员与一般交纳会费的法人会员。

Internet 协会的最高机构为会员大会 INET，每年举行一次会议，除了相应的学术活动之外，还选举 Internet 领导机构理事会（Board of Trustees），理事会由 18 名成员组成。下设 3 个最重要的机构是因特网体系结构研究会 IAB（Internet Architecture Board），因特网编号管理局 IANA（Internet Assigned Numbers Authority）和因特网工程部 IETF（Internet Engineering TaskForce）。此外，还有一个与 IETF 密切相关的机构，因特网研究部 IRTF（Internet Research Task Force）。

IAB 是一个有关 Internet 技术发展方向的顾问性组织，由 13 名成员组成，任期为 2 年。

IANA 是管理 IP 地址、分配 Internet RFC（request for comments）序号以及决定与 Internet 运行和服务有关的序号与定义的机构。

InterNIC（Internet Network Information Center）是两个执行 IANA 的决定的执行机构。由于 Internet 的急剧扩展，InterNIC 的许多功能都已由原来的集中式管理向世界各地分散。例如，IP 地址的分配工作已由下述 3 个机构进行：

如果只需要 1 个或几个 IP 地址，可以直接从提供 Internet 服务的 ISP 处获得。但是，ISP 要想获得 C 类（254 个 IP 地址）地址以上的 IP 地址的话，它们必须和上述相关机构联系。例如，我国要向日本的 APNIC 申请以获取 IP 地址和与 IP 地址分配有关的文件。

InterNIC 的另一个重要作用是提供域名注册服务。当前，除了各国的 2 级域名一律在各国自己的网络中心注册之外，世界顶级域名，例如，com、net、org 等都在 InterNIC 注册。有关域名注册服务，IETF 是由 Internet 技术开发和研究人员组成的组织，所有的 Internet 技术和标准都必须经过 IETF 讨论和决定。IETF 把 Internet 技术分成 10 个领域，并由这 10 个领域的负责人组成组长会议 IESG。

IETF 在各个领域大约有 90 个工作小组在进行有关的研究和开发工作。其主要贡献是每年 3 次的 IETF 会议，供 Internet 研究开发人员交流信息和讨论 RFC 提案；另外制订和提出 RFC 标准与提案。

RFC 始于 1969 年，至今已有 2400 多个 RFC 标准、草案、提案和实验版，有 2 种方法可以向 IETF 提出 RFC 草案。一种是由 IETF 的工作组讨论后提出，并由领域负责人批准成为 RFC 标准。另一种方法是直接向 RFC 主编提出。

6.4.2　计算机网络管理功能

网络上的信息包含：管理员放置的信息，这些信息一般没有错误，以及由用户放置的信息，这些信息可能会有一些问题，要对其进行维护、编辑和删改。网络系统管理的作用是划分和改变管理域，协调管理域之间的关系。用户通过网络管理接口与用户专用软件交互作用，监视和控制网络资源。ISO 定义了 5 个网络系统管理功能域，即配置管理、故障管理、性能管理、记账管理和安全管理。

1．配置管理

ISO 定义的管理功能域中，配置管理包括视图管理、拓扑管理、软件管理、网络规划和资源管理。只有在有权配置整个网络时，才可能正确地管理该网络，排除出现的问题，因此这是网络管理最重要的功能之一。关键是设备管理，它是由以下两方面构成：

（1）布线系统的维护，做好布线系统的日常维护工作，确保底层网络连接完好，是计算机网络正常、高效运行的基础。城域网和广域网之间的互联除了微波、卫星通道等无线连接方式外，光缆仍然是惟一的有线连接途径。对布线系统的测试和维护一般借助于双绞线测试仪、规程分析仪和信道测试仪等。智能化分析仪器的使用提高了布线的管理水平和管理效率，可以更好地保证计算机网络的正常运行。

（2）关键设备的管理，无论何种规模的计算机网络，关键设备的管理都是一项相当重要的工作。这是因为网络中关键设备的任何故障都可能造成网络瘫痪，给用户带来无法弥补的损失。网络中的关键设备一般包括网络的主干交换机、中心路由器以及关键服务器。对这些关键网络设备的管理除了通过网管软件实时监测外，更要做好它们的备份工作。对主干交换机的备份很少有厂商能提供比较系统的解决方案，因而只有靠网络管理员在日常管理中加强对主干交换机的性能和工作状态的监测，以维护网络主干交换机的正常工作。

2. 故障管理

管理系统定时查询被管理对象的状态，然后以文本或图形方式把发现的问题显示出来，为确保网络系统的高稳定性，在网络出现故障时，必须及时察觉问题所在（包括所有节点动作状态、故障记录的追踪与检查异常对各种通信协议的测试）。ISO 定义的系统管理功能域中，测试管理功能和事件报告管理功能属于故障管理。

故障就是出现大量或者严重错误需要修复的异常情况。例如，由于线路损坏而无法通信的情况，这有别于偶然出现的随机错误。故障管理的作用是对故障的处理，包括故障检测，故障定位，故障隔离，重新配置，修复或替换失效的部分，使系统恢复正常状态。故障管理功能包括：故障警告功能，事件报告管理功能，运行日志控制功能，测试管理功能，确认和诊断测试的分类。其中事故报告管理的目的是实时地监视网络通信资源的工作状态和互联模式，并且能够控制和修改通信资源的工作状态，改变它们之间的关系。

3. 性能管理

包括网络性能和网络系统性能，实用系统都能管理网络性能。例如，某条通信线路的利用率，但是一般都不能管理系统或应用程序的性能。而效率管理的目的在于评估网络系统的运作，统计网络资源的运用及各种通信协议的传输量等，更可提供未来网络升级或更新规划的依据。

网络性能包括带宽利用率、吞吐率降低的程度、通信繁忙的程度、网络瓶颈及响应时间等。这些参数的控制和优化是系统管理员的日常性工作。性能管理主要应包括以下功能：数据收集功能，工作负载的监视功能和摘要记录功能。

4. 记账管理

大多数的实用管理系统中都没有实现此功能，有人认为此功能属于某一个特定的应用服务，由各系统的管理员来管理，了解网络使用时间，能针对各个局部网络作使用统计。既可作为使用网络计费的依据，更可作为日后网络升级或更新规划的参考。

记账管理的主要目的是收费，经常收集和存储用户对各种资源的使用情况的数据。记账管理可以划分成 3 个子过程：使用率度量过程，计费处理过程和账单管理过程。

5. 安全管理

为防范不被授权的用户擅自使用网络资源，以及用户蓄意破坏网络系统的安全，要随时做好安全措施，如合法的设备存取控制与加密等。大多数的实用系统都能管理网络硬件的安全性能。例如管理用户登录，在特定的路由器或网桥上进行各种操作。有些系统还有检测、警报和提示功能。例如在连接中断时发出警报以提醒操作员。计算机网络需要有保密性，数据完整性和可利用性 3 方面的安全性。

（1）保密性：计算机中的信息只能由授予访问权限的用户读取（包括显示、打印等，也包含暴露信息存在的事实）。

（2）数据完整性：计算机系统中的信息资源只能被授予权限的用户修改。

（3）可利用性：具有访问权限的用户在需要时可以利用计算机系统中的信息资源。随着各种网络应用的不断增加，网络资源管理的问题也变得越来越重要。例如域名注册、网络地址分配和代理服务器等。

6.4.3　SNMP 协议

1．认识 SNMP 协议

简单网络管理协议（SNMP）首先是由 Internet 工程任务组织（Internet Engineering Task Force，IETF）的研究小组为了解决 Internet 上的路由器管理问题而提出的。SNMP 被设计成与协议无关，所以它可以在 IP、IPX、AppleTalk、OSI 以及其他用到的传输协议上被使用。SNMP 目前已由 SNMPV.1 过渡到 SNMPV.2。

SNMP 是一系列协议组和规范，包括管理信息库（MIB）、管理信息的结构和标识（SMI）、简单网络管理协议（SNMP）。

它们提供了一种从网络上的设备中收集网络管理信息的方法。SNMP 也为设备向网络管理工作站报告问题和错误提供了一种方法。

网络管理站（NMC）是系统的核心，负责管理 MIB 库，它以数据报表的形式发出和传送命令，从而达到控制代理的目的。它与任何代理之间都不存在逻辑链路关系，因而网络系统负载很低。

代理（Agent）的作用是收集被管理设备的各种信息并响应网络中 SNMP 服务器的要求，把它们传输到中心的 SNMP 服务器的 MIB 数据库中。代理包括智能集线器、网桥、路由器、网关及任何合法节点的计算机。

管理信息库（MIB）负责存储设备的信息，它是 SNMP 分布式数据库的分支数据库。

2．SNMP 协议的实现

SNMP 协议最重要的特性就是简洁清晰，命令很少，主要有存（存储数据到变量）和取（从变量中取数据）两种操作。在 SNMP 中，所有的操作都是由这两种操作派生出来的，正是由于这些特点，使得 SNMP 的开发非常方便，成为网络管理事实上的标准。

在 SNMP 中定义了四种操作：

（1）取（gct），从代理那里取得指定的 MIB 变量的值。

（2）取下一个（get next），从代理的表中取得下一个指定的 MIB 的值。

（3）设置（set），设置代理的指定 MIB 的变量的值。

（4）报警（trap），当代理发生错误时立即向网络管理站报警，无需等待接收方的响应。

SNMPV.2 是 SNMPV.1 的增强版。SNMPV.2 相对 SNMPV.1 版本的主要改善之处在以下几个方面：

（1）SMI（系统管理接口）。除支持 IP 地址外，还支持 OSI 的 NSAP 地址。引入了信息模块的概念，用于规定一组相关定义，在 SNMPV.2 中包含三种信息模块：

1）MIB 包括相关的被管理目标的定义。

2）MIB 模块的依从声明，提供一种描述一组在实现上必须保持一致性的被管理目标的系统性方法。

3）代理实现的能力声明，定义了代理实现的精确级别。如果管理站点中包含了所有与之交互的代理的能力声明，它就可以调整自己的行为，以优化其自身资源、代理及网络资源的利用。

（2）协议操作。Inform 命令容许管理员给另一个管理员发送一个报警类的信息：get bulk（获取批量）命令容许管理员有效地查询批量的数据。

（3）信息格式。采用相同的 PDU 格式。

（4）管理体系结构。既支持 SNMPV.1 的集中式网络管理，也支持基于新的管理员到管理员 MIB 的分布式管理。

（5）安全性。SNMPV.2 防止了以下类型破坏安全设施：

1）一个未授权实体假冒授权实体来执行管理操作。

2）一个实体可能改变授权实体产生的信息，该信息可导致某些未授权的管理操作，包括与配置和计费相关的操作。

3）防止信息顺序和时间的改变。SNMPV.1 基于无连接，因此，实体可以重排序、延时或复制，然后重新执行某个 SNMPV.1 的信息。

4）SNMPV.2 采用 DES 算法加密，完成验证和加密。

5）防止泄密。实体可以通过监视被管目标和代理之间的信息交换，来学习被管目标的值和通知事件的发生。

小　　　结

本章主要介绍了网络安全与网络管理方面的内容，在 Internet 日益发展的今天，计算机网络安全与网络管理的问题已经成为计算机网络使用中的一个重要问题。

读者应重点理解计算机网络安全的定义，几种常用的计算机网络安全技术：加密技术、身份验证技术、防火墙技术和入侵检测系统；对计算机病毒有所认识，并能正确掌握对计算机病毒的防范知识。在计算机网络管理中，掌握计算机网络管理的定义与功能并对计算机网络管理的应用有一定的了解。

习　　　题

一、填空题

1. 计算机网络的安全可定义为：保障网络信息的_____、_____、_____和_____。

2. 计算机中的信息只能由_____的用户读取和修改。

3. 计算机系统安全主要包括_____、_____和_____等几个方面。

4. 对计算机网络非人为的威胁因素主要是指_____造成的不安全因素。

5. 所谓被动攻击是在网上_____，_____在网上传输的重要敏感信息。

6．网络安全的基本技术主要包括：_____、_____、_____、_____和_____等。

7．_____是网络安全最有效的技术之一。

8．为保护计算机网络的安全，在现在的中小型网络中，_____已成为必备的网络设备。

9．计算机病毒具有以下主要特点：_____、_____、_____、_____。

二、简答题

1．简述计算机网络安全的定义。

2．分析系统的脆弱性。

3．简述对称密钥体制的工作原理。

4．简述非对称密钥体制的工作原理。

5．简述身份验证技术的工作原理。

6．简述包过滤防火墙的工作原理。

7．简述代理型防火墙的工作原理。

8．简述入侵检测系统的工作原理。

9．简述病毒的特征与防范。

10．简述计算机网络管理的定义与功能。

第 7 章

网 络 操 作 系 统

　　计算机网络系统是一个由各种软件和硬件设备组成的一个工作平台，系统的正常运行不但要有安全可靠的硬件环境，还要有网络操作系统等软件的支持。网络操作系统是计算机网络软件的核心。本章主要介绍网络操作系统的基本概念和功能等，并介绍目前常见的几种网络操作系统，并以 Windows Server 2003 为例，介绍了网络操作系统的应用。

7.1　网络操作系统基础

　　网络操作系统是使网络上各计算机能方便而有效地共享网络资料，为网络用户提供所需的各种服务的软件和有关规程的集合。

7.1.1　网络操作系统基本概念

　　所谓网络操作系统（Network Operation System，NOS），就是能利用局域网低层提供的数据传输功能，为各层网络用户提供共享资源管理服务以及其他网络服务功能的网络操作系统软件。网络操作系统是操作系统中的一种，除了具有普通操作系统的功能外，最重要的是提供网络通信协议以及具有各种服务器配置。

　　网络操作系统是建立在一定的网络体系之上，对整个网络系统的各种资源进行协调，管理的软件。网络操作系统的选择是网络设计中非常重要的一环，它在很大程度上决定着整个网络的整体性能。

　　网络操作系统与运行在工作站上的单用户操作系统或多用户操作系统由于提供的服务类型不同而有差别。一般情况下，网络操作系统是以使网络相关特性最佳为目的的，如共享数据文件、软件应用以及共享硬盘、打印机、调制解调器、扫描仪和传真机等。一般计算机操作系统的目的是让用户与系统及在此操作系统上运行的各种应用之间的交互作用达到最佳。

　　为防止一次由一个以上的用户对文件进行访问，一般网络操作系统都具有文件加锁功能。如果没有这种功能，将不会正常工作。文件加锁功能可跟踪使用中的每个文件，并确保一次只能一个用户对其进行编辑。文件也可由用户的口令加锁，以维持文件的专用性。

　　网络操作系统还负责管理 LAN 用户和 LAN 打印机之间的连接。网络操作系统总是跟踪每一个可供使用的打印机以及每个用户的打印请求，并对如何满足这些请求进行管理，使每个端用户的操作系统感到所需要的打印机犹如与其直接相连。网络操作系统还对网络设备之间的通信进行管理，这是通过网络操作系统中的媒体访问法来实现的。

　　网络操作系统中的各种安全特性可用来管理每个用户的访问权力，确保关键数据的安全保密。因此，网络操作系统从根本上说是一种管理器，用来管理连接、资源和通信量的流向。

　　网络操作系统是为了方便上网用户的一种服务性系统软件，因此它是能够提供网络服务的计算机操作系统。这些服务包含有：

（1）资源共享：使客户机访问网络的软硬件资源，包括文件和外设，例如打印机和传真机。

（2）信息传输：协调网络上各节点和设备的活动，保证随时随地按用户要求通信。

（3）安全性：保证网络上的用户、数据和设备的安全。

（4）可靠性：运行可靠，有容错性，并能在发生任何故障时很快恢复。

（5）统一管理：支持多个处理器、磁盘驱动器等硬件设备及其数据安全功能。例如跨磁盘保存和磁盘镜像工作等。

网络操作系统是用户与计算机网络之间的接口。一个典型的网络操作系统，一般应具有以下特征：

（1）硬件独立，网络操作系统可以在不同的网络硬件上运行。

（2）桥/路由连接，可以通过网桥、路由功能和别的网络连接。

（3）多用户支持，在多用户环境下，网络操作系统给应用程序及其数据文件提供了足够的标准化的服务。

（4）网络管理，支持网络实用程序及其管理功能，如系统备份、安全管理、容错、性能控制等。

（5）安全性和存取控制，对用户资源进行控制，并提供控制用户对网络访问的方法。

（6）用户界面，网络操作系统提供用户丰富的界面功能，具有多种网络控制方式。

总之，网络操作系统为网上用户提供了便利的操作和管理平台。

7.1.2　网络操作系统的分类

一般来说，网络操作系统可以分为三大类：对等式网络操作系统（Peer-to-Peer），客户机/服务器模式网络操作系统（Client-Server），文件服务器模式网络操作系统（Server-Based）。

1．对等式网络操作系统

在对等结构的网络中，所有的联网结点地位平等，安装在每个联网结点的操作系统软件类型相同（基本上是客户网络操作系统，如 Windows NT Workstation、Windows 2000 Professional），联网计算机的资源在原则上都是可以相互共享的。

每台联网计算机即为本地用户提供服务，同时也使用其他结点的网络用户所提供服务。对等式局域网操作系统的特点是联网的所有站点地位平等，安装在任何一个站点的系统软件都是相同的，每一个工作站都有绝对的自主权，可以相互交换文件，并不需要一个专用的服务器。两个工作站相互通信时，不需要经过其他工作站。

局域网中任何两个结点之间都可以直接实现通信。对等结构的网络操作系统可以提供共享硬盘、共享打印机、电子邮件、共享屏幕与共享 CPU 服务。对等结构网络操作系统的优点是：结构相对简单，网中任何结点间均能直接通信。缺点是：每台联网结点既要完成工作站的功能，又要完成服务器的功能。结点除了要完成本地用户的信息处理任务，还要承担较重的网络通信管理与共享资源管理任务，这将加重联网计算机的负荷。对于联网计算机来说，由于同时要承担繁重的网络服务与管理任务，因而信息处理能力明显降低。因此，对等结构网络操作系统只适用于规模小、信息交换量不大的网络，是一种早期模式。

它具有以下特点：安装与维护容易；价格低廉；数据的保密性差，文件管理分散；每个节点既要承担网络资源管理工作，又要承担网络服务管理工作，因而信息处理能力明显下降。

2. 客户机/服务器模式网络操作系统

针对对等结构的网络操作系统的缺点，人们进一步提出了非对等结构网络操作系统的设计思想，即将联网结点分为网络服务器（Server）和网络工作站（Workstation）两类，其中网络服务器安装服务器网络操作系统，网络工作站安装客户网络操作系统。

客户/服务器结构的局域网中，联网计算机具有明确的分工。网络服务器采用高配置与高性能计算机，安装服务器网络操作系统，以集中方式管理局域网的共享资源，并为网络工作站提供各类服务。所以网络服务器是局域网的逻辑中心。网络服务器上运行的网络操作系统的功能与性能，直接决定着网络服务功能的强弱以及系统性能与安全性，它是网络操作系统的核心部分。网络工作站一般是配置比较低的微型机系统，主要为本地用户访问本地资源与访问网络资源提供服务。

3. 文件服务器模式网络操作系统

在文件服务器模式中，应用程序和数据都存放在一台指定的机器上，这台机器称为文件服务器，一般由高性能的机器担任。别的节点被称为工作站。在文件服务器模式中，所有的工作站皆以服务器为中心，需要一台专用的服务器，也就是说网络上的工作站要作文件传输时无法在彼此间直接进行，需要通过文件服务器作媒介，所有文件的读取，信息的传送都在文件服务器的控制下进行。

此外，将应用程序和数据存在文件服务器上，当工作站的使用者需要应用程序和数据时，它们会从文件服务器上获取，然后传送到需要使用的工作站上，而且每一台工作站都具有独立运算处理数据的能力，这是属于集中管理、分散处理的方式。

这种模式的特点是：数据的保密性非常好，可以按照不同的需要给予使用者不同的权限，从而达到资源共享的目的；文件的安全管理较好，可靠性较高；工作站从网络管理中解脱出来，文件服务器和工作站各司其职，分工明确；效率可能降低，因为它将应用程序和数据存放在文件服务器上，当工作站的使用者需要应用程序和数据时，它们会从服务器上获得，然后送到需要的工作站上。这样一来，大量的应用程序在网络上被传送，如果每个使用在同一时间内都要获得应用程序或数据，则很容易造成整个网络的负荷过大而使效率降低；工作站上的资源无法直接共享；安装、维护和管理比对等式网络困难；至少需要一台专用服务器，且服务器的运算功能不能充分发挥。

7.1.3 网络操作系统的基本功能

网络操作系统首先需要具备通用的操作系统的 5 大功能：处理器管理、存储器管理、设备管理、文件管理、作业管理，除此之外还应能提供高效、可靠的网络通信能力和多种网络服务功能，如远程作业录入并进行处理的服务功能，文件传输服务功能，电子邮件服务功能，远程打印服务功能等。具体包括：

（1）网络通信功能：通过网络协议进行高效、可靠的数据传输。

（2）网络资源管理功能：协调各用户使用。

（3）网络服务功能：文件和设备共享，信息发布。

（4）网络管理功能：安全管理、故障管理、性能管理等。

（5）网络互操作功能：在不同的网络操作系统之间进行连接和操作。

总之，要为用户提供访问网络中各资源的服务。

7.2　Windows 操作系统

对于 Windows 类的操作系统相信大家都不会陌生，在局域网中，Windows 类的操作系统有着较为广泛的应用。

7.2.1　Windows 操作系统概述

Windows 系列网络操作系统是由美国 Microsoft 公司开发的，先后推出了多个版本，Microsoft 公司的 Windows 系统不仅在个人操作系统中占有绝对优势，它在网络操作系统中也是具有非常强劲的力量。这类操作系统在整个局域网配置中是最常见的，但由于它对服务器的硬件要求较高，且稳定性能不是很高，所以微软的网络操作系统一般只是用在中低档服务器中，在局域网中，微软的网络操作系统主要有 Windows NT 4.0 Server、Windows 2000 Server、Windows Server 2003、Windows Server 2008 等。

7.2.2　Windows 系列操作系统特点

Windows 系列操作系统的主要特点如下：

（1）体系结构独立，支持运行在多种 CPU 下。

（2）多处理器支持，可支持 16 个以上的 CPU。

（3）支持多线程和多任务。

（4）支持较大内存空间，最大支持 4GB 内存空间。

（5）利用注册表集中化管理用户环境文件。

（6）基于域和工作组的管理功能。

（7）在安全方面具有用户口令、用户权限、文件权限等多级安全模式。

（8）在容错方面具有多个域控制器、服务器备份、磁盘阵列等多级容错模式。

Windows 系列网络操作系统先后推出多个版本，每个版本都有其独有特点和适用范围。

1. Windows NT 4.0

Windows NT 是 Microsoft 公司 1993 年开始推出的 32 位网络操作系统，是一种面向分布式图形应用程序的完整的交叉平台系统，可运行于 Intel X86、Digital、Alpha、Silicon Graphics MIPS 及 Power PC 等主要计算机系统。在整个 Windows 网络操作系统中最为成功的还是 Windows NT 4.0，它几乎成为中、小型企业局域网的标准操作系统，一则是它继承了 Windows 家族统一的界面，使用户学习、使用起来更加容易。再则它的功能也的确比较强大，基本上能满足所有中、小型企业的各项网络需求，而且具有良好的图形化用户界面、安装简便、易于维护，并且由于微软公司恰当的销售策略和宣传攻势，使得它在服务器市场上所占据的份额迅速提升，虽然相比 Windows 2000/2003 Server 系统来说在功能上要逊色许多，但它对服务器的硬件配置要求却要低许多，可在更大程度上满足许多中、小企业的 PC 服务器配置需求。

Windows NT 4.0 系列网络操作系统与其他网络操作系统相比有以下的特点：

（1）基于 32 位结构的操作系统，处理速度较快。

（2）采用了流行的图形用户界面 GUI。

（3）提供较全面的网络管理工具。

（4）通用性好，可以安装在不同的计算机上，这是因为 Windows NT 4.0 除了内核是用汇编语言编写的以外，其他的部分都是用 C 语言编写的，而 C 语言的通用性很好，同时 Windows NT 4.0 用一系列的小模块来构筑某些底层部件，将依赖硬件的代码封装于一个动态链接库中，这样就可以做到与应用程序隔离，应用程序则通过一个编程接口与 Windows NT 相连。

（5）支持 FAT 和 NTFS 两种文件系统，保证了 Windows NT 4.0 与以前的操作系统的兼容性。

（6）具有较高的安全性，能够控制用户对网络的访问。

（7）集成了多种传输协议，因此它可以与其他的网络操作系统共同组网，例如 Windows 系列操作系统、NetWare 系列操作系统、UNIX 操作系统，此外还支持远程访问（RAS）。

2. Windows 2000

Windows 2000 是 Windows NT 4.0 后续版本，它继承了 Windows NT 和 Windows 95/98 的优点，并且增加了许多新的功能，这使得它的实用性、可靠性、安全性和网络功能等方面都得到了加强，适应了信息技术发展和应用的需要。

Windows 2000 系列操作系统包含有四个产品，它们是 Windows 2000 Server、Windows 2000 Advance Server、Windows 2000 Datacenter Server 以及 Windows 2000 Professional，其中 Windows 2000 Professional 是为个人计算机所开发的单机操作系统，而其他三个操作系统都是专为网络环境所开发设计的服务器操作系统。

Windows 2000 Server 是在 Windows NT Server 4.0 的基础上，专门为部门工作组或中小型公司等中小型网络环境所开发的网络操作系统，是 Windows NT Server 4.0 的升级产品。

Windows 2000 Advance Server 称为高级服务器版，是 Windows NT Server 4.0 企业版的升级产品。它除具备 Windows 2000 Server 的所有功能外，还提供了一些专门为大型企业级服务器设计的特性，例如稳定性好、支持对称多处理器（SMP）、支持集群和负载平衡等。

Windows 2000 Datacenter Server 是一个功能最为强大的服务器操作系统，除了具有 Windows 2000 Advanced Server 的所有功能外，还支持 16 路（32 个 CPU）对称多处理器操作、能够管理高达 64GB 的内存空间，为大型的数据仓库、经济分析、科学和工程模拟、联机交易服务等应用进行了专门的优化。

3. Windows Server 2003

Microsoft 公司于 2003 年 4 月和 5 月分别推出了 Windows Server 2003 英文版和中文版。与以往发布的 Windows NT 4.0 和 Windows 2000 不同的是，Windows 2003 只有服务器版本，即 Windows Server 2003，而没有单机版。Windows Server 2003 系列操作系统可以为用户提供不同的解决方案。

Windows Server 2003 Web Edition 即 Windows Server 2003 Web 版，可以为企业提供强大功能的 Web 服务平台。

Windows Server 2003 Standard Edition 即 Windows Server 2003 标准版，是 Windows 2000 Server 的升级产品，适用于不同规模企业的日常业务需要，提供文件和打印机共享、安全的 Internet 连接、集中式桌面应用程序部署等解决方案，支持双向对称多处理以及高达 4GB 的内存。

Windows Server 2003 Enterprise Edition 即 Windows Server 2003 企业版，是 Windows 2000 Advanced Server 企业版的升级产品，适用于中到大型企业，实现企业基础设施、行业应用程序和电子商务交易的建立。可用于 64 位的计算平台，可支持多达 8 个处理器。

Windows Server 2003 Datacenter Edition 即 Windows Server 2003 数据中心版本，是 Windows 2000 Datacenter Server 的升级产品，可提供关键业务的解决方案，这些解决方案可满足要求可缩放性强的数据库及处理大量事务的需要。支持多达 32 路对称多处理（SMP）并提供 8 个节点的群集和负载平衡服务作为标准功能，还可用于 64 位的计算平台。

4. Windows Server 2008

Windows Server 2008 是微软最新开发的一个服务器操作系统。Windows Server 2008 是一套相当于 Windows Vista 的服务器系统，两者有很多相同功能。

使用 Windows Server 2008，管理员对服务器和网络基础结构的控制能力更强。Windows Server 2008 通过加强操作系统和保护网络环境提高了安全性。通过加快 IT 系统的部署与维护、使服务器和应用程序的合并与虚拟化更加简单，Windows Server 2008 为任何组织的服务器和网络基础结构奠定了最好的基础。

2008 年 3 月 13 日微软在北京发布三款核心应用平台产品：Windows Server 2008、Visual Studio 2008、SQL Server 2008。它们为创建和运行高要求的应用程序提供了一个安全可靠的平台。同时，也为下一代 Web 应用提供了坚实的基础、广泛的虚拟化技术支持以及相关信息的访问能力。进一步改善的安全技术、开发人员对最新平台的支持、改进的管理工具和 Web 工具、灵活的虚拟化解决方案以及相关信息的访问能力，使得广泛的技术解决方案成为可能。

另外：Windows Server 2008 在文件系统发生错误的时候，可以在无需关闭服务器的状态下自动将其修复，服务器只会暂时无法访问部分数据，整体运行基本不受影响。

Windows Server 2008 加入了新的 Session 模型，可以同时发起至少 4 个，而如果服务器有四个以上的处理器，还可以同时发起更多。当很多人同时等待开始工作时，就不必等待 Session 初始化。

Windows Server 2008 的 20s 的倒计时被一种新服务取代，可以在应用程序需要被关闭的时候随时、一直发出信号，随时关机。

Windows Server 2008 使用 SMB2 来管理体积越来越大的媒体文件。SMB2 媒体服务器的速度可以达到 Windows Server 2003 的 4～5 倍，相当于提高了 400%的效率。

Windows Server 2008 随机地址空间分布（ASLR），使每一个系统服务的地址空间都是随机的，因此恶意软件就无法找到它们并在磁盘上写入文件。

在 Windows Server 2008 中微软将错误规范化，所有的硬件相关错误都使用同样的界面汇报给系统，这样第三方软件就能轻松进行管理并消除错误，管理工具的发展也会更容易。

Windows Server 2008 图形驱动、DirectX、ADO、OLE 等都将成为安装时的可选项，其定位非常清楚：安全稳定的小型专用服务器。

7.3 NetWare 操 作 系 统

NetWare 系列网络操作系统是 Novell 公司开发的用于管理网络的操作系统，曾经是 PC 机领域内最流行的网络操作系统。在现代虽然应用已经远不及 Windows 系列的操作系统广泛，但是由于 NetWare 操作系统对网络硬件的要求较低，还是而受到一些设备比较落后的中、小型企业，特别是学校的青睐。

7.3.1　NetWare 概述

在 20 世纪 80 年代初，Novell 公司充分借鉴了 UNIX 操作系统的优点，吸收了 UNIX 的多用户、多任务的功能推出了 NetWare 网络操作系统。目前常用的版本有 3.11、3.12 和 4.10、4.11、5.0 等中英文版本，NetWare 服务器对无盘站和游戏的支持较好，常用于教学网和游戏厅。

NetWare 网络操作系统曾经得到了广泛的应用，目前仍有不少网络在使用 NetWare 网络操作系统。有的 Novell 网络甚至连接了上千个用户；后来 Novell 公司又开发了 Personal NetWare 操作系统，它将桌面和服务器集成在一起，适用于小规模网络；此外，Novell 公司还针对UNIX推出过UnixWare操作系统，提供了与NetWare服务器无缝连接的标准桌面UNIX版本。

7.3.2　NetWare 的特点

NetWare 能提供多任务服务，从而网络中各用户的访问请求可以得到及时有效地响应；NetWare 网络操作系统采用了文件服务器、系统容错技术、开放系统体系结构等新的概念和设计思想；NetWare 兼容 DOS 命令，其应用环境与 DOS 相似，经过长时间的发展，具有相当丰富的应用软件支持，技术完善、可靠。

Novell NetWare 是基于客户机/服务器模式的网络操作系统。在 PC 机网络系统中，每一个用户有一台 PC 功能的操作平台作为客户机，用一些高性能的 PC 机作服务器，它提供文件服务、数据库服务和接收客户机的信息。NetWare 网络操作系统大部分安装于服务器上，这部分称作为主网络操作系统，负责管理网络；客户机上也需要安装相应的软件，通常称作 NetWare Shell，负责控制客户机对网络的访问。NetWare 网络操作系统只适用于基于服务器的网络。在采用 NetWare 网络操作系统的网络中至少要有一台服务器，通常是文件服务器，服务器与客户机之间是主从式关系，服务器一旦运行 NetWare 网络操作系统后，这台服务就只能作为网络服务器而不可以同时作为单机进行操作。Novell 网络中的服务器主要对网络中的文件、数据和外围设备等资源进行统一管理并提供共享服务。Novell 网络以其可以提供良好的文件和打印服务而闻名。

NetWare 网络操作系统一个最大的缺点就是最初的版本没有采用 TCP/IP 协议，而是自己制定了一个 IPX/SPX 协议（Internet Packet Exchange/Sequenced Packet Exchange，IPX/SPX）。虽然 IPX/SPX 协议实现的功能较多，有较强的适应性，而且可以路由，但是这个协议仍然没有得到大多数设备制造商的支持，并且与 Internet 有所脱节，不能与 Internet 互联，未能赶上 Internet 的流行脚步，直到 20 世纪 90 年代才有集成 TCP/IP 的 NetWare 网络操作系统

7.4　UNIX 操 作 系 统

UNIX 操作系统是当今最为流行的也是历史最悠久的网络操作系统。其功能强大、技术成熟，经历了数十年的发展，仍然在操作系统领域中占据重要的地位。UNIX 操作系统是典型的 32/64 位多用户、多任务网络操作系统，主要用于大型机、小型机和工作站。

7.4.1　UNIX 概述

UNIX 网络操作系统出现于 20 世纪 60 年代，最初是为第一代网络所开发的，是标准

的多用户终端系统。目前常用的 UNIX 系统版本主要有 UNIX SUR4.0、HP-UX 11.0、SUN 的 Solaris8.0 等。它支持网络文件系统服务，提供数据等应用，功能强大，稳定性和安全性非常好，但由于它多数是以命令方式来进行操作的，不容易掌握，因此，小型局域网基本不使用 UNIX 作为网络操作系统，UNIX 一般用于大型的网站或大型的企、事业局域网中。

在采用 UNIX 网络操作系统的网络中，所有应用软件、文件和数据都集中保存在一个地方，其他用户终端通过网络来访问这些资源。UNIX 网络操作系统所实现的功能位于 OSI 参考模型中的传输层以上层次，它的基本功能有：实现点对点的邮件传输、文件管理、用户程序的分配及执行。UNIX 操作系统是典型的 32 位多用户多任务的网络操作系统，它一般主要应用于小型机和大型机上，从事于工程设计、科学计算以及 CAD 等工作。

现今的 UNIX 系统虽然版本众多，但都支持相应的国际标准（TCP/IP 协议）。近年来，作为自由软件的操作系统 Linux 异军突起，尤其受到广大科研、教育工作者的青睐。

7.4.2 UNIX 的特点

UNIX 网络操作系统的一个最突出的特点就是安全可靠。UNIX 网络操作系统本身就是为多任务和多用户工作环境而开发的，它在用户访问权限和计算机及网络管理方面有着严格的规定，使得 UNIX 有很高的安全性。当然这种优势只是相对的，随着技术的发展，也出现了攻击 UNIX 网络操作系统的病毒，而且网络黑客也可以攻击采用 UNIX 操作系统的网站，可见如何保证网络的安全是网络管理员所必须面对的最具挑战性的工作。

UNIX 网络操作系统的另一个突出特点就是能够很方便地与 Internet 相连。这是因为 UNIX 网络操作系统本身就是为管理网络而开发的，现在 TCP/IP 协议已成了 UNIX 网络操作系统的基本组成部分，这样 UNIX 网络操作系统就可以与其他采用 TCP/IP 协议的网络操作系统相互通信，共同应用于同一个网络。

UNIX 网络操作系统的第三个特点就是具有很大的灵活性，因为 UNIX 内部只有很小的内核是用汇编语言编写的，这样它的功能就可以很容易地增强和扩展，所以不同的公司都为自己的计算机设计了不同的 UNIX 操作系统，目前市场上流行的主要是 HP、SUN、IBM 等公司的 UNIX 网络操作系统，但这些公司的 UNIX 网络操作系统都是基于各自公司的计算机而设计的，而不同公司的计算机的汇编语言是不同的，因此不同的公司的 UNIX 网络操作系统的内核互不兼容，不可互换。这样某个公司的 UNIX 网络操作系统不可用于其他公司的计算机上，这种互不兼容的局面成了 UNIX 网络操作系统推广应用中的最大障碍。

另外 UNIX 操作系统是一种基于字符用户界面和图形用户界面 GUI 的网络操作系统，它还有以下一些主要特点：

（1）抢先式多任务，多线程，支持动态链接，支持对称式多处理功能。

（2）采用虚拟段页式存储，并有存储保护功能。

（3）文件系统采用多级目录，文件卷可以在子目录下动态装卸。

（4）设备以文件的形式存在，可以进行读写参数控制。设备驱动程序修改后需要重新编译连接生成内核。

（5）支持多种硬件平台。

（6）主要代码用 C 语言写成，所以可移植性很强。

（7）变种很多，很难标准化。

7.5　Linux 操 作 系 统

　　Linux 是目前广泛在微机上运行的类 UNIX 系统，具有稳定性高及开放源代码的优点。比较著名的 Linux 操作系统包括 Turbo Linux 和 RedHat Linux 等。

7.5.1　Linux 概述

　　1991 年，芬兰赫尔辛基大学的学生 Linus Torvalds 利用 Internet 发布了他在 80386 个人计算机上开发的 Linux 操作系统内核的源代码，开创了 Linux 操作系统的历史，也促使了自由软件 Linux 的诞生。随后经过各地 Linux 爱好者的补充和修改，到 1994 年 Linux 1.0 发布之时，这一操作系统已经具备了抢先多任务和对称多处理的功能。经过 Linux 编程人员（有许多是原来从事 UNIX 开发的）的不断努力，如今 Linux 家族已经有近 200 个不同的版本。

7.5.2　Linux 的特点

　　Linux 是 UNIX 的变种，不仅可用于 Intel 系列 PC 机，还支持如 Alpha、SPARC 等，完全可以胜任部门/工作组级服务器操作系统的工作。

　　这是一种新型的网络操作系统，它的最大的特点就是源代码开放，可以免费得到许多应用程序。目前也有中文版本的 Linux，在国内得到了用户的充分肯定，主要体现在它的安全性和稳定性方面，它与 UNIX 有许多类似之处。但这类操作系统目前仍主要应用于中、高档服务器中。

　　Linux 具有以下的特点：

　　（1）源代码开放；

　　（2）可以运行在多种硬件平台上；

　　（3）支持大量的外部设备；

　　（4）支持 TCP/IP、SLIP 和 PPP 协议；

　　（5）支持的文件系统多达几十种；

　　（6）尽管 Linux 的发展势头很好，但 Linux 存在的版本繁多，且不同版本之间存在大量的不兼容现象等缺点也影响了它的大范围应用。

7.6　Windows Server 2003 操作系统及其应用

　　Windows Server 2003 是目前微软推出的使用最广泛的服务器操作系统。于 2003 年 3 月 28 日发布，并在同年 4 月底上市。Windows Server 2003 从其提供的各种内置服务以及重新设计的内核程序来说已经与 2000/XP 有了本质的区别。这次升级 Microsoft 还添加了一个新的 Windows Server 2003 Web Edition 版，这个版本专门针对 Web 服务进行优化，并与.NET 技术紧密结合，提供了快速的开发，部署 Web 服务和应用程序的平台。

7.6.1　Windows Server 2003 的基本概念

　　1.　Windows Server 2003 的特点

　　Windows Server 2003 操作系统利用 Windows 2000 Server 技术中的精华，并且使其更加易于部署、管理和使用。其结果是：实现了一个非常高效的基础架构，使网络成为企业的战略资产。Windows Server 2003 包括客户需要的、Windows Server 操作系统的全部功能，如安全性、可靠性、可用性和可伸缩性，从而实现多快好省。此外，Microsoft 已经改善和扩展了 Windows Server 操作系统，从而涵盖了 Microsoft .NET 的优点，用以连接信息、人、系统和设备的。

Windows Server 2003 是一个多任务操作系统，它能够按照您的需要，以集中或分布的方式处理各种服务器角色。其中的一些服务器角色包括：

（1）文件和打印服务器；

（2）Web 服务器和 Web 应用程序服务器；

（3）邮件服务器；

（4）终端服务器；

（5）远程访问/虚拟专用网（VPN）服务器；

（6）目录服务器、域名系统（DNS）、动态主机配置协议（DHCP）服务器和 Windows Internet 命名服务（WINS）；

（7）流媒体服务器。

Windows Server 2003 为活动目录带来了很多改善措施，使其使用起来更通用、更可靠，也更经济。在 Windows Server 2003 中，活动目录提供了增强的性能和可伸缩性。它允许您更加灵活地设计、部署和管理组织的目录。

2．Windows Server 2003 的版本

Windows Server 2003 有多种版本，每种都适合不同的商业需求，分别是：Windows Server 2003 Web Edition（Web 版），Windows Server 2003 Standard Edition（标准版），Windows Server 2003 Enterprise Edition（企业版），Windows Server 2003 Datacenter Edition（数据中心版）。

（1）Windows Server 2003 Web Edition。用于构建和存放 Web 应用程序、网页和 XML Web Services。它主要使用 IIS 6.0 Web 服务器并提供快速开发和部署使用 ASP.NET 技术的 XML Web services 和应用程序。支持双处理器，最低支持 256MB 的内存，它最高支持 2GB 的内存。

（2）Windows Server 2003 Standard Edition。销售目标是中小型企业，支持文件和打印机共享，提供安全的 Internet 连接，允许集中的应用程序部署。支持 4 个处理器；最低支持 256MB 的内存，最高支持 4GB 的内存。

（3）Windows Server 2003 Enterprise Edition。Windows Server 2003 企业版与 Windows Server 2003 标准版的主要区别在于：Windows Server 2003 企业版支持高性能服务器，并且可以群集服务器，以便处理更大的负荷。通过这些功能实现了可靠性，有助于确保系统即使在出现问题时仍可用。在一个系统或分区中最多支持八个处理器，八节点群集，最高支持 32GB 的内存。

（4）Windows Server 2003 Datacenter Edition。针对要求最高级别的可伸缩性、可用性和可靠性的大型企业或国家机构等而设计的。它是最强大的服务器操作系统，分为 32 位版与 64 位版。32 位版支持 32 个处理器，支持 8 点集群，最低要求 128M 内存，最高支持 512GB 的内存；64 位版支持 Itanium 和 Itanium2 两种处理器，支持 64 个处理器与支持 8 点集群，最低支持 1GB 的内存，最高支持 512GB 的内存。

7.6.2 Windows Server 2003 的安装与客户端配置

1．Windows Server 2003 的最低配置

由于 Windows Server 2003 是一个系列产品，运行在不同的工作环境中，其硬件配置所需

要求也不尽相同，具体如表 7-1 所示。

表 7-1　　　　　　　　　　　　　**Windows Server 2003 的最低配置**

产　　　品	最低 CPU 速度	多处理器支持	安装所需磁盘空间	内　存
Standard Edition	133MHz	多达 4 个	1.5GB	256MB
Enterprise Edition	x86 计算机 133MHz Itanium 计算机 733MHz	高达 8 个	Itanium 计算机 2.0GB	256MB
Small Business Server	300MHz	多达 2 个	4.0GB	256MB
Datacenter Edition	x86 计算机 400MHz Itanium 计算机 733MHz	最高 64 个	x86 计算机 1.5GB Itanium 计算机 2.0GB	1GB
Web Edition	133 MHz	多达 2 个	1.5 GB	256MB

2. Windows Server 2003 的安装

Windows Server 2003 共有以下四种安装方式：

（1）光盘安装。光盘安装是 Windows Server 2003 最基本的安装方式，它要求每台客户机都具有光盘驱动器。安装过程要在客户机上独立进行，它的优点是安装简单，缺点是不适合大批量安装。通过光盘安装，可以先将安装盘放入光驱，然后由光盘引导系统启动安装，也可以在 Windows 不高于 Windows Server 2003 版本的操作系统下，运行光盘中的 Windows Server 2003 程序进行安装。

（2）网络安装。网络安装是使用文件服务器将安装源程序发布在客户机可以访问的网络中，客户机通过网络获得安装的源程序。它的优点是在网络的任意一个终端只在拥有访问源程序的权限都可以进行，缺点是需要服务器端设置相应的文件共享，安装速度受到网络状态的影响，使用网络安装方式，会在目标机主分区中创建临时文件夹，并把安装源程序拷贝至该目录后再进行解包安装。

（3）磁盘复制安装。磁盘复制安装需借助第三方软件来实现，如 Ghost 等，它适用于在大规模且具有相同配置的客户机群上进行，是最快最有效的安装方式，同样也可以通过网络来进行，对安装的前期准备要求较高，具体步骤如下：

1）在样本机上安装并设置 Windows Server 2003；

2）在样本机上安装和设置需要使用的应用程序；

3）使用 sysprep.exe 进行预安装的设置，删除 Windows 2000 中注册的用户信息；

4）重启样本机，使用第三方磁盘复制软件将样本机的主分区复制成磁盘镜像文件；

5）将磁盘镜像文件保存到网络上共享的文件夹中或其他可移动的存储介质中；

6）将镜像文件拷贝至目标机中并展开，完成安装过程。

（4）远程安装。远程安装也是 Windows Server 2003 提供是主要网络服务之一，它可以在不拷贝源程序至本地的情况下直接通过网络进行 Windows Server 2003 的安装，解包过程在服务器端进行，需要有较高要求的前期准备。在进行远程安装的网络中，需要同时有 DNS 服务器、DHCP 服务器、域控制器以及 RIS 服务器提供有效服务，客户端要求有一块 PXE 兼容网卡或普通网卡附带远程安装网络启动盘。

3. Windows Server 2003 的安装步骤

本例采用最常用的光盘安装方式进行全新安装，以下为具体操作步骤：

（1）将 Windows Server 2003 安装光盘放入 CD-ROM 中，启动计算机，光盘自动运行，进入"欢迎使用安装程序界面"，按［Enter］键开始进行安装，如图 7-1 所示。

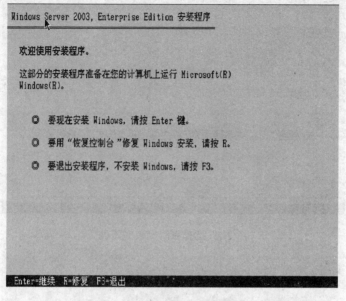

图 7-1 "欢迎使用安装程序"界面

（2）进入"Windows Server 2003 许可协议"界面，认真阅读许可协议后，按［F8］键同意许可协议，如图 7-2 所示。

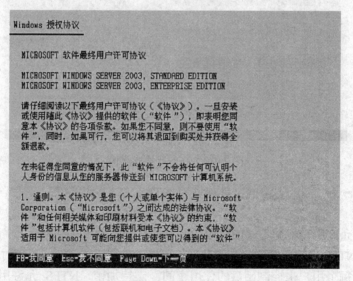

图 7-2 "Windows Server 2003 许可协议"界面

（3）进入选择系统安装的磁盘界面，如选择系统安装在 C 盘，按［Enter］键继续安装，如图 7-3 所示。

（4）进入选择分区格式界面，使用方向键［↑］和［↓］可选择分区格式，这里选择"用 NTFS 文件系统格式化磁盘分区"，按［Enter］键继续，如图 7-4 所示。

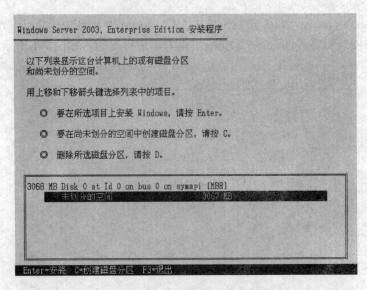

图 7-3　选择系统安装的磁盘

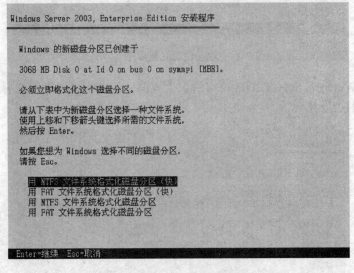

图 7-4　选择分区格式界面

Windows Server 2003 支持的文件格式有 NTFS、FAT 和 FAT32 三种，建议采用 NTFS 格式。

NTFS 格式允许用户根据不同的权限控制对文件和文件夹的访问，提高了系统安全性；支持硬盘压缩，NTFS 通过压缩文件使得分区上可以存储更多的数据；可以对硬盘配额，NTFS 允许管理员基于每个用户来控制硬盘的使用空间；支持加密，NTFS 允许用户加密位于物理硬盘上的文件数据。

FAT 是 Windows 早期的一种文件分配表系统，FAT32 是它的增强版本。FAT 和 FAT32 允许被其他操作系统访问，可以和其他操作系统兼容，例如 Windows 95/Windows 98 等，如果需要设置 Windows Server 2003 和其他操作系统的双引导，则应该采用 FAT 或 FAT32 对系统主分区进行格式化。如果硬盘安装分区小于 2GB 那么安装程序就对分区采用 FAT 进行格式化。

如果硬盘安装大于 2GB，那么安装程序就对分区采用 FAT32 进行格式化。FAT 和 FAT32 都不支持 NTFS 所提供的安全特性。

（5）进入正在格式化界面，同时显示正在进行格式化的进度，如图 7-5 所示。

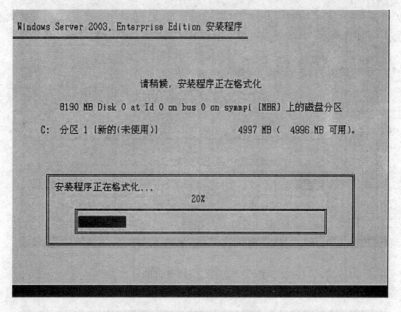

图 7-5　正在格式化界面

（6）进入复制文件界面，同时显示复制文件的进度，如图 7-6 所示。

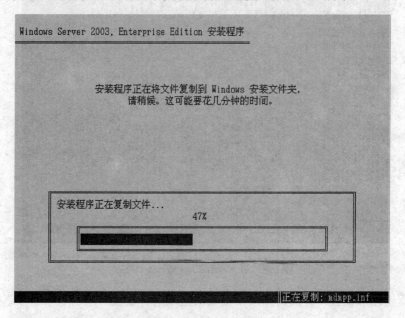

图 7-6　复制文件界面

（7）复制文件进度完成后，系统将在 15 秒以后自动重新启动，如图 7-7 所示。
（8）重新启动后进入 Windows Server 2003，如图 7-8 所示。

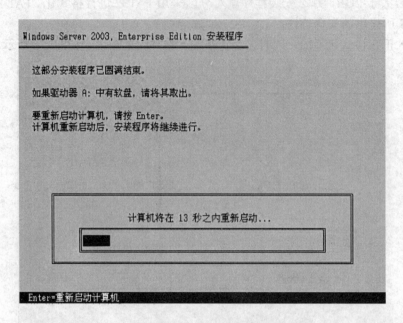

图 7-7 重启倒计时页面

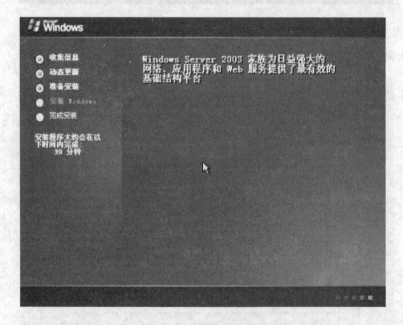

图 7-8 进入 Windows Server 2003

（9）进入"区域设置"界面，如果不需要对区域进行设置，单击"下一步"按钮，如图7-9 所示。

（10）进入"自定义软件"界面，在"输入您的姓名以及公司或单位的名称"区域的相应文本框中，分别输入自己的姓名和单位名称，输入完成后单击"下一步"按钮，如图 7-10 所示。

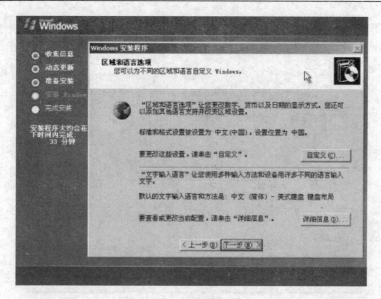

图 7-9 "区域设置"界面

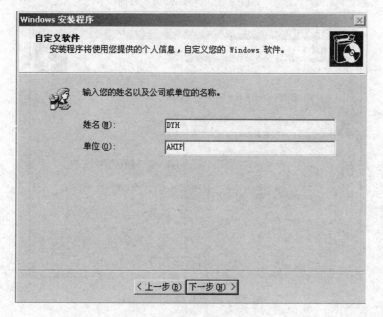

图 7-10 "自定义硬件"界面

（11）进入"您的产品密钥"界面，在"产品密钥"文本框中输入相应的内容，输入完成后，单击"下 步"按钮，如图 7-11 所示。

（12）进入"授权模式"界面，在此对话框中主要提供了两种授权模式，分别为"每服务器"和"每客户"，在这里选中"每服务器"单选项，将"同时连接数"中的数值保持为默认值，单击"下一步"按钮，如图 7-12 所示。

Windows 支持两种模式，"每服务器模式"与"每客户模式"。一般选"每服务器模式"，使用较方便，同时要输入可同时连接的客户的个数。客户访问许可协议（CAL），给予计算机连接到运行有 Windows Server 2003 的计算机的权利，从而使得客户有共享服务器资源的权利。

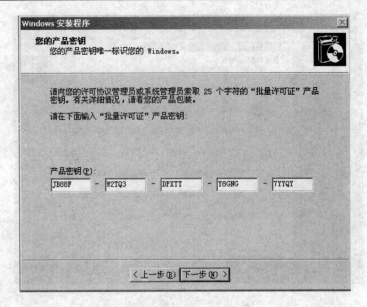

图 7-11　"您的产品密钥"界面

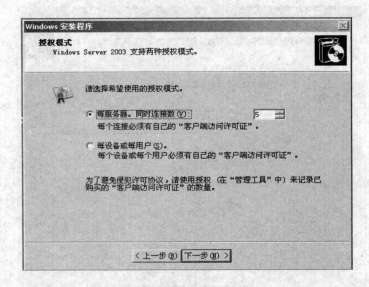

图 7-12　"授权模式"界面

每客户许可需要每一台用来访问 Windows Server 2003 的客户计算机有一个单独的 CAL。一台客户计算机如果有一个 CAL 之后，它就可以访问企业网络中任何一台运行的 Windows Server 2003 的计算机了。对于大型的网络，如果服务器不止一台，一般采用每客户许可模式。对于每服务器许可模式，CALS 是分配给了某台特定的服务器的，每一个 CAL 允许一台客户计算机跟这台服务器建立连接。在任何时刻，同时连接到服务器的最大连接数不能超过 CALS 的个数。对小型企业网络，如果只有一台计算机运行 Windows Server 2003 那么最适合采用每服务器许可模式。

（13）进入"计算机名和系统管理员密码"界面，在"计算机名"文本框中输入电脑的名称，系统管理员密码，完成后单击"下一步"按钮，如图 7-13 所示。

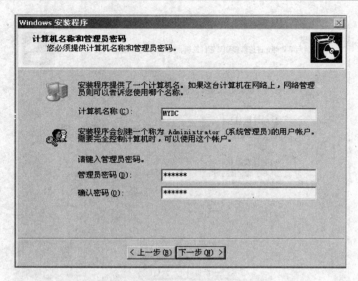

图 7-13　"计算机名和系统管理员密码"界面

计算机的名称要求在域或者工作组中的惟一的，为系统管理员选定一个密码，为了安全，密码最好是 8 位以上的，并且含有特殊字符，如%、#、@等，增加复杂度。

（14）进入"日期和时间"界面，设置当前的日期和时间，并设定时区为北京，单击"下一步"按钮，如图 7-14 所示。

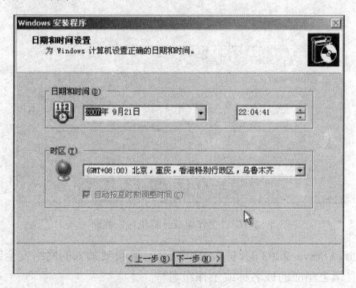

图 7-14　"日期和时间"界面

（15）进入"网络设置"界面，选中"典型设置"单选项，单击"下一步"按钮，如图 7-15 所示。

（16）进入"计算机组或计算机域"界面，选中"不，此计算机不在网络上，或者在没有域的网络上"单选项，在"工作组或计算机域"文本框中输入工作组的名称，如"Workgroup"，单击"下一步"按钮，如图 7-16 所示。

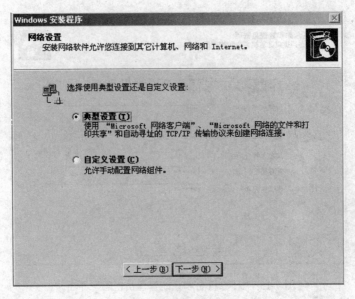

图 7-15　"网络设置"界面

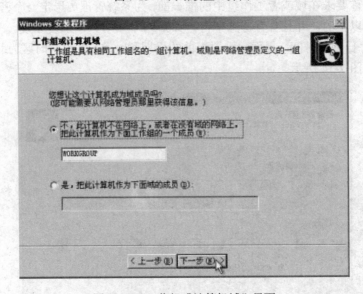

图 7-16　"工作组或计算机域"界面

　　当安装 Windows Server 2003 的时候，必须选择计算机要加入的网络安全组的类型是域或者是工作组，并且填上相应的域名称或工作组名称。

　　如果想把计算机加入到一个域中，成为一个成员服务器，用户必须知道域名称、一个计算机帐户、一台可以得到的域控制器、一台 DNS 服务器。

　　如果欲安装一台单机服务器，并且加入到一个工作组中，用户必须为计算机分配一个工作组名称。这个工作组名称可以是现成的，也可以是新创建的。

　　选择工作组模式，在安装完毕后也可把这台计算机升级为域控制器。

　　（17）在安装完成 Windows Server 2003 操作系统后，系统将自动重新启动，电脑重新启动后，将进入正在启动界面，同时显示启动的进度，如图 7-17 所示。

图 7-17 正在启动界面

（18）当启动进度条显示完成后，弹出"Windows 正在启动"提示界面，如图 7-18 所示。

图 7-18 "Windows 正在启动"对话框

（19）弹出"欢迎使用 Windows"对话框，此时请按下键盘［Ctrl］+［Alt］+［Delete］组合键准备登录到 Windows Server 2003 操作系统，如图 7-19 所示。

图 7-19 "欢迎使用 Windows"对话框

（20）弹出"登录到 Windows"对话框，在此对话框中，分别输入系统登录的"用户名"和"密码"，默认管理员用户名为 Administrator，单击"确定"按钮，如图 7-20 所示。

图 7-20　"登录到 Windows"对话框

（21）进入 Windows Server 2003 操作系统主界面，在此界面即可进行相应的操作了，如图 7-21 所示。

图 7-21　Windows Server 2003 操作系统界面

7.6.3　Windows Server 2003 活动目录

1. 活动目录概述

Windows Server 2003 在 Windows NT Server 4.0 的基础上，进一步发展了活动目录（Active Directory）。活动目录是从一个 Exchange Server 的数据存储开始的，其特点是不需要事先定义数据库的参数，可以做到动态地增长，性能非常优良。这个数据存储之上已建立起索引，可以方便快速地搜索和定位。活动目录的分区是"域（Domain）"，一个域可以存储上百万的对象。域之间还有层次关系，可以建立域树和域森林，无限地扩展。在数据存储之上，建立了一个对象模型，以构成活动目录。这一对象模型对 LDAP 有纯粹的支持，还可以管理和修改 Schema。Schema 包括了在活动目录中的计算机、用户和打印机等所有对象的定义，其本身也是活动目录的内容之一，在整个域森林中是惟一的。通过修改 Schema 的工具，用户或开发人员可以自己定义特殊的类和属性，来创建所需要的对象和对象属性。此外，活动目录集成域名系统（DNS），包含有高级程序设计接口。开发人员可使用标准的接口方便地访问和修改活动目录中的信息。

活动目录包括两方面：目录和目录服务。目录是存储各种对象的一个物理上的容器，其基本对象是用户、计算机、文件以及打印机等资源。而目录服务是使目录中所有的信息和资源发挥作用的服务，如用户和资源管理、基于目录的网络服务、基于网络的应用管理，即目录服务是把目录中存储的信息提供给管理员、用户、网络服务或应用程序。活动目录是一个分布式的目录服务。信息可以分散在多台不同的计算机上，以保证快速访问和容错。理想情况下，目录服务使网络的物理拓扑结构和协议对用户来说是透明的，用户可以进入任何资源而无论用户从何处访问或信息处在何处。微软活动目录还广泛地采用了 Internet 标准，集成了关键服务［如域名服务（DNS）、消息队列服务（MSMQ）、事务服务（MTS）等］和关键应用（如电子邮件、网管、ERP 等），同时还集成了关键的数据访问（如 ADSI）等。

活动目录充分体现了微软产品集成性、深入性和易用性等优点。活动目录是一个完全可扩展，可伸缩的目录服务，既能满足商业 ISP 的需要，又能满足企业内部网和外联网的需要。

2. 活动目录的功能

活动目录的功能主要体现在存储功能、体系结构和内部交流 3 个方面。

（1）存储功能。网络上的对象包括共享资源（例如服务器、打印机、网络用户等）、域、服务、安全方针等网络中的一切事物。如果一个网络目录存储了一个用户帐号，就相应的存储了用户的帐号、口令、电子邮件地址等信息。作为 Windows Server 2003 服务器的目录服务，活动目录分层存储网络对象的信息，并且对网络管理员、用户和应用程序而言可以对其进行访问。

（2）体系结构。当使用活动目录时，网络和网络中的对象通过域、树、森林、信任关系、组织单元（OU）和站点的结构来进行组织，实现统一管理。

（3）内部交流。因为活动目录是基于标准的目录访问协议，因此它专门对其他目录实施共同操作和管理，并且可以被遵守协议的第 3 方应用程序访问。活动目录提供一个应用程序编程接口（API）以支持与其他目录的交流。活动目录所支持的标准协议如表 7-2 所示。

表 7-2　　　　　　　　　　　　活动目录所支持的标准协议

协　　议	用　　途	协　　议	用　　途
动态主机配置协议 DHCP	网络地址管理	数据交换格式 LDIF	目录同步
动态更新协议 DNS	机器名字管理	Kerberos	身份鉴定
简单网络时间协议 SNTP	分布式网络时间管理	X.509	身份鉴定
轻量级目录访问协议 LDAP	目录访问	TCP/IP	网络传输

3. 活动目录的优点

Windows Server 2003 操作系统中的活动目录可以提供以下的优点：

（1）与 DNS 集成。活动目录使用域名系统 DNS（Domain Name System）。DNS 是一种

Internet 标准服务，它可以进行用户主机名和 IP 地址之间的转换，实现名字解析功能。使得运行在 TCP/IP 网络上的计算机可以识别并连接另一台计算机。

（2）灵活的查询。用户和管理员可以使用"开始"菜单上的"查询"命令、桌面上的"我的网络"图标或者"活动目录用户和计算机连接"插件来根据对象的属性快速的查找网络上的对象。查找信息的功能用全局目录进行了优化。

（3）可扩展性。活动目录是可扩展的，就是说管理员可以向模式中添加新的对象类，也可以向已经存在的对象类添加新的属性。模式包括每一个对象类和对象类属性的定义，它们可以存储在目录中。

（4）基于策略的管理。组策略是在初始化时对计算机或者用户进行的配置。所有的小组策略设置都包含在组策略对象 GPO（Group Policy Object）中，它可以应用在活动目录站点、域或组织单元中。GPO 设置对目录对象和域资源的访问、哪些资源域是用户可以访问的以及这些资源域应该如何使用。

（5）可伸缩性。活动目录包括一个或多个域，其中每一个活动目录都有一个或多个域控制器，这些控制器可以对目录进行改变来满足任何网络的需求。多个域可以结合成为一个域树，而多个域树又可以结合成为一个森林。最简单的结构就是只有一个域、一个树和一个森林的活动目录。

（6）信息复制。活动目录使用多主复制，这将使可以在任何域控制器中更新目录。在一个域中配置多个域控制器可以提供容错功能和平衡网络负荷的功能。如果域中一个域控制器变慢、停止或出现故障，那么此时由于相同域中的其他域控制器包含与它相同的数据，它们就可以提供必要的目录访问。

（7）信息安全。用户授权和访问控制的管理与活动目录完全的集成，它们是 Windows Server 2003 操作系统的重要安全特性。活动目录集中管理用户授权。访问控制不仅可以作用于目录中的每一个对象，还可以作用于每一个对象的任何属性上。此外，活动目录提供应用程序的安全存储和安全策略范围。

（8）互操作性。因为活动目录是基于标准的目录访问协议，因此它可以和其他使用这些协议的目录服务进行互操作，使得开发者可以对这些协议进行访问。

4. 活动目录的层次结构

活动目录中的层次结构可以从物理结构与逻辑结构两方面来说明。逻辑结构侧重于网络资源的管理，而物理结构偏重于网络的配置和性能的优化。

（1）活动目录的逻辑结构。Windows Server 2003 活动目录的逻辑结构由组织单元（OU）、域（Domain）、域树（Tree）、森林（Forest）构成。

域是活动目录逻辑结构的核心单元，是具有相同的安全需求、复制过程和管理的对象（如计算机、用户等）的容器。在域中，所有的域控制器都是平等的。活动目录以多主复制模型在域控制器间实现目录复制。

一个域可以与其他的域连接，彼此构成父域和子域，这些父域和子域的集合就构成了域树。域树实现了连续的域名空间，域树上的域共享相同的 DNS 域名后缀以及相同的配置、模式对象和全局目录（Global Catalog）。

森林是域树的集合。森林中的域树不共享连续的命名空间，每一域树拥有自己惟一的命名空间。森林中的树共享共同的配置、模板和全局目录。森林中第一棵被创建的域树用来代表给定的森林，作为该森林的根树（Root Tree）。

组织单元（OU）是组织和管理域中对象的容器，它包含用户帐号、用户组、计算机、打印机和其他 OU 等对象。组织单元具有清晰的层次结构，这种包容结构可以使管理者把 OU 切入到域中，以反映出基于部门或地理界限的组织结构，并施以任务或授权。通过组织单元，用户可以利用一个服务功能轻易地找到某个对象而不管它在域树结构中的位置。

（2）活动目录的物理结构。活动目录的物理结构主要着眼于对目录信息的复制和网络的性能优化。物理结构的两个重要概念是站点和域控制器。

站点是由高速网络设备连接起来的一个或多个 IP 子网的组合。站点结构往往由企业内部结点的地理位置的分布情况决定，根据站点的结构配置活动目录的访问和复制拓扑关系，能够使网络的登陆流量最为高效，使复制策略更为合理。

活动目录中的站点与域是两个完全不同的概念，一个站点中可以有多个域，多个站点也可以位于同一域中。

域控制器是指运行 Windows Server 2003 版本，并存储活动目录信息拷贝的服务器。域控制器管理目录信息的变化，并把这些变化复制到同一个域中的其他域控制器上。域控制器存储目录数据并管理用户的登录过程、身份认证和目录信息查找等其他与域有关的操作。

一个域可以有多个域控制器。规模较小的域可以只需要两个域控制器，分别作为实际使用和容错性检查。规模较大的域可以使用多个域控制器。

Windows Server 2003 的域控制器没有主次之分，活动目录采用了多主机复制方案，每一个域控制器都有一个可写拷贝。

5. 活动目录的安装

安装活动目录不同于安装一般系统组件那么简单，因此在 Windows Server 2003 活动目录的安装前要做进行一系列的规划和准备工作。

首先必须保证网络中已经有一台计算机安装了 Windows Server 2003（或者 Advanced Server），且至少有一个 NTFS 分区，并配置好 DNS 协议，该 DNS 服务要求支持 SRV 记录和动态更新协议。

其次对系统域结构做出整体规划，必须做到结构清晰，层次分明。在这里选择根域（就是一个系统的基本域）是关键，根域名字的选择可以有多种方案，这里不在赘述。

进行域和帐户命名策划，采用统一的命名方案。活动目录域名通常是该域的完整 DNS 名称。每个用户帐户都有一个用户登录名、一个 Windows 2000 以前版本的用户登录名（安全帐户管理器的帐户名）和一个用户主要名称后缀。在创建用户帐户时，管理员输入其登录名并选择用户主要名称。活动目录命名策略是企业规划网络系统的第一个步骤，命名策略直接影响到网络的基本结构，甚至影响网络的性能和可扩展性。所谓用户主要名称是指由用户帐户名称和表示用户账户所在域的域名组成。标准格式为"user@domain.com"。

规划出良好的域间信任关系。在域树中父子域之间自动建立信任关系，每个域树的根域之间自动建立信任关系。如果这些信任关系是可传递的，则可以在域树或域林中的任何域之间进行用户和计算机的身份验证。

在做好以上准备工作后就可以对活动目录进行安装了。安装活动目录使用图形化的向导程序"Dcpromo.exe"进行。用户根据提示一步一步地建立域控制器。也可以与其他网络服务，比如 DNS Server、DHCP Server 等进行集成安装，以便实施统一管理。卸载活动目录也使用

"Dcpromo.exe"程序。

活动目录安装完毕后，用户就可以对域的物理结构和逻辑结构进行配置。对于站点、域和组织单元，管理员可以方便地进行管理授权。

活动目录设置了备份和恢复目录服务，Windows Server 2003 中有专门的备份活动目录选项，一旦发生故障，用户可以在机器启动时按 F8 键，系统将直接进入安全恢复模式，保证了系统的安全性。

7.6.4 Windows Server 2003 网络的一般使用方式

1. 管理用户帐户

网络中，不同的用户帐户应该具有不同的访问权限。网络管理员必须对整个网络的用户帐户进行统一规划和管理。一个用户帐户包含用户名称、用户密码以及登陆方法等具体信息。工作组是为了使具有不同职能用户使用某些具有统一权限的资源而设定的，如设计小组的所有成员可以访问某些资源（文件、数据库等），这时，如果采用用户账户方式，显然很不利于小组内部信息交流，可以将小组的资料进行共享，然后设置一个工作组（WorkGroup），对工作组进行权限设置，然后再将小组的所有成员划分为属于这个组用户。

（1）用户。Windows Server 2003 服务器除了在安装时自动创建内置用户帐户（管理员帐户和来宾帐户）外，还可以包含新创建的任何用户帐户。

管理员帐户是第 1 次安装工作站或成员服务器时所用的帐户。为自己创建帐户之前，必须使用该账户。管理员帐户是工作站或成员服务器中管理员组的成员。管理员帐户永远不能被删除、禁用或从本地组中删除，以确保永远不能通过删除或禁用所有的管理员帐户将自己锁定在计算机之外。该特性设置了除管理员本地组其他成员之外的管理员账户。

来宾帐户供在这台计算机上没有实际账户的人使用。帐户被禁用（不是删除）的用户也可以使用来宾帐户。来宾账户不需要密码。来宾帐户默认是禁用的，但也可以启用。可以像任何用户账户一样设置来宾账户的权利和权限。默认情况下，来宾帐户是内置来宾组的成员，该组允许用户登录工作站或成员服务器。其他权利及任何权限都必须由管理员组的成员授予来宾组。

（2）组。"组"显示所有的内置组和所创建的组，安装 Windows Server 2003 时系统将自动创建内置组。某个用户属于组将赋予用户在计算机上执行各种任务的权利和能力。系统管理员组的成员具有对计算机的完全控制权限。只有内置组才被自动授予该系统中的每个内置权利和能力。系统包含以下内置组：

1）备份操作员组。备份操作员组的成员可以备份和还原计算机上的文件，而不管保护这些文件的权限如何。他们也可以登录计算机和关闭计算机，但不能更改安全设置。

2）超级用户组。超级用户组的成员可以创建用户帐户，但只能修改和删除他们所创建的账户。超级用户可以创建本地组并从他们创建的本地组中删除用户。也可以从超级用户、用户和来宾组中删除用户。他们不能修改管理员或备份操作员组，也不能拥有文件的所有权、备份或还原目录、加载或卸载设备驱动程序或管理安全日志和审核日志。

3）普通用户组。用户组的成员可以执行大部分普通任务，如运行应用程序、使用本地和网络打印机以及关闭和锁定工作站。用户可以创建本地组，但只能修改自己创建的本地组。用户不能共享目录或创建本地打印机。

4）来宾组。来宾组是允许偶尔或临时用户登录工作站的内置来宾帐户，并授予有限的能力。来宾组的成员也可以关闭系统。

5）复制器组。复制器组支持目录复制功能。复制器组的惟一成员应该是域用户帐户，用于登录域控制器的复制器服务。不能将实际用户帐户添加到该组中。

每个用户帐号都包含许多信息，网络系统是如何保存这些信息的呢？其实，这些信息都是放在一个文件中的，这个文件位于主域控制器系统目录"system32\config"中。

（3）用户帐户创建和管理。相对于 Windows NT 4.0，Windows Server 2003 在用户登录的管理功能上有了明显的增强，提供了比 NT 更为丰富的权限设置和更为便捷的操作。

1）添加新用户。

（a）选择"开始" / "设置" / "控制面板" / "用户和密码"选项，弹出"用户和密码"对话框。在"用户"选项卡中单击选中"要使用本机，用户必须输入用户名和密码"复选框，如图 7-22 所示。

图 7-22　添加用户账户

（b）然后单击"添加"按钮，即可打开"添加新用户"对话框，在"用户名"文本框中输入新建用户的名称。在输入用户名之后，可以在"全名"和"说明"文本框中加入关于此用户的详细说明，以便今后的管理和区分。

（c）所有内容都填写完毕之后，单击"下一步"按钮进入密码输入窗口，在这里需要两次输入同样的密码，如果输入的密码不匹配，会出现要求重新输入的消息框。密码输入准确之后就单击"下一步"按钮进入权限配置窗口，如图 7-23 所示。

在权限配置窗口下，Windows Server 2003 为系统管理员提供了 3 个权限设置选项，管理员既可以将新建的用户设为"标准用户"也可以将其设为"受限用户"，还可以选择"其他"，然后利用权限下拉列表为新建的用户分配一种权限。在分配权限之前，管理员可以利用窗口上简短的文字说明对当前的权限范围做一个简单的了解。由于权限的分配会直接影响到系统的安全性，因此在做出选择前必须仔细考虑。

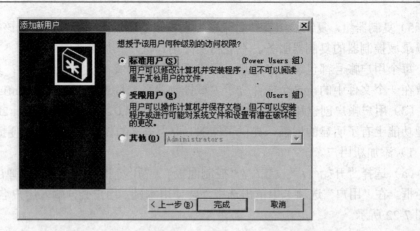

图 7-23　选择用户权限

（d）权限设置之后单击"完成"按钮，完成新用户的添加。这时，返回到"用户和密码"对话框，在"本机用户"列表下就可以看到刚才添加的用户了。

2）管理用户。添加用户之后，如果要对用户的权限做进一步修改和定制，可以在如图7-24所示"用户和密码"对话框中选择"高级"选项卡，然后单击"高级用户管理"分组框中的"高级"按钮，打开"本地用户和组"对话框。

在窗口左侧的目录树中选中"用户"选项，然后在右侧的用户目录中双击要修改的用户名，打开属性设置对话框，在"常规"选项卡中列出了多个关于密码设置的选项，可以允许用户对密码的使用做进一步设置，如图7-24所示。

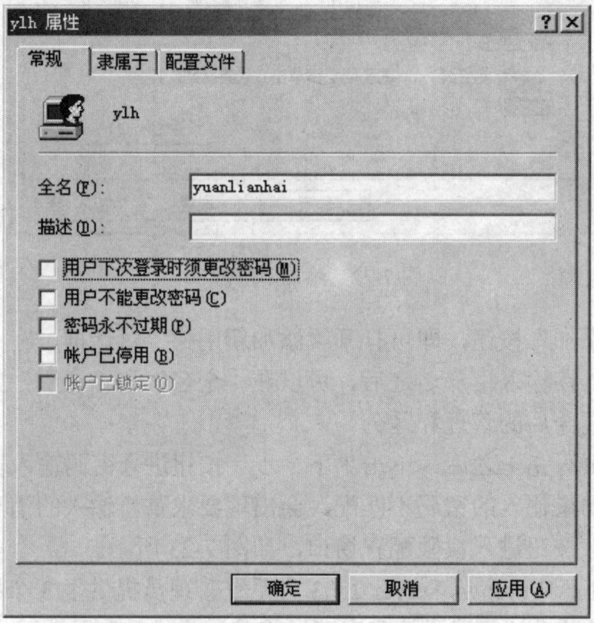

图 7-24　设置用户属性

由于管理员为新建用户分配的密码通常比较简单，不一定能够符合用户的使用习惯，因此通常选中"用户下次登录时需更改密码"复选框，使用户可以设置自己容易记忆的密码。

而从安全性考虑，通常不建议选择"密码永不过期"复选框。

如果希望某个用户同时属于不同组，可以在属性设置对话框中选择"隶属于"选项卡，然后单击"添加"按钮，打开"选择组"窗口，在窗口的用户组列表中选中待分配的组，然后单击"添加"就可以为用户赋予相应的组了。

3）指定用户的目录使用权限。在建立了本机用户并确定了基本权限之后，并不意味着用户管理的完成，只有将用户管理进一步延伸到目录和应用程序的范围才真正体现系统安全性的好坏。需要注意的是，关于磁盘目录安全性的配置只有在磁盘格式为 NTFS 的驱动器上才能使用。

（a）选择"开始"/"程序"/"附件"/"Windows 资源管理器"选项，在资源管理器中用鼠标右键单击要指定使用限制的文件夹，并在弹出的快捷菜单中选择"属性"选项，弹出属性对话框，然后在对话框中选中"安全"选项卡。

（b）在默认情况下，选项卡的"名称"列表下只有一个"Everyone"的系统组，选中这个系统组，然后单击"删除"按钮将其从"名称"列表中删除。在删除前，首先需要取消下方"允许将来自父系的可继承属性权限传递给该对象"复选框。

（c）接着单击"添加"按钮打开"选择用户、计算机或组"对话框，在对话框的列表中列出了可以分配的用户和组，利用这个列表可以增加使用该目录的用户或组。

不同的是，如果选择了用户，那么下面的设置将只对这个用户有效。如果选择了组，那么只要是属于这个组的用户，都可以使用相同的设置。也就是说，如果某个用户隶属于多个组，而其中一个组具有使用该目录的权限，那么这个用户就可以使用这个目录。这一点在选择时需要仔细考虑。

（d）在将用户和组添加到目录使用列表之后，单击"确定"按钮，关闭窗口返回到"安全"选项卡。在"安全"选项卡的"名称"列表中选中其中的一个用户，然后在下方的权限列表中利用列出的操作类型为该用户分配具体的操作权限。

重复执行上述操作直到为"名称"列表中的每一个用户都分配了权限。

4）指定用户执行的程序。由于 Windows Server 2003 为软件安装者和使用者分配了不同的权限，因此在使用过程中可能发生当前登录用户无法使用某个应用程序的情况。为此，Windows Server 2003 专门提供了一种特殊方式允许当前用户暂时通过管理员或其他有运行权限的用户运行该程序。

在资源管理器中选择某个可执行程序，然后在按下 Shift 键的同时，单击鼠标右键，在快捷菜单中选择"运行方式"选项，打开"以其他身份运行"对话框，选中"以下面的用户身份运行程序"单选按钮，并在其下的项目内输入用户名和密码，指定准确的域后，单击"确定按钮，下次该用户就可以运行该程序了。

此外，还需要注意的是，有些程序在经过这样的设置之后会要求重新输入安装的序列号。这时，一般可由管理员填写相应的信息。

2. 共享资源与用户权限设置

资源共享是将本地系统资源（文件夹、打印机和扫描仪）提供给其他网络用户使用。局域网中其他用户能够访问的本地资源都是已经设置为共享的资源，而没有设置为共享的资源是不能直接访问的。

共享资源包括硬件资源和软件资源，硬件主要是指打印机和扫描仪等物理设备，而软件包括文件、文件夹等数据，需要注意的是，虽然硬盘、软盘以及光盘等都是硬件设备，但是，Windows 2000 Server 把这些设备看成文件夹进行管理和使用。因此，这些设备通常可以看成是逻辑的文件夹，可以按照文件夹进行操作。

权限设置关系网络安全，通常有两种常用的权限：用户权限和共享权限。用户权限是指用户或者组登陆系统的权限，对于单独的服务器，用户权限相对较少使用，在多服务器系统中，一般采用给不同的用户或者组设置不同的权限来限制访问资源的权利。共享权限和网络资源的关系十分紧密，规定用户对共享资源的存取级别。对于单服务器的权限，主要是共享权限。Windows Server 2003 只能对文件夹（逻辑文件夹）进行共享，而不能对某个单独的文件进行共享。将一个文件夹设置为共享后，下面的所有文件夹和文件都能被其他用户访问。

下面是设置文件夹共享的步骤：

（1）选择"开始"/"程序"/"附件"/"Windows 资源管理器"选项，打开资源管理器，然后定位到要共享的文件夹或驱动器。

（2）右键单击该文件夹或驱动器，然后在弹出的快捷菜单中选择"共享"选项。

（3）在弹出的属性窗口中选择"共享"选项卡，并选择"共享此文件夹"单选按钮。

（4）要更改共享文件夹或驱动器的名称，在"共享名"文本框中输入新名称。新名称是当用户连接到此共享文件夹或驱动器时将看到的内容。文件夹或驱动器的实际名称并没有改变。

（5）要添加有关共享文件夹或驱动器的注释，在"注释"文本框中输入注释文字。

（6）要限制一次连接到共享文件夹或驱动器的用户数目，在"用户数限制"列表中选中"允许"单选按钮，然后输入用户数。

（7）要设置共享文件夹或驱动器上的共享文件夹权限，单击"权限"按钮。

（8）要将该共享文件夹设置为脱机使用，单击"缓存"按钮。

必须以管理员、服务器操作员或有权限的用户组的成员的身份登录后，才能设置共享文件夹和驱动器。

另外，如果"共享"选项卡不可见，可使用"服务"管理单元启动服务器服务。如果文件夹已经共享，可以单击"新建共享"按钮，然后输入新共享名以建立新的共享服务。通过在共享名中输入"$"作为最后一个字符，可以隐藏共享文件夹使之不被浏览。用户在用"我的电脑"或"Windows 资源管理器"浏览时将无法看到该共享文件夹，但是可以映射到它。

在 Windows Server 2003 中，不管在"允许"单选按钮右侧的用户数文本框中输入多大的数字，用户最多也不许超过 10 个。

3. 共享打印机

通过将本地打印机设置为共享设备，网络中其他用户可以访问这台打印机。我们将这台打印机叫做网络打印机。网络打印可以分为两个概念：打印设备和打印机。打印设备是物理上的打印机，而打印机则是一个逻辑的概念，包含程序和打印设备之间的软件接口。通常，将连接到打印设备上的计算机叫做打印服务器，在网络中，任何一台计算机都可以充当打印服务器。

网络用户使用网络打印机，需要注意以下几个方面：

（1）打印服务器必须登陆到网络的域中；

（2）打印机必须处于共享状态；

（3）网络用户需要指定网络打印机的名称。

　　通常，实现打印共享可以采用两种方案。第一是使用普通打印机连接到计算机，实现打印共享。第二是自身携带网络接口的打印机，不需要计算机就直接连接到网络上，通常使用的打印机都是普通打印机。

　　要将一台普通打印机设置为网络打印机，关键是进行共享设置。下面是进行共享设置的步骤：

　　（1）依次选择"开始"/"设置"/"打印机"选项，弹出"打印机"对话框，用鼠标右键单击要共享的打印机，在弹出的快捷菜单中选择"共享"选项。

　　（2）在弹出的属性对话框的"共享"选项卡上选中"共享为"单选按钮，然后输入共享打印机的名称。

　　（3）如果与不同硬件或操作系统的用户共享打印机，需要单击"其他驱动程序"按钮打开"其他驱动程序"对话框。在列表框中选中该计算机的使用环境和操作系统，然后单击"确定"按钮安装其他驱动程序。如果登录到 Windows Server 2003 域，那么通过单击"目录列表"发布目录中的打印机，可以使域中其他用户使用该打印机。

　　4. 管理网络中的计算机

　　Windows Server 2003 通过"服务器管理器"对计算机进行管理。"服务器管理器"的作用是管理域控制器、备份域控制器以及成员服务器，要使用"服务器管理器"对域和服务器进行管理，用户必须以该域的管理员、域管理员或者服务器操作员组的成员的身份登陆。

　　选择"开始"/"程序"/"管理工具"/"服务器管理器"选项可以打开"服务器管理器"窗口，如果是第 1 次启动，只显示登陆的域，在标题栏显示的登陆域的名称，并在窗口内显示该域中包含的计算机。

　　Windows Server 2003 网络的一个域中只能有一个主域控制器（PDC），还可以包含一个或者多个备份域控制器（BDC）或者成员服务器。

　　（1）添加和删除计算机。要添加计算机到域中，可以选择"服务器管理器"/"计算机"/"添加到域"选项，然后在"添加计算机到域"对话框中选择服务器或者备份域控制器。这样就将计算机添加到域中。

　　要将计算机从域中删除，可以在"服务器管理器"窗口中选择需要删除的计算机，然后在"计算机"菜单中选择"从域中删除"选项，在弹出的对话框中确认操作后，选择的计算机将在域中消失。

　　需要注意的是，执行上述操作需要操作者属于 Administrators 组或 Account Operators 组或者具有 Add Workstation to Domain 的权力。

　　（2）域控制器的升级和降级。在许多情况下，需要对域控制器进行升级和降级。例如，假设在主域控制器失效的情况下，就需要将一个备份域控制器进行升级，而域的功能则保持不变。如果需要进行升级，也就是将 BDC 提升为 PDC，可以在"服务器管理器"窗口中，选择"计算机"菜单，然后选择"升级到主域控制器"选项，执行该命令以后，以前的主域控制器自动就降级为备份域控制器，而当前域控制器则升级为 PDC。

　　如果需要对主域控制器进行降级，可以在"服务器管理器"窗口的计算机列表中选择主域控制器，然后在"计算机"菜单中选择"降级为备份域控制器"选项。如果以前的 PDC 不能工作，则不能执行降级操作，用户可以选择继续等待或者放弃。将服务器提升为主域控制器以后，系统会自动将原来的主域控制器降级为 BDC，但是，如果原来的主域控制器不能使用，将服务器提升为 PDC 后，先前的主域控制器将来重新工作，则必须将刚才升级的主域控制器降级为 BDC。

（3）共享目录的管理。前面已经对本地目录共享进行讲述，如果需要管理本地共享目录，可以在资源管理器中选择该文件夹，然后通过修改文件夹的属性进行管理。而远程计算机上共享目录的管理，必须使用"服务器管理器"。

选择"计算机"菜单的"共享目录"选项，在"共享目录"对话框中列出了所有共享目录以及共享目录的路径。对这些目录可以进行以下操作。

1）修改属性：在共享目录列表中选择一个共享目录，然后单击"属性"按钮，在弹出的"共享属性"对话框中可以修改用户权限、连接用户数目以及目录路径。

2）停止共享：在共享目录列表中选择一个共享目录，单击"停止共享"按钮，就取消了该目录的共享。

3）新建共享：选择"新共享"按钮，在"新建共享"对话框中，输入共享名称、目录路径等信息完成新共享的建立。

（4）管理服务器属性。服务器属性包括用户、使用的资源以及共享情况等信息，通过服务器管理器可以对域中每一台计算机的属性进行查看。在服务器管理器窗口中选择需要查看的计算机，选择"计算机"菜单的"属性"选项。

在属性对话框中包括许多属性按钮，例如用户、共享、使用中、复制以及警报等按钮，如果选择某个按钮，就会出现相应信息的对话框，在里面可以了解相应信息。

5. 磁盘管理

对于 Windows Server 2003，磁盘管理器已经从以前 Windows NT 4.0 中的单个程序集成到 MMC 的插件中，成为"计算机管理"的一部分。可以从"开始"菜单中"程序"的"管理工具"中启动"计算机管理"选项。

（1）安装新磁盘。Windows Server 2003 支持多个大容量的硬盘，而硬盘有 IDE 和 SCSI接口，作为服务器，建议采用 SCSI 接口硬盘作为服务器。新硬盘的安装相对简单，首先关闭计算机电源，将硬盘连接到计算机，然后设置 CMOS。启动系统后，系统将自动识别磁盘。

（2）逻辑分区的建立和删除。每个物理硬盘最多只能分为 4 个分区，其中必须有一个主分区，操作系统一般安装在主分区上。建立和删除磁盘分区，可以在某个硬盘下面选择"创建"选项，将出现"创建逻辑分区"选项，然后输入分区大小，如果需要删除某个分区，可以在"磁盘管理器"中选择某个分区后单击"删除"按钮即可。

（3）磁盘格式化。磁盘分区以后，必须格式化才能使用。在"磁盘管理"窗口中，选择需要格式化的逻辑分区，选择"操作" / "所有任务" / "格式化"选项，将执行格式化任务，如图 7-25 所示。

（4）磁盘配额限制。磁盘配额限制功能是 Windows Server 2003 新增的一项功能，利用这项功能可以有效地限制某个用户使用磁盘的最大的限额，从而保证磁盘空间的有效利用率。同样，这项功能也只有在 NTFS 格式的驱动器上才能使用。

在资源管理器中用鼠标右键单击某个磁盘驱动器，然后在快捷菜单上选择"属性"选项，弹出属性对话框，选择"配额"选项卡，接着选中"启用配额管理"复选框。然后单击"配置项"按钮打开"配额项目管理"对话框。

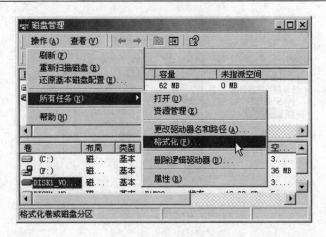

图 7-25　格式化磁盘

在对话框中选择"配额"/"新建配额项"选项，会弹出一个对话框，在对话框的"查找范围"下拉列表中选择正确的域，然后在下面的用户列表中选择一个用户后单击"添加"按钮将其加入到配置列表中。单击"确定"按钮之后会打开一个对话框，在对话框中选中"将磁盘空间限制为"单选按钮，然后输入具体的磁盘空间使用配额，并设定警告等级，以便在用户达到使用配额前提醒用户。单击"确定"按钮之后就完成了该用户的使用配额的设定。

（5）磁盘共享权限设置。Windows Server 2003 可以将整个磁盘进行共享，具体执行方法是在资源管理器中鼠标右键单击需要共享的磁盘，在弹出的快捷菜单中选择"属性"选项，在"属性"对话框中，选择"共享"选项卡，进行共享设置。

6. 事件查看器

在事件查看器中，通过使用事件日志，可以收集有关硬件、软件、系统方面的问题信息，并监视 Windows Server 2003 安全事件。

Windows Server 2003 用 3 种类型的日志记录事件。

（1）应用程序日志：应用程序日志包含由应用程序或一般程序记录的事件。例如，数据库程序用应用程序日志来记录文件错误和开发人员决定所要记录的事件。

（2）系统日志：系统日志包含由 Windows Server 2003 系统组件记录的事件。例如，在系统日志中记录启动期间要加载的驱动程序和其他系统组件的故障。由系统组件记录的事件类型是预先确定的。

（3）安全日志：安全日志可以记录诸如有效和无效的登录尝试等安全事件以及与资源使用有关的事件。例如创建、打开或删除文件。管理员可以指定在安全日志中记录的事件。例如，如果您启用了登录审核，那么系统登录尝试就记录在安全日志中。

要访问事件查看器，可以选择"开始"/"程序""管理工具"/"事件查看器"选项，打开"事件查看器"窗口，可以浏览本地计算机或者网络中其他计算机的日志信息，如图 7-26 所示。

启动 Windows Server 2003 时，事件日志服务会自动启动。所有用户都可以查看应用程序日志和系统日志，但是只有管理员才能访问安全日志。默认情况下会关闭安全日志。可以使用"组策略"启用安全日志记录。管理员也可以在注册表中设置审核策略，使系统在安全日志装满时停止运行。

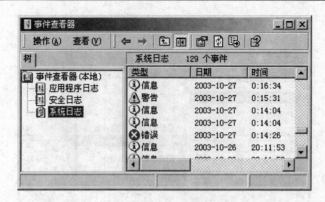

图 7-26　事件查看器

事件查看器显示以下事件类型。

（1）错误：表示重要的问题，如数据丢失或功能丧失。例如，如果在启动期间服务加载失败，则会记录错误。

（2）警告：不是非常重要但将来可能出现的问题的事件。例如，如果磁盘可用空间较小，则会记录一个警告。

（3）信息：描述应用程序、驱动程序或服务的操作成功的事件。例如，成功地加载网络驱动程序时会记录一个信息事件。

（4）成功审核：审核安全访问尝试成功。例如，将用户成功登录到系统上的尝试作为"成功审核"事件记录下来。

（5）失败审核：审核安全访问尝试失败。例如，如果用户试图访问网络驱动器失败，尝试就会作为"失败审核"事件被记录。

事件日志文件存储日志信息，当然要占用一定磁盘空间，如果服务器运行很长时间，日志文件就可能造成磁盘可用空间过小。因此，管理员应该定期对日志文件进行处理，如清空日志文件或者将日志文件保存到其他地方以便日后查看。

7．故障恢复

系统可能由于疏忽或者安全设置，不能重新启动，Windows Server 2003 提供故障恢复功能，可以对常见的故障恢复方法进行修复。

（1）选择高级启动选项功能。如果计算机没有正确启动，可以使用高级启动选项运行 Windows Server 2003，从而解决问题。单击"开始"按钮，选择"关机"选项。在"关闭 Windows"对话框内，选择"重新启动"选项。当出现可用的操作系统列表时，按 F8 键。在 Windows Server 2003 高级选项菜单，选择想要的高级启动选项，然后按 Enter 键即可。其中两个常用的高级启动选项是"安全模式"和"最后一次正确的配置"。

即使计算机无法正常启动，也可以用诊断模式启动计算机，这种模式也称安全模式。当以任何一种安全模式选项启动计算机时，只加载最少的服务并创建一个引导日志。此日志列出了加载和没有加载的服务和设备。在以安全模式启动计算机之后，可以更改计算机设置。例如，可以删除或重新配置新近安装的可能会发生问题的软件。有 3 种安全模式选项：

1）安全模式：仅使用基本文件和驱动程序（鼠标、监视器、键盘、海量存储设备、基本视频和默认系统服务）启动 Windows Server 2003，不带网络支持。

2）带网络连接的安全模式：仅使用基本文件和驱动程序（参见上面的安全模式）启动 Windows Server 2003，支持网络。但是，不提供 PCMCIA 设备的网络支持。

3）带有命令行提示的安全模式：仅使用基本文件和驱动程序启动 Windows Server 2003。在登录后，将出现命令提示符，而不是 Windows Server 2003 图形界面。

4）"最后一次正确的配置"选项仅用在没有正确配置设备的时候启动计算机。当选择此选项时，Windows Server 2003 会还原上次关机时保存的注册表设置。例如，如果在安装了新驱动程序或更改了驱动程序配置后无法启动 Windows Server 2003，则可以使用"最后一次正确的配置"选项。使用此选项时，会丢失上次成功关机以来所做的任何系统更改。

（2）故障恢复控制台的使用。故障恢复控制台在启动过程中提供了一个命令行环境，在 Windows Server 2003 不启动时，就可用其更改系统。使用故障恢复控制台，无需启动 Windows Server 2003 就可以执行许多任务，包括启动和停止服务、在本地硬盘驱动器（包括 NTFS 文件系统驱动器）上读写信息、格式化驱动器等。如果需要通过从软盘或 CD-ROM 上将文件复制到硬盘以修复系统，或者需要修改阻止计算机正常启动的服务时，故障恢复控制台尤为有用。启动故障恢复控制台有两种方式。

1）如果无法启动计算机，可以在 Windows Server 2003 安装磁盘上运行故障恢复控制台。

2）另一种选择是可以把故障恢复控制台安装到计算机上，以便在无法重新启动 Windows Server 2003 时使用它。这时只需从引导菜单中选择 Windows Server 2003 故障恢复控制台选项即可。

在启动故障恢复控制台之后，选择要登录的驱动器（如果是双重引导计算机）并使用管理员密码登录。

如果没有列出故障恢复控制台，则需要安装它。可以采用下面方法将故障恢复控制台安装为一个启动选项，以便在计算机无法重新启动时可以运行它。

3）以管理员或具有管理员权限的用户的身份登录 Windows Server 2003。如果计算机与网络相连，网络策略设置可能也会阻止完成本步骤。

4）将 Windows Server 2003 光盘插入 CD-ROM 驱动器。如果提示升级到 Windows Server 2003，单击"否"。

5）在命令提示符环境中（或在 Windows Server 2003 的"运行"命令框内）输入指向相应"Winnt32.exe"文件（在 Windows Server 2003 光盘内）的路径，后跟一个空格和"/cmdcons"开关选项。例如，"f:\\i386\winnt32.exe/cmdcons"。

6）然后按照提示进行操作。如果要在没有启动的系统上运行故障恢复控制台，可以选择重新启动计算机，然后在操作系统列表上单击"Windows Server 2003 故障恢复控制台"，再依照提示操作故障恢复控制台，显示命令提示符窗口。如果要查看故障恢复控制台上可用的命令，在命令提示符窗口输入"help"。要重新启动计算机，输入"exit"关闭命令提示符窗口。

（3）使用紧急修复磁盘。紧急修复磁盘（ERD）可帮助修复或恢复无法加载 Windows Server 2003 的系统，也可帮助修复有问题的系统文件和逻辑分区的引导扇区。这种情况一般发生在硬盘发生故障或有些系统文件受到破坏或意外删除时。系统文件是 Windows Server 2003 用于加载、配置和运行操作系统的文件。如果有些系统文件丢失或受到破坏，可以使用 ERD 修复这些文件。

逻辑分区的引导扇区中包含有关文件系统结构和加载操作系统命令的信息。如果计算机是双重引导系统，ERD 包含指定要启动哪个操作系统和如何启动的设置信息。应定期更新 ERD 以便磁盘里记录的是最新的系统设置。设计 ERD 是为了重新启动计算机和修复系统文件，它不会备份文件或程序。创建紧急修复磁盘的步骤如下：

1）选择"开始"/"程序"/"附件"/"系统工具"/"备份"选项，打开"备份"窗口。

2）在备份窗口中单击紧急修复磁盘按钮 　 。

3）根据系统提示，将一个空白并已格式化的 1.44MB 软盘插入软盘驱动器，然后单击"确定"按钮，开始备份工作。

4）备份完毕后，拿出磁盘，将它标上"紧急修复磁盘"标签，然后把它放在一个安全的地方。

小　　　结

本章主要介绍网络操作系统的基本概念和功能等，并对目前常见的几种网络操作系统做了简单的介绍。

在小型局域网中，Windows Server 2003 是应用最广的一种操作系统，本章对 Windows Server 2003 的安装与客户端配置做了详细的介绍，并主要讲解了活动目录的概念与应用及 Windows Server 2003 的一些主要的使用方式。

习　　　题

一、填空题

1．所谓_____，就是能利用局域网低层提供的数据传输功能，为各层网络用户提供共享资源管理服务以及其他网络服务功能的网络操作系统软件。

2．为防止一次由一个以上的用户对文件进行访问，一般网络操作系统都具有_____功能。

3．网络操作系统是为了方便上网用户的一种服务性系统软件，因此它是能够提供网络服务的计算机操作系统，这些服务包含有_____、_____、_____、_____、_____。

4．在文件服务器模式中，应用程序和数据都存放在一台指定的机器上，这台机器称为_____，一般由高性能的机器担任。

5．网络操作系统可以分为三大类，_____、_____、_____。

6．针对对等结构的网络操作系统的缺点，人们进一步提出了非对等结构网络操作系统的设计思想，即将联网结点分为_____和_____两类。

7．所谓_____，简单的说是指一个关于网络内容的数据库。它存储了一些网络资源并能够向用户提供网络服务。

8．活动目录的功能主要体现在_____、_____和_____ 3 个方面。

9．活动目录中的站点与域是两个完全不同的概念，一个站点中可以有_____个域，多个站点_____位于同一域中。

二、简答题

1．简述网络操作系统的分类。

2. 简述网络操作系统的基本功能。

3. 简述 Windows NT 操作系统的特点。

4. 简述 NetWare 操作系统的特点。

5. 简述 UNIX 操作系统的特点。

6. 简述 Linux 操作系统的特点。

7. 简述活动目录的功能。

8. 简述活动目录的优点。

9. 简述活动目录的层次结构。

第 8 章

构建 Windows Server 2003 服务器

随着 Internet 的发展，传统的局域网资源共享方式已经不能满足人们对信息的需求，创建自己的 Web 站点、FTP 站点、E-mail 服务器等，并采用 Internet 信息资源共享服务器模式进行运作成为人们的最佳选择。在这种基于 Internet 技术的专用局域网中，不仅客户端可以按照 Internet 的方式使用网络内部的各种资源，同时，也可以为 Internet 用户提供服务。

8.1　用户及工作组的管理

为了保障计算机与网络的安全，Windows Server 2003 为不同的用户设置不同的权限，同时通过将具有同一权限的用户设置为一个组来简化对用户的管理。每一个登录到 Server 上的用户，必须有一个用户帐号。用户帐号是允许网络用户登录到 Windows Server 2003 中访问网络资源的通行证。用户账号包含用户名、密码、用户的说明、用户权限等信息。具有相同性质的用户归结在一起，统一授权，组成用户组。用户组可分为全局组、本地组和特殊组。全局组是指可以通行所有域的组，组内的成员可以到其他的域登录，它只能包含所属域内的用户，不可以包含其他域内的用户和组。本地组可以包含本域中的用户、本域中的全局组用户、受托域的用户帐号。特殊组是系统安装完毕后自动建立的几个特殊组。建立组的目的是为了简化管理，当为一个组分配权限时，组中的成员也享受同样的权限。如果 Windows Server 2003 是非域控制服务器，需要使用工具"计算机管理"来管理本地用户和组。如果已经创建了域和活动目录，将使用工具"Active Directory 用户和计算机"来管理用户和组。但是管理方法相似。

8.1.1　建立本地用户

（1）单击"开始"菜单/"所有程序"/"管理工具"/"计算机管理"命令，如图 8-1 所示。

（2）在弹出的"计算机管理"窗口中双击"本地用户和组"，在窗口中会出现"用户"和"组"两个目录，这两个目录内分别存放本机的用户和组，在"用户"上单击右键，在弹出的快捷菜单上单击"新用户"命令，如图 8-2 所示。

（3）在弹出的"新用户"对话框中，依次输入用户名、命名、描述、密码、确认密码，并勾选"用户不能更改密码"和"密码永不过期"。其中"全名"和"描述"可以不填，"密码"和"确认密码"必须完全一致。如果不勾选"用户不能更改密码"那么可以选择"用户下次登录时须更改密码"。输入完毕，单击"创建"按钮，如图 8-3 所示。

（4）建立完新用户，单击"关闭"按钮，关闭"新用户"对话框，在"用户"目录下可以看到新建立的用户，如图 8-4 所示。

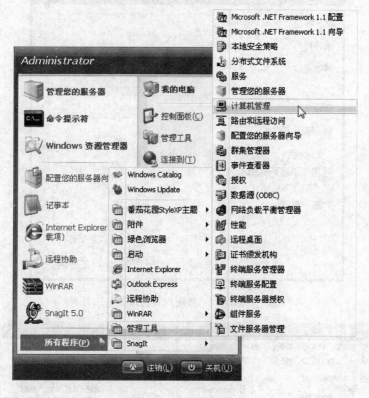

图 8-1　计算机管理

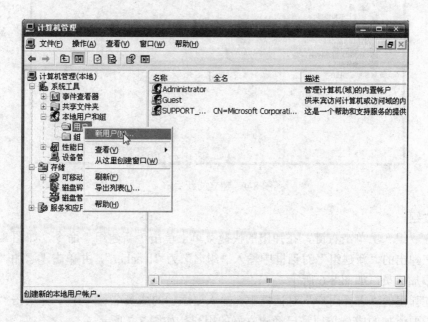

图 8-2　"计算机管理"窗口

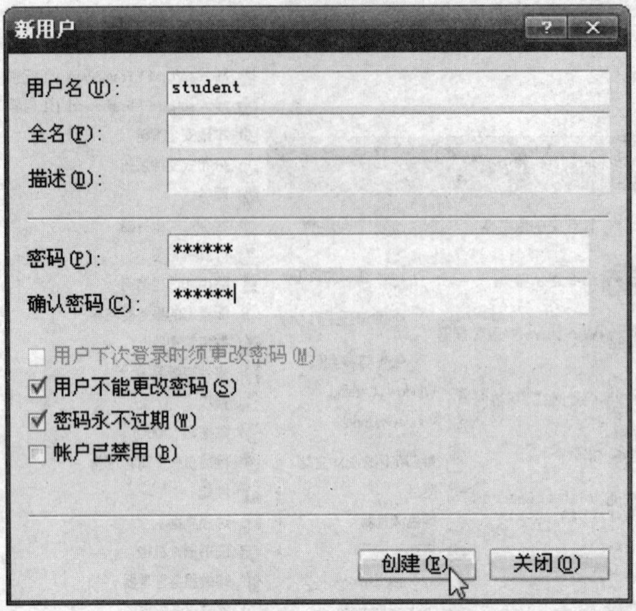

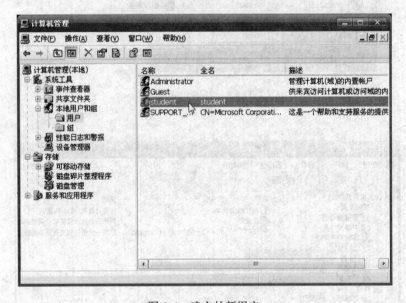

图 8-3　"新用户"窗口

图 8-4　建立的新用户

8.1.2　建立组

（1）在"组"上单击右键，在弹出的快捷菜单上单击"新建组"命令，如图 8-5 所示。

（2）在弹出的"新建组"对话框中输入"组名"为"teacher"，并单击"添加"按钮，准备为组中添加成员，如图 8-6 所示。

（3）在弹出的"选择用户"对话框中，输入要添加的成员名称"t1"，并单击"确定"按钮，注意，要添加的成员必须是已经建立好的用户，如图 8-7 所示。

（4）所有组中的成员添加完成之后，单击"创建"按钮，创建组成功，如图 8-8 所示。

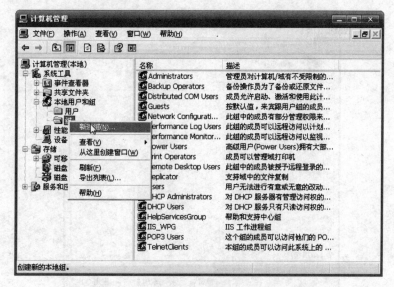

图 8-5　新建组

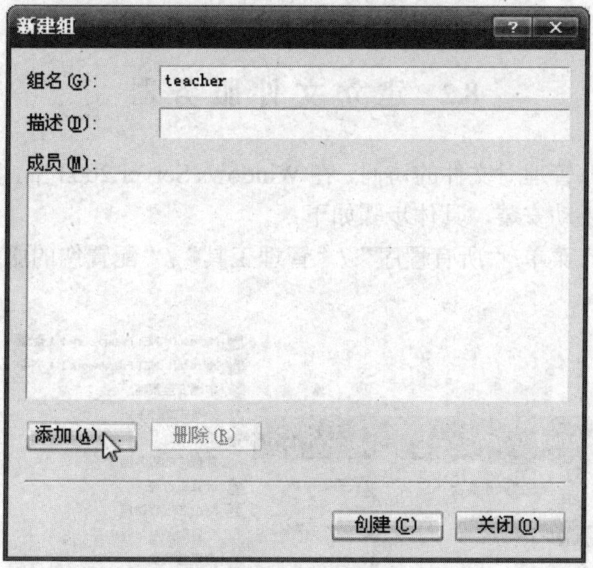

图 8-6　组名

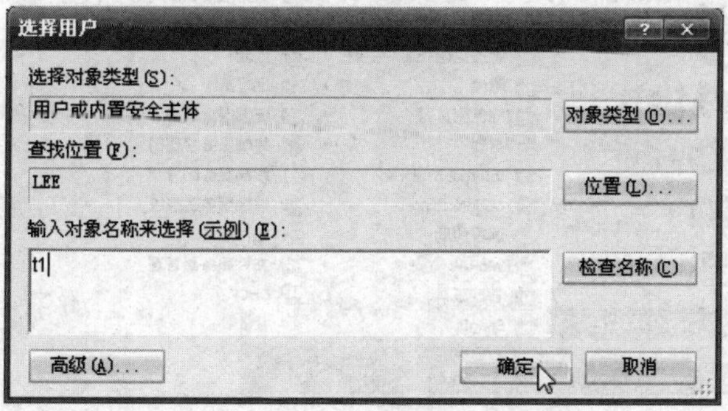

图 8-7　添加成员

图 8-8　创建组成功

8.2　建 立 文 件 服 务 器

文件服务器提供并管理对文件的访问，在 Windows Server 2003 中，默认状态下并没有安装文件服务器，需要手动安装，具体步骤如下：

（1）单击"开始"菜单/"所有程序"/"管理工具"/"配置您的服务器向导"命令，如图 8-9 所示。

图 8-9　配置您的服务器向导

（2）进入"配置您的服务器向导"，单击"下一步"按钮，如图 8-10 所示。

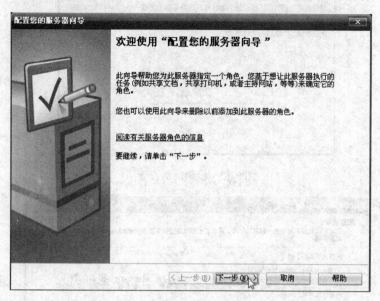

图 8-10　向导文件

（3）进入"预备步骤"，单击"下一步"按钮，如图 8-11 所示。

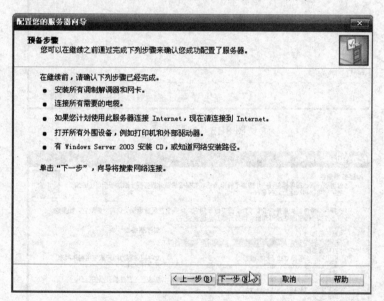

图 8-11　预备步骤

（4）开始检测网络设置，如图 8-12 所示。

（5）进入"配置选项"，在这里单击选定"自定义配置"，单击"下一步"按钮，如图 8-13 所示。

（6）进入"服务器角色"，单击"文件服务器"角色，再单击"下一步"按钮，如图 8-14 所示。

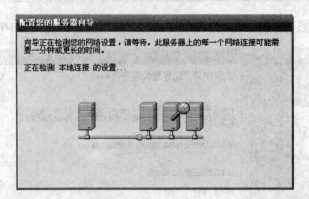

图 8-12　检测网络设置

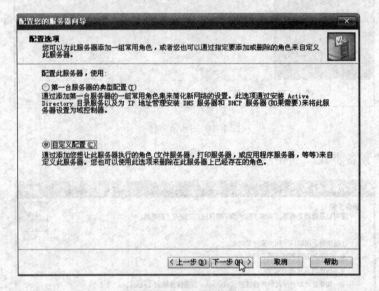

图 8-13　配置选项

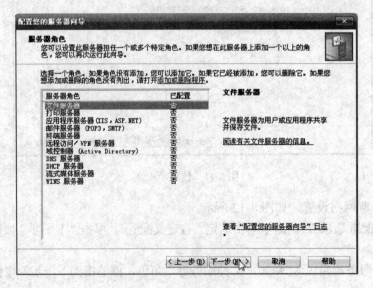

图 8-14　服务器角色

（7）进行"磁盘配额管理"，在这里暂不为用户单独设置磁盘空间配额，因此，直接单击"下一步"按钮，如图 8-15 所示。

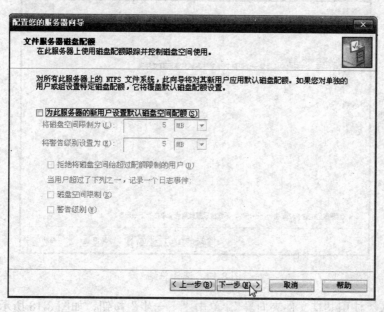

图 8-15　磁盘配额管理

（8）进入"文件服务器索引服务"，在这里单击"不，不启用索引服务"，单击"下一步"按钮，如图 8-16 所示。

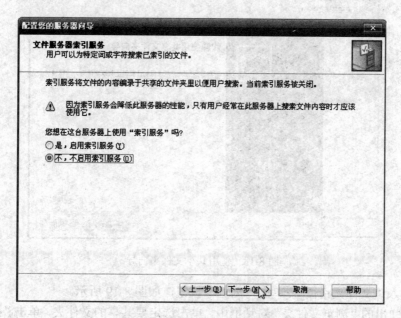

图 8-16　文件服务器索引服务

（9）进入"选择总结"，单击"下一步"按钮，如图 8-17 所示。

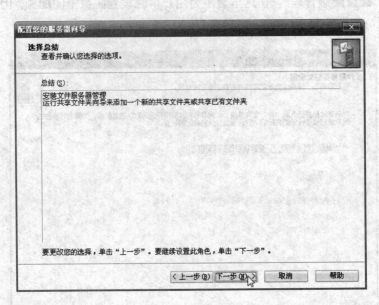

图 8-17　选择总结

（10）进入"使用共享文件夹向导"，单击"下一步"按钮，如图 8-18 所示。

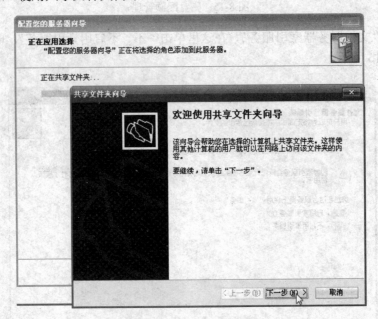

图 8-18　使用共享文件夹向导

（11）输入"文件夹路径"，单击"浏览"按钮，如图 8-19 所示。

（12）在弹出的"浏览文件夹"对话框中，单击选定要共享的文件夹，单击"确定"按钮，如图 8-20 所示。

（13）回到"文件夹路径"对话框，单击"下一步"按钮，如图 8-21 所示。

（14）为共享文件夹输入"共享名"、"描述"，单击"下一步"按钮，如图 8-22 所示。

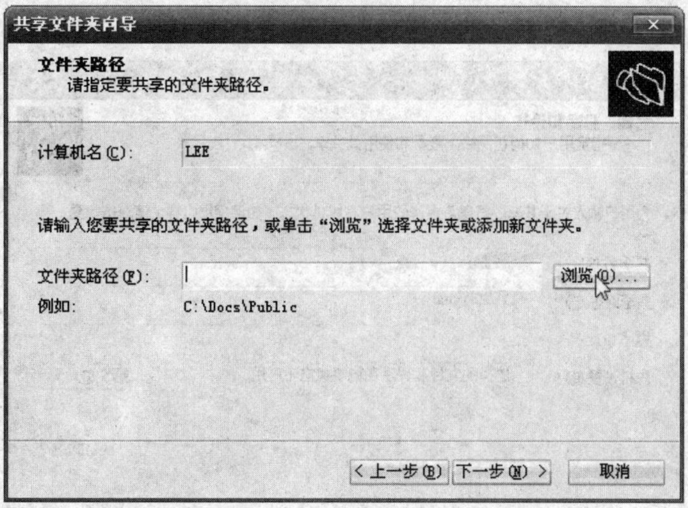

图 8-19　文件夹路径

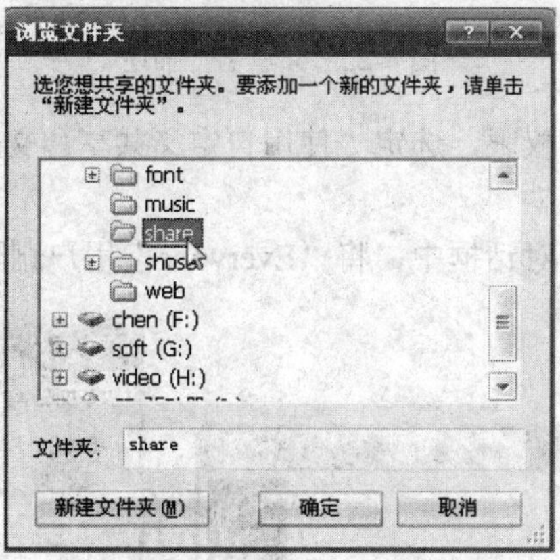

图 8-20　浏览文件夹

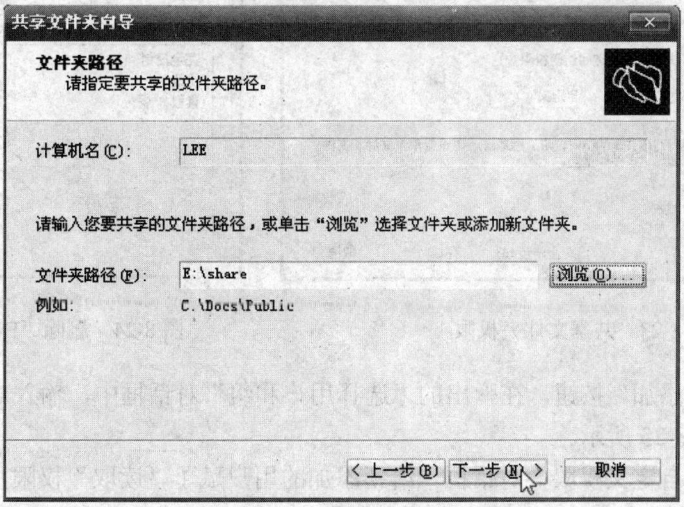

图 8-21　已选定的文件夹路径

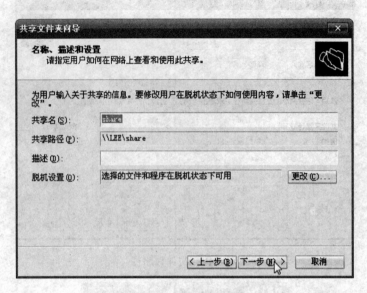

图 8-22 共享名与描述

（15）为共享文件夹指定权限，选定"使用自定义共享和文件夹权限"，单击"自定义"
按钮，如图 8-23 所示。

（16）在"自定义权限"对话框中，将"Everyone"用户删除，如图 8-24 所示。

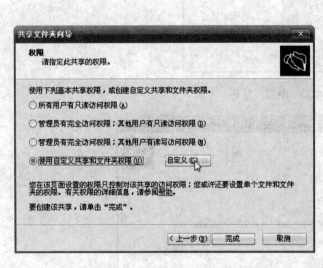

图 8-23 共享文件夹权限

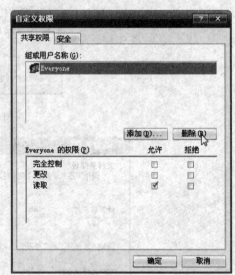

图 8-24 删除"Everyone"用户

（17）单击"添加"按钮，在弹出的"选择用户和组"对话框中，输入对象名，单击"确
定"按钮，如图 8-25 所示。

（18）回到"自定义权限"对话框，给新添加的用户赋予"读取"权限，单击"确定"按
钮，如图 8-26 所示。

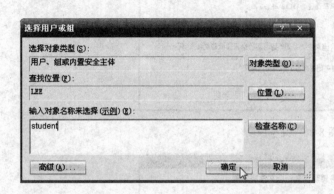
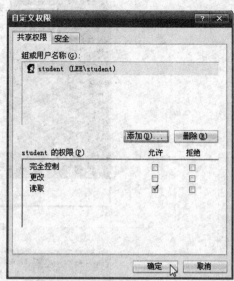

图 8-25　添加用户　　　　　　　　　　　　　　图 8-26　读取权限

（19）回到"权限"对话框，单击"完成"按钮，如图 8-27 所示。

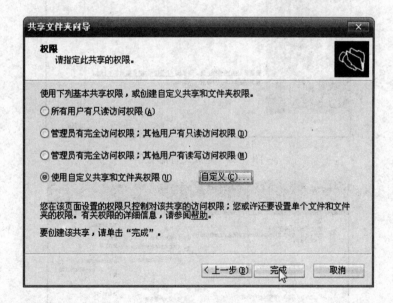

图 8-27　完成

（20）弹出"共享成功"对话框，单击"关闭"按钮，如图 8-28 所示。

（21）此服务器现在是一个文件服务器了，单击"完成"按钮，如图 8-29 所示。

（22）完成文件服务器的配置之后，弹出"管理您的服务器"窗口，可以在此窗口中对文件服务器进行修改，如图 8-30 所示。

图 8-28　共享成功

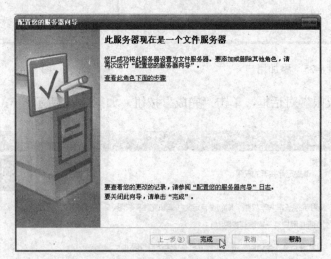

图 8-29　完成文件服务器

图 8-30　管理您的服务器

8.3　建 立 DHCP 服 务 器

DHCP（Dynamic Host Configuration Protocol）是动态主机分配协议的缩写，在小型网络中，IP 地址的分配一般都采用静态的方式，但是在大中型网络中，为每一台计算机分配一个静态 IP 地址，会极大地加重网管人员的负担，并且很容易导致错误的发生，因此，在大中型的网络中使用 DHCP 来动态分配 IP 非常有效的。

配置 DHCP 服务器的步骤如下：

（1）单击"开始"菜单/"所有程序"/"管理工具"/"配置您的服务器向导"命令。

（2）在"配置您的服务器向导"窗口中单击"DHCP 服务器"，单击"下一步"按钮，如图 8-31 所示。

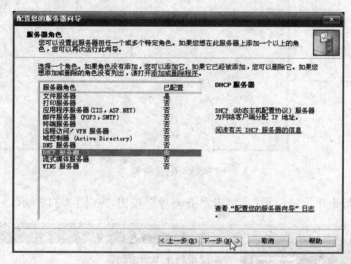

图 8-31　DHCP 服务器角色

（3）在"选择总结"对话框中单击"下一步"按钮，如图 8-32 所示。

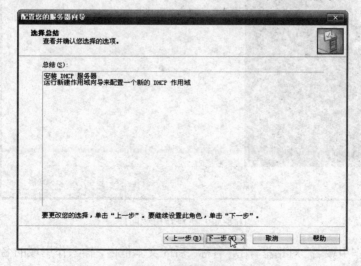

图 8-32　选择总结

（4）进行配置组件，如图 8-33 所示。

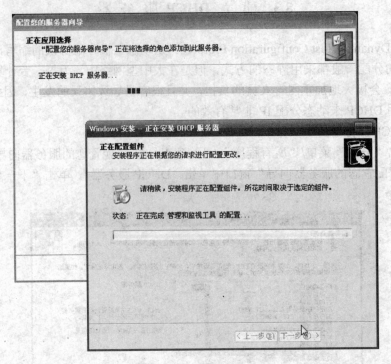

图 8-33　配置组件

（5）进入"新建作用域向导"，单击"下一步"按钮，如图 8-34 所示。

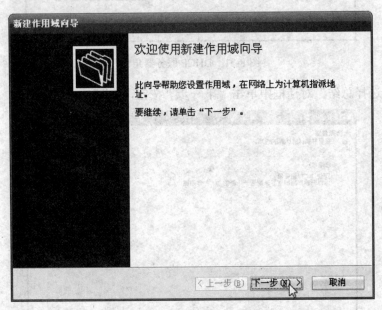

图 8-34　新建作用域向导

（6）进入"作用域名"对话框，在"名称"后的文本框内，输入作用域的名称"dzgcx.net"，单击"下一步"按钮，如图 8-35 所示。

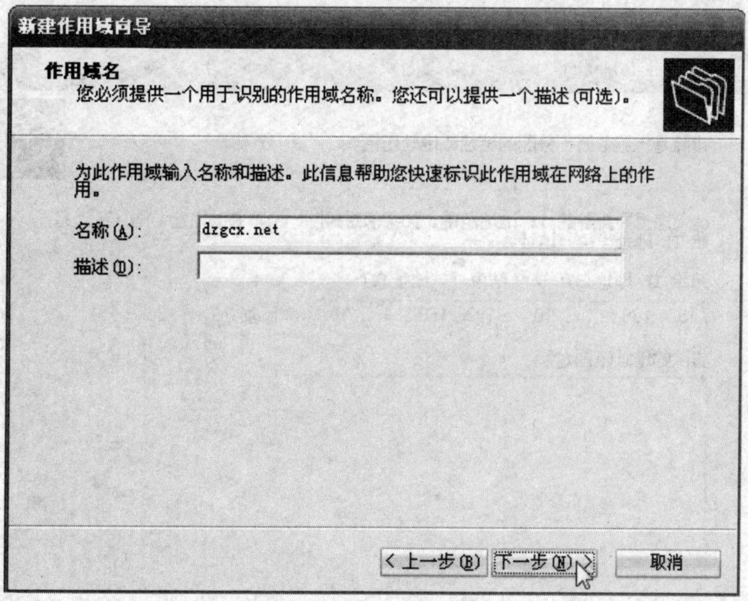

图 8-35　作用域名称

（7）在"IP 地址范围"对话框内，依次输入"起始 IP 地址"为"192.168.1.1"，"结束 IP 地址"为"192.168.1.61"，"长度"为"24"，"子网掩码"为"255.255.255.0"，单击"下一步"按钮，如图 8-36 所示。

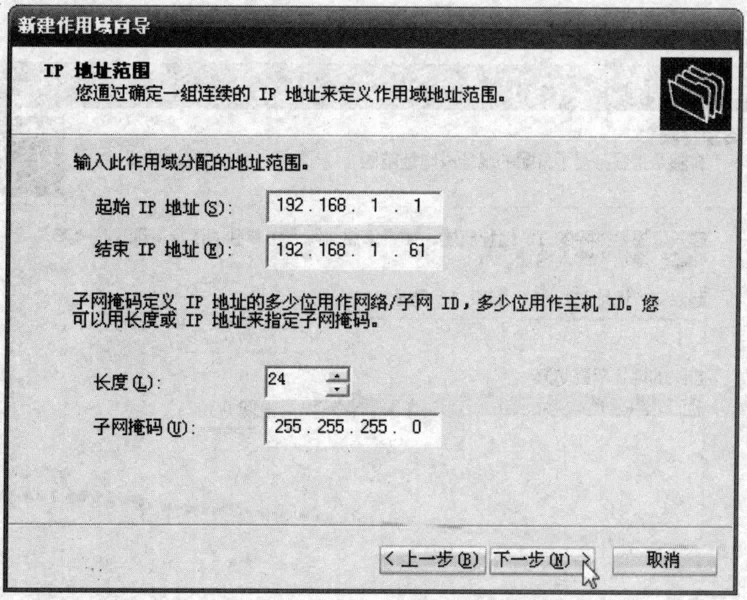

图 8-36　IP 地址范围

（8）在"添加排除"对话框内输入要排除的 IP 地址，要排除的 IP 地址设置之后，这些地址不会被 DHCP 服务器动态分配出去。在这里，设置"起始 IP 地址"为"192.168.1.10"，"结束 IP 地址"为"192.168.1.15"，单击"添加"按钮，如图 8-37 所示。

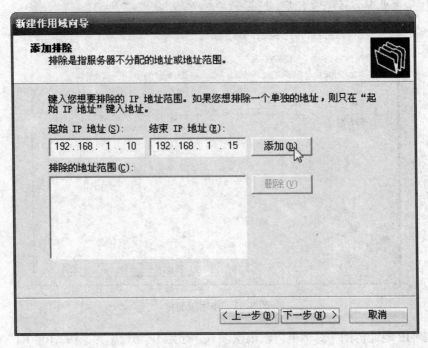

图 8-37　添加排除

　　（9）要排除的 IP 地址被添加到"排除的地址范围"之中，单击"下一步"按钮，如图 8-38 所示。

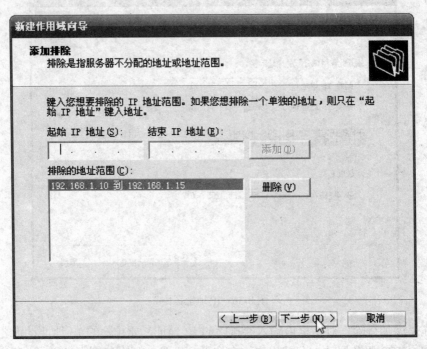

图 8-38　排除的地址范围

（10）在"租约期限"里设定 DHCP 服务器分配给计算机的 IP 地址有限时间为"999 天 23 小时 59 分钟"，单击"下一步"按钮，如图 8-39 所示。

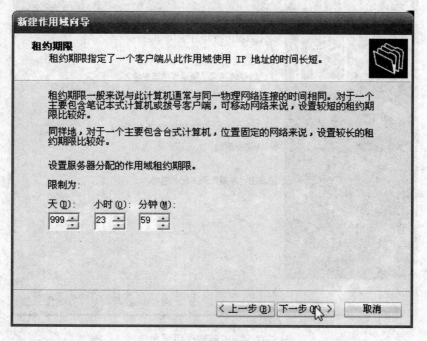

图 8-39 租约期限

（11）在"配置 DHCP 选项"对话框里，选择"否，我想稍后配置这些选项"，单击"下一步"按钮，如图 8-40 所示。

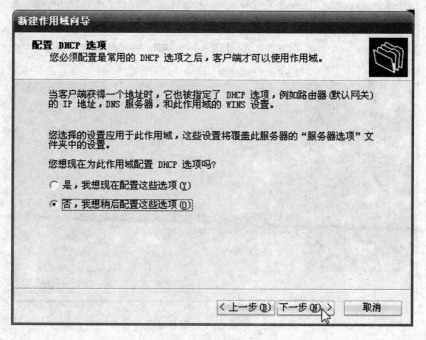

图 8-40 配置 DHCP 选项

（12）完成新建作用域制导，单击"完成"按钮，如图 8-41 所示。

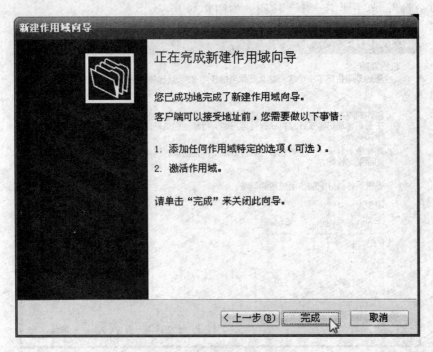

图 8-41　完成新建作用域向导

（13）将服务器配置成了 DHCP 服务器，单击"完成"按钮，如图 8-42 所示。

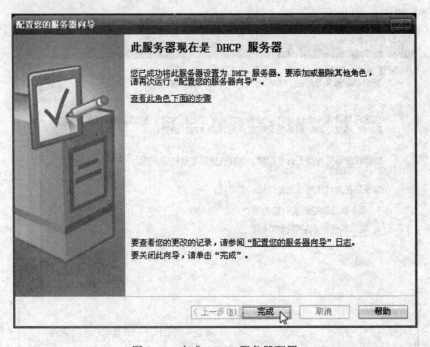

图 8-42　完成 DHCP 服务器配置

（14）完成 DHCP 服务器的配置之后，弹出"管理您的服务器"窗口，可以在此窗口中对 DHCP 服务器进行修改，如图 8-43 所示。

图 8-43　管理 DHCP 服务器

8.4　建 立 Web 服 务 器

浏览网页是大部分人上网都会做的事情，建立一个 Web 服务器，可以使别人通过访问你的 IP 地址来浏览你的网页。

建立 Web 服务器可以通过 IIS 来实现，IIS（Internet Information Service）是集成在 Windows Server 2003 上的服务器。IIS 在网络安全性、可编程性和管理方面都有比较完善的功能，这些可以帮助用户轻松创建和管理站点。

（1）单击"开始"菜单/"所有程序"/"管理工具"/"配置您的服务器向导"命令。

（2）在"配置您的服务器向导"窗口中单击"应用程序服务器"，单击"下一步"按钮，如图 8-44 所示。

（3）在"应用程序服务器选项"对话框中，直接单击"下一步"按钮，如图 8-45 所示。

（4）在"选择总结"对话框中直接单击"下一步"按钮，如图 8-46 所示。

（5）开始安装并配置 IIS，如图 8-47 所示。

（6）在安装 IIS 的过程中需要插入 Windows Server 2003 的安装盘，将安装盘插入光驱后，单击"确定"按钮，如图 8-48 所示。

（7）IIS 安装好之后，服务器就成为一台应用程序服务器，单击"完成"按钮，如图 8-49 所示。

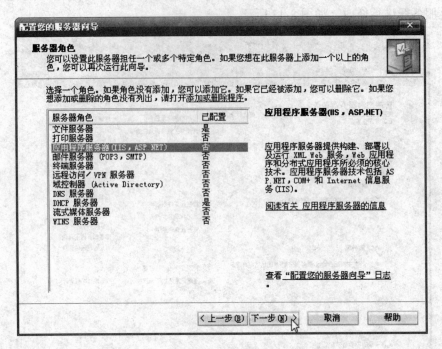

图 8-44　文件服务器

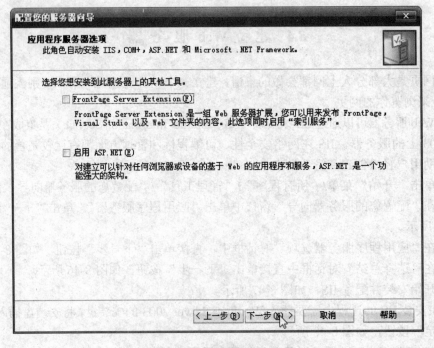

图 8-45　应用程序服务器选项

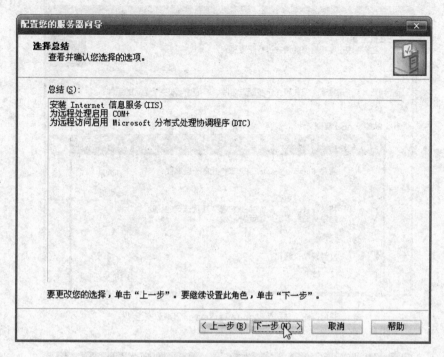

图 8-46 选择总结

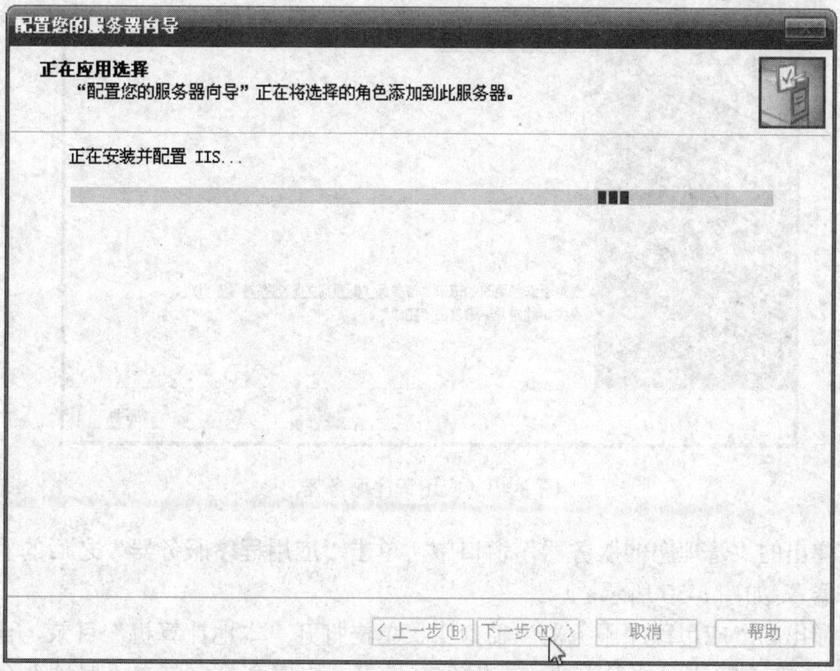

图 8-47 安装与配置 IIS

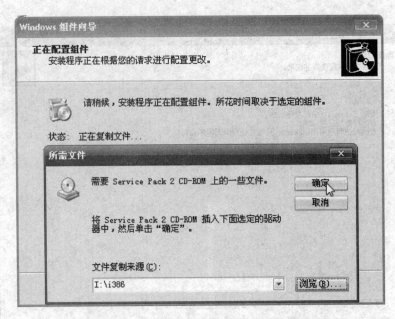

图 8-48　插入 Windows Server 2003 安装盘

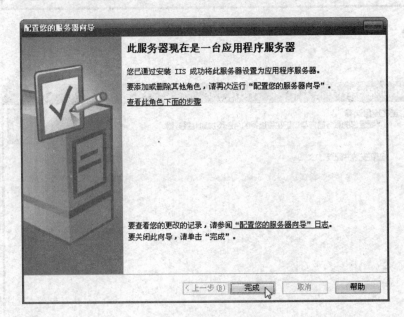

图 8-49　应用程序服务器

　　（8）在弹出的"管理您的服务器"窗口中，单击"应用程序服务器"之后的"管理此应用程序服务器"，如图 8-50 所示。

　　（9）在弹出的"应用程序服务器"窗口中，单击打开"本地计算机"目录，再单击打开"网站"目录，在"默认网站"上单击右键，在弹出的快捷菜单上单击"属性"命令，如图 8-51 所示。

图 8-50　管理此应用程序服务器

图 8-51　默认网站

（10）在弹出的"默认网站属性"对话框中，输入"描述"为"电子工程系"，如图 8-52 所示。

（11）单击"主目录"选项卡，设定"本地路径"为网站的所在路径，在这里设置为"E:\web"，如图 5-53 所示。

图 8-52　网站描述

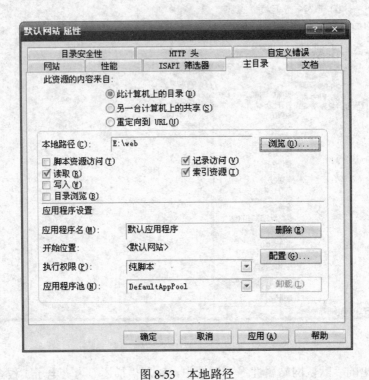

图 8-53　本地路径

　　（12）单击"文档"选项卡，将网站内主页的文件名添加到文档内，将其上移到最顶端，如图 8-54 所示。

图 8-54　文档

（13）单击"目录安全性"选项卡，单击"身份验证和访问控制"之后的"编辑"按钮，如图 8-55 所示。

图 8-55　目录安全性

（14）在弹出的"身份验证方法"对话框中，可以设置是否允许匿名访问等选项，如图 8-56 所示。

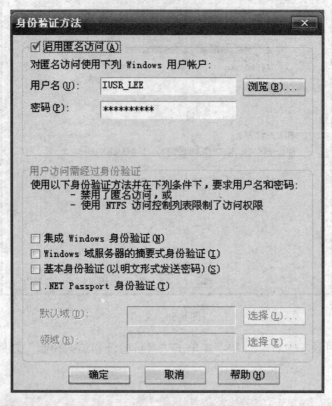

图 8-56　身份验证方法

（15）关闭"身份验证方法"对话框，在"目录安全性"选项卡下单击"IP 地址和域名限制"之后的"编辑"按钮，弹出"IP 地址和域名限制"对话框，在其中可以设定拒绝访问的 IP 地址，以保证网站及服务器的安全性，如图 8-57 所示。

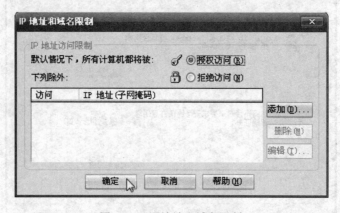

图 8-57　IP 地址和域名限制

（16）关闭"IP 地址和域名限制"对话框，单击"HTTP 头"选项卡，在其中可以对"HTTP 头"进行设置，如图 8-58 所示。

图 8-58 HTTP 头

（17）全部设置好之后，打开浏览器，在地址栏里输入本机的 IP 地址，比如"192.168.1.1"就可以浏览已经做好的网页了，如图 8-59 所示。如果在地址栏里输入回环地址"127.0.0.1"，也可以浏览网页。

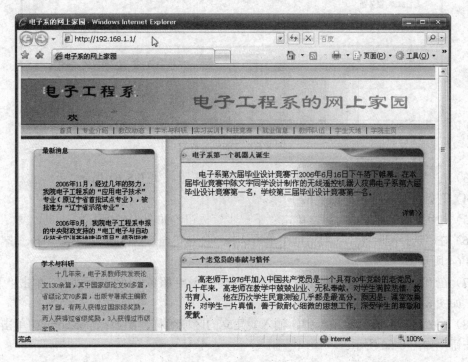

图 8-59 浏览网站

8.5 建立 DNS 服务器

使用 32 位的 IP 地址来标识主机，既难记忆也难理解，因此 TCP/IP 设计一种层次型命名机制，以字符来命名主机，域名系统（Domain Name System，DNS）负责为 IP 地址和域名提供转换服务，便于搜索和访问网络上的计算机。

建立 DNS 服务器，步骤如下：

（1）单击"开始"菜单/"所有程序"/"管理工具"/"配置您的服务器向导"命令。

（2）在"配置您的服务器向导"窗口中单击"DNS 服务器"，单击"下一步"按钮，如图 8-60 所示。

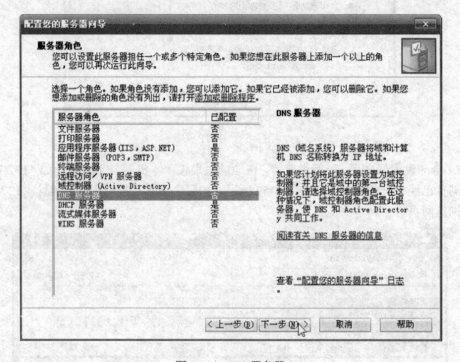

图 8-60　DNS 服务器

（3）在"选择总结"对话框中单击"下一步"按钮，如图 8-61 所示。

（4）开始配置组件，如图 8-62 所示。

（5）使用 DNS 服务器向导，单击"下一步"按钮，如图 8-63 所示。

（6）在"选择配置操作"对话框中单击选择"创建正向查找区域"，单击"下一步"按钮，如图 8-64 所示。

（7）在"主服务器位置"对话框中，单击选中"这台服务器维护该区域"，单击"下一步"按钮，如图 8-65 所示。

（8）在"区域名称"对话框中，输入要建立的区域名称，比如："lee.com"，单击"下一步"按钮，如图 8-66 所示。

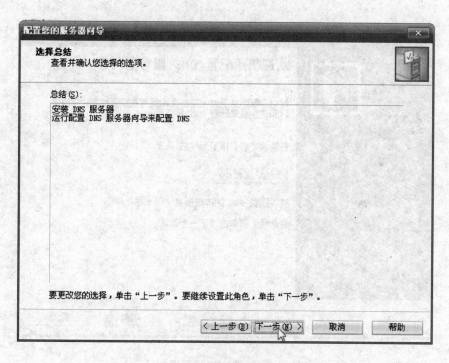

图 8-61　选择总结

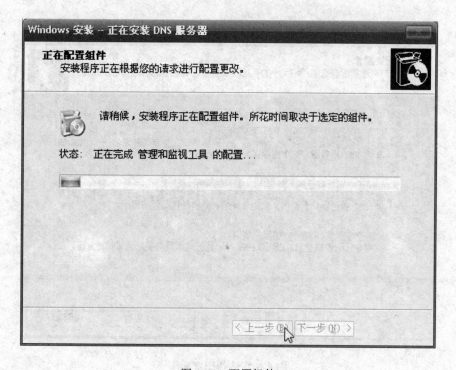

图 8-62　配置组件

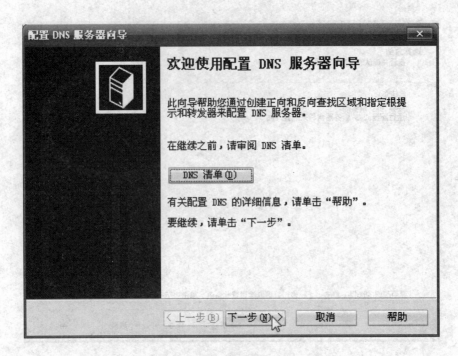

图 8-63　配置 DNS 服务器向导

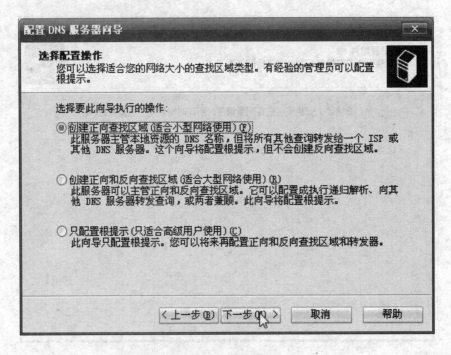

图 8-64　选择配置操作

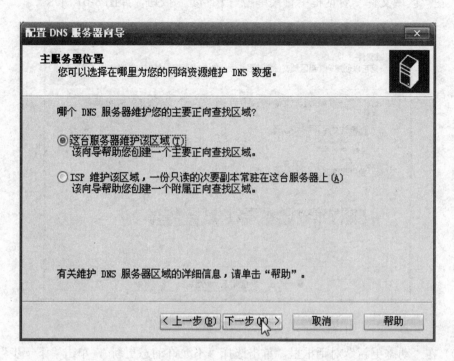

图 8-65 主服务器位置

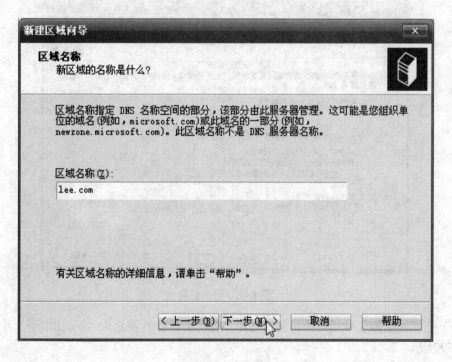

图 8-66 区域名称

（9）在"区域文件"对话框中直接单击"下一步"按钮，如图 8-67 所示。

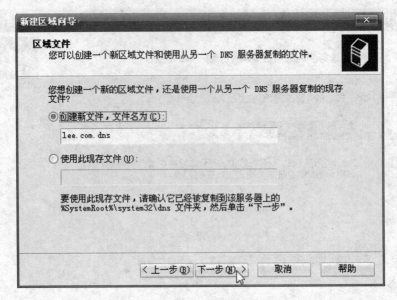

图 8-67　区域文件

（10）在"动态更新"对话框里，单击选择"不允许动态更新"，单击"下一步"按钮，如图 8-68 所示。

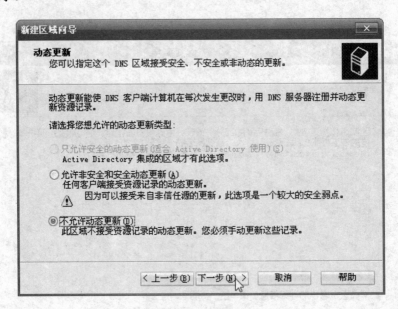

图 8-68　动态更新

（11）在"转发器"对话框里，单击选定"否，不向前转发查询"，单击"下一步"按钮，如图 8-69 所示。

（12）开始收集根提示，如图 8-70 所示。

（13）完成配置 DNS 服务器向导，单击"完成"按钮，如图 8-71 所示。

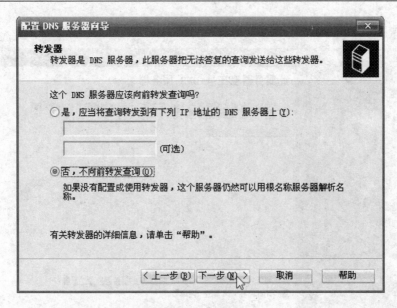

图 8-69   转发器

图 8-70   收集根提示

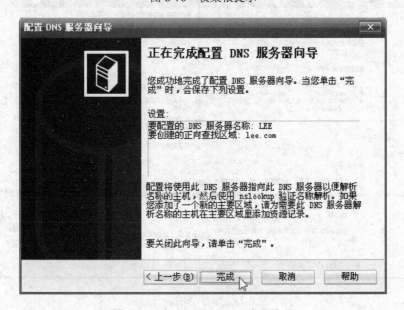

图 8-71   完成配置 DNS 服务器向导

（14）此服务器是 DNS 服务器了，单击"完成"按钮，如图 8-72 所示。

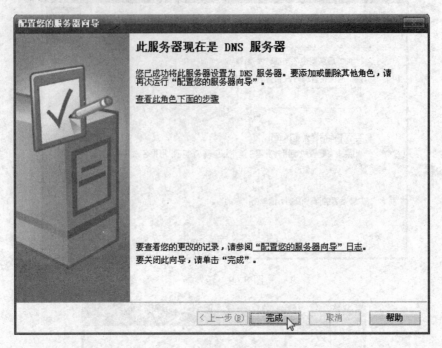

图 8-72　此服务器是 DNS 服务器

（15）在弹出的"管理您的服务器"窗口中，可以看到出现了 DNS 服务器，单击"管理此 DNS 服务器"，如图 8-73 所示。

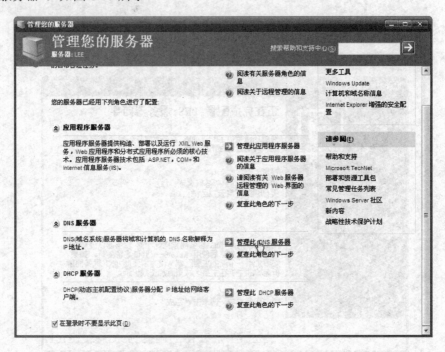

图 8-73　管理您的服务器

（16）在弹出的 DNS 服务器窗口中，在"正向查找区域"下的区域名称上单击右键，在弹出的快捷菜单中单击"新建主机"，如图 8-74 所示。

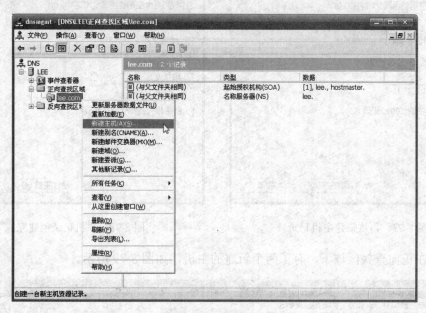

图 8-74　正向查找区域

（17）在弹出的"新建主机"对话框中，"名称"为主机名，这里设为 Web 服务器的名称"www"，"IP 地址"为本机的 IP 地址"192.168.1.1"，单击"添加主机"按钮，如图 8-75 所示。

（18）成功的创建了主机记录，单击"确定"按钮，如图 8-76 所示。

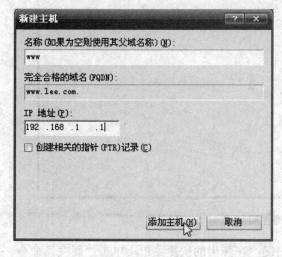

图 8-75　新建主机

图 8-76　创建主机记录

（19）再次新建一个主机为"ftp"，"IP 地址"也为"192.168.1.1"，单击"添加主机"按钮，如图 8-77 所示。

（20）全部要创建的主机记录创建完成之后，单击"完成"按钮，如图 8-78 所示。

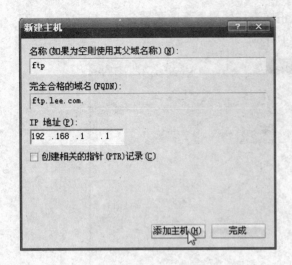

图 8-77　再次创建主机记录

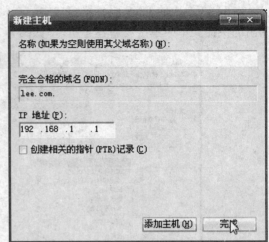

图 8-78　主机记录创建完成

（21）在正向查找区域下，有了两个新建的主机，如图 8-79 所示。

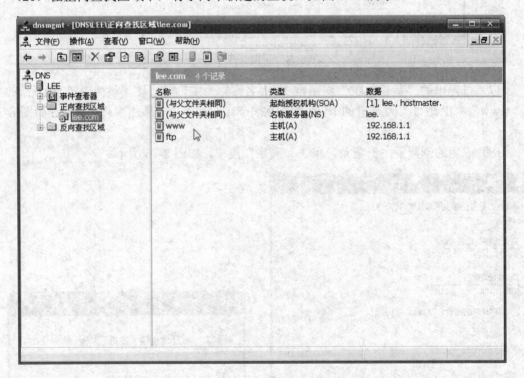

图 8-79　两条主机记录

（22）在桌面的"网上邻居"图标上单击右键，在弹出的快捷菜单上单击"属性"命令，如图 8-80 所示。

（23）在弹出的"网络连接"窗口中，右键单击"本地连接"，在弹出的快捷菜单中，单击"属性"命令，如图 8-81 所示。

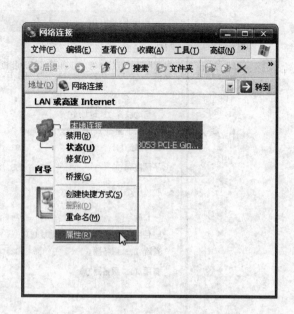

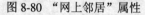

图 8-80　"网上邻居"属性　　　　　　　　　　图 8-81　网络连接

（24）在弹出的"本地连接　属性"对话框中，单击"Internet 协议"，单击"属性"按钮，如图 8-82 所示。

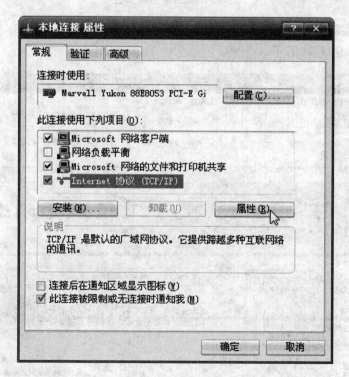

图 8-82　本地连接属性

（25）在弹出的"Internet 协议"对话框中，设置"首选 DNS 服务器"为本机的 IP 地址，"192.168.1.1"，单击"确定"按钮，如图 8-83 所示。

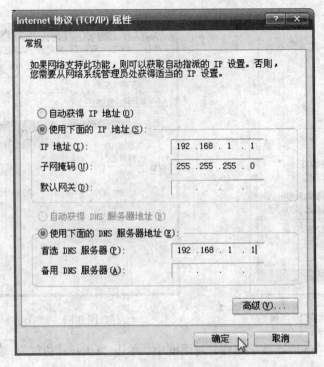

图 8-83　Internet 协议属性

（26）这时，在浏览器的地址栏里，输入设置好的域名"www.lee.com"，就可以显示本机网站的内容了，如图 8-84 所示。

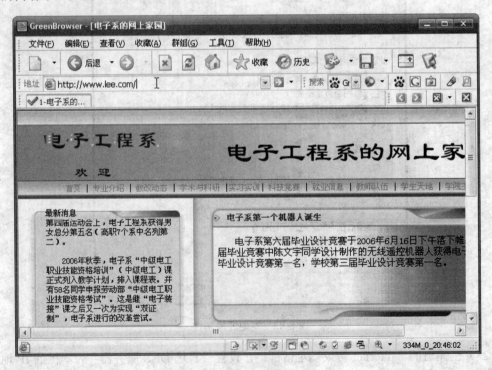

图 8-84　域名

8.6　建立 FTP 服务器

　　文件传输协议是因特网上使用最广泛的文件传输协议，FTP 提供交互式访问，并允许文件具有存取权限，FTP 屏蔽了异种机之间的差异，适合在异构网间传输文件。

　　建立 FTP 服务器步骤如下：

　　在建立服务器之前首先要进行安装。

　　（1）在"控制面板"中双击"添加和删除程序"图标，在弹出的"添加或删除程序"窗口中，双击"添加/删除 Windows 组件"，如图 8-85 所示。

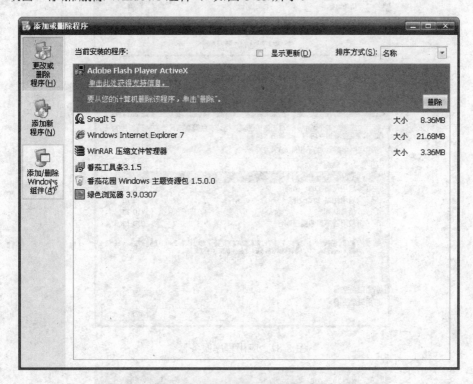

图 8-85　添加/删除 Windows 组件

　　（2）在弹出的"Windows 组件向导"对话框中，单击"应用程序服务器"，单击"详细信息"按钮，如图 8-86 所示。

　　（3）在弹出的"应用程序服务器"对话框中，单击"Internet 信息服务（IIS）"，单击"详细信息"按钮，如图 8-87 所示。

　　（4）在弹出的"Internet 信息服务（IIS）"对话框中，在"文件传输协议（FTP）服务"，之前勾选，单击"确定"按钮，如图 8-88 所示。

　　（5）再单击"下一步"按钮，开始安装"FTP 服务"，如图 8-89 所示。

　　（6）再依次出现的对话框中，分别单击"确定"、"下一步"、"完成"按钮，完成 FTP 服务器的安装。安装完成之后，进行服务器的配置。

　　（7）单击"开始"菜单/"所有程序"/"管理工具"/"管理您的服务器"命令。

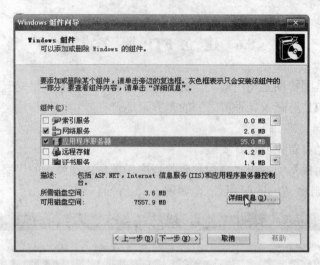

图 8-86　Windows 组件向导

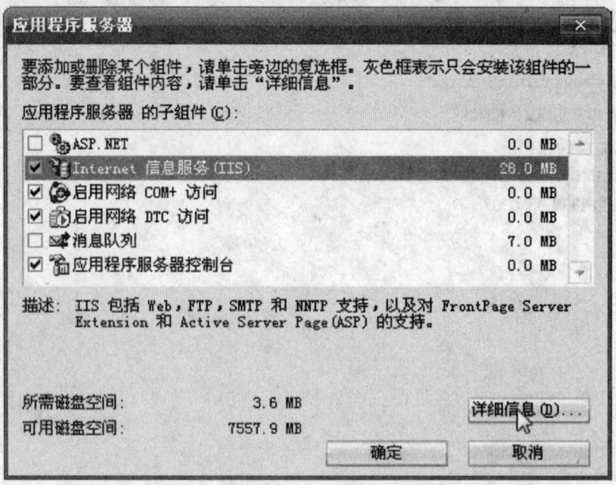

图 8-87　应用程序服务器

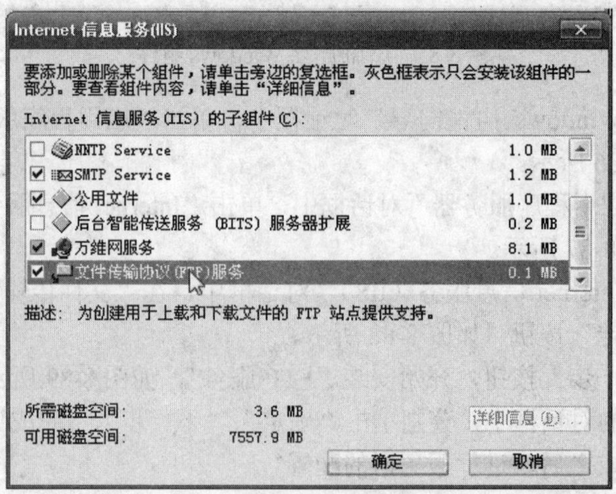

图 8-88　Internet 信息服务

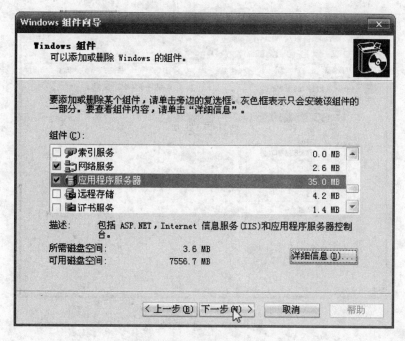

图 8-89　安装

（8）在"管理您的服务器"窗口中单击"管理此应用程序服务器"，如图 8-90 所示。

图 8-90　管理您的服务器

（9）弹出的"应用程序服务器"窗口，在"FTP 站点"上单击右键，在弹出的快捷菜单是单击"新建"命令，再单击"FTP 站点"命令，如图 8-91 所示。

（10）弹出"FTP 站点创建向导"对话框，单击"下一步"按钮，如图 8-92 所示。

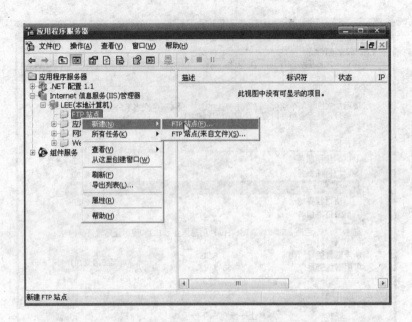

图 8-91　新建 FTP 站点

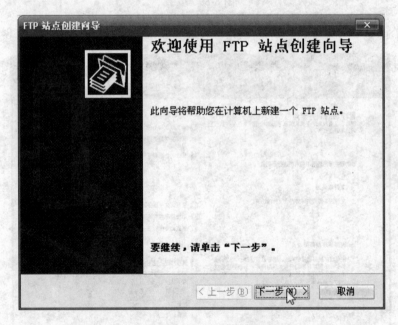

图 8-92　FTP 站点创建向导

（11）在"FTP 站点描述"对话框里输入描述，比如"dzxftp"，单击"下一步"按钮，如图 8-93 所示。

（12）在"IP 地址和端口设置"对话框里设置 IP 地址为本机的 IP 地址，如"192.168.1.1"，端口为默认的 21 端口，单击"下一步"按钮，如图 8-94 所示。

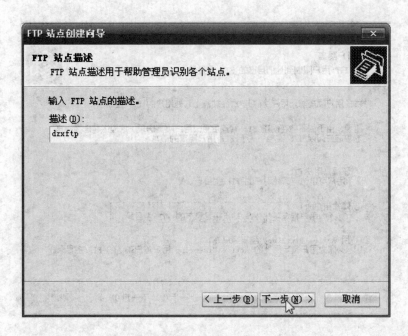

图 8-93　FTP 站点描述

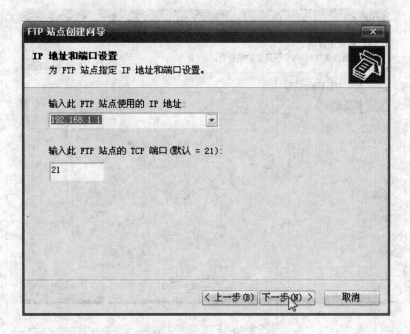

图 8-94　IP 地址和端口设置

（13）在"FTP 用户隔离"对话框中，单击选定"隔离用户"，单击"下一步"按钮，如图 8-95 所示。

（14）在"FTP 站点主目录"对话框里，单击"浏览"按钮，如图 8-96 所示。

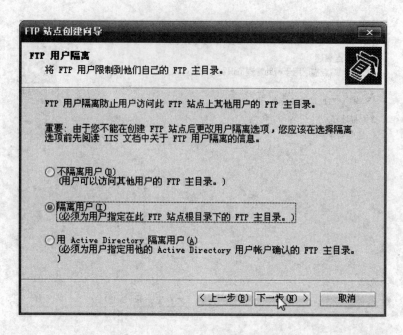

图 8-95 隔离用户

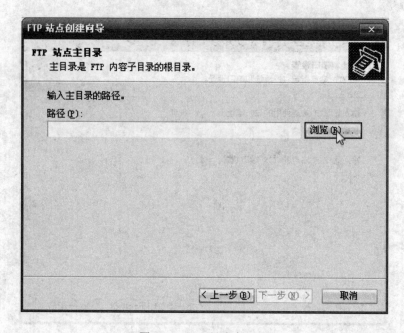

图 8-96 FTP 站点主目录

（15）在弹出的"浏览文件夹"对话框中，选定 FTP 站点的主目录，单击"确定"按钮，如图 8-97 所示。

（16）回到"FTP 站点主目录"对话框中，单击"下一步"按钮，如图 8-98 所示。

图 8-97 浏览文件夹

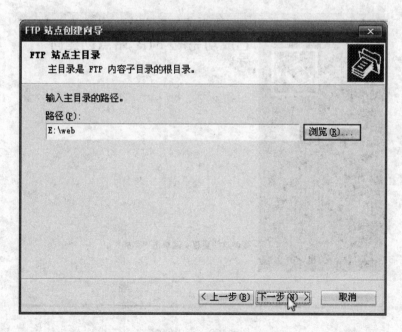

图 8-98 路径

（17）在"FTP站点访问权限"对话框中，设置为"读取"权限，"读取"权限为允许下载，"写入"权限为允许上传，单击"下一步"按钮，如图 8-99 所示。

（18）完成 FTP 站点的创建，单击"完成"按钮，如图 8-100 所示。

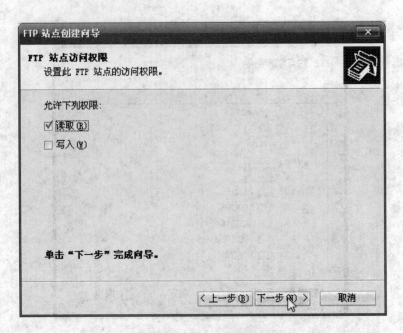

图 8-99　FTP 站点访问权限

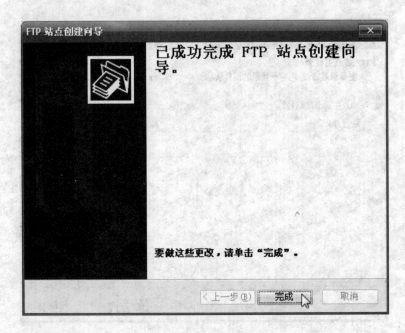

图 8-100　完成创建

（19）完成创建之后，可以看到"FTP站点"下有一个新的FTP站点"dzxftp"了，如图8-101所示。

（20）在"dzxftp"上单击右键，在弹出的快捷菜单上单击"属性"命令，如图 8-102所示。

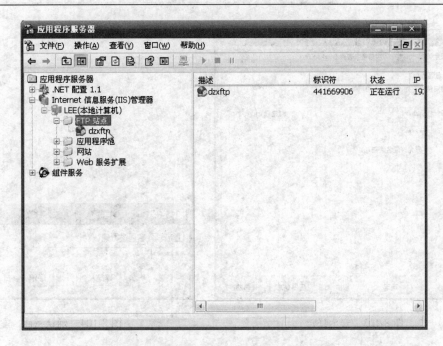

图 8-101　FTP 站点

图 8-102　站点属性

（21）在"dzxftp 属性"对话框中，单击"安全帐户"选项卡，输入用户名及密码，单击"确定"按钮，如图 8-103 所示。

（22）弹出"确认密码"对话框，再次输入密码，单击"确定"按钮，如图 8-104 所示。

图 8-103 安全帐户

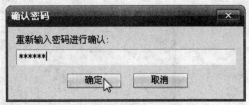

图 8-104 确认密码

（23）打开浏览器，在浏览器的地址栏里输入"ftp://192.168.1.1"，会弹出一个登录身份的对话框，在其中输入用户名和密码，单击"登录"按钮，如图 8-105 所示。

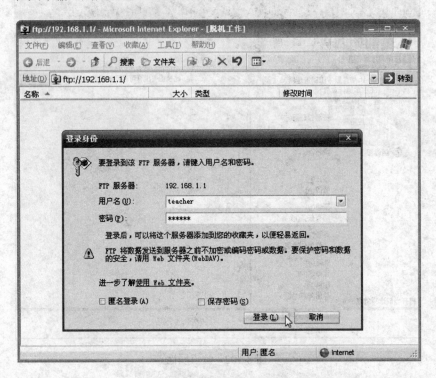

图 8-105 登录 FTP 服务器

（24）打开 FTP 服务器，显示 FTP 站点中的内容，如图 8-106 所示。

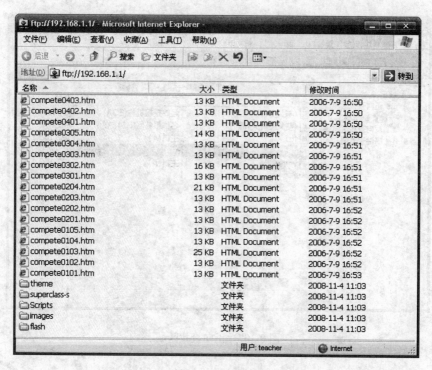

图 8-106 FTP 站点

8.7 建立 E-mail 服务器

电子邮件是 Internet 的重要组成部分，随着 Internet 技术的发展，电子邮件在人们生活中占有越来越重要的地位。电子邮件系统中有两个重要的服务器，SMTP 服务器和 POP3 服务器，其中 SMTP 负责发送邮件，POP3 负责接收邮件。

由于 Windows Server 2003 自带的邮件服务器功能非常简单，因此，在这里选用 IMmail Server Express 8.04 来构建邮件服务器。它是一种容易使用、安全且反垃圾邮件的邮件服务器，是局域网内用来进行 E-mail 通信并管理收发信息的一种优秀的解决方案。

建立邮件服务器，首先要建立 DNS 服务器。

（1）在 DNS 服务器中建立正向查找区域如 "lee.com"，并在此区域上建立邮件服务器的主机，如 "mail.lee.com"，如图 8-107 所示。

（2）在域名上单击右键，在弹出的快捷菜单上单击 "属性" 命令，如图 8-108 所示。

（3）在弹出的 "lee.com 属性" 对话框中，单击 "名称服务器" 选项卡，在 "名称服务器" 选项卡下单击 "编辑" 按钮，如图 8-109 所示。

（4）弹出 "编辑记录" 对话框，在 "服务器完全合格的域名" 下的文本框内输入 "mail.lee.com"，在 "IP 地址" 下的文本框内输入本机 IP 地址 "192.168.1.1"，单击 "添加" 按钮，将 IP 地址添加进来，单击 "确定" 按钮，如图 8-110 所示。

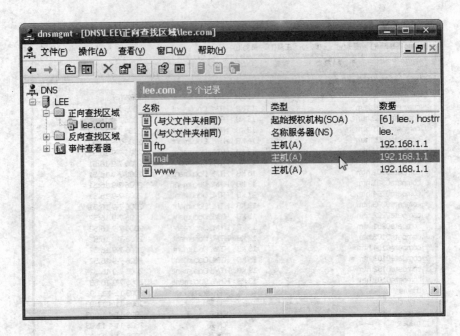

图 8-107 正向查找区域

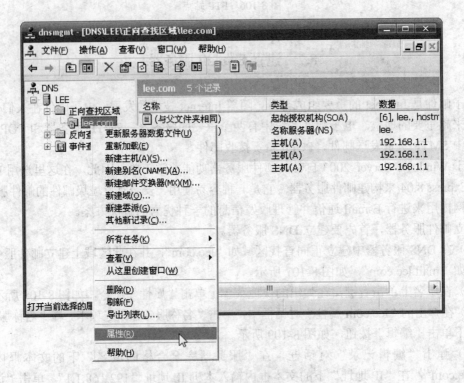

图 8-108 域名属性

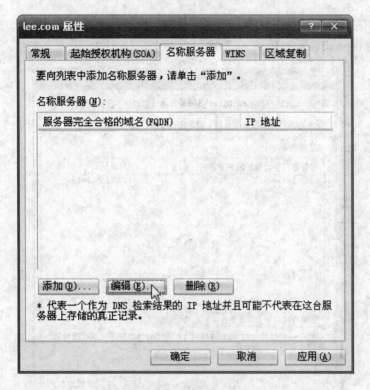

图 8-109 名称服务器

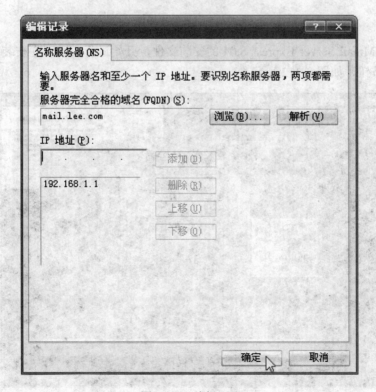

图 8-110 编辑记录

（5）返回"lee.com"属性对话框，单击"确定"按钮，如图 8-111 所示。配置完 DNS 服务器，开始安装 IMmail Server Express 8.04。

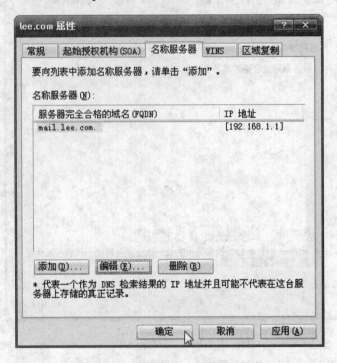

图 8-111　lee.com 属性

（6）双击 IMmail Server Express 8.04 的安装文件，开始进行安装，在安装导航对话框中单击"Next"按钮，如图 8-112 所示。

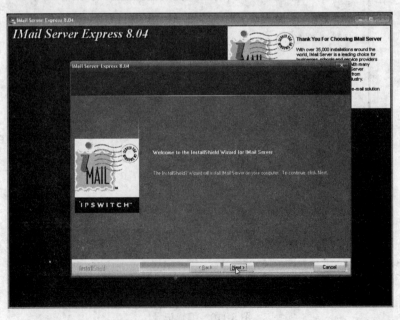

图 8-112　安装导航

（7）在主机名称对话框中，输入主机名称"mail.163.com"，单击"Next"按钮，如图 8-113 所示。

图 8-113 主机名称

（8）选择邮件服务器所使用的路径，这里使用默认的路径，单击"Next"按钮，如图 8-114 所示。

图 8-114 存放路径

（9）选择 program folder，直接单击"Next"按钮，如图 8-115 所示。

（10）开始进行安装，如图 8-116 所示。

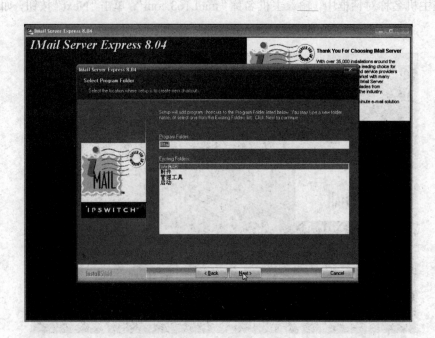

图 8-115　program folder

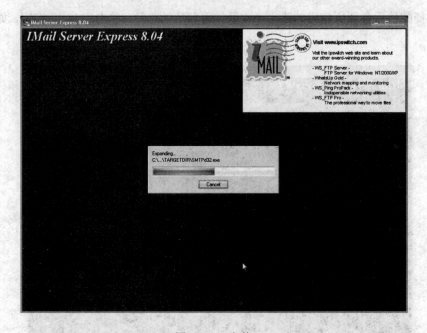

图 8-116　安装

（11）询问是否添加用户，由于暂时不添加，所以单击"否"按钮，如图 8-117 所示。

（12）安装完成，单击"Finish"按钮，如图 8-118 所示。安装完成邮件服务器之后，开始进行配置。

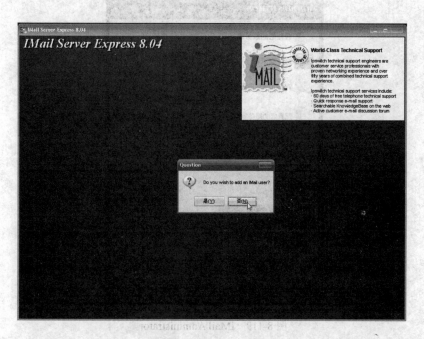

图 8-117　是否添加用户

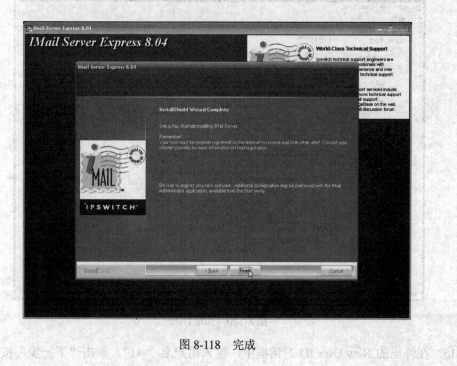

图 8-118　完成

（13）单击"开始"菜单中的"IMail Administrator"命令，如图 8-119 所示。

（14）弹出"IMail Administrator"对话框，在域服务器"lee.com"上单击右键，在弹出的快捷菜单上单击"Add User"命令，如图 8-120 所示。

图 8-119　IMail Administrator

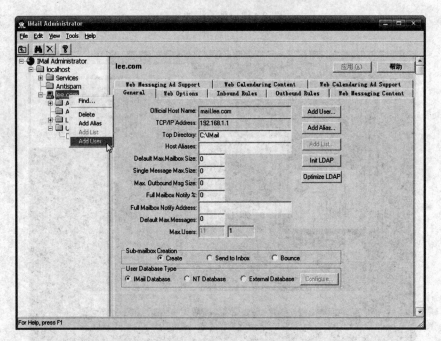

图 8-120　Add User

（15）在弹出的 New User ID 对话框中，输入用户名"st1"，单击"下一步"按钮，如图 8-121 所示。

（16）在"Full name of New User"对话框中，直接单击"下一步"按钮，如图 8-122 所示。

（17）在弹出的"Password for New User"对话框中，输入用户密码，并单击"下一步"按钮，如图 8-123 所示。

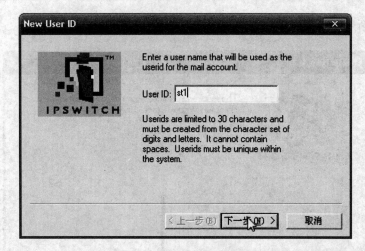

图 8-121　添加第一个用户

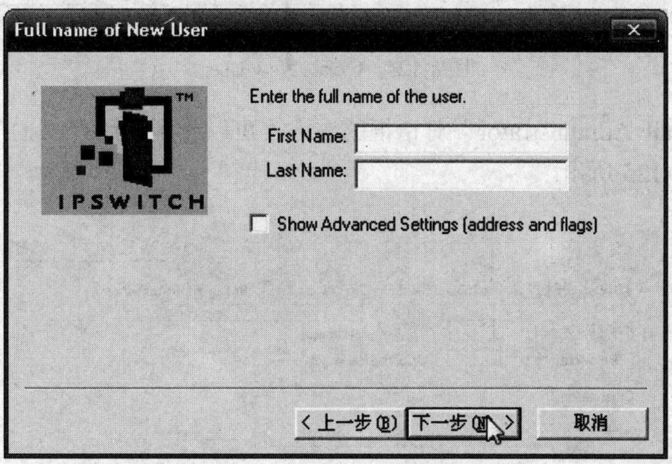

图 8-122　Full name of New User

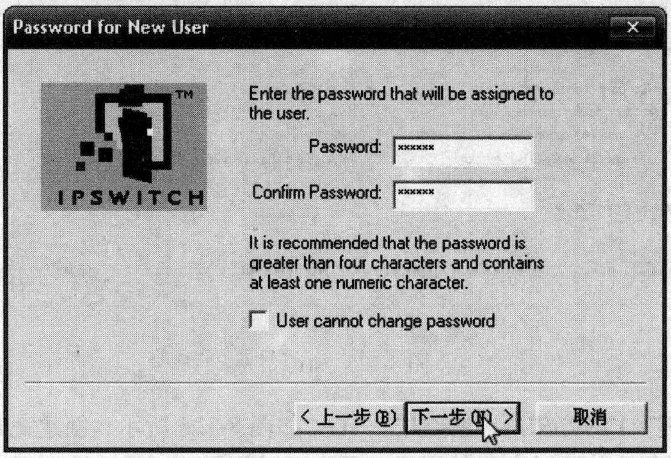

图 8-123　Password for New User

（18）创建新用户成功，单击"完成"按钮，如图 8-124 所示。

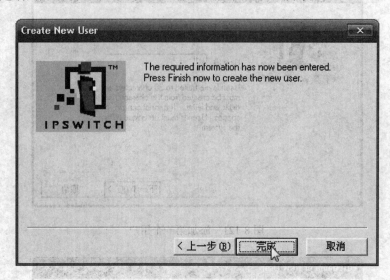

图 8-124　Create New User

（19）在"IMail Administrator"对话框的右方，可以看到新用户"st1"的属性，也可以进行修改，如图 8-125 所示。

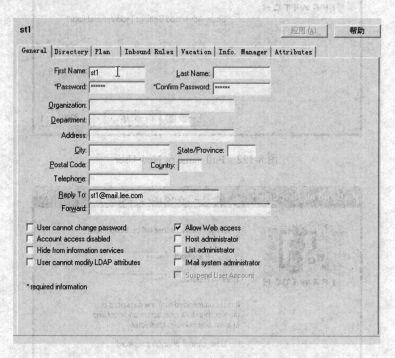

图 8-125　st1 属性

（20）按照创建 st1 的方法，再创建用户 st2，如图 8-126 所示。创建完邮件服务器的用户之后，这个邮件服务器就可以交付使用了。我们可以使用 Outlook Express 来收发邮件。

（21）单击"开始"菜单中的"Outlook Express"命令，如图 8-127 所示。

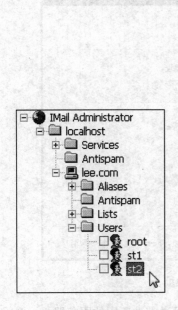

图 8-126　用户 st2　　　　　　　　　　图 8-127　Outlook Express

（22）在弹出的"Internet 连接向导"对话框中，输入显示名为"学生 1"，单击"下一步"按钮，如图 8-128 所示。

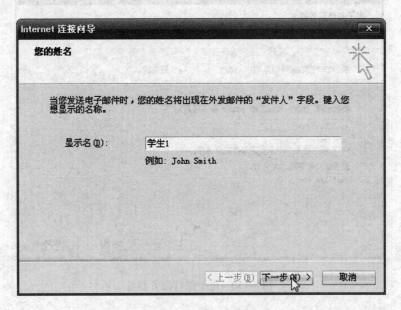

图 8-128　Internet 连接向导

（23）在"Internet 电子邮件地址"中输入电子邮件地址"st1@mail.lee.com"，单击"下一步"按钮，如图 8-129 所示。

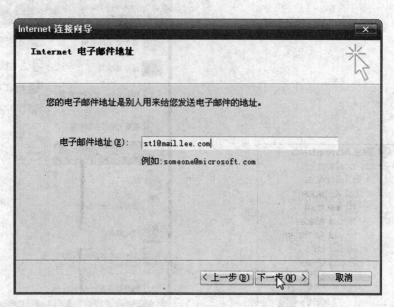

图 8-129　电子邮件地址

（24）在"电子邮件服务器名"中输入接收邮件和发送邮件所用的服务器"mail.lee.com"，单击"下一步"按钮，如图 8-130 所示。

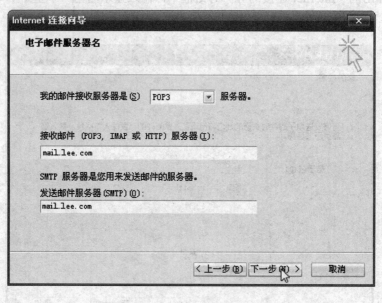

图 8-130　电子邮件服务器名

（25）在"Internet 邮件登录"中输入用户名和密码，单击"下一步"按钮，如图 8-131 所示。

（26）设置完成，单击"完成"按钮，如图 8-132 所示。

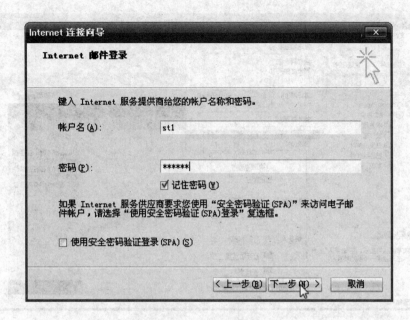

图 8-131　Internet 邮件登录

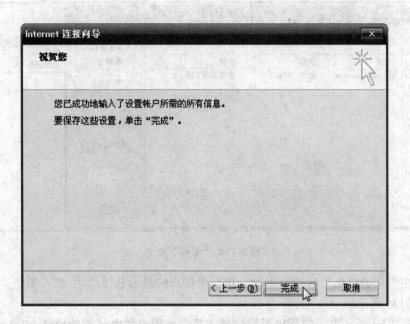

图 8-132　完成

（27）在弹出的"Outlook Express"窗口中，单击工"工具"菜单下的"帐户"命令，如图 8-133 所示。

（28）在弹出的"Internet 帐户"对话框中的"邮件"选项卡下，单击"添加"按钮下的"邮件"命令，如图 8-134 所示。

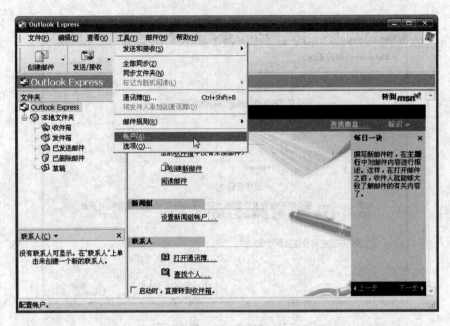

图 8-133 "帐户"命令

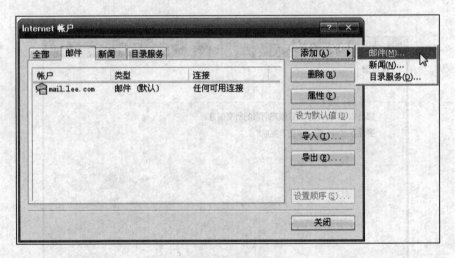

图 8-134 "邮件"命令

（29）在"您的姓名"对话框里输入第二个帐户的显示名"学生 2"，单击"下一步"按钮，如图 8-135 所示。

（30）在"Internet 电子邮件地址"中输入第二个用户的电子邮件地址 st2@mail.lee.com，单击"下一步"按钮，如图 8-136 所示。

（31）电子邮件服务器为"mail.lee.com"单击"下一步"按钮，如图 8-137 所示。

（32）在"Internet 邮件登录"对话框中输入第二个用户的帐户名和密码，单击"下一步"按钮，如图 8-138 所示。

（33）完成第二个用户的帐户设置，单击"完成"按钮，如图 8-139 所示。

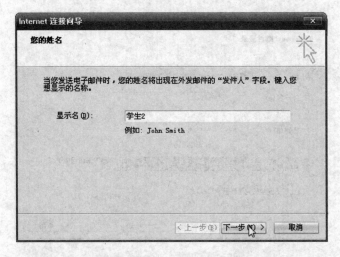

图 8-135　第二个帐户的显示名

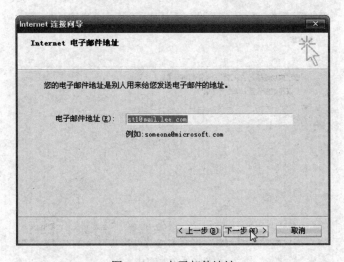

图 8-136　电子邮件地址

图 8-137　电子邮件服务器名

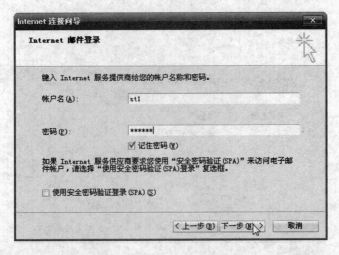

图 8-138　Internet 邮件登录

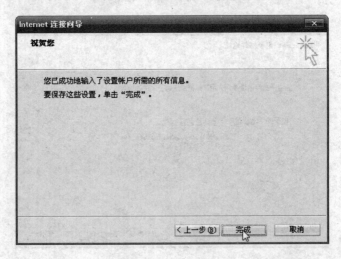

图 8-139　完成

（34）在"Internet 帐户"窗口的"邮件"选项卡下，可以看到有两个帐户，单击"关闭"按钮，如图 8-140 所示。

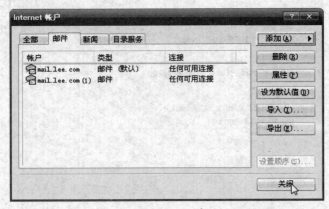

图 8-140　两个用户帐户

（35）回到"Outlook Express"窗口下，单击工具栏中的"创建邮件"按钮，如图 8-141 所示。

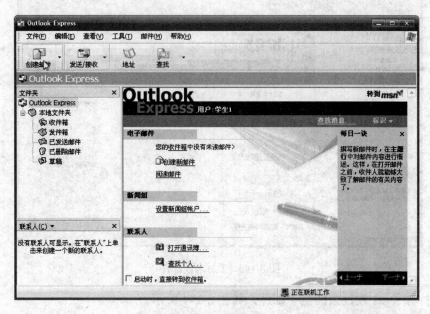

图 8-141　创建邮件

（36）创建一封标题为"hello"的信，给用户 st2，单击"发送"按钮，如图 8-142 所示。

图 8-142　给 st2 的电子邮件

（37）关闭 Outlook Express，重新以 st2 的帐户登录，可以看到收件箱中有一封电子邮件，单击"1 封未读邮件"，如图 8-143 所示。

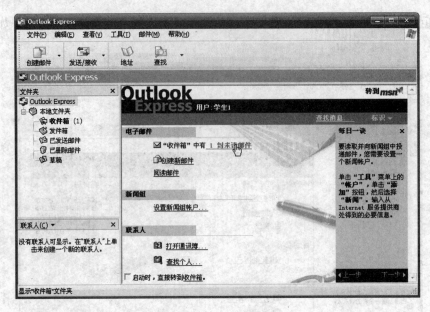

图 8-143　1 封未读邮件

（38）打开了 st1 发过来的电子邮件，如图 8-144 所示。

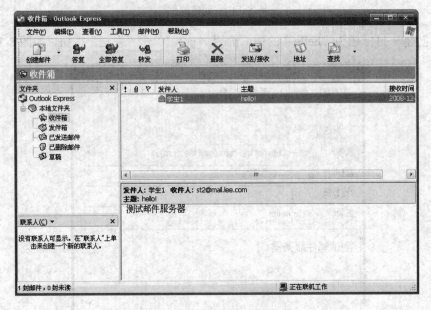

图 8-144　来自 st1 的电子邮件

小　　结

本章主要介绍了关于 Windows Server 2003 的一些服务器的具体构建过程，其中除了 E-mail 服务器之外都使用了 Windows Server 2003 自带的服务器，功能都比较弱，如果想要构建专业的服务器，还需要使用专业的服务器。在这里，只是对服务器的构建进行简单的介绍。

参 考 文 献

［1］黄淑华．计算机网络技术教程．北京：机械工业出版社，2003.6

［2］雷震甲．网络工程师教程．第 2 版．北京：清华大学出版社，2006.6

［3］马时来．计算机网络实用技术教程．北京：清华大学出版社，2003.2

［4］［美］Uyless Black．TCP/IP Related Protocols．北京：机械工业出版社，2006